古典文獻研究輯刊

二一編

曾永義 主編

第 5 冊

文學史上的一個切片
——宋代梅花詩中梅花的形象及其象徵

李心銘 著

國家圖書館出版品預行編目資料

文學史上的一個切片——宋代梅花詩中梅花的形象及其象徵
／李心銘 著 — 初版 — 新北市：花木蘭文化事業有限公司，
2020〔民 109〕
序 2+ 目 4+250 面；19×26 公分
（古典文學研究輯刊 二一編；第 5 冊）
ISBN 978-986-518-052-2（精裝）
1. 宋詩 2. 詩評
820.8   109000511

ISBN-978-986-518-052-2

9 789865 180522

古典文學研究輯刊
二一編　第五冊　　　　　　　　　ISBN：978-986-518-052-2

文學史上的一個切片
——宋代梅花詩中梅花的形象及其象徵

作　　者　李心銘
主　　編　曾永義
總 編 輯　杜潔祥
副總編輯　楊嘉樂
編　　輯　許郁翎、張雅淋　美術編輯　陳逸婷
出　　版　花木蘭文化事業有限公司
發 行 人　高小娟
聯絡地址　235 新北市中和區中安街七二號十三樓
　　　　　電話：02-2923-1455／傳真：02-2923-1452
網　　址　http://www.huamulan.tw 信箱 hml810518@gmail.com
印　　刷　普羅文化出版廣告事業
初　　版　2020 年 3 月
全書字數　243569 字
定　　價　二一編 16 冊（精裝）新台幣 35,000 元

文學史上的一個切片
——宋代梅花詩中梅花的形象及其象徵

李心銘　著

作者簡介

李心銘，國立東華大學中國語文學系博士班畢業，曾任國立東華大學中國語文學系兼任講師。

提　　要

　　梅花詩不論是質還是量，在兩宋均產生極大的變化。《全宋詩》中詠梅的就有 4700 多首，這些梅花詩不再是感傷的寄託，而是有了道德意義的徵候。梅花的高標形象及其象徵從此也成了一種研究趨向。然而在數量繁多的梅花詩中梅花形象及其象徵應是多樣性的，未必僅侷限在道德面向。

　　本研究以北京大學古文獻研究所出版《全宋詩》中的梅花詩為材料，運用文化學方法、意象理論、美學方法、語境分析以及傳記研究法，綜合處理新訂的論題《文學史上的一個切片——宋代梅花詩中梅花的形象及其象徵》。探討梅花如何分布於宋代士人兼及庶民的食、衣、住、行和娛樂中，而士人更是透過寫詩記錄梅花佔據了他們的物質生活，並自覺的運用各種文學技巧形塑梅花的崇高樣貌，作為道德的自我象徵，也使得梅花的高標形象一枝獨秀。但從整體上來看，宋代梅花詩中梅花形象十分多元，而各種形象也都象徵著詩人的情感，這是一種文人在不自覺間所製造出的梅花其他意象。人類的情感多樣且複雜，無法絕對區分，如同梅花的生長歷程從枯枝、冷蕊、滿開、搖落到著實，它的多元形象象徵高情、俗情和閒情，以表達詩人的生命際遇。這是本研究根據《全宋詩》中的詠梅作品輔以詩人的生平背景所歸納的結果，並由此觀察宋代士大夫的心態和他們的社會生活，也就是文學和社會的互動，則是本研究的結論。

自　序

　　在宋代，梅花詩數量龐大，梅花也是最常見的花種之一。宋代梅花詩中所出現的梅花形象十分多元，而各種形象也都象徵著不同的文化意義和社會作用。

　　熱愛古典詩詞、熱愛藝花賞花的我能夠結合二者並加以研究，實屬一大樂事；然而倘若沒有恩師——周慶華教授，這批文稿，可能只會留在抽屜裡塵封。感謝周慶華老師，費心指導和鼓勵，這些日子以來，不知道白了老師多少頭髮！

　　本研究透過另一種途徑理解宋代梅花詩，探析宋代文人士大夫梅花詩寫作這個文化行為背後更深層的心理基礎。而這個研究動機和靈感則是來自我的最佳學友。感謝國立臺灣師範大學歷史系博士生李宗育同學，本研究是從和他不斷的對話中，一點一滴建構而成的。

　　宋代梅花詩中梅花的形象及其象徵在過去都被片面看待，透過本研究可知梅花在兩宋具有多元的形象及其象徵，這是本研究提供給往後研究者的參考。儘管梅花有庸俗的一面，但由於是表現在詩作中，縱使平庸也依舊是一種精神象徵、是一種審美興味。可見梅花的中介性不可或缺，它是一種意象符號，可隨著創作者心思意念的投射改變它所寄寓的意義，這則是本研究回饋給創作者和教學者的地方。

　　終於完成了這延宕多年的任務，期盼不是結束，而是新的開始。

李心銘 2019 年 7 月謹誌

目

次

第一章　緒　論

第一節　研究動機

　　原則上，文學作品是文學史的核心。在中國文學史的漫漫長河中，從先秦的《詩經》質樸寫實，《楚辭》鋪張浪漫；繼而漢代的賦宏偉誇張，樂府詩活潑本色；降及唐代乃是詩歌的黃金時代；到了宋代一般則以詞作爲代表；至於元代無疑是曲；而明清雖然以小說爲代表，但詩詞也相當可觀。

　　在這多元且浩瀚的作品中，詩一直佔據著主導地位。《禮記・樂記》說：「詩，言其志也，歌，詠其聲也，舞，動其容也。三者本於心，然後樂器從之。」〔註1〕《毛詩・序》也述及：「詩者，志之所之也。在心爲志，發言爲詩。情動於中而形於言，言之不足故嗟嘆之，嗟嘆之不足故歌詠之，歌詠之不足，不知手之舞之足之蹈之也。」〔註2〕文學創始於詩篇，詩則是人們心志意念的符號化、語言化，而人們將心中所嚮轉換爲語言符號的動機，在於內心的情感受到鼓盪。而內心所以會有情感起伏波動，則又是基於周遭環境和身世際遇。正如鍾嶸《詩品・序》所說的：

> 嘉會寄詩以親，離群託詩以怨。至於楚臣去境，漢妾辭宮；或骨橫朔野，或魂逐飛蓬；或負戈外戍，殺氣雄邊；塞客衣單，孀閨淚盡；或士有解佩出朝，一去忘返；女有揚蛾入寵，再盼傾國。凡斯種種，

〔註1〕孫希旦撰：《禮記集解》，收錄於《續修四庫全書》（上海：上海古籍，1995年），第104冊，頁196。

〔註2〕鄭玄箋：《毛詩》，收錄於《四部叢刊初編》（臺北：臺灣商務，1965年），第1冊，頁1。

感蕩心靈，非陳詩何以展其義；非長歌何以騁其情？〔註3〕

不論是孤臣、妾媵去國辭宮，或是戰士、使臣出塞不歸，還是寡婦眼淚哭盡，甚至是士大夫、嬪妃的失寵，人生種種的不如意必然導致內心受激難了，這時只有藉著作詩才能得到舒展。鍾嶸重申一個「非」字，毋乃在強調詩和創作者的身世際遇、情感意念密不可分。此外，韓愈〈送孟東野序〉稱唐代詩人張籍等「皆以其所能鳴」，都善於運用詩來抒發情懷。他指出作詩（鳴）的動機，是基於不平：「人之於言也亦然，有不得已者而後言。其歌也有思，其哭也有懷，凡出乎口而為聲者，其皆有弗平者乎」；而所以不平有可能是因為「窮餓其身，思愁其心腸，而使自鳴其不幸」，〔註4〕於是詩人以作品表達自身的不幸遭遇。經由以上有關詩的論說，可知詩的產生始終離不開人類最單純、最初始的本心，及其當下或快樂或痛苦的感受和境遇。詩作是人們最忠實的心靈投射，透過它可以察覺創作者的內心世界，也可以窺探當時的背景和處境；至如創作者個人的思想、價值觀等也常常在詩作中不自覺的被反映出來。

文學的吸引力在某種程度上取決於它跟現實的密切連結，我們可以透過詩作證史，將它當成研究古代社會的資料，從而得出很有參考性的成果，因為創作者的思想、心態、生平和當時的背景等常常被流露或被呈現於詩作中。以至探析古代社會以及古人心理，詩不應成了一塊敲門磚。此外，詩所以成為詩，最重要的是它具有濃厚的藝術感染力以及審美價值，能夠喚起讀者的美感經驗，浸淫其中樂而忘返。

唐朝是詩的時代，各體作品乃中國文學史上特別耀眼的星星。胡應麟說：「甚矣，詩之盛於唐也。其體，則三四五言，六七雜言，樂府歌行，近體絕句，靡弗備矣。其格，則高卑遠近，濃淡淺深，巨細精粗，巧拙強弱，靡弗具矣。其調，則飄逸渾雄，沉深博大，綺麗幽閒，新奇猥瑣，靡弗詣矣。其人，則帝王將相，朝士布衣，童子婦人，緇流羽客，靡弗預矣。」〔註5〕這就道中了詩歌發展到唐代，在形式方面不論古體律絕，或五七言，無不體裁齊

〔註3〕 鍾嶸：《詩品》，收錄於《文津閣四庫全書》（北京：商務，2006 年），第 1482 冊，頁 183。

〔註4〕 韓愈撰，馬其昶校注，馮茂源編次：《韓昌黎文集校注》（臺北：頂淵，2005 年），頁 136～137。

〔註5〕 胡應麟：《詩藪》，收錄於《續修四庫全書》（上海：上海古籍，1995 年），第 1696 冊，頁 145。

備，且各自所特有的表現力也發揮得淋漓盡致，如自然派、邊塞派、奇險派、寫實派、幻想派等不同風格各領風騷，可說是到達全盛境地；同時參與寫詩的人也遍及了社會的各個階層。在這樣的情況下，自然會吸引無數讀者想要一窺奧堂。

　　清代乾隆年間所編纂的《全唐詩》，共 900 卷，2200 多位作者，詩作計有 48900 多首。〔註 6〕宋代雖以詞爲代表，但根據今人所編纂的《全宋詩》，共 3785 卷，收錄 9000 餘人的詩作，合計約有 250000 首。〔註 7〕對於這些數量多如繁星的宋代詩作，卻被同是宋代人的嚴羽譏評「本朝人尙理，而病於意興」。〔註 8〕繼而在明代標榜「文必秦漢，詩必盛唐」的口號下，更是陷於寥落的命運。論者如李東陽：「宋人於詩無所得……天眞興致，則未可與道」；〔註 9〕李夢陽〈缶音序〉也說：「詩至唐古調亡矣，然自有唐調可歌詠，高者猶足被管絃。宋人主理，不主調，於是唐調亦亡」；〔註 10〕何景明〈與李空同論詩書〉甚至認爲：「近詩以盛唐爲尙，宋人似蒼老而實疎鹵」。〔註 11〕在明代復古思潮中，宋詩因此被貼上了興味索然、散文化、難以入樂，甚至空虛粗率、缺少生命力的標籤。此外，清初的吳喬也認爲宋詩情感不夠深刻：「唐人以詩爲詩，宋人以文爲詩；唐人主於達情，宋詩主議論」。〔註 12〕於是「多議論」、「言理不言情」、「以文作詩」等成了對宋詩的刻板印象。〔註 13〕

　　然而，也有如日人吉川幸次郎反向判定，宋代詩人有一種喜歡敘述的心理，於是「以文爲詩」成了時代傾向，因爲從來的詩以抒情爲主，往往陷於空虛抽象，難免要引起宋人的內在反省，或甚至導致他們的反抗，那種只表現心中興奮或激動的詩，已經無法滿足宋人的需求，於是把眼光儘可能轉向外界，從事客觀的考察，找出新的題材來加以描述。〔註 14〕相對上，這是比較持平的看法。尤其對於宋詩的這類敘述性，也引發人要爲它作進一步的推衍：

〔註 6〕彭定求編：《全唐詩》（北京：中華，2003 年）。

〔註 7〕倪其心、傅璇琮編：《全宋詩》（北京：北京大學，1991 年）。

〔註 8〕嚴羽：《滄浪詩話》，收錄於《叢書集成新編》（臺北：新文豐，1985 年），第 79 冊，頁 32。

〔註 9〕李東陽：《懷麓堂詩話》，收錄於《文津閣四庫全書》，第 1487 冊，頁 324。

〔註 10〕李夢陽：《空同集》，收錄於《文津閣四庫全書》，第 1266 冊，頁 666。

〔註 11〕何景明：《大復集》，收錄於《文津閣四庫全書》，第 1271 冊，頁 280。

〔註 12〕吳喬：《圍爐詩話》，收錄於《叢書集成新編》，第 79 冊，頁 690。

〔註 13〕劉大杰：《中國文學史》（臺北：華正，2010 年），頁 738。

〔註 14〕吉川幸次郎著，鄭清茂譯：《宋詩概說》（臺北：聯經，2012 年），頁 11～17。

> 以文爲詩方法的運用，又造成宋詩對傳統題材範圍的突破，這主要
> 表現爲敏感細緻的觀察習慣和創作興趣的形成。由於宋代是由中古
> 進入近古的化時代的歷史階段……這種時代精神的變化，自然促使
> 人們更加注意自身的生活……因此宋代詩人在關心社會政治等外界
> 大事的同時，也體現了對日常的平凡瑣事的空前關切。〔註15〕

敘述體和日常化的結果，讓宋詩能夠反映宋代社會和士人心態、生活。另外，
「議論化」是宋詩主意主理和由象見道的產物。龔鵬程認爲宋人用意索理，
表現出該物件的抽象特質或賦予道德意義。〔註16〕宋人言象，所要求的是得
象中理，從一件事推向整個人生法則，議論風發中由象見道，以意凝象。龔
氏認爲在這樣的基礎下相當大宗的宋代詠梅詩就和唐詩產生極大的區別：

> 唐人詠梅，不過言其欺雪凌寒或藉以抒年華流逝的感傷而已，宋人
> 則透過知性的反省，探察梅花在人生及宇宙中的意義……這便是極
> 物窮理的創作型態，除了客觀呈現事物之物性外，更須表現該物之
> 抽象特質或賦予道德意義。〔註17〕

在兩宋，梅花迎風鬥雪、先春獨放的物理特性，被賦予高尚的人格精神特質、
作爲人們氣節德行的展現，成了詩作中的精神託喻。有論者提到宋人心目中
梅花是完美無瑕的，梅花象徵「清」，而「清」是宋士大夫爲人處世的最高境
界，是宋人梅花審美的核心。〔註18〕宋代梅花詩可說是體現了宋詩以象言理、
議論見道的特質；加上梅花在宋代是一種極爲平凡且生活化的植物，而宋詩
散文化的特色所表達對日常生活的關切，正好呈現於梅花詩中。

　　梅花詩不論是質還是量在兩宋均產生極大的變化，有一部分原因很可
能是基於以上所述宋詩的「主理」、「多議論」和「散文化」。就量的部分來
說，宋人以文爲詩方法的運用，表現在敏銳的觀察習慣和創作興趣，而梅
花不斷出現於宋人日常生活中，在這樣的寫作條件下自然被當成詩作題
材，進而創造出龐大的數量。自宋鮑照起至隋唐時期，人們開始關注梅花，
但專題的文學作品數量有限，周必大《二老堂詩話》提到：「在漢、晉未之

〔註15〕 許總：《宋詩——以新變再造輝煌》（桂林：廣西師範大學，1999 年），頁 117。
〔註16〕 龔鵬程：〈知性的反省——宋詩的基本風貌〉，收錄於蔡英俊主編：《意象的流
　　　　變》（臺北：聯經，1997 年），頁 290～293。
〔註17〕 龔鵬程：〈知性的反省——宋詩的基本風貌〉，收錄於蔡英俊主編：《意象的流
　　　　變》頁 307。
〔註18〕 蕭翠霞：《南宋四大家詠花詩研究》（臺北：文津，1994 年），頁 103。

或開，自宋鮑照之下，僅得十七人，共二十一首。唐詩人最盛，杜少陵才二首，白樂天四首，元微之、韓退之、柳子厚、劉夢得、杜牧之各一首。自餘不過一二，如李翰林、韋蘇州、孟東野、皮日休諸人，則又寂無一篇。至本朝方盛行，而余日積月累，酬和千篇云。」〔註19〕今人程杰則就《全宋詩》所收的 250000 多首詩作，整理出詠梅的有 4700 多首，可見梅花詩在宋代數量遽增。〔註20〕

　　就質的部分來說，誠如上引龔鵬程所述宋詩主理，梅花詩不再是感傷的寄託，而是道德意義的徵候。林逋、蘇軾和陸游等，都將梅花的自然物性賦予了強烈的人格象徵。當中林逋透過「疏影橫斜」欣賞梅枝疏淡蕭散的閒靜雅逸，加上他本人隱居孤山，二十年足不及城市，他的梅花詩作在立意上除了超越前代的感時傷逝，更寄以淡泊閒雅的隱士志趣。而蘇軾、陸游筆下梅花形象的人格象徵益發強烈；蘇軾〈紅梅三首‧其一〉甚至標舉出梅格：

> 怕愁貪睡獨開遲，自恐冰容不入時。故作小紅桃杏色，尚餘孤瘦雪霜姿。寒心未肯隨春態，酒暈無端上玉肌。詩老不知梅格在，更看綠葉與青枝。〔註21〕

透過難從流俗的託喻，極其強調梅花的風骨、格調，從而塑造出梅花的氣節和精神。到了陸游，他一方面「高標逸韻君知否，正在層冰積雪時」，〔註22〕強調梅花高標逸韻的人格特質；另一方面「何方可化身千億，一樹梅前一放翁」，〔註23〕把梅花與自身融合為一。透過人格化，梅花從此成為高度抽象的寫意符號。

　　宋代士人賦予梅花孤高幽獨、抗衡世俗的人格指標，不僅將個人情感意志投射其上，甚至刻意跟梅花融為一體，使得梅花成了士人道德想像上的極致追索、人格品德的終極標杆。楊萬里〈洮湖和梅詩序〉在無意中總結了宋人觀看梅花的視角：

〔註19〕周必大：《二老堂詩話》，收錄於《叢書集成新編》，第78冊，頁629。
〔註20〕程杰：《中國梅花審美文化研究》（成都：巴蜀書社，2008年），頁270。除了詠梅詩，宋代詠梅詞以及梅花題材的賦、雜文等也很繁盛，詳見程杰：〈宋代詠梅文學的盛況及其原因與意義‧上〉，《陰山學刊》，第15卷，第1期（2002年1月），頁29～33。
〔註21〕倪其心、傅璇琮編：《全宋詩》，頁9316。
〔註22〕陸游：〈梅花絕句二首‧其一〉，倪其心、傅璇琮編：《全宋詩》，頁24768。
〔註23〕陸游：〈梅花絕句六首‧其三〉，倪其心、傅璇琮編：《全宋詩》，頁25185。

> 蓋梅之有遭未有盛於此時者也，然色彌章，用彌晦，花彌利，實彌
> 鈍也。〔註24〕

梅花審美功能不斷的被彰顯、強調，它原本的「用」、「實」等物質面向看似被淡化；〔註25〕卻又不然！在宋代4700多首為數眾多的梅花詩中，梅花形象及其象徵應該是多樣性的，未必僅侷限在道德面向。翻閱《全宋詩》可知，梅花實用和感傷的意象仍持續演進著。先秦以降，人們對於梅花的認識從實用到審美，進而成為象徵；從只注意梅實，到花開花落帶給人的感傷，接著在兩宋成了品格情操的最高徵候。在這千年歷程的推演中，梅意象不停的變動著。顯然意象符號隨著社會文化的積累，在不斷改變所承載旨意的同時，它原本的意義並不會消失，而是新的意義不時疊加，進而讓此一意象符號更為多元豐富。

宋代出現大量梅花詩，同時寫梅花的詩人也為數眾多。楊萬里〈洮湖和梅詩序〉就提到：

> 梅之名肇於炎帝之經，著於說命之書、召南之詩，然以滋不以象，
> 以實不以華也……及唐之李杜，本朝之蘇黃，崛起千載之下，而躪
> 籍千載之上……梅之初服，豈其端始之然哉，前之遭，今之遭，信
> 然歟。〔註26〕

依楊萬里的觀點，蘇軾可謂宋代梅花詩的大家，而宋代詩壇掀起詠梅熱潮它的數量更是超過先前任一朝代。在如此繁眾的梅花詩作中，梅花形象肯定十分多樣；然而目前大部分的研究卻只著眼梅的高標形象和詩人節操人格的託喻，對於宋代梅花詩缺少全面性的探析。

筆者翻索資料發現，宋代詩人塑造的梅花形象相當多元，看待梅花的方

〔註24〕楊萬里撰，辛更儒校：《楊萬里集箋校》（北京：中華，2007年），頁3223～3224。

〔註25〕人們最早注意到的是梅實的實用價值，《尚書‧說命》說：「爾惟訓于朕志，若作酒醴，爾惟麴蘖；若作和羹，爾惟鹽梅。」孔安國傳：《尚書》，收錄於《四部叢刊初編》，第1冊，頁37。引用殷商高宗任命傅說為相的典故，說明賢臣輔國如同烹飪時的鹽鹹梅酸，貴在調適。

〔註26〕楊萬里撰，辛更儒校：《楊萬里集箋校》，頁3223～3224。可旁證羅大經《鶴林玉露》：「至六朝時，乃略有詠之，及唐而吟詠滋多，至本朝則詩與歌詞，連篇累牘，推為群芳之首，至恨離騷集眾香草而不應遺梅。」收錄於《叢書集成新編》，第87冊，頁112；郭豫亨《梅花字字香》：「北宋林逋諸人遞相矜重，暗香疏影、半樹橫枝之句，作者始別立品題；南宋以來遂以詠梅為詩家一大公案。」收錄於《叢書集成新編》，第71冊，頁342。

式各有不同，賦予梅花的意象十分豐富，梅花甚至轉化為社會大眾所普遍接受和認同的情感符號。有論者說宋人賦予梅花道德品格，象徵士大夫人格精神，梅文化同時在宋代完成了它的象徵意義。〔註27〕這種對於梅花崇高精神象徵的過於強調，或恐忽略了梅花作為例如生活物質等文化意涵的其他面向。〔註28〕宋代都市及經濟十分發達，在郊遊賞花、專業藝花、花市交易等活動中，梅花是最常見的花種之一，為一種十分生活且世俗的物質品項。只不過梅花的庶民性質和它在士大夫物質生活中如何被運用，到目前為止還缺少具體研究。

　　筆者認為淡雅新清只是宋人看待梅花的一個角度。「一夕開盡如雪谷」、「梅花亂發雨晴時」，〔註29〕宋人對於梅花滿開遍野的欣賞情趣仍同時常出現於詩作中。而且據范成大《梅譜》記載：

> 去成都二十里，有臥梅，偃寒十餘丈，相傳唐物也，謂之梅龍，好
> 事者載酒遊之。清江酒家，有大梅如數間屋，傍枝四垂，周遭可羅
> 坐數十人……〔註30〕

可見宋人對於梅花的賞愛不限於清淡寒薄、不食人間煙火的精神面向；人們在梅樹下飲酒遊樂的熱鬧氣氛，盡情的滿足於物質、享受生活，實有別於幽獨雅逸的意緒。另外，宋人強化梅的枝幹，藉以凸顯梅花清瘦峭拔、蒼勁老

〔註27〕程杰：〈從魏晉到兩宋——文學對梅花美的抉發與演繹〉，《淮陰師範學院學報・哲學社會科學版》，06 期（2001 年），頁 753～762、781；程杰：〈宋代梅花審美認識的發展及其成就〉，收錄於《梅文化論叢》（北京：中華，2007 年），頁 70～87。

〔註28〕關於「文化」一詞，英國人類學家愛德華・泰勒（Edward Burnett Tylor）定義為：文化或文明，就其廣泛的民族學意義上來說，乃是包括知識、信仰、藝術、道德、法律、習俗和任何人作為一名社會成員而獲得的能力和習慣在內的複合體。愛德華・泰勒（Edward Burnett Tylor）著，連樹聲譯：《原始文化》（上海：上海文藝，1992 年），頁 1。泰勒說的屬於廣義的文化意涵。文化可以用來表示智識的成品與實踐，特別是指藝術活動方面，而這些作品和實踐的主要功能在於表示意義、產生意義，或者作為意義生產的場域，可以說是一種「表意實踐」。約翰・史都瑞（John Storey）著，李根芳、周素鳳譯：《文化理論與通俗文化導論》（臺北：巨流，2003 年），頁 2。

〔註29〕陸游〈正月六日作〉：「……山坡梅花常恨晚，一夕開盡如雪谷。籬邊已放桃蕊紅，庭下頓長萱芽綠……」倪其心、傅璇琮編：《全宋詩》，頁 24930。陳與義〈醉中至西徑梅花下已盛開〉：「梅花亂發雨晴時，褪盡紅絹見玉肌。醉中忘卻頭邊雪，橫插繁枝歸竹籬。」倪其心、傅璇琮編：《全宋詩》，頁 19525。

〔註30〕范成大：《梅譜》，收錄於《叢書集成新編》，第 44 冊，頁 120。

健的美，演繹出簡雅及剛勁風骨的形象。對於這種「老枝怪奇者爲貴」的過度追求，容易導致適得其反；本來對梅枝的欣賞是出自它的自然姿態美，最後卻走向刻意曲致。如此對待梅花的方式，可見宋人多有以玩賞的物質眼光看待梅花。〔註31〕也就是說，由盆景的製作可知梅枝曲欹老瘦成了一種風尚。既然是盆景製作，就存在市場需求，梅枝的欣賞染上世俗性及商品化色彩，從而增添梅花形象的多元性，而這便是筆者想要探討的地方。

還有梅花對土壤要求不嚴，是一種很好生長的植物；加上梅子的經濟作用，因此易於被一般家庭所接受，有著平民化、家常化的取向。據吳自牧《夢梁錄・諸色雜買》記載：「四時有撲帶朵花，亦有賣成窠時花、插瓶把花、柏桂、羅漢葉……冬則撲木春花、梅花、瑞香、蘭花、水仙花、蠟梅花……」〔註32〕由梅花作爲買賣標的，可知梅物質化的一面有待發掘。至於梅花果實，在宋人以隱逸意趣爲主的審美取向中，「鹽梅和羹」所象徵的功名才器也受到輕視。如張鎡〈玉照堂觀梅二十首・其七〉所說的：

　　　　從來嫌用和羹字，纔到詩中俗殺人。〔註33〕

劉克莊〈二疊・其一〉也道及：「纔說和羹俗了渠」，〔註34〕宋人認爲梅花沾染功名實用目的的顯得塵俗；但花而能實代表功用致善，宋詩中提到梅實調鼎和羹的作品，確實不在少數。固然梅作爲宋人心目中花卉比德的集大成者，但梅樹的整體可感受性卻不可分割。從梅的花朵、梅的枝幹到梅實，均有其精神性、審美性、物質性、日常性、世俗性的面向，所構成梅在兩宋多元而豐富的文化意涵象徵，並非比德、高標、隱逸能夠概括得了。而且過於強調梅花高格，難免落入一種妝點門面的附庸心理，似乎只要有了梅花就能脫離凡塵俗氣、瞬間高尚了起來；殊不知倘若缺乏思想底蘊和人格精神，這種爲了雅而雅的心態，跟純粹賞玩花草樹木只圖物質感官上的愉悅，境界也高明不到哪裡去。如是一窩蜂的追隨，爲了擺脫凡俗而強將自己跟梅花連結在一起，最後只會變得更加俗不可耐。因此，有論者指出梅在宋代成爲一種雅致

〔註31〕 梅枝的蟠龍遒勁美得到確認，人們於是開始以梅製作「雖由人作，宛自天開」的樹樁盆景，而製作的過程常盤扎過度，違背了梅的自然特性，扼殺梅的自由生長。張建軍、周延：《踏雪尋梅：中國梅文化探尋》（濟南：齊魯書社，2010年），頁179。

〔註32〕 吳自牧：《夢梁錄》，收錄於《叢書集成新編》，第96冊，頁721。

〔註33〕 倪其心、傅璇琮編：《全宋詩》，頁31672。

〔註34〕 倪其心、傅璇琮編：《全宋詩》，頁36365。

產物，賞梅賦詩成爲文人風尚，當中有託物言志者，也有人云亦云者。〔註35〕例如張鎡在宋代以愛梅者著稱，出身貴冑的他，一方面「築堂數間以臨之，又挾以兩室」，將梅花種在闊綽豪華的自家林園以饗遊宴樂趣，極盡的享受、消費梅花所帶來的物質效用；另一方面卻又說梅花最適宜跟佳月微雪相稱，如種植於富家園內便是對梅花的屈辱，作詩運用調羹、馭使典故更是令人感到厭惡。〔註36〕張鎡企圖以雪月襯托梅花的高雅，彷彿只要自己一親近梅花，便能一洗膏粱流氣。在這裡，張鎡看似對精神美感特徵有所追求，其實是讓梅花淪爲他自我標榜、驅避塵俗的護身符，此中的矛盾也是筆者所一併要詳加探究的。有論者說高雅境地的建構決定於主體內在的審美價值取向和審美心理結構，沒有人的實踐活動，沒有人的生命存在價值的作用，則不可能有審美價值的存在，也不可能有高雅的存在。〔註37〕而凡是「自以爲雅而雅的俗，更是要不得，不但俗，且酸且臭。俗尚可原，酸臭不可耐」。〔註38〕這都是知見，可引作旁證。

　　在宋人心目中「清」主要與「塵俗」相對，重在人格的獨守、精神超越；宋代士大夫在自身平民化、官僚化後堅持並維護的高超、優越的心理取向下，一切平庸和鄙陋都是它的反面。宋人運用梅花和它周旁植物、自然現象的關係，透過比較和烘托的手法以凸顯梅花格調。〔註39〕其實梅花存在多元面向和形象，高格只是其中一種，但卻藉由上述關係的呈現，進而發現到文人爲了守住自身士大夫的品味和地位，刻意抬高梅花形象，以作爲自我的標舉和象徵，究竟是爲了讓自己的精神意趣有所寄託，還是想利用梅花的自然特性來妝點自己，此一環節頗待尋思。另外，范成大說：「梅，天下之尤物，無問智賢愚不肖，莫敢有異議」；〔註40〕楊萬里〈走筆和張功父玉照堂十絕句・其三〉也敘及：「呆女癡兒總愛梅」。〔註41〕梅具有其特殊的物理性質是普羅大眾所喜愛的，要如何區別士大夫和凡夫庶民的品味取向，當中的差別及操作值得探究。梅本來就存在精神層面的審美特徵和物質生活層面的實用功能，

〔註35〕張建軍、周延：《踏雪尋梅：中國梅文化探尋》，頁187。
〔註36〕張鎡：《梅品》，收錄於《叢書集成新編》，第47冊，頁531。
〔註37〕曹順天、李天道：《雅論與雅俗之辨》（南昌：百花洲文藝，2005年），頁37。
〔註38〕顧隨：《駝庵詩話》（天津：天津人民，2007年），頁20～21。
〔註39〕程杰：《中國梅花審美文化研究》，頁296～322。
〔註40〕范成大：《梅譜》，收錄於《叢書集成新編》，第44冊，頁120。
〔註41〕倪其心、傅璇琮編：《全宋詩》，頁26355。

因此宋人在精神上標舉梅花，同時在物質上消費梅花，滿足於梅花的平庸面向所給予的娛樂趣味；游移兩端，當中的矛盾和平衡，也是筆者想要兼顧去條理的一個點。向來論者一再標誌出宋人將梅花推到一個士大夫精神人格象徵的崇高地位，完成梅花文化的象徵意義，梅花定格於兩宋的歷史時空，成了道德品格和民族精神的象徵。筆者認為這樣的論述實乃忽略宋代梅花形象和功能的多元性，更何況高雅和凡俗、精神和物質的層次或境界根本難以一刀切割；正如同兩宋士大夫深涉世俗生活而無從脫離。

梅花面對天候所展顯出的抗爭性及超越性，儘管在花卉中並不多見，但這種抵禦寒冬的性質在松、柏、竹則表現得更為明顯。正如宋人孫奕所說：

> 古今詞人多以草木冬青而寓之言，如班固〈西都賦〉云，靈草冬榮，
> 神木從生；又〈東京賦〉云修竹冬青。左思〈蜀都賦〉云寒卉冬馥……
> 當時而盛者，不必言也；非時而盛者，為可言也。〔註42〕

以松柏竹比德，在先秦時期早已存在並且成為典型，到了宋代文學範式轉型，逐漸以梅花作為一種節操的精神象徵，但仍舊只是眾多抗冬植物中的一種。另外，再就梅花香氣能夠表喻閑靜幽潛的人格氣韻來說，〈離騷〉以降，以香草植物託喻自我內在品質的詩作更是不勝枚舉；倘若要說到在陽和初露、先機獨得的敏感度，則梅花可算是花卉中的唯一，雖然值得大書特書，卻還是不出以花木比德的精神範疇。以花草植物的特殊性質和外界環境的關係來作為精神表徵的文學作品，自古以來車載斗量，無計其數，宋代梅花詩只是上述眾多作品中的一部分；而梅花也僅僅為眾多精神人格象徵物的其中一種。歷來著重梅花道德象徵的研究更是不可勝數，如不一併關注梅花的其他面向及其物質文化意涵，那麼所做的研究恐怕只是學步前人，缺乏開創性及個殊性。

或許早期文人愛用詩作來建立梅花的審美意象，但後來不可避免的這些審美意象已逐漸延申到物質生活中，甚至被刻意運用於食、衣、住、行和娛樂等，以提升士人生活物質層面的美感和享受。據此，本研究不僅要探究宋代士人精神美感層面中的梅花，同時在物質生活層面還需有更多的琢磨和考察。透過詩作，我們可以看到精神和物質二者不斷的互動，從而影響著宋人的審美世界；但我們卻也可以察覺，目前所見的研究幾近全停留在精神意涵的部分，還有一些更細微的層面需要重新去把捉。換句話說，現有研究者的確捕獲到了宋人精神世界中梅花的美感特徵，但對於這樣的美感到底是一種

〔註42〕孫奕：《履齋示兒編》，收錄於《叢書集成新編》，第8冊，頁283。

表徵或者已落實於宋人的現實生活，則尚未意識而有待繼起研究者從詩作中重去發現、探求，因而建構出梅花在宋代精神美感和物質生活這二者始終不斷交互作用下所產生多元、實質的面貌。此乃本研究的動機，同時也是預期成果。

第二節　研究目的與研究方法

　　從事本研究的目的可分成研究本身的目的和研究者的目的。在中國文學史的長頁中，就朝代的演進來說，從先秦、漢代，到魏晉南北，降及隋、唐，繼而宋、元，最後是明、清和民國，而本研究聚焦在宋代；就文類來說，中國文學有各種不同的形式，例如詩、賦、詞、曲、散文、小說、戲劇……等體裁多元，本研究則鎖定詩的部分；另外，中國文學作品內容豐富、題材種類繁多，但本研究限定於梅花一類。因此，本論文題目訂爲《文學史上的一個切片——宋代梅花詩中梅花的形象及其象徵》。研究本身的目的所要處理的課題就是本論文題目所示的一切；研究者的目的則是研究本身的目的達成後研究者所希望發揮的效用，目的是回饋給其他研究者、創作者和教學者，此外一般讀者若是感興趣也可以從中獲得美感與樂趣（但這一部分只能在此點出，而不便細說——可期待將來以一專文深論）。

　　研究本身的目的就是要探討宋代梅花詩中的梅花形象、象徵兼及跟宋代社會生活、文化的關係。第三章「梅花與宋代人的生活」，目的在探究梅花如何分布於宋代士人兼及庶民的食、衣、住、行和娛樂中，而士人更是透過寫詩的方式記錄了梅花全面而廣泛的佔據他們的物質生活，這樣的背景便是第四章「宋代人爲梅花造形的歷程」的基礎。因爲對於梅花的過於嫻熟，士人開始自覺的運用各種文學技巧形塑梅花的崇高樣貌，作爲道德精神的自我象徵，也使得梅花的高標形象一枝獨秀。但從整體上來看，宋代梅花詩中的梅花形象並非片面只有崇高的。據筆者整理，許多非單純詠梅詩，甚至是詠梅詩，當中所出現的梅花形象十分多元，而各種形象也都象徵著詩人的情感，這種文人在不自覺間所創造出的梅花形象是第五章「縐結於宋代梅花詩中的梅花形象」所要條理與分析的。第六章在探析「相關宋代梅花詩中梅花形象的象徵」，人類的情感意念多樣且複雜，無法絕對區分或切割，有一高一低、二種情感之間反差極大的，也有游移在高低之間的。高情和俗情是光譜的兩

端，界於兩端中間的情感筆者則稱作閒情：具有相應身世際遇和人格節操的士大夫，將自身遭遇和感慨投射於被塑造出來的梅花的高標形象，用以標舉自我的高情，同時自身德行和情操也進一步鞏固、強化梅花的高標形象；缺少相應際遇的士大夫則利用梅花高標以外的形象，以承載較爲凡俗的人生常情或富貴閒情。

　　梅花詩在兩宋發生顯著的量變和質變，文人士大夫透過相異於前代的視角觀看梅花，運用各種文學技巧書寫梅花，製造出豐富而多元的梅花形象。梅花頻繁的出現在生活中，而宋詩散文化、生活化的結果是將梅花大量融入於詩作中。文人在詩作中創造梅花高雅形象作爲道德精神的象徵，用以標舉自我；而這樣的高雅形象和象徵同時被一般庶民百姓追隨、模仿著，這就促使文人的焦慮產生，進而再創造新的梅花形象和庶民百姓作區隔。在追隨和區隔二者不斷交互影響下，造就了梅花詩的數量越來越多，形象越來越豐富。這些梅花形象不僅反映士大夫的社會生活，也反映庶民的文化，這是文學和社會的互動，也是研究本身所要極力去追摹的。

　　早在先秦時代，「梅」便進入文學視野，《詩經・召南》藉由梅子成熟到搖落，以喻男女相愛應當及時行動：

> 摽有梅，其實七兮。求我庶士，迨其吉兮。
> 摽有梅，其實三兮。求我庶士，迨其今兮。
> 摽有梅，頃筐塈之。求我庶士，迨其謂之。〔註43〕

《尙書・說命》則引用殷商高宗任命傅說爲相的典故，說明賢臣輔國如同烹飪時的鹽鹹梅酸，貴在調適：

> 爾惟訓于朕志，若作酒醴，爾惟麴糵；若作和羹，爾惟鹽梅。〔註44〕

「鹽梅」和「摽梅」說的都是梅子而非梅花。人們在注意梅子的同時，也發現到梅樹的美，如《詩經・小雅》說「山有佳卉，侯栗侯梅」；又如《詩經・秦風》說「終南何有？有條有梅」。〔註45〕稱梅爲佳卉雖反映出人們對它的欣賞態度，然而卻尙未提及花的部分。〔註46〕劉向《說苑》記載，春秋時越國

〔註43〕鄭玄箋：《毛詩》，收錄於《四部叢刊初編》，第1冊，頁9。
〔註44〕孔安國傳：《尙書》，收錄於《四部叢刊初編》，第1冊，頁37。
〔註45〕鄭玄箋：《毛詩》，收錄於《四部叢刊初編》，第1冊，頁51～52。
〔註46〕如羅大經《鶴林玉露》所指出的：「詩曰摽有梅，其實七兮，又曰終南何有？有條有梅。毛氏曰梅，楠也；陸機曰似杏而實酸，蓋但取其實與材也，未嘗及其花也。」收錄於《叢書集成新編》，第87冊，頁112。

使臣北上晉見梁王，手執一枝梅花相贈，則可說明先秦時代南方人已能欣賞梅花朵的形貌。〔註47〕漢代以降人們持續有折梅花以贈摯友的習慣，如陸凱〈贈范曄〉說：

> 折花逢驛使，寄與隴頭人。江南無所有，聊贈一枝春。〔註48〕

可知梅花作為一種彌足珍貴的春色，能代表真摯的心意。此後人們開始關注梅的花色，在魏晉南北朝梅花就被作為一種春花跟文人發生情感上的相互觀照。吳均〈春詠詩〉提及「春從何處來，拂水復驚梅」，〔註49〕是以「獻歲發春，悅豫之情暢」，〔註50〕梅花被當成春天的前奏，是一種美好且充滿生命力的徵候。但「物色之動，心亦搖焉」，〔註51〕花開花落，美麗而短暫，文人藉此以興怨春傷逝之情，由江總〈梅花落〉所提「可憐香氣歇，可惜風相摧」，〔註52〕可知梅花成了一種美麗而易逝的意象。江總〈新入姬人應令詩〉又說「梅花柳色春難遍，情來春去在須臾」，〔註53〕將梅花和人情類比，同樣是美好卻須臾，感嘆容顏易逝卻無人愛賞。梅花同時承載閨怨，如謝朓〈詠落梅詩〉說：

> 新葉初冉冉，初蕊新霏霏。逢君後園宴，相隨巧笑歸。
>
> 親勞君玉指，摘以贈南威。用持插雲髻，翡翠比光輝。
>
> 日暮長零落，君恩不可追。〔註54〕

梅花的美麗如同人情的美好，它的零落更代表無法聚首的遺憾。鮑照〈梅花落〉則是文人孤獨失意的感嘆：「中庭雜樹多，偏為梅咨嗟。問君何獨然，念其霜中能作花，露中能作實。搖盪春風媚春日，念爾零落逐寒風，徒有霜華無霜質」。〔註55〕鮑照將梅花塑造成一種令人感到憂傷憐憫的弱質形象。惡劣天候在這裡象徵侵害的力量，進而加強梅花的悲情意象。吳均〈梅花落〉也

〔註47〕劉向：《說苑》，收錄於《叢書集成新編》，第 18 冊，頁 640。

〔註48〕李昉等編《太平御覽》載南朝盛弘之《荊州記》：「陸凱與范曄相善，自江南寄梅花一枝，詣長安與曄，并贈花。詩曰折花逢驛使，寄與隴頭人。江南無所有，聊贈一枝春。」收錄於《文津閣四庫全書》，第 903 冊，頁 501～502。

〔註49〕丁仲祜編：《全漢三國晉南北朝詩》（臺北：藝文，1983 年），頁 1378。

〔註50〕劉勰：《文心雕龍》，收錄於《叢書集成新編》，第 80 冊，頁 249。

〔註51〕劉勰：《文心雕龍》，收錄於《叢書集成新編》，第 80 冊，頁 249。

〔註52〕丁仲祜編：《全漢三國晉南北朝詩》，頁 1679。

〔註53〕丁仲祜編：《全漢三國晉南北朝詩》，頁 1701。

〔註54〕丁仲祜編：《全漢三國晉南北朝詩》，頁 1017。

〔註55〕丁仲祜編：《全漢三國晉南北朝詩》，頁 864。

敘及:「中冬十二月,寒風西北吹。獨有梅花落,飄蕩不依枝」。〔註 56〕梅花對於寒風無可抵禦,處於任天候宰制的劣勢。此時期梅花和一般花卉一樣,只是詩人傷春悲秋、感時不遇的心理投射。

到了唐代,梅花走出悲感,迎向一個生機獨發、暖律先知的積極形象。〔註57〕尤其是晚唐,梅花體現出一種異於百卉的秉性生機。朱慶餘〈早梅〉說:

天然根性異,萬物盡難陪。自古成春早,嚴冬鬥雪開。〔註58〕

一個「鬥」字,賦予梅花一股敢跟天候抗衡的力量;而韓偓〈梅花〉述及「風雖強暴翻天思,雪欲侵凌更助香」,〔註59〕更是採取主動策略,將風雪的強暴侵凌化為助力。另外,齊己留意到天寒地凍中梅花對氣溫的反應,他的〈早梅〉甚道「萬木凍欲折,孤根暖獨回。前村深雪裡,昨夜一枝開……」〔註60〕說明梅花對於隱微的陽和暖氣極為敏感,然而所歌詠的還是不出它「欺雪凌寒」的自然物性。到了宋代,從林逋、蘇軾和陸游開始將梅花的自然物性賦予強烈的人格,以作為道德精神的最高象徵。

先秦時期人們關注點從梅實的食用性質到稍微能對於梅樹、梅花抱以欣賞;魏晉南北朝士人藉由梅花感時傷事,梅花成為士人自哀自憐的情感象徵;在唐代文人的精神審美世界裡,梅花擺脫美麗而短暫的柔弱姿態,展現出力抗環境的積極態勢;繼而宋代士人賦予梅花孤高幽獨、抗衡於世俗的人格指標,儼然成了士人思想情感的極致追索、人格品德的終極標杆。先秦以降,梅花形象不斷的在改變,然而在不斷改變的同時它原本的意義並沒有消失。翻閱《全宋詩》可以發現到,梅花形象在兩宋並不侷限於一般所認為的孤高幽獨;平凡而世俗的那一面也不時出現於兩宋文人的詩作中,而這些意義在先前也都曾經間歇隱示過。

研究本身的目的試圖理出宋代梅花詩中比較廣面的梅花形象,而這些形象被不同文人所充分運用,有崇高的、有凡俗的。最耐人尋味的例子是賈似道,像他那樣位高權重且帶有負面形象的人物,在其詩作中竟出現高潔冰清、不染塵俗的梅花影子,的確相當扞格不通。然而在矛盾和衝突中所油然而生

〔註56〕 丁仲祜編:《全漢三國晉南北朝詩》,頁 1354。

〔註57〕 程杰:〈從魏晉到兩宋——文學對梅花美的抉發與演繹〉,《淮陰師範學院學報·哲學社會科學版》,06 期(2001 年),頁 753～762、781。

〔註58〕 彭定求編:《全唐詩》,頁 5889。

〔註59〕 彭定求編:《全唐詩》,頁 7792。

〔註60〕 彭定求編:《全唐詩》,頁 9528。

的「滑稽」感，卻也未嘗不是一種美感。貴冑和名臣例如張鎡和范成大也用梅花來承載自己安適愉悅的富貴閒情，他們不需要憂傷挫折的刺激來相應於梅花的幽獨冷逸，筆下的梅花形象寧靜妥貼，像珠一樣圓滑、玉一樣光潤，而這種美感可稱爲「優美」。另外，蘇軾、陸游等塑造梅花崇高形象用以寄託自身的懷才不遇，同時在他們的詩作中也常出現梅花平凡世俗的形象用以抒發一般的世態常情。〔註61〕

　　宋代梅花詩中梅花的形象及其象徵在過去都被片面看待，如今當知梅花在兩宋具有崇高和凡俗兩類形象及其象徵，此發現則是筆者所要傳達的價值和訊息。透過梅花凡俗形象承載俗情俗意的文人，所展現出來的生活型態仍然具有某種程度的美感，即便是俗情卻不同於一般市井大眾。儘管梅花被庸俗化，但也不致於低下到不識梅花爲何物的程度。由於是表現在詩作中，所以縱使平庸也依舊是一種精神象徵、是一種審美興味，有別於單純感覺器官的接受和滿足。由此可見梅花的中介性不可或缺，它是一種意象符號，可隨著創作者心思意念的投射改變它所承載的意義。

　　人的情感豐富而多變，不可能永遠僵持在崇高的那一端，如同梅花的生長歷程不可能停留在凌寒鬥雪的枯枝、冷蕊階段。宋代文人藉著梅花豐富且多元的形象來象徵自己各種不同層次的情感，更加從容不迫；現代人也未嘗不是如此，退一步不執著於某一種情感、某一種想法，心情豁然開朗。據此，本研究達成研究本身的目的——建構出宋代梅花詩中梅花多元且豐富的形象及其象徵，爾後所期待發揮的效用則是研究者的目的。研究者的目的在於回饋給其他研究者、創作者和教學者。就回饋給其他研究者的部分，梅花的形象不是歷來所認爲單一、刻板的，梅花在宋代有豐富多元的形象及其象徵，可以提供給往後的研究者參考。就回饋給創作者的部分，意象的組合和運用不論在創作古典詩、現代詩或是散文，都是不可或缺的技巧，意象千姿百態，種類包羅萬象，而梅花當然包含其中。文學創作時運用到梅花，從本研究的成果中可知所能選擇的形象和題材可更加多樣、所能投射的意念和情感可更

〔註61〕優美，指形式的結構和諧、圓滿，可以使人產生純淨的快感；崇高，指形式的結構龐大、變化劇烈，可以使人的情緒振奮高昂；悲壯，指形式的結構包含有正面或英雄性格的人物遭到不應有卻又無法擺脫的失敗、死亡或痛苦，可以激起人的憐憫和恐懼的情緒；滑稽，指形式的結構含有違背常理或矛盾衝突的事物，可以引起人的喜悅或發笑。周慶華：《語文研究法》（臺北：洪葉，2004 年），頁 138。

加多元、意象的援用可更加游刃有餘。就回饋給教學者的部分，也就是教師和學生的教與學。梅花形象的豐富性帶入教學中，教學者將不再被侷限於梅花崇高形象的詩作，梅花庸俗形象的詩作未嘗不能作為教學材料，藉此潛移默化教學者、學習者的心態。上述三部分為筆者作為一個研究者的目的（但正如前面所宣稱過的，這需另出一專文深論才能廣為展演，此刻還無暇慮及）。

為了能達到研究本身的目的，必須運用若干相應的方法。本論文旨在條理並探析宋代梅花詩中的梅花形象及其象徵，這些梅花形象及其象徵不僅可看出士大夫的社會生活，也可窺見一般庶民的文化。這是一種文學和文化的互勘，因此文化學方法為本論文最主要的研究方法。據周慶華《語文研究法》所說，所謂文化學方法，是指評估語文現象或以語文形式存在的事物所具有的文化特徵（價值）的方法。〔註62〕現今世界所存文化，大體可分為創造觀型文化（西方）、氣化觀型文化（中國）和緣起觀型文化（印度）等三大系統。〔註63〕透過文化系統的分析，對於梅花形象及其象徵的詮釋將會從表面的語言文字深入至根底的文化肌理，才能使讀者進一步從文化的角度進行觀察而更有助於理解。

除了文化學方法，本論文將搭配運用意象理論、美學方法、語境分析以及傳記研究法，將宋代梅花詩置放於政治、經濟、社會、歷史、文學等境況中，務以更加周密的方式探析宋代梅花詩中梅花所呈現的形象及其象徵。

首先是意象理論。在英文中「image」（意象）有隱喻的意思，還有喚起心象或者感官知覺的意思。〔註64〕吳戰壘《中國詩學》指出意象是中國古典詩歌的一個重要範疇，它不同於客觀的物象，也不是主觀的心態，而是客觀物象和主觀情志相統一的產物，把情感化為可感知的符號，為情感找到一個客觀對應物，使情成體，便於觀照玩味，寄意於象，以象盡意。〔註65〕意象必須是呈現為象，純概念性的說理，直抒胸臆的抒情，都不能構成意象，意象賴以存在的要素是物象。物象是客觀的，不因人的喜怒哀樂而發生變化；但物象一旦進入詩人的構思，就帶上了主觀的色彩，並經過詩人審美經驗的篩選，以符合詩人的美學理想。並且經過詩人思想情感的化合與點染，滲入

〔註62〕周慶華：《語文研究法》，頁120。
〔註63〕周慶華：《語用符號學》（臺北：唐山，2006年），頁47。
〔註64〕劉若愚：《中國詩學》（臺北：幼獅，1977年），頁151。
〔註65〕吳戰壘：《中國詩學》（臺北：五南，1993年），頁27。

詩人的人格和情緒。意象是融入主觀情意的客觀物象，也可以是藉由客觀物象表現出來的主觀情意。〔註 66〕按照能動認識論的觀點，人作爲認識主體反映客體時，一方面是客體規定、制約和影響主體，並改變和發展主體；同時主體也無時不在改造客體，主體在認識過程中透過改造，使客體形象主體化。所謂的意象，是一種主體化了的客體形象。但意象的形成不是科學的認識過程，而是審美過程。這個過程離不開感官的運作，卻更來自心靈的創造。〔註67〕王萬象綜合各家說法，爲「意象」下的定義爲：

> 它可以說是抒情文學的第一構成要素，捨棄了它，一切的情感便無法予以客觀化、具象化，故文學作品表情達意之所以成功，端賴鮮明的意象語言，刻劃出栩栩如生的情境，引發讀者無盡的審美聯想。
>
> 〔註 68〕

本論文研究本身的目的在條理並探析宋詩中的梅花形象及其象徵，梅花形象所以多變而多元，靠的是創作者意念情感的變化。梅花是一種客觀的物，它的枯枝、冷蕊、滿開、搖落和梅實等都只是物理性的展現，一旦跟創作者情感發生連結，梅花便成了主觀情志的產物，成爲一種情感化的符號。人的情感豐富而多變，於是賦予梅花各種不同的形象。宋代人著眼於梅花凌寒鬥雪的枯枝、冷蕊形象，一方面是被梅花的天然物理性所制約、影響；另一方面創作者個人人格精神和情操投射於梅花的同時也無時不在改造梅花，加強它高華的性態，進而製造出梅花在宋代孤絕崇高的穩定形象及其象徵。

其次是美學方法。周慶華《語文研究法》指出美學方法是評估語文現象或以語文形式存在的事物所具有的美感成分（價值）的方法。這種方法的形成，大體上是緣於相對認知取向和規範取向兩種方法。認知取向方法是從理性的基礎來進行討論，找出作者所依據的是什麼，且經由邏輯架構確定它的意義，所以必須合理化，它的目的在求「眞」。規範取向方法是從倫理、道德和宗教的立場來進行討論，語文是約束社會成員思想、維繫社會存在的一種形式，所以必須合法化，它目的在求「善」。至於審美取向方法，則是從某些特定的形式結構來進行討論，語文可以成就一個美的形式，所以必須合情化，

〔註66〕袁行霈：《中國詩歌藝術研究》（臺北：五南，1989 年），頁 61。
〔註67〕陳慶輝：《中國詩學》（臺北：文史哲，1994 年），頁 62～63。
〔註68〕王萬象：《中西詩學的對話——北美華裔學者中國古典詩研究》（臺北：里仁，2009 年），頁 427。

它的目的在求「美」。文學作品藝術化後都具備美的形式，探究美的形式便屬於美學的範圍。文學作品的美表露於形式中某些特殊風格或技巧，而這些風格或技巧關涉文學作品的形式和意義。凡是基於求「美」的前提而探究語文現象，都可以歸到審美取向方法來理解。〔註69〕

柯慶明《文學美綜論》認為「文學美」的創造過程中，最直接可觀察到的是文字的美，也是文學的重要特質。文字的美其實是一種雙重自由的反映：一方面反映作者駕馭語言的自由；另一方面則將駕馭語言的自由，加諸題材而處理成作品「內容」之際，作者超越題材所代表「情境」的心靈自由。因此，將題材創作為具有美的「形式」的作品，正意味心靈上以美感的玩味將它征服，特別當題材是痛苦或醜惡時，以一己心靈的自由將它克服。因此，美的「形式」反映一種意識上對「現實」的超越，一種心靈的提升。文字的美，是一種面對生活的態度，以「美感的玩味」去領會人生。文學不逃避人生真相，但卻必須以一種「美感觀照」的心靈自由加臨於它們。所用來譬喻和象徵的，本身都是極為優美的意象，愁恨跟這些優美景象疊合，成為可以玩味品賞的美感經驗。作者面臨痛苦之際，仍然堅持人性的尊嚴和真實，透過創作將它們轉化為藝術性的美感。〔註70〕詩作本身就是一種具有高度形式美的語言，反映著作者駕馭語言文字的自由；在梅花孤高卓絕的形象中它所象徵的情感常是懷才不遇的落寞，甚至是被迫害的痛苦，是一種極度不自由的情境，但透過梅花這個優美的形象，這份痛苦轉化成一種外在化可觀照的客體，並且當心靈對外在化了的情感加以觀照的時候，便從不自由的情境中得到解脫。另外，就算是庸俗的常情、平凡的閒情，卻以梅花這個優美的形象作為對應物，並以詩這種美的語言形式呈現出來，這乃屬於美學的範圍，都可以依審美取向方法加以解會。

再次是語境分析。語境就是語言運用的環境，是人們運用語言的基礎和出發點。周明強《現代漢語實用語境學》提到所謂語境包含「上下文語境」、「現場語境」和「背景語境」。上下文語境指文學作品的內部，就是語言運用中由語言本身因素形成的環境。如動詞、形容詞、名詞、副詞，甚至虛詞，在語境中扮演不同的角色，彰顯出不同的語義。現場語境是一種伴隨語用活動出現的語境，是時間、地點、場合、境況、話題、事件等因素所構成的，

〔註69〕周慶華：《語文研究法》，頁 132～133，143。
〔註70〕柯慶明：《文學美綜論》（臺北：大安，2000 年），頁 29～38。

而語用主體和客體的身分、職業、思想、修養、情感、性格、習慣、愛好、興趣、心理、處境等也是潛在的構成因素。背景語境它包括社會文化背景語境和認知背景語境。社會文化背景語境是指一歷史時期的政治思想、政治制度、道德觀念、文化教育等因素所形成的語境。認知背景語境則是跟人們心理和知識水準相關的語境，社會政治心理、道德心理、審美心理均能對語言產生影響和制約。〔註 71〕本論文旨在條理探析宋代梅花詩中梅花形象所象徵的意義，詩作中的「現場語境」和「背景語境」，也就是兩宋的時代背景和社會文化，勢必成爲本論文所關心的一環；另外本論文以宋代梅花詩作爲研究材料，文本本身的藝術構設也就是所謂的「上下文語境」自然是考察的重點。

最後是傳記研究法。孟子文學思想主張「不以文害辭，不以辭害志」，並提出「以意逆志」和「知人論世」等文學批評方法。〔註 72〕探究宋代梅花詩中的梅花形象及其象徵，必須深入了解作者的生平、思想、品德、遭遇狀況，以及所處的時代背景，運用「知人論世」的方法，避免主觀的臆測，透過當時實際情況的掌握和分析，儘量周延的推求出作者的情感意志。作者的傳記是掌握他的生平背景的重要媒介。中國綿延數千年的一部正史，傳記佔了絕大篇幅，從顯赫的帝王將相，到寂寞山林的隱逸之士都有專傳或類傳的設立。杜維運《史學方法論》認爲傳記學家密切注意人物，人物是重心，細膩描繪人物的性格，並將人物放在大時代的潮流中，旁徵博引，巨細靡遺，而且瑕不掩瑜，善惡美醜，一一托出，絲毫不掩的將眞人物活現。人物所處的時代，傳記也有細緻的敘述，寫一人而及於無數人；寫一事而及於一代大事。〔註 73〕傳記學家對於人物細膩描繪，並將人物放在大時代中，正兼顧了詩人生平及背景，爲作品的知人論世提供材料，同時也作爲梅花社會文化意涵的基礎。

〔註71〕周明強：《現代漢語實用語境學》（杭州：浙江大學，2005 年），頁 91～151。

〔註72〕《孟子・萬章上》：「咸丘蒙曰舜之不臣堯，則吾既得聞命矣。詩云普天之下，莫非王土；率土之濱，莫非王臣。而舜既爲天子矣，敢問瞽瞍之非臣，如何？曰是詩也，非是之謂也；勞於王事，而不得養父母也。曰：此莫非王事，我獨賢勞也。故說詩者，不以文害辭，不以辭害志。以意逆志，是爲得之。如以辭而已矣，雲漢之詩曰周餘黎民，靡有孑遺。信斯言也，是周無遺民也。」趙岐注：《孟子》，收錄於《四部叢刊初編》，第 3 冊，頁 75。又《孟子・萬章下》：「孟子謂萬章曰一鄉之善士，斯友一鄉之善士；一國之善士，斯友一國之善士；天下之善士，斯友天下之善士。以友天下之善士爲未足，又尚論古之人。頌其詩，讀其書，不知其人，可乎？是以論其世也。是尚友也。」趙岐注：《孟子》，收錄於《四部叢刊初編》，第 3 冊，頁 87。

〔註73〕杜維運：《史學方法論》（臺北：杜維運，2008 年），頁 292～298。

　　本論文依循上述眾方法進行研究，如同周慶華所說的，只要有它們能夠發揮的功能，相對的就會有侷限處，也會出現局部重疊，無法完全顧及研究對象的各個層面；〔註74〕因此只能儘量以各種相關方法混合搭配的方式，使本研究更趨完善。

第三節　研究範圍及其限制

　　研究範圍是指根據研究目的設立和相關研究方法的採用，所擇定研究對象的分布區域，這在本研究的優先考量則是所要探討宋代梅花詩中梅花的形象及其象徵為文學史上的一個切片，以至得先作限定再慮及其他。這個切片是基於筆者個人興趣和能耐的前提所擷取出來的，包括時代限定在宋代，文類限定在宋代詩和題材限定在宋代詩中詠梅的部分（不論是整首詠梅還是兼夾帶梅花意象）。

　　再來則有環繞研究主軸的相關問題：一個是將對既有研究成果作一些回顧並將對方所顯現的不足或缺漏處予以分析檢討；一個是所要探討的對象梅花造形跟宋代人的生活到底有著什麼樣的關連性，得先有一番探究；一個是梅花造形跟宋代人的生活發生關連後，所進一步對被塑造特殊形象的歷程究竟如何，同樣也必須有相當程度的推測。

　　最後，乃是由前二項所導出宋代梅花詩中梅花的形象及其象徵的全面性耙梳、解繹，以便完篇。

　　研究範圍的劃定就依次布列於第二章文獻回顧與檢討（包括第一節古代類書及詠梅著作與筆記、第二節現代中文專書部分、第三節現代海峽兩岸學位論文部分、第四節現代中文期刊論文部分）。

　　第三章梅花與宋代人的生活（包括第一節藝花遊賞與消費、第二節梅花與文人士大夫的生活）。取材於宋人筆記中市井庶民的藝花遊賞和消費等娛樂，以及宋詩中文人士大夫如何將梅花運用於食衣住行中。這是梅花意象的背景呈現，是最基本的底色。傅樂成曾指出宋代提倡文人政治，科舉轉盛，而儒學也受尊崇，科舉制度逐漸成為發展儒家思想學說的媒介；加以外患不息，宋代人的民族意識也日益深固。民族意識、儒家思想和科舉制度，在宋

〔註74〕周慶華：《走上學術這條不歸路》（新北：生智，2016 年），頁 249～250。

代發展至極致。〔註75〕誠如傅樂成所言宋型文化轉趨單純而收斂；但宋代商品經濟空前發達，在文化領域產生重大影響，市民娛樂活動豐富多彩，加上社會階層的流動，士人的娛樂生活也深深染上庶民色彩。

第四章宋代人為梅花造形的歷程（包括第一節透過生長環境烘托、第二節藉由周旁植物映襯）。透過水、雪和月等意象的烘托，以及藉由竹和松的正襯，同時運用素有負面意象的桃、李來反襯，宋代文人運用各種技巧環衛著來塑造梅花高雅形象。

第五章縮結於宋代梅花詩中的梅花形象（包括第一節物理形象、第二節人物形象）。枯枝、冷蕊、滿開、搖落到著實是梅花的生長歷程，每一個階段樣貌姿態各有不同，卻都是詩人情感的投射，主體化了的客體形象十分多元，各自象徵著各種意念和心緒。君子、伯夷、高人、姑射和凡女是梅花的人物性形象。人們將梅花的生長環境、特殊習性和花色態貌等，投以聯想和想像，進而賦予梅花上述的人物形象，並藉以象徵自我的情感。而梅花形象及其象徵二者的對應關係約有四種情況：第一種是一種形象對應一種象徵；第二種是一種形象對應多種象徵；第三種是多種形象對應一種象徵；第四種是混合型，就是多種形象對應多種象徵。此外，還有模糊型，也就是難以界定和說明的形象及其象徵。

第六章相關宋代梅花詩中梅花形象的象徵（包括第一節高情、第二節俗情、第三節閒情、第四節梅花意象的氾濫餘絮）。第六章以第五章為基礎，在了解各種梅花形象及其象徵的前提下，聚焦於兩宋較為重要、並且梅花詩產量較多的詩人，包括林逋、蘇軾、陸游、張鎡和范成大等，扣緊其生平及時代背景，進一步討論宋代梅花詩中的高情、俗情和閒情，及背後所隱含的社會文化意義。同時運用美學方法分析宋代士人書寫梅花詩的情感、心態以及審美取向。當中的高情是相對於凡俗而說的，常跟實用目的的生理上快感和滿足拉開一定距離，並同時受到理性和智識的塑造。美學家姚一葦將這種兼融知覺和理解的經驗稱為「美感」。〔註76〕朱光潛則將實用要求的滿足稱為「快感」。〔註77〕姚一葦進一步強調「快感」的一般性、直接性：「一般人，一見之下即能產生直接的、純淨的快感者。此種快感為立即的，不須經過思索，

〔註75〕傅樂成：《漢唐史論集》（臺北：聯經，1977年），頁372。
〔註76〕姚一葦：《美的範疇論》（臺北：開明，1997年），頁44。
〔註77〕朱光潛：《文藝心理學》（臺北：頂淵，2008年），頁91。

故人人均可獲得。」〔註78〕換句話說，快感是一種最基本、最淺顯的審美表現，是一種常識上的用法，很自然的向凡俗那面靠攏。就姚一葦的美學體系，快感僅及於人的感性層面，也就是引起由感覺到情緒的一系列心理過程；而美感則不僅及於人的感性層面，更由感性層面進入人的理性層面，是一種兼融知覺和理解的知性過程。當快感產生時，人是他自身的主宰者，人和物之間的界線仍是鮮明的，所以快感中容易摻雜人的意欲或甚至佔有的願望。當美感產生時，人和物的界線泯滅不見，形成物我兩忘、物我交融。但快感和美感密不可分，美感不能脫離快感而存在，快感是美感中的一個環節或一個層面，只是美感並非止於此一感性層面，更由感性層面進入知性和理性層面，以達感性和理性互相調和、物我世界的互相融合。〔註79〕梅花作為一種有形體的物象，我們必須透過感覺器官跟它接觸，當只停留在感官的滿足和喜悅時則可稱為是快感取向的審美方式。例如宋詩中所描寫攀折梅花，插於瓶中看似雅致，卻是視覺、嗅覺等感官的佔有和滿足；而陸游的「何方可化身千億，一樹梅前一放翁」，則是人和梅合而為一、物我兩忘，經過理性的運思，梅花不再只是一種物象，而是含容詩人的人格和精神，這可說是美感取向的審美方式。探析梅花詩作中的高情和俗情，除了以美學方法中的快感和美感作為分判指標，尚需結合意象理論。眾多類別的意象中所承載的情感各自不同，透過意象的組合和浮現，詩作呈現出不同的情感面貌。此外，梅花在宋代被塑造成的高潔意象，正是所謂的「現成意象」，不停的被運用於詩作中，難免成了習慣的樣式和俗套、甚至陳腔濫調，縱使詩作中的意象符號看似高雅，但它的本質已無生命可說；倘若再加上詩人本身缺少高標卓絕的人格情操，那麼梅花的高雅意象則更加淪為詩人自我修飾的工具。因此，探究宋代梅花詩，不能孤立於作者生平及時代背景之外。讀詩者應避免以文辭字句的分析而影響對詩作本意的認識，須藉由對詩意的有效理解，進而去推求作者的意志。〔註80〕清代顧鎮《虞東學詩》：「正惟有世可論，有人可求，故吾之

〔註78〕姚一葦：《美的範疇論》，頁 6。

〔註79〕姚一葦：《美的範疇論》，頁 44～45。

〔註80〕所謂的「意」是指讀詩者的意，趙岐說：「志，詩人志所欲之事；意，學者之心意也」，「以己之意，逆詩人之志，是為得其實也。」趙岐注：《孟子》，收錄於《四部叢刊初編》，第 3 冊，頁 75。朱熹也說：「當以意迎取作者之志，乃可得知。」朱熹：《四書章句集注》，收錄於《國學基本叢書》（臺北：臺灣商務，1968 年），第 069～073 冊，頁 127。

意有可措，而彼之志有可通。」〔註81〕作品一旦被寫定，呈現於讀者面前的便是文字符號的組合和堆積，而文字符號總是承載著文化軌跡，探索一首詩除了分析它的語言構成，尚須透過歷史的積累並輔以當時的背景，文字意象方得以浮現。對於文字符號充分掌握，是讀者讀出詩作之意——「吾之意」，而「吾之意」需安放在作者本人和他的時代背景中，如此才能跟作者的心志有所契合相通；否則便流於形式主義的批評，無法挖掘梅花在宋代的意義及其社會文化意涵。

最後是第七章結論（包括第一節要點的回顧、第二節未來研究的展望）。

本論文主要研究材料以北京大學古文獻研究所出版《全宋詩》〔註82〕中的梅花詩爲準，輔以專家詩箋注本，包括孔凡禮校《蘇軾詩集》、〔註83〕錢仲聯校《劍南詩稿校注》、〔註84〕沈欽韓注《范石湖詩集注》等。〔註85〕凡詩題標明梅花者，爲首要材料，例如林逋〈山園小梅二首〉；於詩題雖未出現梅字，但詩篇文字中出現梅字，且內容和梅花相關者，也納入研究材料，例如陸游〈暮冬夜宴〉；〔註86〕至於詩題未出現梅字，詩篇文字中出現梅字，但內容和梅花無關者，則不納入研究材料，例如秦觀〈寄題倪敦復北軒〉。〔註87〕

〔註81〕顧鎮：《虞東學詩》，收錄於《文津閣四庫全書》，第 84 冊，頁 368。

〔註82〕據《全宋詩》編輯凡例，所收錄斷限，凡唐五代人入宋以後有詩者，將他入宋以前所作詩一併收錄；凡宋亡以前有詩者，將他入元以後所作詩一併收錄。另外，其人或出或入，雖歷經宋朝而無宋時詩作，一概不錄；五代十國入宋的君王，遼、金兩國全部作者的詩作，也不收錄。倪其心、傅璇琮編：《全宋詩》，頁 23。有關空間和時間的斷限存在著可討論性，在時間上超出兩宋，空間上卻以兩宋政權所及的範圍爲限制，排除遼、金政權內的宋人，如此的取材範圍及標準，有編者的特殊考量，然而也存在著缺陷及不足。本論文所以依照《全宋詩》的斷限及取材，乃因五代末期實爲宋代文化的前驅，元代初期則可謂宋代精神意涵的延續，均爲宋代文化和精神的整體，無法將它切割或排除；而這樣的取材範圍也已足夠代表兩宋的文化內涵和精神。

〔註83〕蘇軾撰，孔凡禮校：《蘇軾詩集》（北京：中華，1982 年）。

〔註84〕陸游撰，錢仲聯校：《劍南詩稿校注》（上海：上海古籍，2005 年）。

〔註85〕范大成撰，沈欽韓注：《范石湖詩集注》（上海：上海古籍，2002 年）。

〔註86〕陸游〈暮冬夜宴〉：「官機錦茵金麖鳳，舞娃釵墮雙鬟重。寶爐三尺香吐霧，畫燭如椽風不動。主人愛客情無已，等聲未斷歌聲起。亦知百歲等朝露，便恐一歡成覆水。爐紅酒綠春爲回，坐上梅花連夜開。堂前只尺異氣候，冰合平池霜壓階。」倪其心、傅璇琮編：《全宋詩》，頁 24446。

〔註87〕秦觀〈寄題倪敦復北軒〉：「倪郎才韻照冰壺，北向開軒頗自娛。詹度蕙風鳴鵁鶒，壁經梅雨畫蜦蝓。觥籌交錯銀河掛，文史縱橫角簟鋪。官舍私居同是漫，莫嗟三徑就荒蕪。」倪其心、傅璇琮編：《全宋詩》，頁 12099。

　　在上述研究範圍以外的就是本研究的限制。如本節一開始所述文類方面以詩爲主，不涉及詞、曲、散文、小說、戲劇等；並限制在《全宋詩》所收錄的詩作以內，宋代以前和宋代以後的梅花詩僅作背景引述，不在本研究範圍內。至於其他和梅花有直接、間接關係的題材例如相似的植物，儘管它們互涉的意涵可能十分豐富，卻是本研究無法處理的部分。

　　另外，對於引詩的細部闡釋，例如當中的典故、人名、地名……等，和本研究所要處理的課題無直接關係，不見重要性；這些對詩作更全面、更細緻的掌握，有待專文另行討論。

第二章　文獻回顧與檢討

　　本論文旨在探討宋代梅花詩中梅花的形象及其象徵，所涉及的對象包括梅花詩及梅花。自先秦起人們便開始關注梅花，透過古代文獻可以一窺古人觀看梅花的視角，以及梅文化意義的演進脈絡。梅花既然是自然物的一種，那麼梅花詩則可說是詠物詩中的一類，歷年來關於詠物詩研究的專書和論文有相當的成果，其中當然也包含梅花意象的相關論述。不論是梅花詩還是梅花前人都有過討較，但所見研究卻也存在著不足或是沒有考量到的地方，因此在進行本研究的理論建構前，先來討論所能掌握的既有研究成果，耙梳相關研究脈絡，並作一些回顧和檢討，以便凸顯本研究的必要性或獨特處。

第一節　古代類書及詠梅著作與筆記

　　就本研究所關注的梅花爲例，可溯及唐初歐陽詢、裴矩、陳叔達等奉高祖命同修《藝文類聚》（因爲梅意象有承繼延續性，所以一併上溯檢視），當時梅已單獨歸爲一類，和李、桃、梨、甘、橘、櫻桃、石榴、柿、楂、柰等並列於〈果部上〉，所收錄的有典故和筆記資料共十三筆、詩賦九首，其中詠梅詩八首，一首爲食梅詩；包括從《尙書》「若作和羹，爾惟鹽梅」，到簡文帝等南朝文人傷春嘆時的梅花詩，相關資料從梅實到梅花共二十二筆。〔註1〕稍晚，徐堅、張說於開元年間奉玄宗命編撰《初學記》，在〈果木部〉中梅也單獨成一類，收錄有梅實、梅花相關資料共十九筆，包括梅的種類、典故十三筆，詠梅詩賦則有六首。例如《說苑》載「越使執一枝梅遺梁王」、《西京

〔註1〕歐陽詢等編：《藝文類聚》，收錄於《文津閣四庫全書》（北京：商務，2006年），第889冊，頁727～729。

雜記》載梅的種類,這是屬於梅的物質文化;又如簡文帝、何遜、王筠等南朝人士梅花詩、賦,這類文學創作無疑是呈現士人的美感和精神文化。〔註2〕以上述類書體例來說,內容包括兩個重要組成:一是有關梅的物質文化;一是士人的美感追求和精神象徵。接下來,白居易和宋孔傳《白孔六帖》中,關於梅的記載多集中在卷九十九,和桃、李、橘、櫻桃、梨等並列,自成一類,其中包括梅和海棠不能婚配的「梅聘海棠」,以及因鄰居煙氣灼燒自家梅花,而拆鄰屋的「為梅拆屋」等典故資料。〔註3〕可以見到唐人觀看梅花的視角,並反映梅花在唐人心目中的地位。

　　宋代出現了一項突破──梅實和梅花分流。唐朝類書編纂的體例和分類中,梅雖然已經獨立成類;不過,當中梅實和梅花並未嚴格區分,二者實為一體(梅樹),在學理和文化意義中也混為一談。北宋初期所產生的梅實和梅花分流,這不僅是知識分類上的提升,更具有文化上的意義。太平興國二年,李昉等人奉太宗命編撰《太平御覽》,梅、石榴、柰並列於〈果部七〉(卻未收入〈百卉部〉),所收錄資料三十七筆,來源包括正史,如《宋書》、《南史》、《梁書》等,筆記小說如《世說》、《抱朴子》、《西京雜記》、《述異記》、《語林》等,全為典故史料而無詩賦,內容以梅實為主,梅花為輔;其中出現不少後世耳熟能詳的梅(花)典故,包括「壽陽公主梅花妝」、「望梅止渴」、「陸凱贈范曄梅花一枝」等。在這裡,我們看到的是附著於梅上的物質文化的積累和傳承。更值得注意的是,李昉等人同時編撰的文學總集《文苑英華》,則將梅(花)單獨歸為一類,和牡丹、桃花、紫薇花、芙蓉花等並列於〈編花木二〉,收錄南朝到唐朝梅花詩二十首,均為詠梅花的詩作,收錄數量僅次於牡丹詩的二十七首。《太平御覽》是一部知識百科,偏於實用,因而梅被歸於果部,文字上呈現出物質文化的形式;而《文苑英華》屬於文學創作的總集,代表了士人美感和精神的創作和想像,於是被歸於花部。〔註4〕從中我們看到的是,梅實和梅花本是梅樹不可分的一部分,然而在學理和文化意義上,卻透過科學化「分類」的方式,將實用和審美精神分流。

　　到了南宋這種情形更為明顯,刊刻於宋理宗寶祐年間的《全芳備祖》,編者為陳景沂,是一部關於植物專題的大型類書,梅花置於〈前集〉卷一,為

〔註2〕 徐堅等編:《初學記》,收錄於《文津閣四庫全書》,第 891 冊,頁 695～696。

〔註3〕 白居易:《白孔六帖》,收錄於《文津閣四庫全書》,第 894 冊,頁 191～192。

〔註4〕 李昉等編:《太平御覽》,收錄於《文津閣四庫全書》,第 903 冊,頁 500～502。
　　　李昉等編:《文苑英華》,收錄於《文津閣四庫全書》,第 1340 冊,頁 83～85。

花部之首；又有紅梅等另外成類（該書並在〈前集〉卷四另立紅梅、臘梅、湘梅等；梅實則和杏、桃等置於〈後集·果部〉）。在梅花類收錄諸多相關文獻資料及詩賦，其中詩賦的部分，散句加上完篇一共有三百多筆；紅梅的部分，典故四筆、詩賦數十筆。〔註5〕由《全芳備祖》的編排順序可知當時人們將梅花看作是群芳之首；同時，編者更看重的是士人標榜的審美和精神文化的層次。該書收錄大量詠梅詩詞，保存唐宋時期詠梅佳作，當中又以南宋的詩詞作品為大宗，除了說明宋代詠梅風氣的昌盛，更可以看出宋人對梅花的愛賞。

　　明代後期《二如亭群芳譜》，編者為王象晉，該書將梅收錄於〈果部〉，分品種、接法、移種、制用和藝文等。由於該書屬於植物學和農學性質，收錄梅的品種多達二十六種，由當中所記載詳盡且全面的品種名錄，可看出當時梅花種植的盛況及市場需求。〔註6〕汪灝等奉清聖祖命增刪明人王象晉《二如亭群芳譜》而成的《御定佩文齋廣群芳譜》，序文提到：「原本梅、杏、桃、李之類俱加載花中，今分見於花、果兩處，更使開卷了然。」該書將梅花、梅實分開，分別置於花、果兩譜之首，這無疑是對於知識譜系的傳承和確認。該編梅花有三卷，紅梅另立於梅花後，所載梅共計有三十二品種，並收錄清代以前相關資料，包括詠梅名篇、詩話筆記、諸子雜談、地志雜史。資料來源包括正史如《宋史·隱逸》載林逋逸事，包括筆記小說如《西京雜記》載梅花種類、《輟耕錄》載梅花軼事，甚至地方志如《湖州府志》、《開封府志》的梅花相關傳說典故。另外，又收錄梅花相關評論及文章，例如楊萬里的〈和梅詩序〉、張鎡《梅品》、范成大《梅譜》、明人張鼐〈孤山種梅序〉、劉基〈友梅軒記〉、陳繼儒〈梅花樓記〉等。詩作則從南朝簡文帝到明人王世貞的梅花詩，均有收錄。張英、王士禎、王惔奉聖祖命編撰《御定淵鑑類函》是一部全方位的大型類書，梅自成一個類別，和梨、甘並列於〈果部二〉，底下尚細分小類，包括梅的品種、梅相關志怪、典故，資料來源有《西京雜記》、《神異記》、《語林》、《四明圖經》等，以及南朝至宋代的梅花詩賦作品。〔註7〕清代是類書編纂集大成的時期，梅花詩賦作品在知識系統中已經成為結構性的

〔註5〕陳景沂：《全芳備祖集》，收錄於《文津閣四庫全書》，第938冊，頁187～216，248～256，487～494。
〔註6〕王象晉：《二如亭群芳譜》，收錄於《故宮珍本叢刊》（海口：海南，2001年），第471冊，頁314～325。
〔註7〕汪灝等編：《御定佩文齋廣群芳譜》，收錄於《文津閣四庫全書》，第847冊，頁449～561。

存在，典故軼聞和詩文的內容均有長足擴張，詩文內容的發展尤為醒目。

跟類書中梅花單獨成類現象相呼應的是宋代詠梅專著的出現，反映了士人物質和精神生活的融合。最早是北宋晏殊《紅梅集》，據蔡絛《西清詩話》載晏殊嘗將姑蘇紅梅移植於園第中，並跟客在花下飲酒賦詠梅詩。吳聿《觀林詩話》也載，晏殊召士大夫燕賞賦詩，號《紅梅集》，可惜已不傳。〔註 8〕而南宋宋伯仁《梅花喜神譜》從梅花的蓓蕾、小蕊、大蕊、欲開、大開、爛漫、欲謝、就實等過程中形象得繪出一百幅姿態不同的梅花，每幅配有題名及五言詩一首，畫作和詩作均尚在；〔註 9〕另外還有黃大輿編《梅苑》十卷，輯錄唐五代到南宋初的詠梅詞作四百多闋（今本已非黃大輿原編）。〔註 10〕從晏殊《紅梅集》、宋伯仁《梅花喜神譜》、黃大輿《梅苑》，可以窺見宋人詠梅文學大為發展的一端。宋代以後梅花詩的創作能量稍減，但若干詩選總集中仍然以專類收錄了大量的詠梅詩，例如元代方回《瀛奎律髓》是一部唐宋五、七言律詩總集，當中卷二十梅花類梅花詩作自成一類，收錄五言律詩六十二首、七言律詩一百四十八首，並略敘梅相關典故。〔註 11〕康熙年間以清聖祖玄燁名義編選的《佩文齋詠物詩選》卷二九七，收錄南朝到元代的梅花詩作，並分為五言古詩、七言律詩、五言律詩、五言絕句、七言絕句，大約二百多首，開篇就說：「梅花類，附紅梅、梅子」。〔註 12〕梅花詩單獨成卷，梅子為它的附屬，詩選的編纂同樣反映了士人知識系統的分類認知。

前文提到梅花詩並非僅僅是士人的精神創作，詩作的文字語境同時真切的呈現出士人物質生活的面貌，物質實用和審美精神文化的分流絕非一面倒的傾向審美精神文化。南宋後期林洪《山家清供》、《山家清事》就是兩種專門記載江湖閒隱生活用品的著作，它體現的是精緻和更具美感的物質文化，反映出二者間存在不斷的對話和互動。《山家清供》記載梅花相關食物七種，包括以梅花為食材的三道，分別是蜜漬梅花、湯綻梅和梅粥，以及以梅花為

〔註 8〕 蔡絛：《西清詩話》，收錄於《風月堂詩話》（臺北：廣文，1973 年），頁 147；
　　　　 吳聿：《觀林詩話》（北京：中華，1985 年），頁 6。

〔註 9〕 宋伯仁：《梅花喜神譜》，收錄於《叢書集成新編》，（臺北：新文豐，1985 年），
　　　　 第 52 冊，頁 636～649。

〔註10〕 黃大輿：《梅苑》，收錄於《叢書集成續編》，（臺北：新文豐，1989 年），第
　　　　 205 冊，頁 209～263。

〔註11〕 方回：《瀛奎律髓》，收錄於《文津閣四庫全書》，第 1370 冊，頁 189～223。

〔註12〕 張玉書：《御定佩文齋詠物詩選》，收錄於《景印文淵閣四庫全書》，（臺北：
　　　　 臺灣商務，1983 年），第 1434 冊，頁 85～108。

佐料的醒酒菜一道、以梅實爲調料的大耐糕一道，還有梅花形麵片的梅花湯餅一道，最後是以各種果實模擬梅花風味的梅花脯一道。〔註13〕《山家清事》則記載梅花相關的生活器物，包括梅花紙帳的形制和用法，梅花瓶插的注意事項，以及介紹作者自己居處種梅情形的〈種梅養鶴圖說〉。〔註14〕透過《山家清供》、《山家清事》發現到文人刻意將梅花融入日常生活中，進而可以知道當時梅花受喜愛的程度，以及梅花作爲生活物質的效用。宋代也出版了專題爲梅花譜錄的《梅譜》，作者是范成大，書中記載梅花品種，有江梅、早梅（又一種）、官城、消梅、古梅（苔梅、古梅）、重葉、綠（又一種）萼、百葉湘梅、紅梅、鴛鴦、杏梅、蠟梅（狗蠅、磬口、檀香三種）共十二種，其中早梅、綠萼、蠟梅均有另品，而古梅則屬梅的特殊形態，並非梅的品種，早梅的另一種也可能是花期不一，並非新品種，因而合計實有品種爲十四。該譜錄對於梅的特點進行了一番考證（包括形態特徵、花色、果實、栽培方法等）和詳細說明，可見梅花品種和相關知識在宋代已建立基本體系。然而，該編不僅僅是一本可供查尋比對的植物目錄而已，更提供了一個品賞梅花的路徑和情境，當中引用了若干典故、詩文，以及作者自己的品評，不斷以韻、格、奇、古等詞語來形容梅，以人比梅，強調不與眾同風爲君子之道，不屑商業和人力加工的人爲造作，隱然爲雅俗之辨，似在建立某種品賞的標準和群體，以便跟他者作出區隔。〔註15〕第二部梅花專著是張鎡《玉照堂梅品》，書名所謂梅品，非指品種譜錄，而是標準、品格的意思，全文五十八條，透過正、反兩方的對照，指示賞梅的正確方式，避免各種庸俗情形發生，以維護梅花高雅地位。例如花榮寵爲列燭夜賞、名筆傳神、專作亭館；反過來賞花命猥妓、傭僧窗下種、酒食店內插瓶則是花屈辱。〔註16〕《玉照堂梅品》強調賞梅的趨雅避俗，反映當時士大夫生活經驗及普遍心態。無疑的，有關梅的物質文化部分也提升到了一種審美精神的層次，士人以詩作營建梅花高雅形象的同時，也將這一精神文化融入自我的生活中，營造出具有美感、不與俗同流的物質文化的形式。可見宋代的詠梅詩既傳達出士人的精神追求，又呈現了士人生活的格調，成了二者互動的文學場域。相關文獻所論的，雖然頗嫌瑣碎不成體系，但當它是發端，則正好可作爲本研究的切入點。

〔註13〕林洪：《山家清供》，收錄於《叢書集成新編》，第 47 冊，頁 582～587。
〔註14〕林洪：《山家清事》，收錄於《叢書集成新編》，第 87 冊，頁 270～272。
〔註15〕范成大：《梅譜》，收錄於《叢書集成新編》，第 44 冊，頁 120～121。
〔註16〕張鎡：《梅品》，收錄於《叢書集成新編》，第 47 冊，頁 531。

第二節　現代中文專書部分

　　1990 年以降，論者開始注意詠物詩包括詠植物詩，並聚焦研究詠花詩。例如林淑貞《中國詠物詩「託物言志」析論》討論詠物詩託物言志的理論基礎，歸納整理詠物詩的物類及其取象、取意。〔註 17〕又如朱雅琪《六朝詠物詩的興盛發展》從社會現實層面探析詠物詩在六朝興盛的原因，加上當時士人個體自覺，「物」成了士人情感投射的重要對象。〔註 18〕

　　宋代詠花詩研究的相關專書最早是蕭翠霞《南宋四大家詠花詩研究》透過陸游、范成大、楊萬里、尤袤四人的生平、經歷和他們的詠花詩，歸納詩歌中花卉的象徵意義，詩人思想情感的反映；並且說明宋代詠花詩所以興盛是基於賞花風氣的普遍、花卉專書的述作、對於以花比德的注重等原因。梅花屬冬季花卉是一種身處寒冷氛圍中的精神凝聚，在象徵意義的部分蕭氏所持的論點不出崇高的範疇，但在物質生活的部分則就楊萬里〈歲之二日欲游翟園，以寒風而止〉詩作內容指出詩人和梅花平易親切的日常。〔註 19〕這呼應了吉川幸次郎的看法，認為在宋代詩人中，楊萬里最喜歡以俚語入詩，他的詩作往往被評為粗俗儉俚。〔註 20〕而楊萬里的詠梅詩也帶有這種趣味，蕭氏提出一種宋代人較為物質、較為生活化的觀梅視角，除了提供本研究可探討的一個點，同時可見宋代梅花詩中的梅花形象及其象徵並非如多數研究者所強調的只有崇高的部分。但梅花詩的相關指涉只是該書中的一小部分，對於梅花形象蕭氏也沒有較深入的分類和探析。就單一植物詩作為研究對象的，以本研究所關注的梅花為例，有歐純純《陸游與楊萬里詠梅詩較析》結合陸游、楊萬里的生平和時代背景，分別分析、比較兩人詠梅詩的內容、修辭、意象、語言風格等。陸游、楊萬里不僅針對梅花的花、香、枝、影、色等外在形體，進行描寫和刻劃；同時藉梅寫情，透過梅花的象徵意義承載內

〔註 17〕　林淑貞：《中國詠物詩「託物言志」析論》（臺北：萬卷樓，2002 年）。

〔註 18〕　朱雅琪：《六朝詠物詩的興盛發展》（臺北：中國文化大學，2012 年）。

〔註 19〕　蕭翠霞：《南宋四大家詠花詩研究》（臺北：文津，1994 年）。楊萬里〈歲之二日欲游翟園以寒風而止〉：「歲前問訊翟園梅，不知作麼不肯開。歲後遣人訪消息，春風一夜花都拆。老夫聞此喜欲癲，小兒終夕不成眠。南烹北果手自飣，漆楄銀瓶色相映。千騎朝來填戟門，雙旌已復指梅園。東風無端動地起，橫作清寒止游子。老夫孤悶搔白頭，小兒勸翁翁勿愁。人言好事莫作意，雨妬風憎鬼神忌。欲游不必言，阻游不必計。從今只揀天色佳，走就梅花求一醉。」倪其心、傅璇琮編：《全宋詩》，頁 26227。

〔註 20〕　吉川幸次郎著，鄭清茂譯：《宋詩概說》（臺北：聯經，2012 年），頁 201～202。

心種種情感，包括堅貞高潔、年華逝去、知音難尋、思念家園等。另外，陸游、楊萬里也深諳折梅花和食梅花的樂趣。透過歐氏的整理可以發現到在這二人的詠梅詩中梅花風貌十分多面，而且也注意到梅花在物質生活的那一面。歐氏也提到宋代通俗文學產生，爲了順應廣大群眾的需求，大眾化、普遍化、通俗化相應而生，同時影響著文人的創作內容，這對詠梅詩也造成一定影響。陸游和楊萬里的詩作中，就出現了很多通俗語言。尤其是楊萬里的詠梅詩偏向俗諧，常以口語化以及運用修辭法使相關詩作呈現通俗化、趣味化。〔註21〕

　　大陸學者張建軍、周延《踏雪尋梅：中國梅文化探尋》從先秦「鹽梅和羹」的典故，談到清代的雅士和大眾賞梅。宋代的部分，首先述及蘇軾將自身際遇投射於梅花，進而賦予梅花「梅格」，象徵自己超邁孤峭、自甘幽獨的精神品質，劉克莊的梅花詩則記錄自己宦途浮沉的感慨；其次分別論及花光仲仁和楊補之二人的墨梅畫法不同，以及當時的接受和評價；再來略述宋代理學家將「清」、「貞」等投射於梅花，以及梅花樹樁盆景的製作。〔註22〕透過張氏的論述可以看出梅花在宋代文人心目中的不同形象，蘇軾所流露的是幽獨高情，劉克莊所表達的則是較爲凡俗的情感；而畫法迥異的墨梅及其價值，當中所代表的審美觀也反映出梅花在宋代人眼中有著不同的面貌和形象；理學家將梅花看作道德精神的徵候，是一種脫離物質的抽象表徵，但梅花盆栽又是一種商品。諸如以上這種兩兩相對的交錯和互動卻未被有效釐清的，也是筆者想要進一步探究的。

　　大陸學者程杰全面性的探討梅文化，使用到的材料包括詩、詞、散文、筆記、小說等，涉及的時代上自先秦兩漢下至明清，討論的層面也很廣，包括梅花題材的音樂、繪畫、小說、戲劇、工藝和日常生活等。雖然程氏在專書中呈現了梅花多種形象和面向，但因爲範圍涵蓋太大、時間斷限太長，所以缺少較深入的論析。他《梅文化論叢》所收錄〈宋代梅花審美認識的發展及其成就〉結論出：宋代人賦予梅花道德品格，象徵士大夫人格精神，梅文化同時在宋代完成了其象徵意義。〔註23〕但程氏對於梅花崇高象徵的過於強調，淡化了梅花在宋代的多元形象及其象徵，以至侷限梅花作爲文化意涵的其他面向。程氏在〈兩宋時期梅花象徵生成的三大原因〉說明梅花所以體現

〔註21〕歐純純：《陸游與楊萬里詠梅詩較析》（臺南：漢風，2006 年）。
〔註22〕張建軍、周延：《踏雪尋梅：中國梅文化探尋》（濟南：齊魯書社，2010 年）。
〔註23〕程杰：《梅文化論叢》（北京：中華，2007 年），頁 70～87。

出宋人道德追求的典型，成爲至尊的品德圖騰，基於思想層面的因素，是在理學思考下以花卉比德的結果。該文除了思想因素，還提到社會發展因素及生物學因素。社會發展方面，宋代都市及經濟十分發達，在郊遊賞花、專業藝花、花市交易等活動中，梅花是很常見的花種之一。生物學因素方面，程氏提出梅花淡小花蕊綴於枝間顯得十分素淡寒薄，於是成爲梅格的清的重要載體；加上梅花對土壤要求不嚴，是一種很好生長的植物，且梅子還有經濟作用，因此易於被一般家庭所接受，平民化、家常化的取向，自成一種平樸蕭散、野逸自得閒趣。〔註24〕首先程氏稍微點到梅花的庶民性質以及在士大夫物質生活中的被運用，但文中沒有詳細敘述梅花如何作爲一種世俗的物質；其次淡雅之清只是宋人看待梅花的一個角度，其他的觀察視角則有待進一步考察和探究；再來程氏所謂的蕭散野逸，是一種屬於文人雅士的審美趣味，正是目前現有研究中最常提到的、也是對梅花的刻版印象，蕭散野逸所指涉的概念和梅花平民化、家常化的形象是不一樣的。另外，程氏《中國梅花審美文化研究》專書中所收錄〈梅與雪〉、〈梅與楊柳、桃杏、松竹、牡丹〉、〈梅與水、月〉、〈美人與高士比擬〉等，指出宋代人運用梅花和它周旁植物、周遭環境等的關係，透過比較和烘托的手法以凸顯梅花崇高格調。〔註25〕但程氏只是點到爲止，缺乏大量的詩證，對於當中的運用以及操作並沒有詳細的說明。但程氏的這幾篇文章提供筆者一個參考座標：宋代人如何運用各種文學技巧爲梅花塑形，進而利用塑造出來的形象作爲象徵來標舉自己。本研究所要探索的重點，正在這裡。

　　研究本身的目的是要探討宋代梅花詩中的梅花形象、象徵兼及跟宋代社會生活、文化的關係，因此在梅花相關研究的文獻以外，宋代社會和士大夫的心理也需要一併關注。唐宋間際社會結構產生變化，邱添生《唐宋變革期的政經與社會》指出唐代以前的社會士庶間壁壘分明、地位懸殊；自唐中葉後，士族衰頹、門第沒落，隨著這樣的趨勢，社會結構發生了實質變化，進而動搖、瓦解。〔註26〕陶晉生《北宋士族：家族‧婚姻‧生活》提到宋代重視科舉，宋太宗實行「別試制度」，避免勢家跟孤寒競進，特別爲孤寒家開路；商人子弟也藉由科舉仕進，地位從原本末端、五蠹的行列大爲提升。宋代考

〔註24〕程杰：《梅文化論叢》，頁47～69。
〔註25〕程杰：《中國梅花審美文化研究》（成都：巴蜀書社，2008年），頁296～312。
〔註26〕邱添生：《唐宋變革期的政經與社會》（臺北：文津，1999年），頁195。

試制度所培養出的新興士大夫，不具顯赫的家族背景，他們和其他階層的人們身分並沒有嚴格區別，形成社會上相當程度的流動性。〔註 27〕加上商人憑藉金錢的力量，支持子弟競逐科舉，甚至透過各種途徑跟仕途勾結。〔註 28〕筆者認為宋代士人的社會處境或許可以跟明代晚期互相參照。巫仁恕《品味與奢華——晚明的消費社會與士大夫》指出晚明科舉制度壅塞、商品經濟繁榮、士商地位消長，造成社會階級、身分升降和分合。社會結構的變化反映於消費文化，原本是士人獨有的特殊消費活動，舉凡文物和藝術品這類文化消費，或是穿著、旅遊、書房家具等一般日常生活的物質消費，在商品經濟繁榮和階層流動頻繁的晚明社會，這些事物被商人甚至平民模仿，進而致使原本象徵士大夫身分的事物逐漸消失，士大夫面臨到社會競爭的極大壓力，焦慮感油然產生。〔註 29〕社會階層有相當程度流動的宋代社會，原本的下層階級，除了在地位上的大幅躍進，同時在文化上也模仿起文人士大夫的生活，挑戰著文人士大夫在社會中既得的權力和身分象徵。

　　根據西方的心理相關論述，焦慮的產生多半涉及內在衝突，往往是一種相互往復的關係，這種持續得不到結果的衝突，終將使當事人壓抑衝突的某一部分，於是導致神經性的焦慮。所謂衝突的內容和伴隨而生的焦慮，就是一種自我覺察到危險處境而壓抑自身的慾望。受挫的慾望威脅到某些核心價值、某種人際關係模式，這個模式對個人的安全和自尊，具有重大意義。受挫的慾望造就了衝突，焦慮於是跟隨而來。因為焦慮伴隨著無助、孤立和衝突等感受，令人感到不安，當事人自然會對那些制他於不安和痛苦的事物感到憤怒，進而產生敵意。〔註 30〕由於時空情境、文化背景等差異，自然難以直接將西方心理學的解釋套用於宋代士大夫；另一方面，縱然心理學家對人的焦慮反映進行臨床研究，提出許多精細的觀察和分析，但個案主都是近現代社會中的一般大眾，而本文研究對象則是中世的、封建帝國下的士大夫，即使他們曾因焦慮而出現類似的情緒或行為反應，仍無法也不應一概而論。

〔註 27〕陶晉生：《北宋士族：家族‧婚姻‧生活》（臺北：中央研究院歷史語言研究所，2001 年），頁 i。

〔註 28〕姚瀛艇：《宋代文化史》（臺北：雲龍，1995 年），頁 16。

〔註 29〕巫仁恕：《品味與奢華——晚明的消費社會與士大夫》（臺北：聯經，2007 年），頁 309。

〔註 30〕羅洛‧梅（Rollo May）著，朱侃如譯：《焦慮的意義》（臺北：立緒，2010 年），頁 226～232。

然而根據前述焦慮的定義，若將它解釋為原本的社會結構受到衝擊，產生階級地位的衝突，而焦慮是宋代士大夫身分受到威脅，面臨不安，進而產生的反應。他們在承受壓力時，勇於面對問題，並設法解決問題的反應，當可從「焦慮」的角度來解釋宋代士大夫的心理狀態，而他們所採取的解決方法，則不妨借用現代社會學的理論。

柯律格（Craig Clunas）曾應用社會學家皮耶·布迪厄（Pierre Bourdieu）的「區分」理論解釋晚明的物質文化和社會狀況，認為特定的文化消費模式不僅被用來標誌社會群體間的差異，同時也生產、並再生產了社會關係，進而提出不同階層對於不同物品有不同態度，在晚明這個流動的社會中，商品的使用被當成是社會標示，凝聚的不僅是貨幣價值，而且是文化上的推崇，擁有者甚至因此可以得到成功的仕途生涯，可說是至為重要的社會關係保障。文人士大夫必須將他們眼中的精品作出分類，製造差異，差異對於維繫社會和文化層次能起相當程度的作用，每個人都有可能優於某些人，而那些位於最高層次的人的確要優於任何人。〔註 31〕巫仁恕從柯律格的視角出發，全面探究晚明的消費社會，提出原本是士人獨有的特殊消費活動，被商人甚至平民模仿，進而致使原本象徵士大夫身分的東西逐漸消失，在極度焦慮感下，於是他們只好發展出自己的特殊文化，表現自己的品味，以利於跟其他社會群體作區分，藉此重新提升自己的身分地位。晚明士大夫建構自己的消費文化時，塑造品味的核心就是「雅／俗」的對立和辯證，這樣的觀念出現，很明顯的就是為了跟一般人作區隔，以凸顯士大夫的社會地位。〔註 32〕士大夫利用專屬的品味和格調，來分類社會地位，於是消費社會行為造就身分分化和市場區隔。例如文震亨《長物志》這一部通向高雅生活的指南書，便是一種確保並建立社會分界的物質文化寫真書。〔註 33〕

在宋代士庶界限被打破，庶族地主及平民階層以科舉制度躋身主流社會，取士不問家世。甚至原本地位低下的商人，在這個時候也發生轉變。宋代文人士大夫的焦慮和區隔，雖然無法確定是否走到如晚明那樣的明顯而極致，但這種焦慮才剛開始，宋代文人士大夫缺少明確的可循經驗，他們心中的恐慌可見一斑。宋人朱或有一則汴京富商榜下捉婿的敘述，從作者的口吻可初步嗅出端

〔註31〕柯律格（Craig Clunas）著，高昕丹、陳恒譯：《長物：早期現代中國的物質文化與社會狀況》（北京：三聯，2015 年），頁 83、95、123。

〔註32〕巫仁恕：《品味與奢華——晚明的消費社會與士大夫》，頁 309。

〔註33〕文震亨：《長物志》，收錄於《文津閣四庫全書》，第 874 冊，頁 245～302。

倪：「蓋與壻爲京索之費。近歲富商庸俗與厚藏者嫁女，亦於榜下捉壻，厚捉錢以餌士人，使之俯就，一壻至千餘緡。」〔註34〕士大夫眼中商人在本質上就是庸俗，而受富商金錢勾引的讀書人則如同被誘捕的動物。但即便有再多的不屑，身分的流動在北宋已經形成，既然無法阻止新成員加入，那麼維持舊有、既有的身分便成了文人士大夫的當務之急。身分上失去了明確界線的他們，只好從物質文化上來進行區隔，而梅花意象、符號的使用上，則是他們區隔途徑的一種。唐宋變革間際，大批新興士大夫的出現，身分地位大幅流動，可說是中國封建社會的第一次，士大夫身分上的焦慮，相較過於頻繁的晚明社會流動，可能是有過而無不及，可能更加深刻，而這確實需要深入證明和探析。梅花的形象及其象徵在宋代文人士大夫的刻意操作下，它的崇高意象達到了極致，這種操作背後的意義很可能跟當時社會生活、文化以及士大夫的心理需求有很密切的關係，這正是本研究要加以琢磨的地方。

第三節　現代海峽兩岸學位論文部分

在臺灣，就學位論文的部分，早期 1960 到 1970 年間，多從事詩作校釋、箋注和考證。例如陳弘治《李長吉歌詩校釋・上》、徐文助《淮海詩注附詞校注・上》、張學波《孟浩然詩校注》等，爲詩歌研究奠定基礎。〔註35〕1970 到 1980 年間則集中在專家詩研究，探討詩作題材、風格、語言、表現手法等，並結合時代背景及詩人生平、性格，以詮釋詩作意涵；這時期也不乏聚焦於某一個斷代或詩派加以研究，以及詩人間的比較研究；另外，詩人的詩學理論也是論者所關心的。這種大範圍、大格局的研究風氣底下，也有關注詠物詩的，例如 1976 年李燕新《王荊公詩探究》專立一節討論王安石的詠物詩，討論詩和詩人之間的關連、意義；稍晚，陳聖萌《唐人詠花詩研究》，不僅聚焦在詠物，甚至縮小範圍於詠花詩，是一種極爲創新的嘗試。〔註 36〕繼而，

〔註34〕朱彧：《萍洲可談》，收錄於《叢書集成新編》，第 117 冊，頁 108。

〔註35〕陳弘治：《李長吉歌詩校釋・上》（臺北：國立臺灣師範大學國文學系碩士論文，1967 年）。徐文助：《淮海詩注附詞校注・上》（臺北：國立臺灣師範大學國文學系碩士論文，1967 年）。張學波：《孟浩然詩校注》（臺北：國立臺灣師範大學國文學系碩士論文，1968 年）。

〔註36〕李燕新：《王荊公詩探究》（高雄：國立高雄師範大學中國文學研究所碩士論文，1978 年）。陳聖萌：《唐人詠花詩研究》（臺北：國立政治大學中國文學系碩士論文，1982 年）。

1980 年以降出現許多題名為「詠物詩」的學位論文，例如簡恩定《杜甫詠物詩研究》、盧先志《唐詠物詩研究》、陳麗娜《李白詠物詩研究》曾淑巖《李商隱詠物詩研究》、李英華《黃庭堅詠物詩研究》，這些論文所研究的詠物詩，當中所詠的物包括天文、地理、人體、器物、草木、花卉、蟲魚鳥獸，透過詩人物類的選擇和創作，觀察所詠的物的特色和展現，並剖析特定物類在詩人創作活動中所承載的情感及意義，進一步詮釋詩人生命歷程和物象的關連。〔註 37〕當中簡恩定論及杜甫藉詠物詩諷時、感懷；陳麗娜也提到李白借物自況諷時、興感議論，簡氏和陳氏都從詠物詩中的寄託來說明詩人的憂國之心，進而肯定詠物詩的內涵及價值。而曾淑巖也是認為李商隱在詠物詩中體物而自慨、借物以諷，並表現對仕途的熱切期望。值得一提的是李英華《黃庭堅詠物詩研究》指出黃庭堅習慣取材於日常生活中的細瑣之物，「物」是詩人表達哲理的中介，同時「物」更常是詩人自身「不俗」的寫照。李氏擺脫傳統的詠物詩觀看視角，認為「物」不必是詩人感慨的寄託，而可以是詩人自我標舉的象徵，本論文第四章探析宋人形塑梅花的崇高象徵用以表達自我孤高幽獨的情感意念，李氏的觀點和視角可資取徑。2000 年以後研究者開始關注起詠花詩，更有不少單純聚焦於特定花卉意象的，例如陳怡玲《白居易花木詩研究》、李之君《花神的饗宴——李商隱詠花詩探析》、蔡幸吟《唐詩中牡丹、菊花、蓮花之意象探討》、馮女珍《唐人詠牡丹詩之審美意識研究》、凃美婷《唐代牡丹文化與牡丹詩研究》、李珮慈《采菊：「菊」的原始意象與文學象徵——以屈賦陶詩為主》、陳淑芬《唐詩菊花意象研究》。〔註 38〕近二

〔註37〕簡恩定：《杜甫詠物詩研究》（臺中：私立東海大學中國文學系碩士論文，1983年）。盧先志：《唐詠物詩研究》（臺北：私立東吳大學中國文學系碩士論文，1986年）。陳麗娜：《李白詠物詩研究》（臺北：私立東吳大學中國文學系碩士論文，1987年）。曾淑巖：《李商隱詠物詩研究》（高雄：國立中山大學中國文學系碩士論文，1998年）。李英華：《黃庭堅詠物詩研究》（高雄：國立高雄師範大學國文學系碩士論文，2002年）。

〔註38〕陳怡玲：《白居易花木詩研究》（嘉義：國立中正大學中國文學系碩士論文，2007年）。李之君：《花神的饗宴——李商隱詠花詩探析》（臺北：臺北市立教育大學中國語文學系碩士論文，2008年）。蔡幸吟：《唐詩中牡丹、菊花、蓮花之意象探討》（新竹：私立玄奘大學中國語文學系碩士論文，2008年）。馮女珍：《唐人詠牡丹詩之審美意識研究》（臺北：私立中國文化大學中國文學系碩士論文，2008年）。凃美婷：《唐代牡丹文化與牡丹詩研究》（臺中：私立東海大學中國文學系碩士論文，2009年）。李珮慈：《采菊：「菊」的原始意象與文學象徵——以屈賦陶詩為主》（花蓮：國立東華大學中國語文學系碩士論

十年來詠花詩研究如雨後春筍，無法一一詳提只能略作舉隅。陳怡玲述及白居易的花木詩結合佛教思想和己身的生命情懷，值得注意的是在白居易的花木詩中沒有詠梅詩，只有幾首兼及梅花的詩作，但偏重於跟朋友宴飲居多，不同於傳統對於梅花的期待。李之君結合李商隱身世背景探析他詠花詩的情感表現。蔡幸吟認爲唐代的釋道文化對牡丹、菊花、蓮花意象產生很大的影響進而表現在詩作中。涂美婷探討唐代牡丹文化包括牡丹象徵富貴，且在唐代有著仙女、美女形象；而唐人詠牡丹詩作，多爲諷諭之用以及感時傷懷的抒發。李珮慈追溯菊作文學象徵起源於屈原賦予菊比德好脩的意涵，到了陶淵明菊則成爲隱逸的代表；兼及探究各朝代菊的文化意涵，包括先秦的巫系文化、魏晉服菊求壽和重九避邪，菊花意象十分豐富而多元。陳淑芬從唐詩中探析唐人的菊相關風俗習慣和菊文化意義，以及菊高潔、隱逸的形象作爲詩人情感的象徵。

　　本論文所關注的梅花的相關研究則有陳威伯《花卉在中國傳統詩歌中之意涵及其演變》、吳家茜《高啓梅花詩探微——兼論歷代梅花詩之發展》、胡惠君《王冕詠梅詩研究》。〔註39〕對於梅花陳威伯則闡述了從先秦到宋代的審美特色和花卉的喜愛偏好，以及花卉寫作特色，並歸納花卉意涵的形成與演變，可說是詠花詩研究的集大成。陳氏專立一章條理先秦到元明清梅花意涵的演變，提出宋代梅花作爲詩人高潔的精神象徵。吳家茜結合高啓生平討論他的梅花詩藝術成就，並專立一章略述南北朝至元代的梅花詩，認爲兩宋梅花詩中梅花的形象清瘦高雅，作爲詩人高潔脫俗的精神象徵。胡惠君認爲王冕將無法入仕的心志，寄託於描寫梅花出塵、堅忍不屈的詩作中。陳氏和吳氏對於宋代的梅花意象的指涉依舊不出高崇範疇，胡氏則將同樣的論點延續到元代。

　　由以上的耙梳條理可知近五十年的研究脈絡，從廣泛而概括性的詩作研究，到詠物詩進而詠花詩的研究，儼然是一股古典詩研究的重要轉向；當中詠花詩的研究大多以意象爲切入點，意象是客觀物象經過創作主體的獨特情

文，2010 年）。陳淑芬：《唐詩菊花意象研究》（臺北：私立淡江大學中國文學系碩士在職專班論文，2014 年）。

〔註39〕陳威伯：《花卉在中國傳統詩歌中之意涵及其演變》（臺北：私立中國文化大學中國文學系博士論文，2012 年）。吳家茜：《高啓梅花詩探微——兼論歷代梅花詩之發展》（高雄：國立中山大學中國文學系碩士論文，2004 年）。胡惠君：《王冕詠梅詩研究》（臺北：私立輔仁大學中國文學系碩士論文，2014 年）。

感活動而構設出來的藝術形象,詩人要託物言志,必須透過意象來完成;透過意象,研究者方能詮釋、探析詩人情感意志。簡單的說,這是在捕捉詩人心中所設定的、期待的,或是想像中的美感,這也是筆者探究宋代梅花詩中的梅花形象及其象徵所採取的途徑。然而,這些關於意象的研究重點都放在詩和詩人之間,而忽略了這些詩人、詩作經常是一種共同的行為、情緒和心理傾向。也就是說,這些群體現象的背後,應該反映某些社會取向及需求,而大部分研究卻還沒有著墨。

宋代梅花詩數量遠邁前代,但目前只有歐純純《陸游與楊萬里詠梅詩比較研究》是專門的研究(該論文已出版成專書,在本章第二節已經討論過),〔註40〕其他相關的論述則大多散見在詠花詩研究中,例如蕭翠霞《南宋四大家詠花詩研究》(該論文已出版成專書,在本章第二節已經討論過)、陳貞俐《蘇軾詠花詩研究》、王厚傑《陸游詩中花之研究》、柳品貝《范成大詠花詩研究》、吳月嬙《陸游詩歌「花」意象研究》。〔註41〕陳貞俐述及宋代城市的繁華花會、買花、插花風氣盛行,當中也包括梅花,這是梅花物質層面的展現,可惜缺少深入討論;另外陳氏結合蘇軾生平探析他的詠花詩,其中梅花堅貞、優雅的意象、隱者的意象,表達詩人思想和情感,這也不出梅花崇高象徵的範疇。王厚傑結合生平和時代背景,探析陸游詠花詩,條理出大地回春、仙人、沉鬱、優雅、隱者、堅貞等意象,而梅花也涵蓋了這六種意象。柳品貝由歷史、社會等外緣因素切入,討論范成大詠花詩的象徵類型,包括春日的信使、高潔的君子、富貴的形象、釋道文化的反映,並提及作者以詠花詩呈現己身的內涵情志,一樣是探析陸游在各類花卉意象背後寄託的精神意涵。吳月嬙認為梅花是陸游詩中清麗的花,專立一節討論梅花仙人、隱者、貞士形象和高潔品格、孤芳自賞、堅貞卓絕、早春先發的精神意涵,仍舊侷限在梅花崇高象徵中。

〔註40〕 歐純純:《陸游與楊萬里詠梅詩比較研究》(嘉義:國立中正大學中國文學系博士論文,2003年)。

〔註41〕 蕭翠霞:《南宋四大家詠花詩研究》(臺南:國立成功大學歷史語言研究所碩士論文,1993年)。陳貞俐:《蘇軾詠花詩研究》(高雄:國立高雄師範大學國文學系碩士論文,2002年)。王厚傑:《陸游詩中花之研究》(高雄:國立中山大學中國文學系碩士論文,2006年)。柳品貝:《范成大詠花詩研究》(臺北:私立銘傳大學應用中國文學系碩士論文,2008年)。吳月嬙:《陸游詩歌「花」意象研究》(臺北:國立臺灣師範大學國文學系在職進修碩士班碩士論文,2014年)。

　　從上述可知在諸多宋代詠花詩論述中，梅花多以抗寒迎雪的姿態出現，
高潔的君子形象承載詩人思想情感，較少論及梅花的其他形象及其象徵。廖
雅婷《宋代梅花詞研究》整理宋代梅花詞常見典故、梅花詞中的梅花意象及
象徵意義和梅花詞語彙等，相關論點和研究成果，雖然跟梅花詩研究多所重
疊，但廖氏提到因梅花能於老幹萌發新枝，帶有長壽不衰的象徵，因此宋代
詞人常以詠梅來祝賀他人娶妻生子或作壽。〔註 42〕這則是宋人看待和使用梅
花意象的另一種眼光，值得參考。

　　大陸學位論文關於詠物詩方面的研究在這二十年內才起步。2002 年黃偉
龍《齊梁詠物詩研究》論及齊梁詠物詩所詠之物以自然物和樂器為主，詩人
感情的寄託常常和豔情相連。2003 年劉國蓉《晚唐詠物詩論》談到晚唐詠物
詩所詠之物以自然界物中的弱小者居多，詩人在詠物中寄寓個人遭際及家國
之憂。〔註 43〕2005 年于志鵬《宋前詠物詩發展史》對於宋以前詠物詩的發展
作綜向概述，條理不同時期詠物詩的創作特徵。于氏認為屈原創造出的「香
草美人」比興傳統，是詠物詩的重要美學特徵；「觀物比德」的創作方式對後
世詠物詩影響深遠，繼而後代的詠物詩大多以託物寄興為主。〔註 44〕大陸近
十年來詠物詩研究越來越多，且集中於專家、文人集團的詠物詩，例如 2006
年殷三《梅堯臣詠物詩研究》結合梅堯臣的生平討論他在詠物詩中所寄託的
思想內容，並兼論梅堯臣對詠梅詩的貢獻。2006 年謝新香《元祐文人的詠物
詩研究》認為元祐文人所詠的物包括植物、動物……不僅題材寬廣，且受理
學思想以及儒家道德觀念的強烈影響，對自身的道德要求常滲入到他們的詠
物詩中。接下來的研究漸漸聚焦在詠花詩上，例如 2011 年黃丹妹《漢魏六朝
詠花詩研究》論及漢朝的詠花詩體現了生命意識，晉代的詠花詩則清麗可喜，
齊梁時期受宮體影響詠花詩追求綺麗，但也有寄託深意的作品。〔註 45〕另有

〔註 42〕廖雅婷：《宋代梅花詞研究》（嘉義：國立中正大學中國文學系碩士論文，2003
　　　　　年）。
〔註 43〕黃偉龍：《齊梁詠物詩研究》（桂林：廣西師範大學中國古代文學碩士論文，
　　　　　2002 年）。劉國蓉：《晚唐詠物詩論》（西安：陝西師範大學中國古代文學碩士
　　　　　論文，2004 年）。
〔註 44〕于志鵬：《宋前詠物詩發展史》（濟南：山東大學中國古代文學博士論文，2005
　　　　　年）。
〔註 45〕殷三：《梅堯臣詠物詩研究》（合肥：安徽大學中國古代文學碩士論文，2006
　　　　　年）。謝新香：《元祐文人的詠物詩研究》（廣州：暨南大學中國古代文學碩士
　　　　　論文，2007 年）。黃丹妹：《漢魏六朝詠花詩研究》（北京：首都師範大學中國
　　　　　古代文學碩士論文，2011 年）。

鎖定在單一種花卉的研究，例如 2014 年紅霞《唐詩菊意象論略》從唐詩中發現唐人餐菊、飲菊、簪菊、賞菊等，這是菊在唐代的文化意義，是唐代詠菊的背景。雖然強調菊花傲霜挺立、唐人詠菊以菊比德，菊花從自然物象進而成為文人的精神象徵，但除了高潔象徵紅氏也兼論菊花詩中的政治抱負、失意人生、故土之思、友情之詠等其他面向的情感。2014 年胡先枝《唐代牡丹詩研究》述及唐代詩人借牡丹以言志——盛唐的牡丹詩中所寄託的情感積極平和，中唐牡丹詩所表現出的則是張狂落寞，晚唐的牡丹詩則表達了詩人的無奈與感傷。〔註46〕至於本研究所關注的梅花，則有 2015 年楊帆《中韓古典詩歌中的梅意象比較研究》，楊氏述及在中韓兩國的古典詩歌中文人將梅和君子、隱士、女性、戀人等形象連繫起來，象徵著正義、堅貞和希望。中國的詩人一般將梅花作為自己堅定信念的象徵，寄託剛正不阿的人生態度；而韓國詩人心目中的梅花則象徵忠誠報國的決心。〔註47〕楊氏兼談梅花的多樣形象，但主要還是在強調梅花力抗環境的自然屬性，象徵有識之士不為外部勢力屈服的品格，不出梅花崇高形象及其象徵的範疇，女性和戀人形象則較少著墨。

第四節　現代中文期刊論文部分

期刊論文部分，早在 1963 年就出現盧崇善〈讀陸放翁詠梅花詩〉，但那屬於個人心情抒發性質，加上刊載該文的《建設雜誌》，是以政治、經濟和社會為主，不跟中國文學研究相關，因此該文並非學術性文章；接下來 1976 年汪中講〈從「落花詩」談李商隱淒迷的身世〉，也並未對詩作深入探討。對於詠花詩的關注看似開始得很早，但卻沒有進入學術研究的範疇，多為藝文散論。1977 年黃永武〈散文——詩人眼中的梅蘭竹菊〉內容淺顯屬於大眾取向的雜談性質。〔註48〕稍晚，洪順隆〈六朝詠物詩研究〉，黃永武〈詠物詩的評

〔註46〕紅霞：《唐詩菊意象論略》（呼和浩特：內蒙古師範大學中國古代文學碩士論文，2015 年）。胡先枝：《唐代牡丹詩研究》（武漢：湖北大學中國古代文學碩士論文，2015 年）。
〔註47〕楊帆：《中韓古典詩歌中的梅意象比較研究》（濟南：山東大學亞非語言文學碩士論文，2016 年）。
〔註48〕盧崇善：〈讀陸放翁詠梅花詩〉，《建設雜誌》，第 12 卷，第 2 期（1963 年 7 月），頁 37、43。汪中講：〈從「落花詩」談李商隱淒迷的身世〉，《華文世界》，第 6 期（1976 年 4 月），頁 84～87。黃永武：〈散文——詩人眼中的梅蘭竹菊〉，《幼獅文藝》，第 46 卷，第 1 期（1977 年 7 月），頁 129～138。

價標準〉為詠物詩研究開啓一扇窗；接下來，1983 年簡恩定〈試論杜甫詠物詩中的興〉述及詠物詩中的物象和詩人所投射的情感；1985 年黃盛雄〈李義山詠物詩中的柳〉開始關注詠物詩中的某個意象；1986 年陳昌明〈遊於物：論六朝詠物詩之「觀象」特質〉則探討詠物詩中詩人「物」的視角。〔註 49〕此後詠物詩研究有越來越多的趨勢，例如 2002 年馬美娟〈詩歌「詠物寄託」之探討〉追溯詠物詩源自屈原〈離騷〉，討論詩人以詠物寄託情感。2003 年張清發〈論李義山詠植物詩的題材運用與情感意蘊〉從「意象」去分析歸納詠物詩題材運用的特徵，進而探求詩人的內心活動。〔註 50〕也有所小範圍在詠花詩上，例如張君如〈冬賞梅花春海棠——談南宋四大家的詠花詩〉述及陸游、范成大、楊萬里、尤袤藉詠花以表達內心情感。趙桂芬、周明儀〈試析白居易詠花詩中的情與志〉認為白居易藉栽花、賞花消遣貶謫不適的情懷，詠花詩大多屬於託物言志和借物抒懷之作。〔註 51〕這種走向，跟專書、學位論文是一致的。總括來說，古典詩學研究中詠物詩到詠花詩的研究，無疑是一股重要的研究趨向，而上述研究的旨趣和重心大多在於詠物寄情、藉物言志的面向。

至於聚焦在本研究所關注的宋代梅花詩，則有歐純純〈林和靖詠梅詩對後世相關詩題創作的影響〉、黃智藾〈林逋的人品及詩品〉結合交遊概況，探析林逋梅花詩中的詩品及人品，定位林逋為隱逸詩人。劉昭明、彭文良〈論蘇軾黃州紅梅詩詞的書寫策略〉論蘇軾謫居黃州，作〈紅梅三首〉其一首倡「梅格」，以人擬花、花中有人藉花明志，梅格即人格、詠梅即詠人。呂皓渝〈朱淑真梅花詩探析——兼論梅花詩發展略述〉從朱淑真梅花詩探析她筆下

〔註49〕 洪順隆：〈六朝詠物詩研究〉，《大陸雜誌》，第 56 卷，第 3/4 期（1978 年 4 月），頁 62～80。黃永武：〈詠物詩的評價標準〉，《古典文學》，第 1 期（1979 年 12 月），頁 159～178。簡恩定：〈試論杜甫詠物詩中的興〉，《東海文藝季刊》，第 7 期（1983 年 3 月），頁 25～36。黃盛雄：〈李義山詠物詩中的柳〉，《臺中師專學報》，第 14 期（1985 年 8 月），頁 113～125。陳昌明：〈遊於物：論六朝詠物詩之「觀象」特質〉，《中外文學》，第 15 卷，第 5 期（1986 年 10 月），頁 139～160。

〔註50〕 馬美娟：〈詩歌「詠物寄託」之探討〉，《南臺科技大學學報》，第 26 期（2002 年 3 月），頁 97～116。張清發：〈論李義山詠植物詩的題材運用與情感意蘊〉，《語文學報》，第 10 期（2003 年 12 月），頁 219～240。

〔註51〕 張君如：〈冬賞梅花春海棠——談南宋四大家的詠花詩〉，《育達學報》，第 12 期（1998 年 12 月），頁 10～16。趙桂芬、周明儀：〈試析白居易詠花詩中的情與志〉，《臺南科技大學通識教育學刊》，第 10 期（2011 年 1 月），頁 1～21。

的梅花具有少女浪漫情懷、少婦閨怨情愁和女性文人的自覺心等特點。許竹宜、鄭定國〈梅花吐蕊綻幽香——南宋詩人方岳詠梅詩之探析〉結合生平和時代背景探析方岳的詠梅詩，認爲他筆下的梅花具衝犯冰雪的高人意象，包含有推崇屈原和林逋的孤獨高潔以及何遜的高才不遇，而這些意象是詩人梅我合一的心靈投射。﹝註 52﹞在這些單就個別詩人作品研究的篇目中，重點多集中在梅花意象和詩人內在精神的寄託，其中呂皓渝論及朱淑眞以女性視角，將梅花作爲少女浪漫情懷及閨怨情愁的徵候，從比較不一樣的角度切入，探求宋代詩人觀看梅花的不同面向。

專就宋代梅花詩而詳加研究的期刊論文並不多，幸有梅花詞研究作爲補充，以資參考。顏崑陽〈淺談宋詞中三個梅花意象——美人姿態、隱者風標、貞士情操〉歸結梅花三種不同形象分別象徵三種不同情感。舒曼麗〈姜夔「次韻史部梅花八詠」析論〉認爲梅花孤傲的山中高士影像和姜夔生命相互輝映。劉漢初〈姜夔詞的情性與風度——從「卜算子」梅花八詠說起〉從姜夔終身寥落的清客生涯去探析他的詠梅詞，分析詞人的心境、性情和風度。顏智英〈論東坡詠物詞意象之開拓——以詠梅、詠荔枝爲例〉認爲蘇軾詠梅詞掌握了梅的凌霜傲骨而表現以高潔譬喻友誼、自喻人格或譬喻朝雲等意象。﹝註 53﹞這幾篇文章均提到詞作中梅花孤獨高潔的形象，以作爲詞人思想情感的象徵。

大陸期刊論文的部分關於詠物詩研究開始得相當早，1962 年陳貽焮〈談李商隱的詠史詩和詠物詩〉提出李商隱詠物詩運用象徵手法，借某一實物來表現某一抽象概念。接下來 1979 年金啓華〈杜甫的花鳥詩闡微〉認爲杜甫花

﹝註52﹞ 歐純純：〈林和靖詠梅詩對後世相關詩題創作的影響〉，《東海大學文學院學報》，第 44 期（2003 年 7 月），頁 90～107。黃智蘋：〈林逋的人品及詩品〉，《嶺東學報》，第 24 期（2008 年 12 月），頁 87～112。劉昭明、彭文良：〈論蘇軾黃州紅梅詩詞的書寫策略〉，《文與哲》，第 20 期（2012 年 6 月），頁 205～238。呂皓渝：〈朱淑眞梅花詩探析——兼論梅花詩發展略述〉，《人文與社會學報》，第 3 卷，第 1 期（2012 年 12 月），頁 63～89。許竹宜、鄭定國：〈梅花吐蕊綻幽香——南宋詩人方岳詠梅詩之探析〉，《漢學研究集刊》，第 16 期（2013 年 6 月），頁 65～88。

﹝註53﹞ 顏崑陽：〈淺談宋詞中三個梅花意象——美人姿態、隱者風標、貞士情操〉，《明道文藝》，第 64 期（1981 年 7 月），頁 90～97。舒曼麗：〈姜夔「次韻史部梅花八詠」析論〉，《中州學報》，第 21 期（2005 年 6 月），頁 161～171。劉漢初：〈姜夔詞的情性與風度——從「卜算子」梅花八詠說起〉，《國文學誌》，第 12 期（2006 年 6 月），頁 193～220。顏智英：〈論東坡詠物詞意象之開拓——以詠梅、詠荔枝爲例〉，《師大學報》，第 56 卷，第 2 期（2011 年 9 月），頁 67～94。

鳥詩有著深刻的現實意義，蘊涵作者強烈的愛憎。稍晚1980年何鳳奇〈讀李賀的馬詩二十三首——兼談詠物詩的寄托〉提出李賀以馬爲題材的這組詩，借馬言情，寫進了詩人的政治抱負、身世遭遇和性格品質。1981年王樹范〈關於白居易「草」的主題〉認爲白居易的〈賦得古原草送別〉是詩人透過對草的描寫，喻寫送別之情。1983 年麻守中〈試論古代詠物詩〉認爲詠物詩是詩體的一種，詩人透過對客觀事物的描繪，表現他的主觀認識和思想感情；文中提到林通寫出梅花清峻、孤高的神態，而蘇軾刻劃紅梅的精神品格，借紅梅表達自己的內心世界。1984 年劉繼才〈略論中國古代詠物詩〉提出早在先秦時期，乃至遠古時代，就產生了詠物，並非如明代人所說詠物起自六朝，文中並認爲詠物詩託物言志具有一般抒情詩所不能代替的功效。楊慶華、尹仲文〈詠物詩芻議〉有鑑於《佩文齋詠物詩選》無限制擴大詠物詩的範圍，而削弱了詠物詩的客觀價值，於是根據歷代詠物詩創作的實際情況，提出詠物詩的界限應以風雲、雪月、花草、果木、鳥獸、蟲魚、器用、書畫等物類爲主，以上述物類作爲詩歌的題目和創作內容的主體，或透過這種主體的描繪寄託才能稱爲詠物詩。周雲龍〈中國古代詠物詩移情現象探討〉述及詠物詩中的「物」裡面的思想感情，是詩人意識上對客觀世界創造性的反映，詩人的心境是詠物詩「情」的心理基礎，「比」、「興」則詠物詩的表現手法。1987武二炳〈「一樹梅花一放翁」——論陸游的梅花詩〉述及陸游透過借梅抒情、借梅自喻、借梅明理、借梅寄託等對梅花的歌詠和描繪，將自己的思想內容和情感投射在鮮明生動的梅花形象中。〔註54〕

　　就本研究所關注的梅花詩來說，程杰在1998年〈梅花意象及其象徵意義

〔註54〕陳貽焮：〈談李商隱的詠史詩和詠物詩〉，《文學評論》，第 6 期（1962 年），頁97～109。金啓華：〈杜甫的花鳥詩闡微〉，《徐州師範學院學報・哲學社會科學版》，第 4 期（1979 年），頁 13～21。何鳳奇：〈讀李賀的馬詩二十三首——兼談詠物詩的寄托〉，《齊齊哈爾師範學院學報・哲學社會科學版》，第 Z1期（1980 年），頁 83～88。王樹范：〈關於白居易「草」的主題〉，《四平師院學報・哲學社會科學版》，第 2 期（1981 年），頁 43～45。麻守中：〈試論古代詠物詩〉，《吉林大學社會科學學報》，第 5 期（1983 年），頁 73～79、11。劉繼才：〈略論中國古代詠物詩〉，《遼寧師大學報》，第 3 期（1984 年），頁74～79。楊慶華、尹仲文：〈詠物詩芻議〉，《河北大學學報・哲學社會科學版》，第 2 期（1984 年），頁 73～79、86。周雲龍：〈中國古代詠物詩移情現象探討〉，《錦州師院學報・哲學社會科學版》，第 2 期（1987 年），頁 96～101。武二炳：〈「一樹梅花一放翁」——論陸游的梅花詩〉，《包頭師專學報》，第 1 期（1987年），頁 41～47。

的發生〉述及南朝詩人以梅花感言閨怨，中唐以來詠梅之作漸繁，睹物感傷逐步發展到審美讚賞，爾後梅花的人格象徵意義漸漸產生。〔註55〕程杰認爲梅花眞正成爲詩人崇高的人格象徵是在宋代，他的〈林逋詠梅在梅花審美認識史上的意義〉、〈從魏晉到兩宋——文學對梅花美的抉發與演繹〉、〈宋代詠梅文學的盛況及其原因與意義・上〉、〈宋代詠梅文學的盛況及其原因與意義・下〉這幾篇文章主要在討論梅花在宋代完成品格象徵的崇高形象。當時經濟政治、思想文化等背景，造就梅藝文化繁盛，以及文人以語言藝術的明確意義、豐富手法展示了梅花審美文化的內容和意趣，進而造就宋代詠梅文學的繁榮。〔註56〕宋代梅花詩的相關研究，從程氏以後便不斷被討論著，林逋、蘇軾、黃庭堅、陸游、楊萬里、劉克莊等大家的梅花詩均曾被述及，例如謝新香〈論蘇軾詠梅詩對梅花審美意蘊的提升〉認爲蘇軾把自身的思想和人生理想寄寓在梅的形象中，讓梅成爲自己人生際遇和人格的代言物。彭遠利〈論黃庭堅的詠梅詩〉認爲黃庭堅描寫梅花不畏嚴寒的高尚品質，借以抒發自身清高的氣節。周靜〈論楊萬里的梅花情結〉表示梅花是楊萬里詩品和人格最好的寫照。至於小家詩人也多有著墨，例如王博〈試析陳與義梅花詩的審美心態〉述及陳與義推崇梅花孤峻的品質，進而將理想人格的追求和人生哲理的思考寄託其中。朱海萍〈北宋梅堯臣的詠梅詩探析〉認爲梅堯臣透過梅花的早發以凸出梅花的地位，強化梅花的冷峭形象，同時藉梅花以哀嘆自身境況。梅堯臣對梅花有著大量的吟詠，包括寫梅枝疏影方式，凸出詠梅的自覺，爲北宋後期梅的審美內容發展奠定基礎，跟林逋共同初步確立了梅「幽姿」、「高格」的審美特徵，對蘇軾、陸游及後人的詠梅詩產生很大的影響。白秀珍〈梅花詩的發展及張道洽的梅花詩創作〉論道張道洽 300 多首梅花詩，題

〔註55〕 程杰：〈梅花意象及其象徵意義的發生〉，《南京師大學報・社會科學版》，第 4 期（1998 年），頁 112～118。程杰 2015 年重提在杜甫所處的時代梅花遠不像宋人林逋之後那樣受關注，梅花主要仍屬於春花形象，詩人或借梅花以興發韶光流逝，或恣意游賞以興文士閒逸宴遊情態，並沒有宋代那種孤芳自憐、風雪苦吟的態貌。程杰：〈杜甫與梅花〉，《北京林業大學學報》，S1 期（2015 年 12 月），頁 90～93。

〔註56〕 程杰：〈林逋詠梅在梅花審美認識史上的意義〉，《學術研究》，第 7 期（2001 年），頁 105～109。程杰：〈從魏晉到兩宋——文學對梅花美的抉發與演繹〉，《淮陰師範學院學報・哲學社會科學版》，第 6 期（2001 年），頁 753～762、781。程杰：〈宋代詠梅文學的盛況及其原因與意義・上〉，《陰山學刊》，第 15 卷，第 1 期（2002 年 1 月），頁 29～33。程杰：〈宋代詠梅文學的盛況及其原因與意義・下〉，《陰山學刊》，第 15 卷，第 2 期（2002 年 2 月），頁 14～18。

材多樣，有嶺梅，千葉梅、照水梅、瓶梅、墨梅、尋梅……等；風格清潔，
平和，但內容卻單調、重複。〔註57〕以上的研究成果或有可採處，但要論及
相關梅花的整體性認知卻還有一大段距離。

第五節　小結

　　從本章第一節可知唐代類書的編纂梅雖然單獨成為一類，但梅花和梅實
混為一談，詠梅的文學作品也跟筆記、典故、雜談夾纏在一起，可見梅花詩
並沒有特別受到關注。宋初出現了重大突破，不僅梅實和梅花分流，梅花詩
更是從筆記、典故、雜談中脫穎而出，在《文苑英華》得到專門的收錄，這
樣的分類標準反映了梅花詩在宋初漸漸受到重視。這時詠梅專著的出現也提
供了最好的證明，從宋伯仁《梅花喜神譜》和黃大輿《梅苑》，可以窺見宋人
詠梅文學大為發展的一端。接下來元代的《瀛奎律髓》和清代的《佩文齋詠
物詩選》梅花詩也都單獨成卷，確立詠梅詩已經自成一類。除此以外，以上
所述的不論是總集還是專著，都收錄大量的詠梅詩作，可見它是一種相當重
要的詠物詩類別，由此反映古人對於美感和精神創作的理解、看重。透過觀
察古代文獻編纂分類的發展和沿革，可以發現唐宋至明清士人知識系統的建
構視角，而現今詩學研究取向和古代知識體系的建構則有望在覷其罅隙中翻
轉致勝。至於透過文獻回顧可知古典詩學的研究早期 1960 到 1970 年間，多
從事詩作校釋、箋注、考證和專家詩研究，1980 年以後逐漸關注詠物詩，進
而聚焦在詠花詩、詠梅詩上，這也是現今詩學研究群體的新趨向，而同樣的
在一番條理旨陳它們的不足或缺漏後仍可另締佳績。

　　依本章第二節可知現今的相關專書，不論是詠物詩還是詠花詩、詠梅詩
研究，大多著眼在詩作內容的託物言志，「物」是士人情感投射的重要對象，

〔註57〕謝新香：〈論蘇軾詠梅詩對梅花審美意蘊的提升〉，《社會科學論壇》，第 11 期
　　　　（2006 年），頁 143～146。彭遠利：〈論黃庭堅的詠梅詩〉，《遵義師範學院學
　　　　報》，第 14 卷，第 5 期（2012 年 10 月），頁 50～53。周靜：〈論楊萬里的梅
　　　　花情結〉，《贛南師範學院學報》，第 4 期（2007 年），頁 68～71。王博：〈試
　　　　析陳與義梅花詩的審美心態〉，《科技信息・學術研究》，第 6 期（2007 年），
　　　　頁 132～133。朱海萍：〈北宋梅堯臣的詠梅詩探析〉，《河池學院學報》，第 29
　　　　卷，第 3 期（2009 年 6 月），頁 36～40。白秀珍：〈梅花詩的發展及張道洽的
　　　　梅花詩創作〉，《武漢工程職業技術學院學報》，第 27 卷，第 2 期（2015 年 6
　　　　月），頁 69～72。

從所吟詠的物象中探析詩人的思想情感，進而對身世際遇有所呼應。太過強調詩歌中「物」的象徵意義，而忽略了它跟社會實質的關連是什麼。就梅花詩來說，尤其是大陸學者程杰全面性的探討梅文化，可說是梅花研究集大成的人，但很可惜的是對梅花崇高象徵過於強調，不僅忽略了梅花多元的形象及其象徵，對於士人刻意塑造這種崇高象徵的背後心理、心態和社會脈動也沒有深入剖析。好比程氏所說宋代人運用梅花和它周旁植物、周遭環境等的關係，透過比較和烘托手法以凸顯梅花崇高格調。筆者以為這是一種操作，真正值得注意的是這種操作背後的意義，雖然程氏沒有深入說明，但透過社會文化和心理的相關文獻探討，可知這種操作背後的意義很可能跟當時社會生活、文化以及士大夫的心理需求有很密切的關係，這正是本研究要加以琢磨的地方。

　　再依本章第三節、第四節可看出學位論文以及期刊論文的走向和專書是一致的，從古典詩學研究中詠物詩到詠花詩的研究，無疑是一股重要的研究趨向。就本研究所關注的梅花詩來說，縱使有部分論文稍微談到梅花崇高以外的形象及其象徵，但不論是學位論文還是期刊論文研究的旨趣和重心大多集中梅花在詩人創作活動中所承載的情感及意義，用以詮釋詩人生命歷程和梅花的關連。不論是梅花或是其他詠物詩中的物象，太過強調詩人內在精神的寄託，甚至有論者以詠物詩中的寄託來肯定詠物詩的內涵及價值，這樣的推論有值得商榷的地方。詩作的研究旨在探討詩作、詩人和社會的關係，還有所反映的社會文化現象。以往的研究往往先有假定而後作出結論，這種先有答案再作出解釋的模式，也就是根據詩人的生平和際遇去解釋他的詩，這種用後設的答案去詮釋詩作，詮釋出來的結果不過是再度強化詩人的歷史形象，這樣的模式顯然無法套用在任何詩人和詩作上。以本論文所關注的梅花詩來說，不是只有形象崇高的詩人寫梅花，在宋代很多人都寫梅花，若是按照這個思路，林逋、蘇軾、陸游等寫梅花表達高尚的情懷，那麼本論文第六章提到的權臣賈似道和降元文人方回寫梅花也能表達高尚的情懷，這當中顯然出現了問題。但本研究並不是在執著爭論這種詩人和詩作之間的關係，而是運用這種集體的行為，探討當時的社會文化和心理。

　　本論文條理、歸納宋代梅花詩中的梅花形象及其象徵，從梅花多元的形象中進一步探析宋代文學和社會文化的關係，因此有關梅花的文化意涵，不能片面探討精神層次的部分，物質生活的部分也是本論文所關注的。宋代的

詠梅詩傳達出士人的精神追求，同時呈現了士人生活的格調，所形成的二者互動的文學場域，乃是本研究的切入點。或許早期文人曾運用詩作來建立梅花的審美意象，但不可避免的這些審美意象逐漸滲透到物質生活中，甚至被刻意運用於食、衣、住、行和娛樂等，以提升士人生活物質層面的美感和享受。據此，本研究不僅要探究宋代士人精神美感層面中的梅花，同時在物質生活層面需有更多的琢磨及考察。透過詩作，我們可以看到精神和物質二者不斷的互動，從而影響著宋人的審美世界；但我們卻也可以清楚的探得，目前的研究確實大多停留在精神層面的部分，還有一些更細微的需要去捕捉。目前研究者的確捕獲到宋人精神世界中梅花的美感特徵，但這樣的美感究竟是一種表徵或者已落實在宋人的現實生活，尚待從詩作中去發現、探求，從而建構出梅花在宋代精神美感和物質生活這二者始終不斷交互作用下，所產生的多元、實質面貌，一方面互相對照凸顯差異，一方面呈現集體的面貌。具體的理解梅花在物質生活和精神象徵之間所存在的異同，更加體會梅花在詩作中的位置。

　　綜觀古來文獻，關於梅花形象及其如何作為詩人情感寄託，還有梅花生活物質層面的相關論述，都是本研究可以參考的點；但相關的缺漏尤其是今人太過強調梅花的崇高象徵，即便有提到梅花的其他形象和象徵，也是太過集中討論詩人內在精神的寄託，詩人和詩作中所反映的社會取向及需求，大部分研究缺少著墨。因為現有研究的不足和偏向，所以筆者重起論題、別為部署章節，重新深入處理、討論，以另一種路徑去理解詩人、詩作以及當時的社會。

　　此外，需要一提的是筆者外文能力不足，無法一併檢討可能存在的相關外文文獻，以至本論文仍存有不盡回顧檢討文獻的遺憾，希望異日有機會再尋求補救。

第三章　梅花與宋代人的生活

　　過去的研究太過強調詩歌中「物」的象徵意義，以及詩人的精神寄託，忽略了精神象徵和物質生活的不可分割性，忽略了「物」在現實生活中的角色作用。本論文旨在研究宋代梅花詩中的梅花形象及其象徵，從梅花多元的形象中一併探析宋代梅花詩和社會文化的關係，因此有關梅花的文化意涵，不宜片面探討精神層次的部分，而有必要兼落實在食、衣、住、行和娛樂等整體生活中。以下就透過對詩作的條理、耙梳，先檢視梅花如何全面而廣泛的入駐宋代人的物質生活，影響著他們的審美世界。

第一節　藝花遊賞與消費

　　張錦鵬指出：唐末暨宋代，是中國歷史上商品經濟發展的高峰，尤其是宋代，商品經濟高度發展，改變了整體社會風貌，也豐富了物質生活和文化。〔註1〕在宋人物質文化中，梅花扮演著特定角色，並反映於詩作中。據程杰考察入宋以後，人們藝梅興趣高漲，不論是梅花品種還是梅花景觀品項多元豐富，從北宋中後期一直延續到南宋。〔註2〕

〔註1〕張錦鵬：《宋代商品供給研究》（昆明：雲南大學，2003年），頁9～13。
〔註2〕首先是梅花品種。入宋後藝梅興趣高漲，紅梅、蠟梅、古梅相繼為人們所認識，引起注意，成為熱點；另外還有千葉、重臺、綠萼等新品異類。劉學箕說：「世之詩愈多，而和亦多，情益多而梅亦益多也，曰紅、曰白、曰蠟、曰香、曰桃、曰綠萼、曰鵝黃、曰紛紅、曰雪頰、曰千葉、曰照水、曰鴛鴦者、凡數十品。」其次是梅花景觀。宋人所詠梅景各類人工營建形形色色，如李質〈艮嶽百詠〉所寫就有梅池、梅崗、梅嶺、梅渚、蠟梅屏等景觀。其他如梅林、梅園、梅村、梅坡、梅澗、梅溪、梅岩、梅亭、梅臺、梅軒、梅屋、

一、塵甑炊香勝綺紈／遊賞娛樂

　　花草植物和宋人生活密不可分，民俗節慶、園藝造景、家庭擺設等，植物都充分發揮它的實用性及娛樂性，同時影響大眾的審美觀念。雖然北方的梅花分布在入宋後急劇衰落，但汴京、洛陽一帶仍有不少梅花的園藝栽培；南方則是梅花的傳統主產區，不論是自然分布還是園藝栽培都很興盛。〔註3〕宋詩中經常提到「賣花」，如北宋王洋〈觀瑞香杏花二首・其二〉說：「賣花擔上揀繁枝」；南宋陸游〈臨安春雨初霽〉也說：「深巷明朝賣杏花」；從周密〈花朝溪上有感昔遊・其一〉不僅可看到小販穿梭巷弄街坊且叫賣聲充斥於耳：「綠楊門巷賣花聲」。〔註4〕可見花卉交易存在於兩宋的市井間，花卉是一種消費物。趙蕃〈見負梅趨都城者甚夥作賣花行〉提及：

> 昔人種田不種花，有花只數西湖家。祇今西湖屬官去，賣花迺亦遍戶戶。種田年年水旱傷，種花歲歲天時穰。安得家家棄花只糶米，塵甑炊香勝綺紈。〔註5〕

花朵缺少可食性，作為一種奢侈品，竟然和賴以活命的糧食相提並論，甚至有人不種田糧改種花。從詩人的憂心，可以見到花卉在宋代的強大消費性。另外，由宋人筆記可知，在元旦、清明、端午、重陽等節慶，人們需要插花、供花、賞花、戴花，就連平日閒暇也離不開花朵。北宋時的洛陽花卉遊賞風氣十分盛行，歐陽修就記錄了當時的盛況：「洛陽之俗，大抵好花。春時城中無貴賤插花，雖負擔者亦然」。〔註6〕到了南宋的臨安也不遑多讓，《夢粱錄》卷五載：「年例禁中與貴家皆此日賞菊，士庶之家亦市一、二株玩賞。」〔註7〕可見兩宋時代，不分士庶、貴賤、貧富，人們普遍愛花，即便造成經濟上的

　　　　梅窗、梅徑、三友亭、梅竹館之類，更是不勝枚舉。程杰：〈宋代詠梅文學的盛況及其原因與意義・上〉，《陰山學刊》，第 15 卷，第 1 期（2002 年 1 月），頁 29～33。

〔註3〕程杰：《中國梅花審美文化研究》（成都：巴蜀書社，2008 年），頁 78～80。

〔註4〕王洋：〈觀瑞香杏花二首・其二〉，倪其心、傅璇琮編：《全宋詩》，頁 19020；陸游：〈臨安春雨初霽〉，倪其心、傅璇琮編：《全宋詩》（北京：北京大學，1991 年），頁 24638；周密：〈花朝溪上有感昔遊・其一〉，倪其心、傅璇琮編：《全宋詩》，頁 42521。

〔註5〕趙蕃：〈見負梅趨都城者甚夥作賣花行〉，倪其心、傅璇琮編：《全宋詩》，頁 30512。

〔註6〕歐陽修：《洛陽牡丹記》，收錄於《叢書集成新編》（臺北：新文豐，1985 年），第 44 冊，頁 97。

〔註7〕吳自牧：《夢粱錄》，收錄於《叢書集成新編》，第 96 冊，頁 699。

負擔也在所不辭，足見一般大眾熱中程度。《齊東野語》卷二十記錄張鎡以牡丹爲玩樂饗宴的材料，在數量、顏色上極盡豪奢。〔註8〕一般民眾對花卉的消費能力不及官家貴冑，但也不免追隨流行，《武林舊事》載有：

> 六月，茉莉最盛，初出之時，其價甚穹，婦人簇戴，多至七插，所
> 值數十券，不過供一晌之娛耳。〔註9〕

婦女的戴花取向多而繁複，耗費大量金錢也不會吝惜。《西湖老人繁勝錄》就記載了：「錢塘有百萬人家，一家買一百錢花……只供養得一早，便爲糞草。小家無花瓶者，用小墰也插一瓶花供養。」〔註10〕有能力的人家不惜消耗多數金錢只圖短暫的觀賞，就連身無長物的窮人家也深諳賞花的樂趣，據此可看出賞花愛花在南宋的普及性及大眾性，同時也發現到對花卉的需求量和供應量特大。其實早在北宋，愛花已成爲宋全民運動。《邵氏聞見錄》記錄北宋洛陽藝花遊賞的盛況：

> 洛中風俗……三月牡丹花開。於花盛處作園圃，四方藝伎聚集，都
> 人士女載酒爭出擇園亭勝地，上下池臺間引滿歌呼，不復問其主人。
> 抵暮游花市，以筠籠賣花，雖貧者亦戴花飲酒相樂。〔註11〕

由此可見賞花、戴花、賣花風氣普遍而熱絡，甚至北宋前期就已經出現付費賞花的情形。《貴耳集》卷上載，司馬光在洛陽建「獨樂園」，此園園丁呂直「夏月游人入園，微有所得，持十千白公，公麾之使去」。〔註12〕這樣的風氣到北宋末年越顯興盛。《墨莊漫錄》卷九有欲賞珍奇品種牡丹者須先付費的記載：

> 政和壬辰春，予侍親在郡，時園戶牛氏家忽開一枝，色如鵝雛而淡，
> 其面一尺三、四寸，高尺許，柔葩重疊，約千百葉，其本姚黃也，
> 而於葩英之端有金粉一暈縷之，其心紫蕊，亦金粉縷之。牛氏乃以
> 縷金黃名之，以籧篨作棚屋爲幛，復張青帟護之，於門首遣人約止
> 游人，人輸千錢乃得入觀。十日間其家數百千，予亦獲見之。〔註13〕

〔註 8〕周密：《齊東野語》，收錄於《叢書集成新編》，第 84 冊，頁 570。
〔註 9〕周密：《武林舊事》，收錄於《叢書集成新編》，第 96 冊，頁 649。
〔註 10〕西湖老人：《西湖老人繁勝錄》，收錄於《續修四庫全書》（上海：上海古籍，1995 年），第 733 冊，頁 803。
〔註 11〕邵伯溫：《邵氏聞見錄》，收錄於《叢書集成新編》，第 83 冊，頁 609。
〔註 12〕張端義：《貴耳集》，收錄於《叢書集成新編》，第 84 冊，頁 577。
〔註 13〕張邦基：《墨莊漫錄》，收錄於《叢書集成新編》，第 86 冊，頁 714。

據此除了可以見到盛行的賞花風氣和宋人對於花卉的熱情，同時以「入場券」這種方式呈現出對花卉的消費行為。另外，從《東京夢華錄》卷五妓館闌綽，「花陣酒池」的敘述，也說明北宋百姓對於花卉的奢侈和糟蹋，同時也看到花和酒是娛樂消費中的必要元素。〔註14〕

二、不辭多擲袖中金／消費娛樂

《東京夢華錄》卷七記載汴京賣花的情形：「牡丹芍藥，棣棠木香，種種上市，賣花者以馬頭竹籃鋪排，歌叫之聲，清奇可聽」，〔註15〕《揚州芍藥譜》也記錄了汴京以外的花市交易：「揚之人與西洛不異，無貴賤皆喜戴花，故開明橋之間，方春之月拂旦有花市焉」，〔註16〕揚州天剛破曉花卉交易就已經開始，可見北宋時期不論南北地區花卉市場均十分活絡。《夢梁錄》所記載臨安賣花盛況，花卉種類之繁、消費者之眾則有過於汴京。〔註17〕《西湖老人繁勝錄》甚至有「一早賣一萬貫花錢不啻」的記載，〔註18〕足見南宋花卉市場的熱絡。

市場總是順應消費需求而存在，在需求中同時可以看見南宋花卉栽培行業的發達。方岳〈賣花翁〉提到「不論袍紫與鞓紅，一朵千金費化工」，〔註19〕花卉成了單位價值極高的商品。其實早在北宋人們就不惜耗費大筆金錢購花，只求賞心悅目。劉敞〈和聖俞逢賣梅花五首‧其五〉就述及：「暫引江南春入眼，不辭多擲袖中金。」〔註20〕在高單價的消費刺激下，栽培技術當然也需要日益求精。《夢梁錄》卷五載有「菊有七八十種，且香而耐久」，〔註21〕便說明花卉種類繁多且品質優良。而當時花卉栽培地區，主要在臨安附近的「馬塍」。董嗣杲〈東西馬塍〉記及：

> 土城聚落界西東，業在澆畦奪化工。接死作生滋夜雨，變紅為白借春風。〔註22〕

〔註14〕孟元老：《東京夢華錄》，收錄於《叢書集成新編》，第 96 冊，頁 620。
〔註15〕孟元老：《東京夢華錄》，收錄於《叢書集成新編》，第 96 冊，頁 627。
〔註16〕王觀：《揚州芍藥譜》，收錄於《叢書集成新編》，第 44 冊，頁 107。
〔註17〕吳自牧：《夢梁錄》，收錄於《叢書集成新編》，第 96 冊，頁 692～704。
〔註18〕西湖老人：《西湖老人繁勝錄》，收錄於《續修四庫全書》，第 733 冊，頁 803。
〔註19〕倪其心、傅璇琮編：《全宋詩》，頁 38316。
〔註20〕倪其心、傅璇琮編：《全宋詩》，頁 5927。
〔註21〕吳自牧：《夢梁錄》，收錄於《叢書集成新編》，第 96 冊，頁 699。
〔註22〕倪其心、傅璇琮編：《全宋詩》，頁 42691。

「馬塍」不僅是重要的花卉產地，更以栽培技術聞名，能控制花期的早晚，也能使花起死回生，甚至能改變花的顏色，彷彿掌握陽和、春風，將自然造化之工取而代之。由劉克莊〈仲晦監簿和放翁七十三吟三篇華予初度走筆□韻答之・其三〉所提：「讓馬塍花鬬早春」；舒岳祥〈牡丹〉述及：「馬塍賣花只貪早」。〔註23〕可知南宋中後期園藝技術上的突破，「早」字說明人爲和大自然爭勝。方蒙仲〈和劉後村梅花百詠・其二十二〉甚至大敘「貪早」的程度，在秋天讓梅花綻放，好作爲消費商品：「都城巧力眞堪羨，競買梅花八月時。」〔註24〕《齊東野語》卷十六則記錄了具體技術層面：

> 往往發非時之品，眞足以侔造化、通仙靈。凡花之早放者，名曰堂花，其法以紙飾密室，鑿地作坎，緪竹製花其上，糞土以牛溲硫黃，盡培漑之法。然後置沸湯於坎中，少候，湯氣薰蒸，則搧之微風，盎然盛春融淑之氣，經宿則花放矣。若牡丹、梅、桃之類無不然。〔註25〕

胡仲弓〈梅花窠子〉也談到這種密室栽培技術：「園丁藏密室，不許雪霜欺。火氣十分煖，春風第一枝。橫斜無定影，屈曲漫趨時。人力奪天巧，東君未必知。」〔註26〕宋人園藝技術精熟、巧奪天工善於栽植培育非時之花，能夠有效控制牡丹、梅、桃等綻放時間。除了能夠令花非時而開，南宋中後期人們更掌握花朵嫁接技術。《游宦紀聞》卷六載有：

> 立春正月中旬，宜接櫻桃、木樨、徘徊黃、薔薇。正月下旬，宜接桃、梅、李、杏……以上接種法，並要接時，將頭與本身，皮對皮，骨對骨，用麻皮緊纏，上用箬葉寬覆之……無有不成也。〔註27〕

由「無有不成也」可見嫁接技術十分成熟、精確。利用巧奪天工的嫁接技術，甚至能夠改變花朵態貌和顏色。《續墨客揮犀》卷七還說到：「百花皆可接……接桃枝於梅上，則色類桃而多花；又於李上接梅，則相似梅而春花。」〔註28〕運用人爲藝花技術接枝轉嫁，梅花非時而開，顏色若桃習性似李，個殊性已

〔註23〕劉克莊：〈仲晦監簿和放翁七十三吟三篇華予初度走筆□韻答之・其三〉，倪其心、傅璇琮編：《全宋詩》，頁36529；舒岳祥：〈牡丹〉，倪其心、傅璇琮編：《全宋詩》，頁40909。

〔註24〕倪其心、傅璇琮編：《全宋詩》，頁40054。

〔註25〕周密：《齊東野語》，收錄於《叢書集成新編》，第84冊，頁557。

〔註26〕倪其心、傅璇琮編：《全宋詩》，頁39769。

〔註27〕張世南：《游宦紀聞》，收錄於《叢書集成新編》，第87冊，頁88。

〔註28〕彭乘：《續墨客揮犀》，收錄於《叢書集成續編》（臺北：新文豐，1989年），第213冊，頁226。

然消失泯滅，進而分不清孰爲桃李、孰爲寒梅，只爲了滿足消費者而在市場上取得競爭優勢。

在北宋汴京街頭，可見販賣各種花卉。梅堯臣〈京師逢賣梅花五首·其一〉說：「此土只見看杏蕊，大梁亦復賣梅花。」〔註29〕梅花和其他花卉一樣，是一項市場上的消費商品。《夢梁錄》卷十三記錄宋人愛買花，四時均有花卉可供所好：

> 買四時有撲帶朵花，亦有賣成窠時花，插瓶把花、柏桂、羅漢葉，
> 春撲帶朵桃花、四香、瑞香、木香等花，夏撲金燈花、茉莉、葵花、
> 榴花、梔子花，秋則撲茉莉、蘭花、木樨、秋茶花，冬則撲木春花、
> 梅花、瑞香、蘭花、水仙花、臘梅花，更有羅帛脫蠟像生四時小枝
> 花朵，沿街市吟叫撲賣。及買賣品物最多，不能盡述。〔註30〕

從這段關於花朵買賣的敘述中，可知梅花和眾多花卉商品並列，在市場上和其他花卉地位等同，看不出任何個殊性，就只是一種消費商品。例如趙蕃〈見賣梅花者作賣花行·其一〉說：「來時繞賣木犀花，賣到梅花未返家」；蔣捷〈昭君怨〉也說：「擔子挑春雖小，白白紅紅都好。賣過巷東家，巷西家，簾外一聲聲叫。簾裡丫環入報，問道買梅花。買桃花。」〔註31〕

梅花是宋代市井大眾十分熟悉的物品，除了上述栽植、交易、觀賞，同時以其他形式存在市民飲食、服飾、居住、行旅等日常生活中。就飲食的部分，例如在汴京所流行的「梅花酒」：據《東京夢華錄》卷七載「饒梅花酒」，它是人們在池苑中欣賞藝人表演、關撲遊戲時，池上搭配販賣的飲品。〔註32〕《夢梁錄》卷十六也載杭城茶肆夏天販賣「雪泡梅花酒」；〔註33〕《武林舊事》卷六則將「梅花酒」置於涼水條下並且和姜蜜水、木瓜汁、茶水等並列〔註34〕；《西湖老人繁勝錄》中的「梅花酒」也是並列於綠豆水、紅茶水、鹵梅水等。〔註35〕由此可知「梅花酒」是一種常見的冷飲，不論在汴京還是臨安均受到大眾歡迎。另外，梅花還作爲食物的材料，在汴京有「梅花包子」和「梅花餅」：據《東京

〔註29〕倪其心、傅璇琮編：《全宋詩》，頁 3067。
〔註30〕吳自牧：《夢梁錄》，收錄於《叢書集成新編》，第 96 冊，頁 721。
〔註31〕倪其心、傅璇琮編：《全宋詩》，頁 30794；唐圭璋編：《全宋詞》（臺北：明倫，1970 年），頁 3442。
〔註32〕孟元老：《東京夢華錄》，收錄於《叢書集成新編》，第 96 冊，頁 627。
〔註33〕吳自牧：《夢梁錄》，收錄於《叢書集成新編》，第 96 冊，頁 726。
〔註34〕周密：《武林舊事》，收錄於《叢書集成新編》，第 96 冊，頁 667。
〔註35〕西湖老人：《西湖老人繁勝錄》，收錄於《續修四庫全書》，第 733 冊，頁 804。

夢華錄》卷二就載有，宣德樓前省府宮宇林立，洲橋街道縱橫，商店酒樓棋布，其中便有王樓山洞「梅花包子」[註36]。在臨安也出現梅花圖樣的點心，如《夢梁錄》卷十六就載有金銀炙焦、牡丹餅、雜色剪花饅頭、棗箍棗餬、荷葉餅、芙蓉餅、菊花餅、月餅……等形形色色的市食點心，「梅花餅」即爲其中一種。[註37]販售於市井的雜食小吃出現梅花相關製品，姑且不論是否眞以梅花入食，主要從中反映出普羅大眾對梅花熟悉及熱愛的程度。甚至有梅花入藥醫病的傳說：《夷堅丁志》卷十三記載臨安市民「因病傷寒，而舌出過寸，無能治者」，最後以「梅花片腦」治癒。[註38]梅花不僅是飲食的材料，同時成了代表某種標準、某種意義的符號，由此更可以看出兩宋時期以梅花爲主的消費文化。

　　就服飾的部分，《老學庵筆記》卷二紀錄汴京民眾以梅花圖樣作爲首飾衣物的點綴。[註39]兩宋婦女喜歡佩戴玉梅花裝飾：《東京夢華錄》卷六提到賣售商品「玉梅花」；到了臨安同樣流行著：《夢梁錄》卷十三、《武林舊事》均載有「玉梅」，此爲杭州大街販售的衣著小飾品。[註40]玉梅裝飾在宋代是一種流行的時髦妝扮，尤其在元宵節更是婦女們表示迎春和節日喜慶的普遍裝束。李邴〈女冠子‧上元〉描寫每年正月十五夜晚玉梅花和燈花交映的景象：「帝城三五。燈光花市盈路……東來西往誰家女。買玉梅爭戴，緩步香風度。」[註41]《武林舊事》載有：「元夕節物，婦人皆戴珠翠、鬧蛾、玉梅、雪柳……」；《宣和遺事》也記載：「京師民有似雲浪，盡頭上戴著玉梅、雪柳、鬧蛾兒，直到鰲山下看燈。」[註42]這種插戴在頭上的玉梅、雪梅，一般都是以絲綢、彩紙製作的，由金盈之《新編醉翁談錄》記錄汴京婦女戴花情形說：「……又插雪梅，凡雪梅皆繪楮爲之」便可以知道。[註43]人們同時將梅花繪入諸如扇子這種隨身物品，《夢梁錄》卷十三便載有「梅竹扇面兒」。[註44]

〔註36〕孟元老：《東京夢華錄》，收錄於《叢書集成新編》，第 96 冊，頁 614。
〔註37〕吳自牧：《夢梁錄》，收錄於《叢書集成新編》，第 96 冊，頁 728。
〔註38〕洪邁：《夷堅志》，收錄於《叢書集成新編》，第 82 冊，頁 462。
〔註39〕陸游：《老學庵筆記》，收錄於《叢書集成新編》，第 84 冊，頁 133。
〔註40〕孟元老：《東京夢華錄》，收錄於《叢書集成新編》，第 96 冊，頁 623；吳自牧：《夢梁錄》，收錄於《叢書集成新編》，第 96 冊，頁 720；周密：《武林舊事》，收錄於《叢書集成新編》，第 96 冊，頁 646。
〔註41〕唐圭璋編：《全宋詞》，頁 951。
〔註42〕周密：《武林舊事》，收錄於《叢書集成新編》，第 96 冊，頁 646；撰人不詳：《宣和遺事》，收錄於《叢書集成新編》，第 81 冊，頁 547。
〔註43〕金盈之《新編醉翁談錄》，收錄於《叢書集成續編》，第 213 冊，頁 244。
〔註44〕吳自牧：《夢梁錄》，收錄於《叢書集成新編》，第 96 冊，頁 721。

　　就居住的部分，梅花也運用於屋室布置上，增進飲食氣氛。《夷堅丁志》卷十一載：「元夕享客，以通草作梅花，綴桃枝上，插兩銅壺中……」〔註45〕梅花甚至成為市井商家招攬顧客上門的工具：《夢梁錄》卷十六記載杭州茶肆「插四時花，掛名人畫，裝點店面」，〔註46〕據《夢梁錄》卷十三諸色雜買的說明可知所謂「四時花」包括梅花。〔註47〕

　　就行旅的部分，梅花對土壤要求不嚴，是一種很好生長的植物，荒山水濱隨處可見；加上梅子具經濟作用，百姓樂於種植。散布山嶺、路邊的梅樹，雖然實用價值是它的主要功能，卻也附加審美的趣味。早在北宋就有梅花被專門種植於山邊路旁，用來提供來往旅人休憩欣賞。《聞見近錄》載：

> 庾嶺險絕聞天下。蔡子直為廣東憲，其弟子正為江西憲，相與協議，以磚甃其道，自下而上，自上而下，南北三十里，若行堂宇間。每數里，置亭以憩客，左右通渠流泉，涓涓不絕，紅白梅夾道，行者忘勞。〔註48〕

梅花易於生長，綻放於荒野，行旅中發現它的踪影本來就是很普通的事情；而再經由人為刻意栽種，更可以反映出梅花在行旅中所能發揮的作用。

　　在宋代，梅花具有廣泛的市井基礎，得到民間普遍認識和喜愛，舉凡飲食、服飾、居住和行旅等，梅花在大眾生活中處處可見。不論是運用真實的梅花或是僅以梅花為題材，它均被烙上生活日用的印記，是一種庶民百姓的日常圖騰。像這樣梅花在現實中所產生的效用，是一種社會背景的呈現，可作為探析宋代梅花意象最基本的底色。

第二節　梅花與文人士大夫的生活

　　梅花很早便是一種綠化園林的植物。如鮑照〈梅花落〉載：「中庭雜樹多，偏為梅咨嗟」；蕭綱〈餞盧陵內史王修應令詩〉載：「園梅斂新藻」。〔註49〕唐代羅隱〈席上歌水調〉載：「餘聲宛宛拂庭梅」；王維〈春日直門下省

〔註45〕洪邁：《夷堅志》，收錄於《叢書集成新編》，第82冊，頁467。
〔註46〕吳自牧：《夢梁錄》，收錄於《叢書集成新編》，第96冊，頁726。
〔註47〕吳自牧：《夢梁錄》，收錄於《叢書集成新編》，第96冊，頁721。
〔註48〕王鞏：《聞見近錄》，收錄於《叢書集成新編》，第117冊，頁126。
〔註49〕鮑照：〈梅花落〉，丁仲祜編：《全漢三國晉南北朝詩》（臺北：藝文，1983年），頁864；蕭綱：〈餞盧陵內史王修應令詩〉，丁仲祜編：《全漢三國晉南北朝詩》，頁1119。

早朝〉載：「官舍梅初紫」；杜甫〈和裴迪登蜀州東亭送客逢早梅相憶見寄〉載：「東閣官梅動詩興」。〔註50〕從上述詩作中的「庭梅」、「園梅」、「官梅」，可以見到梅花在園林中的人工種植。唐人愛牡丹，園林造景以牡丹、松、竹居多。到了南唐則有李後主在宮廷內苑環植紅梅，跟小周后賞玩其中。〔註51〕宋代蒔花藝樹風氣普遍，梅花也成了園林中常見且十分重要的植物。據《夢梁錄》卷十二所記，西湖四時景色最奇者有十，「梅花破玉，瑞雪飛瑤」為當中一種奇景。〔註52〕可見西湖這座巨型的公共園林雖然以柳、荷為主，但仍種植不少梅花。正所謂「學圃之士，必先種梅，且不厭多。他花有無多少，皆不繫輕重」。〔註53〕北宋時期洛陽富弼園有「梅臺」，王直方汴京城南私園以及宋徽宗艮嶽均有梅景營置；南宋則有蘇州范成大范村、杭州張鎡桂隱玉照堂。

　　除了大型園林、富家別業，一般文人庭園的種植更是普遍。宋人喜歡種梅花，愛護梅花，「粗有小園供日涉，不愁無地種梅花」，〔註54〕只要稍微有一塊可作為花木種植的土地，都要種上幾株梅花；「所至必種梅，殷勤廢培滋」，〔註55〕凡所到處也要種植梅花。梅花是文人的日常物，平凡而可親。例如北宋的張耒〈雨中五首・其五〉提到：「高梅飄度牆」；周紫芝〈子紹許分雙井茶未至〉敘說：「可憐辜負小窗梅」；南宋的李綱〈次韻東坡四時詞四首・其四〉述及：「笑道紅梅夜來發，臨階自摘一枝花」；趙蕃〈雪中三憶三首・其三〉記載：「憶我簷間梅」；衛宗武〈為僧賦梅庭〉說到：「何必江頭千樹暗，未如屋角數枝斜」。〔註56〕兩宋文人和梅花如此親近，「牆邊」、「窗下」、「簷間」、「屋角」、「階前」，仰頭既視、垂手可得。既然文人對梅花如此熟悉、貼

〔註50〕羅隱：〈席上歌水調〉，彭定求編：《全唐詩》（北京：中華，2003年），頁7623；王維：〈春日直門下省早朝〉，彭定求編：《全唐詩》，頁1287；杜甫：〈和裴迪登蜀州東亭送客逢早梅相憶見寄〉，彭定求編：《全唐詩》，頁2437。

〔註51〕陸游：《南唐書》，收錄於《叢書集成新編》，第115冊，頁338。

〔註52〕吳自牧：《夢梁錄》，收錄於《叢書集成新編》，第96冊，頁717。

〔註53〕范成大：《梅譜》，收錄於《叢書集成新編》，第44冊，頁120。

〔註54〕俞桂：〈東山〉，倪其心、傅璇琮編：《全宋詩》，頁39040。

〔註55〕熊禾：〈探梅〉，倪其心、傅璇琮編：《全宋詩》，頁44098。

〔註56〕張耒：〈雨中五首・其五〉，倪其心、傅璇琮編：《全宋詩》，頁13372；周紫芝：〈子紹許分雙井茶未至〉，倪其心、傅璇琮編：《全宋詩》，頁17350；李綱：〈次韻東坡四時詞四首・其四〉，倪其心、傅璇琮編：《全宋詩》，頁17584；趙蕃：〈雪中三憶三首・其三〉，倪其心、傅璇琮編：《全宋詩》，頁30756；衛宗武：〈為僧賦梅庭〉，倪其心、傅璇琮編：《全宋詩》，頁39477。

近，想必梅花已經進入他們的食、衣、住、行等生活中。

一、金樽翠杓未免俗／食

　　酒在飲食生活中不可或缺。據《東京夢華錄》所載關於酒的眾多條目，可知在北宋就有許多飲酒習俗。〔註57〕《夢粱錄》記錄酒肆、酒店以及飲酒習俗和酒名；〔註58〕從《武林舊事》和《都城記勝》所收錄的不少酒相關資料〔註59〕，也可見到南宋社會飲酒風氣的盛行。周輝《清波雜志》卷六說：「今祭祀、宴饗、饋遺，非酒不行。田畝種秫，三之一供釀財曲糵，猶不充用。」〔註60〕宋人以酒作為生活要事的背景，釀酒業十分發達。也有不少文人為酒著書立說，當中最具代表性的就屬朱翼中《北山酒經》、竇苹《酒譜》等。〔註61〕從文人士大夫的酒著作，可知酒和文人生活息息相關，而以梅花搭配酒則是一個值得注意的現象。杜範因友人將梅花、鯽魚、酒一併贈送而寫了題名為「劉百十六兄送梅花大鯽新酒以詩將和其韻」的詩作四首；〔註62〕王炎邀請友人聚餐，代替柬帖的詩作提到這將是一場有梅花、有美酒的飯席：〈招諸宰飯六客堂以小詩代折簡〉「梅花香裏傾杯酒」。〔註63〕可知梅花和酒常伴隨於飲食間，進入宋人生活，而跟酒搭配的梅花它盛行的程度可想而知。在這花和酒的消費活動中，梅花所扮演的角色值得探討。

　　梅花作為飲食材料，當然並不是為了填飽肚腹，而是一種審美趣味的尋索。如楊萬里〈夜飲以白糖嚼梅花〉就提到：

> 剪雪作梅只堪嗅，點蜜如霜新可口。一花自可嚼一杯，嚼盡寒花幾
> 杯酒。先生清貧似饑蚊，饞涎流到瘦脛根。贛江壓糖白於玉，好伴
> 梅花聊當肉。〔註64〕

〔註57〕孟元老：《東京夢華錄》，收錄於《叢書集成新編》，第96冊，頁610～633。

〔註58〕吳自牧：《夢粱錄》，收錄於《叢書集成新編》，第96冊，頁689～941。

〔註59〕周密：《武林舊事》，收錄於《叢書集成新編》，第96冊，頁635～688；耐得翁：《都城記勝》，收錄於《文津閣四庫全書》（北京：商務，2006年），第590冊，頁121～132。

〔註60〕周輝《清波雜志》，收錄於《叢書集成新編》，第84冊，頁348。

〔註61〕朱翼中：《北山酒經》，收錄於《文津閣四庫全書》，第846冊，頁567～588；竇苹：《酒譜》，收錄於《文津閣四庫全書》，第846冊，頁590～604。

〔註62〕倪其心、傅璇琮編：《全宋詩》，頁35304。

〔註63〕倪其心、傅璇琮編：《全宋詩》，頁29797。

〔註64〕倪其心、傅璇琮編：《全宋詩》，頁26161。

不甘於欣賞梅花只限定在嗅覺感官的樂趣，因此「吃梅花」這件事常出現於楊萬里詩作中：「蜜點梅花帶露餐」、「揉碎梅花和蜜霜」。〔註65〕梅花的吃法是漬以糖蜜，還要佐以美酒。雖然詩人將蜜漬梅花配酒的滋味和肉相提，但很明顯這是精神上的審美趣味：「首陽食薇千古瘦，商山菇芝絕世清。誰能嚼花臥空谷，一物不向胸中橫」。〔註66〕可見吃梅花是一種高人雅士才配擁有的行為。宋詩常出現以梅花佐酒的敘述，例如林希逸〈盧汀州挽詩・其二〉「酒嚼梅花幾賦詩」；吳龍翰〈冬夜・其二〉「酒酣要摘梅花嚼」；舒岳祥〈寄二林〉「凍酒嚥梅花」。〔註67〕除了上述直接嚼食配酒，還有其他吃法，就是將梅花浸泡在酒裡面。例如司馬光〈別韻一首〉述及：「老木根侵苔徑窄，新梅花入酒卮香」；楊萬里〈慶長叔招飲一杯未釂雪聲璀然即席走筆賦十詩・其九〉提到：「酒香端的似梅無，小摘梅花浸酒壺」。園林中飲酒，不經意的讓梅花飄落至酒器中；或是刻意摘取，將梅花沉浸於酒中，使氣味漬入。另外，李之儀〈王爲道東軒梅花小桃相次弄色，置酒見邀出琉璃盆浸花貯酒，半移即花既辭留名壁間〉還提供另一種方式「瑠璃盆深花透過，愛花移向花邊坐。時時飄蕊落盆中，冉冉天仙空裏墜」，則是事先將梅花浸泡於酒盆，梅花和酒互為滲透，接著將酒盆移置梅花樹下，再讓花蕊隨風落於盆中，兼具刻意和無心兩種樂趣。〔註68〕李綱〈用韻賦梅花三首・其二〉說：「嗅花嚼蕊更奇絕，侑我一醉玻璃罇。」〔註69〕文人士大夫透過口鼻等感覺器官來飲酒配食梅花，卻跟實用目的的生理上最基本、最淺顯的快感滿足遠遠拉開距離，拋開了味覺上的美味可口，是一種審美表現。

　　雖然梅花能嚼、能吃，但有人說「饑嚼梅花香透脾」，〔註70〕可見以梅花

〔註65〕楊萬里：〈蜜漬梅花〉，倪其心、傅璇琮編：《全宋詩》，頁26180；楊萬里：〈昌英知縣叔作歲坐上賦瓶裏梅花時坐上九人七首・其四〉，倪其心、傅璇琮編：《全宋詩》，頁26128。

〔註66〕徐瑞：〈尋梅十首・其六〉，倪其心、傅璇琮編：《全宋詩》，頁44665。

〔註67〕林希逸：〈盧汀州挽詩・其二〉，倪其心、傅璇琮編：《全宋詩》，頁37354；吳龍翰：〈冬夜・其二〉，倪其心、傅璇琮編：《全宋詩》，頁42886；舒岳祥：〈寄二林〉，倪其心、傅璇琮編：《全宋詩》，頁41029。

〔註68〕司馬光：〈別韻一首〉，倪其心、傅璇琮編：《全宋詩》，頁6193；楊萬里：〈慶長叔招飲一杯未釂雪聲璀然即席走筆賦十詩・其九〉，倪其心、傅璇琮編：《全宋詩》，頁26261；李之儀：〈王爲道東軒梅花小桃相次弄色置酒見邀出琉璃盆浸花貯酒半移即花既辭留名壁間〉，倪其心、傅璇琮編：《全宋詩》，頁11223。

〔註69〕倪其心、傅璇琮編：《全宋詩》，頁17549。

〔註70〕羅椅：〈酬楊休文〉，倪其心、傅璇琮編：《全宋詩》，頁39224。

作為飲食的材料，往往並非味覺功用，更不可能是因為饑餓的緣故。宋詩中以梅花搭配飲酒的相關敘述還有很多，例如郭祥正〈贈裴泰辰先生〉「折取紅梅上酒樓」；韓淲〈過野趣〉「晚窗持酒對梅花」；戴復古〈得早梅一枝携訪酒家〉「左手梅花右手杯」。梅花大部分發揮的是視覺功能，文人持酒對梅，折梅對酒，一手持梅一手持酒，是為了趣味、氣氛上的滿足，甚至「亂折梅花當酒籌」，梅花成了喝酒助興的用具。〔註71〕相較於上述刻意折花對酒，蘇軾在宋神宗元豐三年遠赴貶所黃州，兼程趕路途中偶然間發現開在荒山草棘間的梅花，把酒對飲，〈梅花二首〉用以抒發貶謫孤寂，則是另一種美感特徵的呈現：

> 春來幽谷水潺潺，的皪梅花草棘間。一夜東風吹石裂，半隨飛雪渡關山。

> 何人把酒慰深幽，開自無聊落更愁。幸有清溪三百曲，不辭相送到黃州。〔註72〕

詩人姑且用酒安慰自己深沉而隱微的寂寞，並連結於梅花綻放時的空虛無所依靠，搖落時則滿腔愁情。但多虧一個「幸」字，將原本的落寞惆悵作個回轉，瓣瓣梅花落入彎彎曲曲的溪流中，安慰著詩人，並一路相伴到達黃州。「不辭」則隱約說明雖然被貶到黃州，但不推卻、不躲避。蘇軾隔年回想起這段艱辛的旅途難免感傷，有作「數畝荒園留我住，半瓶濁酒待君溫。去年今日關山路，細雨梅花正斷魂」。〔註73〕此時喝的是黃州鄉野荒園不精緻的濁酒，

〔註71〕郭祥正：〈贈裴泰辰先生〉，倪其心、傅璇琮編：《全宋詩》，頁 8949；韓淲：〈過野趣〉，倪其心、傅璇琮編：《全宋詩》，頁 32567；戴復古：〈得早梅一枝携訪酒家〉，倪其心、傅璇琮編：《全宋詩》，頁 33602；林石澗：〈雪中懷槐坡丹品〉，倪其心、傅璇琮編：《全宋詩》，頁 45398。折梅飲酒是為了趣味、氣氛上的滿足，也就是一種審美功能，有論者認為宋人折梅飲酒，是因為他們從心底把梅花當作真摯的朋友。這是一種心和心的交流，與其說是賞梅花，不如說是交梅友。如此才會一見如故、持酒對飲。有別於宋代以前人們在梅花開放的時令時備今柏葉酒，以及五辛菜，辭舊迎新、祓除不祥。這種折梅飲酒則帶有原始宗教的遺留，蘊含驅邪祈福，求神明保佑的意思。當時人們只是把梅花當做一種可以預報春天消息，具有辟邪功能的「物」，雖然有生命卻無感情。到了宋代卻不這麼看，折梅不再是單純的探春活動，而是被賦予了濃厚的感情色彩，使它從時令的預報物、祈福攘災的辟邪物，轉變為惺惺相惜、肝膽相照的友朋知己。李開林：〈宋詩「折梅」行為的文化意蘊〉，《江南大學學報・人文社會科學版》，第 14 卷，第 6 期（2015 年），頁 86～89。

〔註72〕倪其心、傅璇琮編：《全宋詩》，頁 9298。

〔註73〕該詩繫於元豐四年，見王水照選注：《蘇軾選集》（臺北：萬卷樓，1993），頁

想的卻是彼時貶謫途中的梅花，酒連接起當下遷謫處所和行旅途中這兩個不同時空，是記憶的承載者。梅花所產生的作用和酒十分相似，飲酒和觀梅不在於物質的實用目的，而是使人忘卻現實，另闢一番天地，拉遠了實際人生的距離。

　　元豐八年蘇軾被拔擢回京，緊接的元祐元年，一年內數度升遷，可說是平步青雲，官運扶搖直上。他在元祐六年出知潁州，此次離京乃是自我請調，並非貶謫。元祐七年，又以兵部尚書回京。他在潁州任內和當時以承議郎簽書潁州公事的宗室趙德麟多有交游，飲酒賞梅，而作〈次韻趙德麟雪中惜梅且餉柑酒〉一共三首：

　　　　千花未分出梅餘，遣雪摧殘計已疏。臥聞點滴如秋雨，知是東風爲掃除。

　　　　閬苑千葩映玉宸，人間只有此花新。飛霙要欲先桃李，散作千林火迫春。

　　　　躞蹀嬌黃不受覊，東風暗與色香歸。偶逢白墮爭春手，遣入王孫玉斝飛。〔註74〕

這三首詩眞是一片積極向榮。第一、二首敘述梅花受東風青睞，開花先於桃李，是爲人間第一，並催促著春天到來。第三首說的是梅花也是柑酒，從蘇軾同一時間作的〈洞庭春色詩・并引〉，可知柑酒名爲「洞庭春色」，顏色似玉，滋味勝於葡萄酒。〔註75〕此酒乃如白墮所釀，和梅花一樣色香俱全，一樣能爭得先春，柑酒和飄落的梅蕊在王孫玉斝中合而爲一。

　　宋人飲酒時對於環境十分講究，如上述蘇軾和趙德麟雪中惜梅賦詩歡飲柑酒，除了善於營造氣氛和美景，攜妓佐酒在文人士大夫階層也頗爲普遍。據《齊東野語》卷二十載張鎡在他的豪華園池將花卉、歌伎、美酒三者巧妙結合，並極盡奢華能事。〔註76〕以梅花詩著名的陸游，淳熙二年到四年之間范成大知成都，侈於游宴，陸游和范成大又是舊識，因此屢被招邀，進而寫出花卉結合美酒的詩作。當海棠花開，范成大設宴於園林，陸

　　　　139。〈正月二十日往岐亭，郡人潘、古、郭三人送余於女王城東禪莊院〉，倪
　　　　其心、傅璇琮編：《全宋詩》，頁9309。
〔註74〕倪其心、傅璇琮編：《全宋詩》，頁9460。
〔註75〕倪其心、傅璇琮編：《全宋詩》，頁9458。
〔註76〕周密：《齊東野語》，收錄於《叢書集成新編》，第84冊，頁570。

游有作〈錦亭〉助興:「樂哉今從石湖公,大度不計聲承聲。夜宴新亭海棠底,紅雲倒吸玻璃鍾。琵琶絃繁腰鼓急,盤鳳舞衫香霧濕。春醪凸盞燭光搖,素月中天花影立」。〔註77〕海棠錦簇,載歌載舞,繁絃急鼓,羅袖生香,可見當時詩人心情快意的一斑。淳熙四年十二月,再度獲邀賞梅宴飲,而作〈暮冬夜宴〉:

> 官機錦茵金蹙鳳,舞娃釵墮雙鬟重。寶爐三尺香吐霧,畫燭如椽風
> 不動。主人愛客情無已,箏聲未斷歌聲起。亦知百歲等朝露,便恐
> 一歡成覆水。爐紅酒綠春為回,坐上梅花連夜開。堂前只尺異氣候,
> 冰合平池霜壓階。〔註78〕

宴飲環境富麗,歌伎盛裝打扮,香氣飄散瀰漫,燭光熠熠,燈火通明,好音相連不輟。明明是暮冬冰雪,春天竟然在一片酒酣耳熱下乍現先機,連夜而開啓。同樣是對花飲酒,視覺、聽覺、嗅覺、味覺的享受以及所表現出的情緒和上一首〈錦亭〉並無不同,只是飲酒背景換作梅花罷了。

陸游在淳熙八年作於家鄉山陰的〈攜瘦尊醉梅花下〉,同樣對梅飲酒,卻有著另一番表述:

> 楠瘦作尊容鬥許,擁腫輪囷元媚嫵。肯從放翁來住山,誰云置身不
> 得所。山房寂寞久不飲,作意欲就梅花語。我病鮮歡花更甚,日暮
> 凄涼泣殘雨。人生萬事雲茫茫,一醉常恐俗物妨。正須仙人冰雪膚,
> 來伴老子鐵石腸。花前起舞花底臥,花影漸東山月墮。瘦尊未竭狂
> 未休,笑起題詩識吾過。〔註79〕

淳熙七年陸游累遷江西常平提舉。江西水災,他奏請撥義倉賑濟百姓,卻遭趙汝愚駁斥,於是回鄉奉祠。隔年陸游被重新任命為提舉淮南東路常平茶鹽公事,臣僚卻批評他「不自檢敕,所為多越于規矩」,因而被罷於新任。一連串的不如意,只能「作意欲就梅花語」,而梅花似乎也能理解詩人心情。在不屬凡塵的梅花跟前,能擺脫是為「俗物」的臣僚輿論,痛飲狂醉於梅花下。「花前起舞花底臥」敘述行為動作上自任恣意,「花影漸東山月墮」則說明時間上沒有節制;這兩句正是「瘦尊未竭狂未休」最佳註解,而「瘦尊未竭狂未休」似乎是對苛核自己「不自檢敕」的答覆。詩人實際生活上遭到非議排擠,在

〔註77〕倪其心、傅璇琮編:《全宋詩》,頁24392。
〔註78〕倪其心、傅璇琮編:《全宋詩》,頁24447。
〔註79〕倪其心、傅璇琮編:《全宋詩》,頁24561。

梅花和酒的催化下，詩末卻也能自嘲「笑識吾過」。

從蘇軾貶途中的野梅花到潁州的雪中早梅，從黃州荒園的濁酒到宗室趙德麟贈飲的柑酒；再看陸游的蜀地賞梅宴飲觀伎，到回山陰後不得志而攜酒對梅傾訴，詩人面對的都是梅花、都是酒，物質條件並沒有不同，差只差在詩人的際遇和情緒。不論是落寞還是快意，詩人都過於嫻熟使用梅花和酒這兩個意象。快意時取向於感官享受，偏向快感；失意時則投以濃烈情感，梅花和酒漸漸脫離物質表象，美感特徵較爲顯著。在快意的時候，雖然提及梅花雪中早開，但此時的梅花和其他繁花（例如海棠）並沒有不同，就只是喝酒助興的題材；失意時對於梅花的情感投射才強烈起來。如蘇軾〈梅花二首〉梅花染上「無聊」、染上「愁」；陸游〈攜瘦尊醉梅花下〉梅花則成了伴侶，是唯一能了解自己的，甚至爲自己哭泣。梅花和酒經常互相伴隨出現在宋人詩作中，它們並不僅僅是物質，而是文人士大夫的情感徵候，尤其是在他們失意的時候。

除了酒，宋代飲茶十分盛行，「上自官府，下至閭里，莫之或廢」，〔註80〕王安石〈論茶法〉主張：「茶之爲民用，等於米、鹽，不可一日以無。」〔註81〕無論何種身分的人都喝茶，茶同米、鹽乃是日常民生必需品。宋代茶肆、茶坊甚多，尤其在汴京和臨安這種大城市裡。《東京夢華錄》和《夢粱錄》對於茶樓繁盛的情況，就多有著筆。〔註82〕一般百姓生活缺少不了茶，文人士大夫也是如此。李覯〈富國策第十〉論及：「茶……君子小人靡不嗜也，富貴貧賤靡不用也。」〔註83〕文人同時重視茶事品鑑、茶書撰述，北宋初年至南宋中後期，陸續有茶書出現。〔註84〕例如葉清臣《述煮茶小品》、唐庚《鬥茶記》、沈括《本朝茶法》等都是完整流傳至今的茶書。〔註85〕飲茶風氣興盛於

〔註80〕撰人不詳：《南窗紀談》，收錄於《叢書集成新編》，第87冊，頁298。

〔註81〕王安石：《臨川集》，收錄於《文津閣四庫全書》，第1109冊，頁492。

〔註82〕孟元老：《東京夢華錄》，收錄於《叢書集成新編》，第96冊，頁615；吳自牧：《夢粱錄》，收錄於《叢書集成新編》，第96冊，頁726。

〔註83〕李覯：《盱江集》，收錄於《文津閣四庫全書》，第1098冊，頁516。

〔註84〕沈冬梅：《宋代茶文化》（新北：學海，1999年），頁287。

〔註85〕葉清臣：《述煮茶小品》，收錄於《中國古代茶道秘本五十種國家圖書館古籍文獻叢刊》（北京：全國圖書館文獻縮微複製中心，2003年），第1冊，頁119～123；唐庚：《鬥茶記》收錄於《中國古代茶道秘本五十種國家圖書館古籍文獻叢刊》，第1冊，頁201～204；沈括：《本朝茶法》，收錄於《中國古代茶道秘本五十種國家圖書館古籍文獻叢刊》，第1冊，頁191～199。

士大夫日常生活中，而梅花又是他們最熟悉且關係密切的物象，想必不會從飲茶生活中缺席。

　　天光旖旎的白日，澄澈的溪水映照著盛開的梅花，文人賞景烹茶不覺時間流逝；雪霽天開的夜晚，清明的月光襯托著夜中疏梅，則為文人品茶增添風味。例如劉攽〈邠園水閣煎茶〉所說的：「溪梅已爛漫，溪水方綠淨。惜春聊插花，愧花還照影。淹留待烹茶，初覺晝日永」；〔註86〕王之道〈雪晴三首‧其二〉對於這種雅趣也有一番註解：「味增茶品勝，光奪月華清。放出東墻角，梅花數點明。」〔註87〕

　　除了上述天光、溪水、月色等自然天候，雪更是飲茶賞梅不可或缺的元素，兩宋文人對此情有獨鍾。范仲淹在雪中賞梅飲茶，佐以友伴和音樂，他的〈次韻和劉夔判官對雪〉說到：「淨拂王恭氅，香滋陸羽茶。載歌勞郢謝，一奏待鍾牙。幾處和梅賞，何人為饕嗟。」〔註88〕而南宋的徐璣則是獨自品嘗，他在〈孤坐〉述及：「晨起猶孤坐，瓶泉待煮茶。寒烟添竹色，疏雪亂梅花。」〔註89〕

　　梅花迎雪而開，梅雪相伴本是極自然的事情，加上「閩嶺今冬雪再華，清寒芳潤最宜茶」，〔註90〕宋人認為雪具有清寒芳潤的特質最適合煮茶。梅花本來就具備「清」的特質，於是梅、雪、茶成了最佳組合，所謂「爐煨榾柮雪煎茶，松竹環居耐歲華。窗外玉梅疏弄影，助人詩興兩三花」。〔註91〕相較於佐酒時對梅花直接施以口嚼，或將梅花浸泡酒盆等味覺感官刺激；以雪煎茶時，很少直接「吃」梅花，最多是「摘芳和雪試煎茶」。〔註92〕摘取梅花，言「芳」而不言花，多了一分愛護珍惜；而所和的是「雪」則多了一分高潔冰清，「試」字透露出的小心翼翼態度，是對梅、也是對茶。

　　倘若酒能使人拉開和現實的距離，暫時令人渾然忘我；茶則可以使人清醒明覺、洗滌心靈、去除塵垢，加上雪的冷冽乾淨，於是以雪煎茶益發令人明心見性。顧逢〈訪王文質西塾〉是這樣說的：

〔註86〕倪其心、傅璇琮編：《全宋詩》，頁7099。
〔註87〕倪其心、傅璇琮編：《全宋詩》，頁20191。
〔註88〕倪其心、傅璇琮編：《全宋詩》，頁1880。
〔註89〕倪其心、傅璇琮編：《全宋詩》，頁32871。
〔註90〕李綱：〈建溪再得雪鄉人以為宜茶〉，倪其心、傅璇琮編：《全宋詩》，頁17544。
〔註91〕金朋說：〈冬日幽居〉，倪其心、傅璇琮編：《全宋詩》，頁32204。
〔註92〕孫應時：〈鄞城通守廳和潘文叔梅花韻〉，倪其心、傅璇琮編：《全宋詩》，頁31771。

獨對梅花坐，枝頭數點開。畫中無此景，雪裏有僧來。

饑鶴窺流水，行龜落凍苔。茶邊清話處，一字共敲推。〔註93〕

梅花、雪景和茶所共構的「清」，有了僧人的加入，則增添幾分寂靜和高遠。僧道和士大夫經常雪中對梅、揮麈寄興、喫茶論道、相對清談。例如王炎〈寓江陵能仁僧舍二首・其二〉提到：「焚香翻貝葉，汲水養梅花。無客同持酒，呼僧共煮茶」；翁卷〈嶽麓宮道房〉也說：「晴簷鳴雪滴，虛砌影梅花。香爇何年柏，芽煎未社茶。道人三四輩，相對誦南華。」〔註94〕王炎研讀佛經，汲水養梅，與僧共茶，特別標示出「無酒」；鄒浩〈同長卿梅下飲茶〉也深諳此道：「不置一杯酒，惟煎兩碗茶。須知高意別，用此對梅花。」〔註95〕以「不置」和「惟煎」刻意將茶、酒對舉，認為在梅花樹下須飲茶，才能分判出高意、清意。酒富於熱情、狂放，茶則冷靜、內斂，顯示出一種清適淡遠又苦而回甘的老境美。比起酒讓人沉醉，茶的主要物理作用在提神醒清。而茶又是高僧道人生活的必需品，自使茶帶上清新淡泊、超塵絕俗的文化品味，連貴冑張鎡賞梅都要「不須呼酒但烹茶」。〔註96〕由此可知梅花在文人士大夫飲茶生活中，所提供的是一種精神象徵，而不在於物質上的滿足。

鮮花和美酒都有著綺麗香豔、風流豪蕩的色彩，而茶和酒之間性味相敵，喝酒時可以攜妓，煮茶時卻和僧道相對，所謂「行看靚豔須攜酒，坐對清陰只煮茶」。〔註97〕陸游在蜀地作〈暮冬夜宴〉，飲酒賞梅搭配舞娃箏聲，他的〈梅花〉也說：「金樽翠杓未免俗，簧火為試江南茶」，〔註98〕梅花和茶最相稱，以梅佐酒則成了庸俗。梅花是中性的，當對梅飲酒，梅染上酒的濃烈，抒發詩人得意和惆悵；當對梅烹茶，則帶有茶的清明，表達詩人的淡遠高情。然而不論是酒還是茶，均是宋代生活中重要且常見的物質。雖然對梅飲酒和對梅烹茶的文化意涵差異很大，但正好說明梅花在文人士大夫飲食生活中的常見性以及普遍性，它和酒、茶相輔相成，承載著文人士大夫的情感。

〔註93〕倪其心、傅璇琮編：《全宋詩》，頁40030。

〔註94〕王炎：〈寓江陵能仁僧舍二首・其二〉，倪其心、傅璇琮編：《全宋詩》，頁29725；翁卷：〈嶽麓宮道房〉，倪其心、傅璇琮編：《全宋詩》，頁31429。

〔註95〕倪其心、傅璇琮編：《全宋詩》，頁14058。

〔註96〕張鎡：〈詠千葉緗梅・其四〉，倪其心、傅璇琮編：《全宋詩》，頁31673。

〔註97〕朱熹：〈伏讀秀野劉丈閒居十五詠謹次高韻率易拜呈伏乞痛加繩削是所願望・其二・積芳圃〉，倪其心、傅璇琮編：《全宋詩》，頁27523。

〔註98〕倪其心、傅璇琮編：《全宋詩》，頁24413。

二、鬢邊插得梅花滿／衣

兩宋戴花風氣盛行且普遍，上至國君、大臣下至庶民百姓。禁中簪花代表著榮寵，一般民眾則在特定時節戴上相應的花朵。

早在北宋初期，士大夫就有簪花的風氣。司馬光曾說：「吾本寒家，世以清白相承。吾性不喜華靡……二十忝科名，聞喜宴獨不戴花。同年日，君賜不可違也。乃簪一花。」〔註99〕可知風氣之盛，即便個人不喜歡，也會迫於形勢而簪一枝。楊萬里〈德壽宮慶壽口號·其三〉還記錄皇帝賜花的景況：「春色何須羯鼓催，君王元日領春回。牡丹芍藥薔薇朵，都向千官帽上開。」〔註100〕朝廷舉行典禮或集會，皇帝、大臣都戴花。王闢之《澠水燕談錄》對於君臣戴花有以下記載：

> 晁文元公迥在翰林，以文章德行為仁宗所優異……後曲燕宜春殿，出牡丹百餘盤，千葉者纔十餘朵，所賜止親王、宰臣，真宗顧文元及錢文僖，各賜一朵。又常侍宴，賜禁中名花。故事，惟親王、宰臣即中使為插花，餘皆自戴。上忽顧公，令內侍為戴花，觀者榮之。〔註101〕

在宴會中皇帝賜花給所喜愛的臣子簪戴，表達對臣子的眷顧。王鞏《聞見近錄》也有類似記載：「故事，季春上池，賜生花。而自上至從臣，皆簪花而歸。紹聖二年，上元幸集禧觀，始出宮花賜從駕臣僚，各數十枝。時人榮之。」〔註102〕被皇帝賜花代表著榮耀，同時也意味著臣子的官運和被寵幸。《夢梁錄》對於君臣戴花就多有記載，〔註103〕可見此習俗兩宋都存在。

除了上層階級，戴花風氣也盛行於一般庶民。在民俗節日（節氣）宋人普遍有簪花的習慣，而且不同的日子會戴上不同的花朵，例如重陽節戴菊花，立春戴梅花。曾幾〈九日二首·其二〉說：「儋耳重陽菊滿頭」，朱淑真〈立春絕句二首·其一〉提到：「自折梅花插鬢端」。〔註104〕可見戴花是如何的風行。

〔註99〕司馬光：《傳家集》，收錄於《文津閣四庫全書》，第1098冊，頁133。
〔註100〕倪其心、傅璇琮編：《全宋詩》，頁26331。
〔註101〕王闢之：《澠水燕談錄》，收錄於《叢書集成新編》，第8冊，頁321。
〔註102〕王鞏：《聞見近錄》，收錄於《叢書集成新編》，第117冊，頁125。
〔註103〕吳自牧：《夢梁錄》，收錄於《叢書集成新編》，第96冊，頁703。
〔註104〕曾幾：〈九日二首·其二〉，倪其心、傅璇琮編：《全宋詩》，頁18589；朱淑真：〈立春絕句二首·其一〉，倪其心、傅璇琮編：《全宋詩》，頁17950。

　　兩宋的簪花行為，上自王公大臣下至平民百姓都有，同時不分男女，不分城鄉。一般百姓女子及笄之年即作雙髻簪花的妝扮，董嗣杲〈賦得河中之水曲〉記錄少女簪花歌唱、優閒歡樂的模樣：「西鄰女兒年將笄，雙髻壓頸簪花枝」；鄭獬〈江行五絕〉也說到：「清明村落自相過，小婦簪花分外多。更待山頭明月上，相招去踏竹枝歌。」〔註105〕另外，簪花也不論身分。《西湖老人繁勝錄》中便有妓女戴花的敘述：「茉莉盛開，城內外撲戴朵花者，不下數百人。每妓須戴三兩朵。」〔註106〕

　　從朝廷典禮集會到一般民俗節日無不簪花，簪花在宋人生活中十分尋常，所簪的花有牡丹、菊花、芍藥、茉莉等。而從先前所引詩作，可知也包含梅花。簪花甚至成了皇帝出遊的打扮。據《東京夢華錄》載，宋徽宗「御裹小帽，簪花」。〔註107〕既然上有所好，文人因此也常將公開場合戴花視為一種瀟灑。例如陸游〈醉舞〉就提到「短帽簪花舞道傍，年垂八十尚清狂」；劉克莊〈壽計院族兄〉也說「清狂尚欲簪花舞」。〔註108〕

　　男子簪戴梅花，就所簪的位置來說，有簪於帽上的：「簪帽憑誰揀好枝」；有插在鬢邊的：「鬢邊插得梅花滿」。而在數量上則常是「滿插」、「亂插」，並藉此展現豪情狂放的一面：「總把繁枝插滿頭」、「亂簪桐帽花如雪」。〔註109〕梅花色白，簪戴於帽上、鬢邊正好和衰白髮色產生相映成趣的視覺效果。

　　在宋代文人士大夫中，陸游可說是十分熱中於簪花。他的詩作多有敘述，例如〈冬夜吟〉「儘將醉帽插幽香」、〈梅花絕句十首・其三〉「醉帽插花歸」、〈醉中自贈〉「剩折梅花插滿頭」、〈梅花六首・其二〉「醉插烏巾舞道傍」、〈梅花絕句六首・其五〉「亂簪桐帽花如雪」、〈觀梅至花涇高端叔解元見尋二首・

〔註105〕董嗣杲：〈賦得河中之水曲〉，倪其心、傅璇琮編：《全宋詩》，頁 42679；鄭
　　　　獬：〈江行五絕〉，倪其心、傅璇琮編：《全宋詩》，頁 6880。
〔註106〕西湖老人：《西湖老人繁勝錄》，收錄於《續修四庫全書》，第 733 冊，頁 803。
〔註107〕孟元老：《東京夢華錄》，收錄於《叢書集成新編》，第 96 冊，頁 627。
〔註108〕陸游：〈醉舞〉，倪其心、傅璇琮編：《全宋詩》，頁 25209；劉克莊〈壽計院
　　　　族兄〉，倪其心、傅璇琮編：《全宋詩》，頁 36397。
〔註109〕陸游〈次韻張季長正字梅花〉：「簪帽憑誰揀好枝」，倪其心、傅璇琮編：《全
　　　　宋詩》，頁 24449；楊萬里〈小醉折梅〉：「鬢邊插得梅花滿」，倪其心、傅璇
　　　　琮編：《全宋詩》，頁 26590；周必大〈中秋招王才臣賞梅花廷秀待制有詩次
　　　　韻〉：「總把繁枝插滿頭」，倪其心、傅璇琮編：《全宋詩》，頁 26767；陸游〈梅
　　　　花絕句六首・其五〉：「亂簪桐帽花如雪」，倪其心、傅璇琮編：《全宋詩》，頁
　　　　25185。

其一〉「爲言滿帽插梅花」、〈幽居歲暮五首・其二〉「梅花插滿巾」。〔註110〕
陸游這種醉酒亂簪花自認爲瀟灑頹放的行爲，受到後人模仿甚至津津樂道。
南宋末年的張道洽〈梅花二十首・其八〉就說：「亂插繁花花下醉，只應我似
放翁狂」。〔註111〕上面提到陸游以梅花插戴帽巾的詩歌，作成時間均在五十九
歲以後，一直到八十四歲，也就是遲暮之年。梅花色白恰好相映於詩人遲暮
白髮，所謂「色同衰鬢插宜新」，〔註112〕宋人喜歡將梅花色白和自己花白的鬢
髮兩相呼應，並有許多類似書寫，例如「剪枝插頭羞鬢蒼」、「自甘白髮插梅
花」、「醉插梅花舞白頭」、「自插白鬢明烏紗」。〔註113〕而劉克莊則曾道：「白
髮但能妨進取，未妨痛飲插梅花」，〔註114〕衰白的鬢髮簪滿白色的梅花，白上
加白，顯得蒼茫，再對照詩人心境，表述著年紀衰老卻未能有一番作爲的慨
歎。陸游在故鄉山陰所寫簪戴梅花的詩歌，經常透露著這種慨歎。例如他在
五十九歲所做的〈冬夜吟〉：

> 西村梅花消息動，唧唧寒醅漸鳴瓮。儘將醉帽插幽香，此生莫作長
> 安夢。〔註115〕

期許自己在朝廷有所作爲，然而事與願違，只好任意的喝酒戴花。故意反面
說「莫作」，事實上對朝廷的想望之情已達極點。陸游在五十二歲那年原本將
赴嘉州任官，但臣僚批評他「宴飲頹放」，於是被罷新命。陸游在這一年自號

〔註110〕陸游〈冬夜吟〉：「儘將醉帽插幽香」，倪其心、傅璇琮編：《全宋詩》，頁 24595；
陸游〈梅花絕句十首・其三〉：「醉帽插花歸」，倪其心、傅璇琮編：《全宋詩》，
頁 24767；陸游〈醉中自贈〉：「剩折梅花插滿頭」，倪其心、傅璇琮編：《全
宋詩》，頁 24891；陸游〈梅花六首・其二〉：「醉插烏巾舞道傍」，倪其心、
傅璇琮編：《全宋詩》，頁 25008；陸游〈梅花絕句六首・其五〉：「亂簪桐帽
花如雪」，倪其心、傅璇琮編：《全宋詩》，頁 25185；〈觀梅至花涇高端叔解
元見尋二首・其一〉：「爲言滿帽插梅花」，倪其心、傅璇琮編：《全宋詩》，頁
24769；陸游〈幽居歲暮五首・其二〉：「梅花插滿巾」，倪其心、傅璇琮編：《全
宋詩》，頁 25646。

〔註111〕倪其心、傅璇琮編：《全宋詩》，頁 39250。

〔註112〕方元修〈正月七日初見梅花〉：「色同衰鬢插宜新」，倪其心、傅璇琮編：《全
宋詩》，頁 17039。

〔註113〕張耒〈觀梅〉：「剪枝插頭羞鬢蒼」，倪其心、傅璇琮編：《全宋詩》，頁 13120；
白玉蟾〈奉酬朧菴李侍郎・其五〉：「自甘白髮插梅花」，倪其心、傅璇琮編：
《全宋詩》，頁 37619；蕭立之〈漁磯惠詩適聞王師過邑次韻作歡喜口號〉：「醉
插梅花舞白頭」，倪其心、傅璇琮編：《全宋詩》，頁 39190；楊萬里〈梅花下
遇小雨〉：「自插白鬢明烏紗」，倪其心、傅璇琮編：《全宋詩》，頁 26229。

〔註114〕劉克莊：〈寄人〉，倪其心、傅璇琮編：《全宋詩》，頁 36232。

〔註115〕倪其心、傅璇琮編：《全宋詩》，頁 24595。

「放翁」，似乎是對於臣僚的論議有所回應。而暮年的陸游任意簪花、痛快飲酒則是「放翁」字號的最佳註解。宋代文人本來就常以「滿插」、「亂插」展現豪情狂放的一面，陸游更是如此；「狂舞君毋笑，梅花插滿巾」、「狂歌醉舞眞當勉，剩折梅花插滿頭」、「醉插烏巾舞道傍」。〔註116〕痛快飲酒加上手舞足蹈，在滿頭白梅花的任情恣意下，隱約透露已至暮年卻仍懷才不遇的蒼茫以及不甘心。

相異於男子以滿插、亂插展現詼諧自適的灑脫，簪花則是女子梳妝打扮細瑣過程裡的一環。或將梅花花朵直接簪插於鬢髮，或將梅花圖樣作爲妝容，梅花是女子用來著妝打扮的一種物質，普遍存在於宋人日常生活中。《太平御覽》卷九百七十引《宋書》記載，南朝宋武帝女壽陽公主曾躺臥於含章殿簷下，梅花落在她的額頭上成五出之花，拂之不去。皇后讓公主把額上的梅花保留下來，自後有「梅花妝」，也作「壽陽粧」，從此婦女們紛紛仿效。〔註117〕宋代婦女的梅花妝從材料上可分人工和天然兩種，除了人工方式以鉛粉作成的「梅花妝」圖樣打扮，同時也將新鮮梅花插於髮鬢。朱淑眞的「髻鬟斜掠，呵手梅妝薄」，〔註118〕就是有厚薄差異的脂粉妝。這種梅花妝不受時間季節的限制，因此是當時女性化妝所普遍採用的方式。例如「落盡梅花妝額巧」、「漢苑梅花粧額半」、「每將施額鬥妝勻」。〔註119〕另外，梅堯臣〈京師逢賣梅花五首·其四〉提到：「少婦髻鬟猶戴歸」，〔註120〕城裡賣花行業盛行，得以滿足簪花的喜好和需求，梅花的淡雅更是宋代女子所喜愛的。從化妝的形式上來看，宋代梅花妝有了新的發展，由壽陽公主單一的「眉心點處」，擴展爲以梅枝插戴頭上，簪於鬢旁的多種妝飾。相較於「士女梅花插滿頭」〔註121〕隨意

〔註116〕陸游〈幽居歲暮五首·其二〉：「狂舞君毋笑，梅花插滿巾」，倪其心、傅璇琮編：《全宋詩》，頁 25646；陸游〈醉中自贈〉：「狂歌醉舞眞當勉，剩折梅花插滿頭」，倪其心、傅璇琮編：《全宋詩》，頁 24891；陸游〈梅花六首·其二〉：「醉插烏巾舞道傍」，倪其心、傅璇琮編：《全宋詩》，頁 25008。

〔註117〕李昉等編：《太平御覽》，收錄於《文津閣四庫全書》，第 903 冊，頁 500。

〔註118〕朱淑眞：〈點絳唇·冬〉，唐圭璋編：《全宋詞》，頁 1407。

〔註119〕朱翌〈人日雪〉：「落盡梅花妝額巧」，倪其心、傅璇琮編：《全宋詩》，頁 20821；虞儔〈和林正甫遊思湖上麗人絕句·其二〉：「漢苑梅花粧額半」，倪其心、傅璇琮編：《全宋詩》，頁 28587。朱淑眞〈梅花二首·其一〉：「每將施額鬥妝勻」，倪其心、傅璇琮編：《全宋詩》，頁 17993。

〔註120〕倪其心、傅璇琮編：《全宋詩》，頁 3067。

〔註121〕郭印：〈次韻曾端伯早春即事五首·其二〉，倪其心、傅璇琮編：《全宋詩》，頁 18736。

的滿頭戴花，將髮髻給遮蓋住；女子精心打扮後，鬢邊斜斜簪上一朵梅花，作爲青絲的陪襯，更能展現女子嫵媚柔美。王銍〈同賦梅花十二題・其二・清晨〉提及：

> 曉色宜春露蕊鮮，玉人斜插鬪清妍。新花更映新粧面，無限風光在鬢邊。〔註122〕

梅花綴於絲緞般的鬢雲之間，跟精心修飾的妝容相稱相映，風韻無限；同時鬢髮間梅花散發的香氣混著頭髮香，隱隱約約飄散著，旖旎多姿，所謂「鬢雲總把梅花插，簾幙春風一種香」。〔註123〕女詩人尤其喜愛用天然的梅花妝點自己，如朱淑眞的〈探梅〉用梅花妝飾透露出內心深處洋溢的青春朝氣和魅力：「溫溫天氣似春和，試探寒梅已滿坡。笑折一枝插雲鬢，問人瀟灑似誰麼。」〔註124〕獨佔春先的梅花帶給人欣喜的春意，那簪插梅花的人也禁不住春情蕩漾；但當憂思神傷無心裝扮，勉強而慵懶的簪上一朵，則別是一種表述：「懶對粧臺指黛眉，任他雙鬢向煙垂。侍兒全不知人意，猶把梅花插一枝。」〔註125〕此刻朱淑眞頭上的梅花承載著閨怨，同時用梅花表現出己身的自尊和自重，儘管無人欣賞，仍要打扮，是基於自己本身的獨特和美好。相較於人工材質的梅花妝，身爲詩人的朱淑眞對於天然梅花情有獨鍾。有論者也提到天然的梅花妝自有殊異處，這並不是因鮮梅妝更漂亮，實際上人工梅花妝色澤豔麗、造型完美、留妝持久，並且不受季節的限制，都優於天然梅花妝，具有更大的可塑性和更多的自由度。女詩人的梅花妝則是超越了美化容儀的直觀、單純的目的，上升爲投注著感情生命的審美體驗的一種形式。〔註126〕

透過簪戴方式、簪戴場合和簪戴意義的多元性，可知梅花作爲一種普遍的身著裝飾，存在於宋人日常生活中。皇帝、大臣到平民百姓都有簪花的習慣，簪花同時不分男女老少。簪戴的時機也十分多元。朝廷節慶典禮君臣簪花是某種政治象徵，百姓在特定民俗活動中也簪戴相應的花種。文人士大夫閒居生活簪戴梅花，以亂插、滿插搭配白髮，展現狂放不拘和灑脫，同時也承載不遇的慨歎；而女子在閨閣中則常以簪戴一朵作爲風韻的展現，也是一

〔註122〕倪其心、傅璇琮編：《全宋詩》，頁21317。

〔註123〕廖剛：〈丙申春貼子八首・其七〉，倪其心、傅璇琮編：《全宋詩》，頁15404。

〔註124〕倪其心、傅璇琮編：《全宋詩》，頁17990。

〔註125〕朱淑眞：〈睡起二首・其二〉，倪其心、傅璇琮編：《全宋詩》，頁17975。

〔註126〕舒紅霞：〈李清照朱淑眞的梅花妝情結〉，《運城高等專科學校學報》，第18卷，第5期（2000年10月），頁80～81。

種對於被男子愛賞的期待。陸游《老學庵筆記》說：「靖康初，京師織帛及婦人首飾衣服，皆備四時。如節物則春幡、燈球、競渡、艾虎、雲月之類，花則桃、杏、荷花、菊花、梅花皆並爲一景，謂之一年景。而靖康紀元果止一年，蓋服妖也」。〔註127〕男子戴花代表得寵、代表瀟灑，女子戴花則成了一種禍國的徵兆，陸游從男子的角度出發對於女子簪花表明極度不認同的立場，卻同時爲宋代婦女簪花風氣的普遍性提供了一個明證。

三、古瓶斜插數枝春／住

梅花是一種易於栽種的植物，尤其是江梅，據《梅譜》載「遺核野生，不經栽接者」，〔註128〕栽種簡便加上具花果好處，因此很受一般家庭歡迎，進而造就梅家常化的特性。宋人喜歡在居住環境種植梅花。如林洪在《山家清事》就記錄自己種梅養鶴的情形：「擇故山濱水地，環籬植荊棘，間栽以竹，入竹丈餘。植芙蓉三百六十，入芙蓉餘二丈，環以梅。入梅餘三丈，重籬外植芋栗果實，內重植梅，結屋前茅後瓦」。〔註129〕在屋舍外的竹籬旁環植梅花，竹籬內屋舍前也種梅花，梅花就遍見於整個屋舍竹籬。又如方岳〈除夕・其二〉提到「梅花遶屋柳遮門」、盧珏〈天邊風露樓漫題〉述說「多種梅花在屋西」、蘇洞〈無題〉道及「梅邊屋數間」，〔註130〕如此種在房屋周旁的梅花，將詩人的日常生活襯托得十分閒靜。王安石〈金陵即事三首・其一〉也說到：

> 水際柴門一半開，小橋分路入青苔。背人照影無窮柳，隔屋吹香併是梅。〔註131〕

水邊屋舍種植梅花，柴門半掩，小橋布著青苔，少有客人到訪，呈現詩人閒居的日常景象。楊萬里〈雪後東園午望〉說：「天色輕陰小霽中，晝眠初醒未惺鬆。梅橫破屋無多雪，雲放東山第一峰。不道風光虧此老，將何功業答殘冬。土羔榮甲鵝兒酒，醉入梅林化作蜂。」〔註132〕詩人午睡初醒，望見種植

〔註127〕陸游：《老學庵筆記》，收錄於《叢書集成新編》，第84冊，頁133。
〔註128〕范成大：《梅譜》，收錄於《叢書集成新編》，第44冊，頁120。
〔註129〕林洪：《山家清事》，收錄於《叢書集成新編》，第87冊，頁271。
〔註130〕方岳：〈除夕・其二〉，倪其心、傅璇琮編：《全宋詩》，頁38482；盧珏：〈天邊風露樓漫題〉，倪其心、傅璇琮編：《全宋詩》，頁42813；蘇洞：〈無題〉，倪其心、傅璇琮編：《全宋詩》，頁33897。
〔註131〕倪其心、傅璇琮編：《全宋詩》，頁6705。
〔註132〕倪其心、傅璇琮編：《全宋詩》，頁26561。

在屋外的梅花及遠方山雲，感嘆自己缺少立功建業，但不也是因為這樣才有機會享受「土羔榮甲鵝兒酒」平凡的生活。

《說文解字繫傳》載：「古者爲堂，自半以前，虛之謂之堂；半以後實之爲室。」〔註133〕傳統住宅將房屋開間的前半部虛敞，布置爲「堂」，後半部封閉以爲「室」。堂作爲房屋格局前半部的開放空間，面向外部。而堂和大門間的空地稱爲「庭」，所謂「堂下至門謂之庭」；〔註134〕同時「室之中曰庭」，〔註135〕屋室所圍成的空地也稱作「庭」。可見「堂」、「室」、「庭」是居住空間的格局，趙蕃有詩「廢宅委塵埃，梅花亦自開」，〔註136〕該詩題名爲〈題堂前梅花〉，這株自開的梅花，應該是種植於堂前的空地（庭）。這塊稱爲「庭」的，是一個栽植梅花的空間。陸游〈居室記〉對於宋代士人空間規劃和設計有一番詳細說明：

> 陸子治室于所居堂之北，其南北二十有八尺，東西十有七尺。東、西、北皆爲窗，窗皆設簾障，視晦暝寒燠爲舒卷啓閉之節。南爲大門，西南爲小門，冬則析堂與室爲二，而通其小門以爲奧室；夏則合爲一，而辟大門以受涼風。〔註137〕

隨著人類物質文明和精神文明的發展，人們的居室組合還有另一種布局：「書齋」。陸游所營造的書房空間，四面開窗不但通風採光良好，透過窗軒還能夠借景，自然幽雅，深得山林之趣。相較於物質存在的居住空間，文人更費心營造這個私人空間。文人沉浸在自己的精神世界，將情感投射於梅花。張耒〈晨起雨霽作〉說：「寂寂柯山曲，悠悠放逐臣。雨晴人踏曉，山靜鳥啼春。最惜庭梅謝，猶欣壟麥新。但知年歲好，飽飯任乾坤」。〔註138〕詩人敘述卸下官職的閒居生活，早晨起床天色開霽，但庭中梅花卻不敵雪雨，心中滿是惋惜。陳與義〈春日·其二〉也說：「憶看梅雪縞中庭，轉眼桃梢無數青。萬事一身雙鬢髮，竹床敧臥數窗櫺。」〔註139〕詩人斜躺在竹床，藉由庭中梅花

〔註133〕徐鍇傳釋：《說文解字繫傳》，收錄於《叢書集成新編》，第36冊，頁295。
〔註134〕江永：《儀禮釋宮增注》，收錄於《文津閣四庫全書》，第105冊，頁205。
〔註135〕許慎撰，段玉裁注《說文解字注》（臺北：洪葉，1999年），頁448。
〔註136〕倪其心、傅璇琮編：《全宋詩》，頁30527。
〔註137〕陸游：〈居室記〉，收錄於曾棗庄、劉琳編：《全宋文》（上海：上海辭書，2006年），第223冊，頁118。
〔註138〕倪其心、傅璇琮編：《全宋詩》，頁13391。
〔註139〕倪其心、傅璇琮編：《全宋詩》，頁19493。

才剛綻放卻旋即衰敗，感嘆時間倏忽。楊萬里〈病中夜坐〉所提到的庭中梅花則承載著他自己的情感意緒：「月流銀漢小徘徊，似戀空庭獨樹梅。玉漏聽來更二點，燭花竊了暈重開。病身不飲看人醉，乾雪無端上鬢來。後日老衰知健否，只今六九已摧隤。」〔註140〕在病中的夜晚，詩人將自己對於時光的留戀，投射於撒落在庭中梅樹的月色，進而把月光隨著時間於梅樹上的漸次推移，看作是一種不忍離去的流連。

　　宋人在室外空地種植梅花，同時在室內以插瓶的方式欣賞梅花，園中梅花和瓶中梅花姿態不同、綻放速度不一，所各自展現的美感是文人居家生活的風景和趣味。陸游和楊萬里都提到室外梅花和室內梅花的差異。楊萬里〈小瓶梅花〉以為窗外梅花遭風吹雨打，窗內的瓶梅則是溫室花朵：「梅萼纔開已亂飛，不堪雨打更風吹。蕭蕭只隔窗間紙，瓶裏梅花總不知」；〔註141〕陸游〈夜坐〉則認定室內瓶梅有人為的關照開得比室外的燦爛：「可憐瓶中梅，爛漫幾開落。小園亦數樹，曾未破一萼。」〔註142〕林洪在《山家清事》中便有教人如何照顧瓶插梅花：「插梅每旦當刺以湯。」〔註143〕

　　所謂「膽瓶莫訝無花插，過了梅花不買花」，「自買梅花插燭看」，〔註144〕可知作為室內空間陳設的瓶梅，取得的途徑可以藉由堂前、庭中的栽種，也可以透過販售方式，十分簡便。在文人寄託性靈的私人空間中，完備的書籍、通透的窗牖、素淨的几席等，一景一物經營出閒適生活所需的精緻情調和美好環境。例如楊萬里〈書室銘〉的介紹和說明：「室不厭虛，書不厭整，牖不厭明，几不厭淨。」〔註145〕而梅花也是文人居室生活的配置之一。例如陸游〈立春前三日作〉所述：

　　　　春近寒尤苦，先生不下堂。烏皮蒙燕几，白拂挂禪床。

　　　　書架斜斜設，梅花細細香。悠然睡還起，已覺日微長。〔註146〕

詩人記錄自己在堂內或睡或起的日常生活，並羅列出堂內的陳設，包括「烏

〔註140〕倪其心、傅璇琮編：《全宋詩》，頁26279。
〔註141〕倪其心、傅璇琮編：《全宋詩》，頁26232。
〔註142〕倪其心、傅璇琮編：《全宋詩》，頁24893。
〔註143〕林洪：《山家清事》，收錄於《叢書集成新編》，第87冊，頁271。
〔註144〕顧逢〈不買花〉：「膽瓶莫訝無花插，過了梅花不買花」，倪其心、傅璇琮編：《全宋詩》，頁40020；王鎡〈元宵〉：「自買梅花插燭看」，倪其心、傅璇琮編：《全宋詩》，頁43213。
〔註145〕楊萬里：〈書室銘〉，收錄於曾棗庄、劉琳編：《全宋文》，第239冊，頁359。
〔註146〕倪其心、傅璇琮編：《全宋詩》，頁24892。

皮」、「燕几」、「書架」和「梅花」。梅花常以插瓶方式安置於窗前的小桌上，詩人對小桌上瓶梅的姿態和花葉總有一番細膩描繪。例如陳與義〈瓶中梅〉形容：「明窗淨楚几，玉立耿無鄰。紅綠兩重袂，殷勤滿面春」；艾性夫〈深冬〉述說：「敲冰自換甆瓶水，浸取梅花仔細看。」〔註147〕

宋人喜歡把目光聚焦在瓶中的梅花，近看定視，仔細觀察，尤其在夜晚的室內，一片漆黑中秉燭細看。如戴復古〈鄭子壽野趣燒燭醉梅花〉所記錄的情形：「古瓶斜插數枝春，此即君家勸酒人。移取堂前雙蠟燭，花邊照出玉精神。」〔註148〕除了欣賞梅的花形、顏色和神態，閃爍而昏暗照明下梅枝婆娑疏影所產生的神秘感，更吸引著文人的目光。如項安世〈次韻葉教授小院室中瓶梅二首・其一〉所說的：「半瓿冰水一簪梅，的皪寒花數點開。疏影已從燈畔見，暗香時向夢中來。」〔註149〕在燈下有時還能兼具瓶中梅與窗間梅的欣賞樂趣。如楊萬里〈懷古堂前小梅漸開四首・其四〉敘述的：「揀得疏花折得回，銀瓶冰水養教開。忽然燈下數枝影，喚作窗間一樹梅。」〔註150〕詩人折取梅花插於銀瓶，將燈下瓶梅影子的投射想像成窗框間的梅樹，兩相輝映成趣。〔註151〕

另外，宋人繼承唐人擅長於「借景」。所謂借景，是經由特殊的空間處理，將原不屬於此空間內的景色收納進來；透過建築的空透性就近欣賞，以豐富視覺效果。例如宋人喜歡在軒前立假山、湖石，在建築周邊栽植花木，進而隔著窗洞欣賞。〔註152〕基於借景美感的掌握，文人除了走出屋外貼近欣賞堂前、庭中的梅花栽植，同時拉遠距離、隔著窗框，間接覽閱局部梅枝，當中

〔註147〕陳與義：〈瓶中梅〉，倪其心、傅璇琮編：《全宋詩》，頁19564；艾性夫：〈深冬〉，倪其心、傅璇琮編：《全宋詩》，頁44414。

〔註148〕倪其心、傅璇琮編：《全宋詩》，頁33604。

〔註149〕倪其心、傅璇琮編：《全宋詩》，頁27347。

〔註150〕倪其心、傅璇琮編：《全宋詩》，頁26218。

〔註151〕折梅插瓶在宋人眼中除了是一種美感樂趣，有論者提出「折梅清供」，折梅清供把自然的生機和意趣引入室內，是文人在政治場域外營造的一個純粹的審美空間。梅花最被宋人所欣賞的是清疏美感，一枝兩枝、三朵兩朵，即覺生趣盎然，以此供天，人自然也跟著清新爽朗，折梅清供，是文人的生活雅事。另外，宋人折梅清供對於瓶的選擇十分考究。梅花可以入瓦瓶、膽瓶、銅瓶，而不喜歡銀瓶，這也是為了「雅」，因為瓦瓷代表清雅，銅器代表尚古雅。李開林：〈宋詩「折梅」行為的文化意蘊〉，《江南大學學報・人文社會科學版》，第14卷，第6期（2015年），頁86～89。

〔註152〕侯迺慧：《宋代園林及其生活文化》（臺北：三民，2010年），頁314～315。

的美感和趣味往往勝過近距離、直接的觀看整株梅樹。因此，更多時候詩人身在室內透過門窗，讓窗框將梅花修飾如畫。楊萬里〈東窗梅影上有寒雀往來〉對於這種宋人所著迷的欣賞方式有一番記錄：「梅花寒雀不須摹，日影描窗作畫圖。寒雀解飛花解舞，君看此畫古今無。」〔註153〕由上述〈懷古堂前小梅漸開四首・其四〉已知楊萬里深諳以燈賞梅的樂趣，他同時對於日照梅影也不錯過：就是一種透過媒介、隔了一層的賞梅方式。窗框是畫布，日光是畫彩，這幅光影紛呈的梅花寒雀圖，所躍動的蓬勃生機，畫筆難成。

　　文人士大夫居室賞梅除了視覺效果的滿足，還透過將瓶梅靠近床邊的擺放，或醒或睡都能和幽淡的花香相伴，正所謂「映窗猶剩雪餘痕，瓶裏梅花枕上聞。一椀鐙寒聽夜雨，半牀氊暖臥春雲」。〔註154〕另有兼具視覺和嗅覺審美效果的「梅花紙帳」，此乃繁複而精緻的居寢陳設。據林洪《山家清事》記載：

> 法：用獨牀。旁置四黑漆柱，各掛以半錫瓶，插梅數枝，後設黑漆板約二尺，自地及頂，欲靠以清坐。左右設橫木一，可掛衣，角安斑竹書貯一，藏書三四，掛白塵一。上作大方目頂，用細白楮衾作帳罩之。前安小踏牀，於左植綠漆小荷葉一，寘香鼎，然紫藤香。中只用布單、楮衾、菊枕、蒲褥。〔註155〕

白玉蟾〈梅花醉夢〉道及：「紙帳梅花醉夢間，了無它想鼻雷鼾。鴛愁鳳恨不入枕，睡覺身疑在廣寒。」〔註156〕「梅花紙帳」這座由多樣物件組合、裝飾而成的臥具，四根帳柱上各掛一只錫製懸瓶，瓶中插上新鮮梅枝，讓梅枝敧斜成為帳裡經冬不歇的景致；帳頂覆蓋細緻棉厚的白紙，帳架的四周也用細白厚紙蒙護起來。以厚實巨大的白色紙張四面圍合而成的帷幕，將梅枝的香氣籠於帳中；白紙堆疊如雲如雪，梅香縷縷撲鼻而來，不論或醒或睡，恍若置身仙界。紙白如雲，梅香幽然，雪夜中的冷色寒香，就算沒有身處月宮的想像，也讓人神清氣爽。顧逢〈雪夜枕上〉說：「客樓臨水際，轉覺夜寒生。敧枕天將曉，搜詩睡不成。雪多添月色，風近遠鐘聲。却喜心無事，梅花紙帳清。」〔註157〕水淡風清，雪月皆白，即將破曉的天色也是白的，梅花紙帳

〔註153〕倪其心、傅璇琮編：《全宋詩》，頁26235。

〔註154〕張景脩：〈宿清溪安樂山〉，倪其心、傅璇琮編：《全宋詩》，頁9739。

〔註155〕林洪：《山家清事》，收錄於《叢書集成新編》，第87冊，頁270。

〔註156〕倪其心、傅璇琮編：《全宋詩》，頁37608。

〔註157〕倪其心、傅璇琮編：《全宋詩》，頁40013。

更是色白而清，而敧枕無眠的詩人思慮清明澄澈。

　　紙帳在當時是貧寒人家的禦寒工具，後來也成了清寒生活的象徵。士大夫階級更把使用紙帳視爲節儉樸素和甘貧守道，不慕富貴的行爲表現。〔註158〕文人大量以梅花紙帳入詩，除了基於實際上所帶來舒適清爽，更多時候承載詩人懷才不遇卻自命清高的情緒。例如方岳〈宿不老山‧其二〉自述：「借得松風一覺眠，旋燒枯葉煮山泉。人間蟻蛭王侯夢，不到梅花紙帳邊。」〔註159〕出仕前以農耕自給，出仕後曾遭三度罷黜的方岳，聽松煮泉生活清幽，梅花紙帳清新，睡在其中和世俗相隔，夢不到槐安南柯，顯得清幽遠逸；然而若是反面見意，詩人或恐感嘆自己不僅在現實生活中得不到功名，就連夢裡也和榮華富貴絕緣。而對仕途無意，一生之中大部分時間是平民的周密，有詩〈入宿太倉次黃汝濟韻〉在透露心境：

　　　　紙帳梅花夢，空齋夜氣侵。壯懷中歲感，遊子五更心。

　　　　月轉花陰直，春隨柳色深。無人知此意，敧枕自微吟。〔註160〕

睡臥在以巨幅厚密紙堆帷幕環抱的梅花帳中，卻感到屋室虛空和寒冷夜氣的逼近，只能懷著一份無人了解的感慨和心緒，斜倚床枕獨自低吟。因著詩人的情感思緒，於是梅花紙帳也就不單只是一頂帳子。這一套梅花和雪白厚紙的設計，除了充分反映出宋代士大夫細膩精巧的品味，同時還作爲詩人所懷所感的徵候，由此更說明了梅花在他們居家生活中所扮演的角色。

　　梅花是宋人居住環境中極爲常見的物質，傍屋而種，栽於堂前室外，或作爲詩人閒居生活的寫照，或作爲詩人心靈感嘆的媒介；插瓶安置於堂內室中，在燭光燈火下定視觀看，或透過窗框修飾，想像成畫中的梅花。插瓶的梅花取得途徑也十分方便，可經由購買或是摘取。梅花紙帳和梅花一樣，詩人透過它，紀錄自己的心思懷想，藉由它更可看出梅花在居家運用上的極致發揮。總括來說，就居住空間的部分，梅花存在於室外、室內；就居住功用

〔註158〕紙帳能流行，主要原因在於它價廉，因此是貧寒人家的禦寒工具，也成了清寒生活的象徵。士大夫階層當中，相當一部分人也經常會面臨生活困乏的窘境。人們如此喜歡紙帳，這當然是一個重要原因，但還有一個更重要的原因，則是士大夫階級把使用紙帳視爲節儉樸素和甘貧守道，不慕富貴的行爲表現。至於床上用品，一定要同時符合樸素、風雅這兩個原則，所以要用藤床或竹床、布床單、紙被、菊枕、蒲褥才算和紙帳相襯；錦綺豪華在這裡不得青眼。孟暉：〈梅花紙帳〉，《繽紛家居》，第 2 期（2008 年），頁 40～41。

〔註159〕倪其心、傅璇琮編：《全宋詩》，頁 38306。

〔註160〕倪其心、傅璇琮編：《全宋詩》，頁 42541。

的部分，不論是室外整株梅樹或室內疏枝插瓶，都是詩人審美品味的展現。另外，與其說梅花讓詩人欣賞觀看，不如說是相陪相伴；況且有梅花幽香以資伴眠，大大提升居家生活品質和美感。

四、道上梅花無數株／行

　　宋代交通發達。白壽彝根據《太平寰宇記》、《元豐九域志》指出宋代以汴京為主，各方路線自汴京幅射；水運方面，據《宋史・河渠志》載宋繼承隋、唐運河，同時新闢許多水道。〔註161〕交通發達促使宋人頻繁的移動行為，而移動行為可分為「行旅」和「遊覽」。《文選》將詩作題材分類「行旅」和「遊覽」，王文進研究謝靈運詩，以寫作主體的心境為基準，認為行旅時生命和時空受制於外在的支使；而遊覽是安頓後的生命向外怡然伸展。〔註162〕同樣屬於移動行為，移動過程中的所見所想，究竟是行旅的感慨，抑或是遊覽的舒心，端賴心境投射。以下就以「行旅」和「遊覽」為課題，探析梅花在宋人移動過程中的角色作用。

　　宋代以文人治國，士大夫為政治體制的核心，依政治理念結合成不同政治集團，進而黨爭激烈。士人仕途因而起伏跌宕，貶謫成了難以避免的宿命。〔註163〕從林逋以降，梅花被打上審美的人格印記，士人對於這份意象是嫻熟的，當他們踏上行赴貶所的困頓旅途，便很自然的將梅花作為情感的寄寓對象。

　　梅花對土壤要求不嚴，隨處可見；加上梅子具經濟作用，百姓樂於種植，於是造就「夾路梅花開」的普遍景象。〔註164〕散布路邊的梅樹，雖然實用價值是主要功能，卻也附加審美趣味。同時還有梅花被專門種植於山邊路旁，

〔註161〕白壽彝：《中國交通史》（長沙：嶽麓書社，2011年），頁11～19。

〔註162〕王文進：〈謝靈運詩中「遊覽」和「行旅」的區分〉，收錄於《第二屆魏晉南北朝文學與思想學術研討會論文集》（臺北：文津，1993年），頁1～21。吳雅婷《移動的風貌：宋代旅行活動的社會文化內涵》討論到「移動」語彙的使用及其脈絡，別為分立「行旅、逆旅、羈旅及行役」和「遊覽、旅行與觀光」兩大項目。吳雅婷：《移動的風貌：宋代旅行活動的社會文化內涵》（臺北：國立臺灣大學歷史學系博士論文，2006年）。

〔註163〕科舉制度使得整個王朝的受教育者都成為頻繁的旅行者，而這些官員對仕途的追求又把他們帶到不可知的旅行世界中。張聰：《行萬里路：宋代的旅行與文化》（杭州：浙江大學，2015年），頁54～55。

〔註164〕韓淲：〈送昌甫至十里分韻得四首・其二〉，倪其心、傅璇琮編：《全宋詩》，頁32694。

提供來往旅人休憩欣賞。據本章第一節所引的《聞見近錄》記載可知，旅途中發現梅花綻放是很尋常的。「明星耿耿出天東，結束籃輿伴我公。藹藹梅香侵曉陌……」，〔註165〕盛開的梅花香氣侵逼曉發所行的道路；「匆匆車馬出清晨……梅花林外有行人」，〔註166〕在叢生的梅花林間旅人更顯形單影隻。於是梅花成了人們兼程趕路的背景和底色。

路邊的梅花，可供遊子心靈依靠。劉克莊〈道傍梅花〉提到：

> 風吹千片點征裘，猶記相逢在嶺頭。歲晚建州城外見，向人似欲訴離愁。〔註167〕

「嶺頭」、「城外」強調路途中梅花的能見度及常見性；「猶記」則表達一路上對梅花念茲在茲。王十朋〈途中見早梅〉說：「山行初逢建子月，始見寒梅第一枝。遙想吾廬亦如此，誰能千里贈相思。梅花發後思家切……」〔註168〕見到路旁梅花而想起家裡梅花，梅花「千里贈相思」超越空間限制，安慰遊子。梅花具體的形象作為記憶承載者，連結初行時中原、家鄉和當下遷謫所在的時空，成為回憶、思念的形式。士人對於這份意象並不陌生，加上梅花漸以形成的精神象徵，在旅途中，甚至將紙幅墨梅當作心靈安慰。黃庭堅在〈書贈花光仁老〉提到：「余方此憂患，無以自娛，願師為我作兩枝見寄。令我時得展玩，洗去煩惱，幸甚。」〔註169〕與其說是礙於時間空間，旅途中無法親見真梅，毋寧看成梅花儼然成了極端表徵的寫意符號。

有論者提出花光仲仁墨梅傳承林逋，是隱逸者的化身。〔註170〕花光墨梅具有梅格，除了比德君子，更是謫人心靈慰藉。崇寧三年跟當時丞相趙挺之有怨隙的黃庭堅遭貶，〔註171〕赴宜州貶所途中經過花光寺，獲得仲仁墨梅，並作〈花光仲仁出秦蘇詩卷，思二國士不可復見，開卷絕歎，因花光為我作

〔註165〕釋道潛：〈曉發苕溪將次徑山呈通判廖明略學士〉，倪其心、傅璇琮編：《全宋詩》，頁 10764。

〔註166〕王銍：〈曉發石牛〉，倪其心、傅璇琮編：《全宋詩》，頁 21320。

〔註167〕倪其心、傅璇琮編：《全宋詩》，頁 36227。

〔註168〕倪其心、傅璇琮編：《全宋詩》，頁 22635。

〔註169〕黃庭堅：〈書贈花光仁老〉，收錄於曾棗莊、劉琳編：《全宋文》，第 106 冊，頁 350。

〔註170〕張高評：〈墨梅畫禪與比德寫意：南北宋之際詩、畫、禪之融通〉，《中正漢學研究》，第 1 期（2012 年），頁 135～174。

〔註171〕黃庭堅在河北與趙挺之有小怨懟。後庭堅作〈承天院塔記〉，見誣為「幸災謗國」，於是除名，貶斥宜州（今廣西宜山縣）。鄭永曉：《黃庭堅年譜新編》（北京：社會科學文獻，1997 年），頁 387～390。

梅數枝及畫煙外遠山追少游韻記卷末〉自述景況：

> 夢蝶眞人貌黃槁，籬落逢花須醉倒。雅聞花光能畫梅，更乞一枝洗
> 煩惱。扶持愛梅說道理，自許牛頭參已早。長眠橘洲風雨寒，今日
> 梅開向誰好。何況東坡成古丘，不復龍蛇看揮掃。我向湖南更嶺南，
> 繫船來近花光老。歎息斯人不可見，喜我未學霜前草。寫盡南枝與
> 北枝，更作千峰倚晴昊。〔註172〕

「雅聞花光能畫梅，更乞一枝洗煩惱」，從〈書贈花光仁老〉文中可知煩惱來
自仕途偃蹇，討取墨梅成了行旅中的精神需求。「扶持愛梅說道理」，期待能
緣花悟道；「自許牛頭參已早」，詩人運用牛頭山法融禪師入石室修行的典故，
〔註173〕自勉能參禪悟道。由詩題可知花光將蘇軾詩卷示予黃庭堅，蘇黃原是
舊交，但此時蘇軾已經離世，「何況東坡成古丘，不復龍蛇看揮掃」，讓同樣
歷經貶斥，同樣在旅途中對梅花情有獨鍾的詩人不禁「開卷絕歎」。幸好傳承
林逋以梅比德的仲仁還在，在「我向湖南更嶺南」輾轉路途中，非得「繫船
來近花光老」。在詩人憂患貶謫的路途中，所賴以寄託的是梅花品質精神，以
及蘇軾、花光仲仁所賦予的梅花意象，顯然早已跳脫梅花的物質形態、樣貌。
黃庭堅在詩作和文章中均說明所討取的是墨梅，能洗除煩惱的是墨梅：〈書贈
花光仁老〉提到「令我時得展玩」，唯有咫尺短幅的墨梅才能「時得展玩」。
花光爲南嶽高僧，以他特殊身分和幽逸品格所繪的墨梅，跟眞梅相比又加添
畫者胸中丘壑，可說是意在筆墨之外。

　　有論者述及花光是第一個以墨梅著稱的畫家，他以南嶽高僧的特殊身分
和林逋一樣，都是梅花題材開拓的重要角色。北宋哲宗紹聖以來朝政鬥爭激
烈，被貶謫的文人士大夫流落在嶺外，花光寺所在的衡州是當時必經的水路
要衝，正所謂遷客騷人多會於此；花光仲仁以方外高僧的超脫，卻熱心贈答，
安慰了無數謫人的羈旅辛苦。〔註174〕梅花，尤其是它的審美象徵意義，在文
人羈旅途中提供不可或缺的慰藉。早在紹聖三年，也就是黃庭堅被貶宜州求
取花光墨梅前八年，因新舊黨爭而被貶斥郴州的秦觀，在赴貶所途中專程前
往花光寺，期盼獲得花光墨梅。秦觀〈與花光老求墨梅書〉說：「僕方此憂患，

〔註172〕倪其心、傅璇琮編：《全宋詩》，頁 11439。
〔註173〕釋普濟：《四祖大鑒禪師旁出法嗣》，收錄於《五燈會元》（臺北：文津，1986
　　　　年），第 2 卷，頁 59。
〔註174〕程杰：〈論花光仲仁的繪畫成就〉，《南京藝術學院學報》，第 1 期（2005 年），
　　　　頁 13～19。

無以自娛，願師為我作兩枝見寄，令我展玩，洗去煩惱。幸甚。」〔註175〕黃庭堅〈書贈花光仁老〉文字旨趣和秦觀〈與花光老求墨梅書〉幾乎相同，士人對於墨梅的喜愛以及花光畫梅洗滌煩惱的效用可以想見；同時也說明文人士大夫觀看梅花的視角，遠遠超越梅物質屬性。他們所看重的是梅堅貞不屈的精神象徵。這種精神象徵除了表現於繪者胸中丘壑，很大部分來源於梅文化在士人思想中的積累。據此將梅花意象推向一種極端表徵而抽象且無聲無色、無形無味的精神世界，使它成為高度主觀的寫意符號。

　　「移動」是人類的本能。當寫作主體身心較為安頓，進行較無壓力的移動行為，移動過程中自由自在的玩賞寄情，生命向外怡然伸展，這種移動方式稱為「遊覽」。

　　論者認為「行旅」具有風霜僕僕、哀感奔波的屬性；而「遊覽」則有著不食人間煙火的出塵思致。〔註176〕登臨亭臺、觀遊林園、拜謁遺跡、尋訪友人等某特定目的而進行移動，甚至為了探尋某特定物象不惜跋山涉水，這樣的移動均屬遊覽行為；另外沒有目的而出門行走，途中能觀景覽物、尋訪勝跡，也略帶有遊覽性質。舉凡在移動中恣意賞玩，達到身心暢快的效果，不問移動距離長短遠近都是所謂的遊覽。以梅花開在荒山水邊，夾道迎路的特性，加上宋人在林園裡大量栽植，不論是偶然遇見或是刻意探尋，梅花成了人們遊覽過程中常出現的物象。例如陸游〈晚步湖堤〉提到「綀裘桐帽野人裝，又上湖堤步夕陽……殘樽倒酒無餘瀝，幽圃尋梅認暗香……」，〔註177〕沒有刻意的和梅相遇；邵雍〈同諸友城南張園賞梅〉述及「梅臺賞罷意何如，歸插梅花登小車。陌上行人應見笑，風情不薄是堯夫」，〔註178〕遊園賞畢、梅花插頭，意猶未盡；趙師秀〈姑蘇臺作〉敘說「天無雨雪梅花早，地有波濤鴈影深。為是夫差舊臺樹，愁來不敢越人吟」，〔註179〕梅花和此臺建造者相對照，引發詩人消逝和長存的情緒；趙公豫〈同鮑祗登醉翁亭看歐陽公手植梅花〉記載「歐亭猶在望，梅萼自芬芳。地以人為重，花為植者香」，〔註180〕

〔註175〕秦觀：〈與花光老求墨梅書〉，收錄於曾棗庄、劉琳編：《全宋文》，第119冊，頁363。
〔註176〕王文進：〈南朝山水詩中「游覽」與「行旅」的區分——以「文選」為主的觀察〉，《東華人文學報》，第1期（1999年7月），頁103～113。
〔註177〕倪其心、傅璇琮編：《全宋詩》，頁25647。
〔註178〕倪其心、傅璇琮編：《全宋詩》，頁4585。
〔註179〕倪其心、傅璇琮編：《全宋詩》，頁33854。
〔註180〕倪其心、傅璇琮編：《全宋詩》，頁28949。

詩人遊覽醉翁亭，見歐陽公手植的梅花，以梅花悠遊古今。〔註181〕

　　宋代園林興盛，不論是私家園林或是公共公園均十分方便民眾遊觀賞玩。〔註182〕西湖就是一座巨型公共園林，整座園林中還有著不計其數的個別園林。〔註183〕《武林舊事》卷三載有「西湖天下景，朝昏晴雨，四序總宜。杭人亦無時而不遊，而春遊特盛焉」，〔註184〕春天文人墨客攜友同遊西湖輕鬆自在，西湖梅花也染上活潑色彩。蘇軾〈再和楊公濟梅花十絕・其五〉記錄了春天賞梅事：

　　　　春入西湖到處花，裙腰芳草抱山斜。盈盈解佩臨煙浦，脈脈當壚傍

　　　　酒家。〔註185〕

梅花開在西湖群花芳草間，詩人運用「游女解佩」、「阮籍沽酒」典故，讓梅花添上自由放鬆的遊覽情致。西湖孤山「和靖廬」梅林是宋人熱愛遊覽的地方，王十朋〈臘日與守約同舍賞梅西湖〉形容「西湖處士安在哉，湖山如舊梅花開。見花如見處士面，神清骨冷無纖埃……旅中茲游殊不惡，況有佳友銜清杯。手折林間一枝雪，頭上帶得新春回」。〔註186〕梅花是林逋湖山幽隱陶寫寂寞的自然風物，詩人們觀賞西湖梅花雖然也懷想著處士的神清骨冷；但朋友間舉杯飲酒，折梅、簪花的舉動，讓西湖梅花展現歡然暢快的基調。

　　有論者提到從杜甫詩作中傾向於野梅的欣賞，反映唐代人們觀賞梅花的機會多得自野外，梅花在園林或者田園的種植並不普遍。〔註187〕在宋代有所

〔註181〕滁州醉翁亭歐梅，相傳歐陽修手植，但程杰遍檢歐陽修全集和歐陽修同時人的作品，乃至整個北宋時期的各類文獻中均未見相關記載。只知道當時琅琊山間野梅較多，歐陽修是否在醉翁亭植梅，無從考證。就文獻資料來說，南宋趙公豫這首詩是最早的歐公植梅資訊，也是整個宋元時期唯一的記載。但醉翁亭一線風景到北宋末年已極為凋敝，加上建炎年間兵火蕩滌，更形蕪廢。紹興二十年知州魏安行重建醉翁亭，當時魏氏大舉興建，可能曾在亭旁植梅，或就亭旁野梅留作點綴。據程杰考察趙公豫遊滁州當在熙寧三年知真州、嘉泰初知太平州和嘉泰三年江東轉運任上，這三處離滁州都不遠，因而趙氏有所謂的歐公手植說法。程杰：〈滁州醉翁亭歐公手植梅花考〉，《滁州學院學報》，第 14 卷，第 1 期（2012 年 2 月），頁 1～4、23。
〔註182〕侯迺慧：《宋代園林及其生活文化》，頁 29。
〔註183〕侯迺慧：《宋代園林及其生活文化》，頁 87。
〔註184〕周密：《武林舊事》，收錄於《叢書集成新編》，第 96 冊，頁 648。
〔註185〕倪其心、傅璇琮編：《全宋詩》，頁 9438。
〔註186〕倪其心、傅璇琮編：《全宋詩》頁 22666。
〔註187〕程杰：〈杜甫與梅花〉，《北京林業大學學報》，S1 期（2015 年），頁 90～93。

謂「夾路梅花三十里」、「多種梅花在屋西」，〔註188〕不論路邊野梅還是田園種植的梅花都很平常易見；但宋人卻熱中在荒巖野澗，費盡心力尋找梅花，認為只要偶然在荒野尋獲一枝，都遠遠勝過滿園盛開的梅花。〔註189〕「朔風驚曉雪花乾，盡力尋梅不道寒。萬事不如初見好，一枝全勝滿園看」，〔註190〕只要能夠尋獲，即使寒風凍面、泥雪濕屨，〔註191〕也在所不辭。「平生春興十分深，長恐梅花負賞心。偶有一枝斜照水，前村踏雪也須尋」，〔註192〕一路上念茲在茲梅花會不會辜負自己的用心，梅蕊初破的時間點是那麼無法預測，於是見到一枝綻放便說成是「偶有」。殊不知這種「不期然而然」的相遇，是詩人們計盡力窮的安排，因為必須克服沿途種種阻礙。「老來筋力倦登山，契闊梅花幾日間。莫與梅花筋力倦，且推一雪阻躋攀」，〔註193〕首先必須戰勝自己的體力，手腳並用的朝山上攀登，還得用力的往前或往後除去障礙物；曾幾以「芒鞋」「竹杖」的裝備說明陸路不平難行，〔註194〕韓淲「尋梅渡長溪，犖确路曲折」表示水路也是遙遠、蜿蜒。〔註195〕歷經空間和時間上的重重困難，也不一定能如願以償。吳惟信〈野步尋梅〉就提到梅花綻放與否端賴天地造化：

> 夕陽一半落群峰，寒葉零霜野望空。陰谷忽然逢造化，小梅枝上見春風。〔註196〕

第一、二句說明詩人在野外信步歷時很久卻一無所獲，三、四句則敘述梅花開放時間的不可預期，因著這份可遇而不可求，凸顯初破綻放那一刻的珍貴性，

〔註188〕呂本中〈簡范信中鈐轄三首·其一〉：「夾路梅花三十里」，倪其心、傅璇琮編：《全宋詩》，頁18161；盧珏〈天邊風露樓漫題〉：「多種梅花在屋西」，倪其心、傅璇琮編：《全宋詩》頁42813。

〔註189〕如吳惟信〈山中〉說：「梅花開盡無人到」，倪其心、傅璇琮編：《全宋詩》，頁37079；又如韓淲〈喻伯經推官約施翔甫父子載酒澗上·其二〉說：「歲晚尋梅又一年，南山巖下澗溪邊」，倪其心、傅璇琮編：《全宋詩》，頁32683。

〔註190〕陳著：〈梅初破蕊〉，倪其心、傅璇琮編：《全宋詩》，頁40104。

〔註191〕方岳〈道中即事·其一〉：「春泥滑滑欲濺裾，肯為梅花顧草廬。喚作詩人看得未，雨簑笠雪一肩輿」，倪其心、傅璇琮編：《全宋詩》，頁38280。

〔註192〕張道洽：〈尋梅〉，倪其心、傅璇琮編：《全宋詩》，頁39256。

〔註193〕方岳：〈雪後梅邊·其一〉，倪其心、傅璇琮編：《全宋詩》，頁38272。

〔註194〕曾幾〈尋梅至楊家見數株盛開〉：「芒鞋竹杖尋梅去，只有香來未見花。村北村南行欲徧，數株如雪小民家」，倪其心、傅璇琮編：《全宋詩》，頁18583。

〔註195〕韓淲：〈尋梅至梅嶺因遊紅羊石青楓峽〉，倪其心、傅璇琮編：《全宋詩》，頁32403。

〔註196〕倪其心、傅璇琮編：《全宋詩》，頁37081。

同時透露詩人的喜出望外。詩人的喜悅與其說是出自梅花綻放的視覺感官，毋寧看成來自那份無法測度的驚喜，是一種精神審美的滿足。梅蕊乍現，它倏忽的程度出人意外，往往越是苦苦相尋越是無從尋獲。朱熹〈七日發嶽麓道中尋梅不獲至十日遇雪作此〉就敘述了這種苦惱：「三日山行風繞林，天寒歲暮客愁深。心期已惧梅花笑，急雪無端更滿襟。」〔註 197〕詩人在寒冷的山中行走整整三日卻遍尋不著，只能以錯過、耽誤梅花開放時機的理由聊以自慰。

　　宋人對於尋得梅花所萌生的強烈期待，行走路途中的殷切懇盼，一路上滿是興奮、熱切、緊張和不安，同時以戒慎的態度和積極的行動付諸希望的實現。庭中梅花在舉步之間便能知悉花況，甚至透過栽培技術得以掌控態貌和花期，他們卻捨近求遠並且樂此不疲。

　　人們犯寒衝雪、捨近求遠的尋梅探梅，是一種期待感的追尋、一種實現願望的渴慕，途中所歷經的辛苦是精神的寄託。陸游便是這份精神寄託的忠實信仰者。他的〈西郊尋梅〉說「西郊梅花矜絕豔，走馬獨來看不厭。似羞流落蒙市塵，寧墮荒寒傍茅店。翛然自是世外人，過去生中差一念……」，〔註 198〕梅花自負於超絕，因而孤立在人煙罕至的荒野，且將處在凡塵視為一種沉淪。為了能跟梅花相稱，詩人必須獨自一人走馬相尋，倘若是呼朋引伴就會破壞梅花這份遺世姿采。陸游曾屢次道及「梅花如高人」，〔註 199〕從詩作可以看出他的尋梅行動，同時是在滿足他自己的高人想像。他的〈雪中尋梅二首·其二〉是這麼說的：

> 幽香淡淡影疏疏，雪虐風饕亦自如。正是花中巢許輩，人間富貴不
> 關渠。〔註 200〕

詩人關心的是梅花如高士般的特質「隱逸」；隱士高人不屑於「人間富貴」。雖然「幽香」和「疏影」是梅花的物理性質，但很明顯的詩人筆下的梅花烙上了十分強烈的高人標記，眼中的梅花其實是詩人自己。他的〈湖山尋梅二首·其一〉描繪的也是如此：

〔註 197〕倪其心、傅璇琮編：《全宋詩》，頁 27549。

〔註 198〕倪其心、傅璇琮編：《全宋詩》，頁 24320。

〔註 199〕陸游〈宿龍華山中寂然無一人方丈前梅花盛開月下獨觀至中夜〉：「梅花如高人，枯槁道愈尊。君看在空谷，豈比倚市門……」，倪其心、傅璇琮編：《全宋詩》，頁 24449；陸游〈開歲半月湖村梅開無餘偶得五詩以烟溼落梅村為韻·其三〉：「梅花如高人，妙在一丘壑。林逋語雖工，竟未脫纏縛……」，倪其心、傅璇琮編：《全宋詩》，頁 25066。

〔註 200〕倪其心、傅璇琮編：《全宋詩》，頁 24504。

> 鏡湖渺渺烟波白，不與人間通地脈。騎龍古仙絕火食，慣住空山嚙
> 冰雪。東皇高之置度外，正似人中巢許輩。萬木僵死我獨存，本來
> 長生非返魂。〔註201〕

形容故鄉山陰鏡湖水面無際蒼茫與世隔絕，透過「不與」刻意表示和「人間」
殊途且對立。在這個空間裡的梅花除了如高人般不食人間煙火，甚至連溫度
都可以捨棄。在萬木僵死中所以獨活，是因為他不曾不存在，並非受到東皇
特別眷顧，象徵詩人始終如一的持守，不隨環境而動搖。從上一首〈雪中尋
梅二首‧其二〉「花」中巢許，到這首詩的「人」中巢許，不論是從花到人還
是從人到花，詩人都著眼於梅花非物質性的審美特徵。這首詩敘寫了高人所
處的環境和風格節操，描述梅花的不著一字，倘若不藉由詩題很難知道是一
首尋梅作品。由此可見陸游所覓尋的已脫離花形、花色梅花作為物的本質；
所關注的是人們賦予梅花的人格象徵。與其說他尋索梅花，不如說他在捕捉
精神審美世界的自我滿足和想像。

　　梅花是文人士大夫羈旅途中的背景和底色，慰藉他們行旅中的困頓愁緒。
因著對梅意象過於嫻熟，加上梅文化在士人思想中的積累，於行旅途中發揮安
慰作用的不需真正梅花，可以是紙幅墨梅，進而將梅花意象推向一種極端表徵
而抽象且高度主觀的寫意符號。梅花同時作為一種實際的物質存在於文人賞梅
興致的娛樂生活中；另一方面又因為花期的不可掌握，文人尋梅行動中的期待
感和高人想像讓梅花從物質屬性中抽離。梅花在宋代文人的移動行為中的角色
作用層次分明，但不論如何仍可說明它和文人「行」的生活密切相關。

第三節　小結

　　花卉普遍存在宋人日常生活中，並具有強大的消費性和市場需求；宋人
運用藝花技術接枝轉嫁，各式花卉在市場上取得競爭優勢，滿足消費者。梅
花是眾多花卉之一，當然不例外的人為技術讓梅花非時而開，顏色若桃習性
似李，個殊性已消失泯滅；跟眾多花卉並列於消費市場中，就是一種商品，
同時也存在於百姓飲食、服飾、居住和行旅中。

　　就飲食的部分，販售於市井的雜食小吃出現梅花相關製品，例如「梅花
酒」、「梅花包子」、「梅花餅」。就服飾的部分，則有人們身上的裝飾物「玉梅

〔註201〕倪其心、傅璇琮編：《全宋詩》，頁 25643。

花」，大眾也將梅花繪入諸如扇子等隨身物品，例如「梅竹扇面兒」。梅花是百姓們吃飯、穿衣的題材，不論有無取材於真梅花，都能從中看出市井大眾對它熟悉和喜愛的程度。梅花同時運用在屋室布置上，甚至成為商家招攬顧客上門的工具。梅花易於生長，隨處可見，加上梅子具經濟作用，百姓樂於種植，行旅中發現散布山嶺、路邊的梅樹本來就是很普通的事情；也有梅花被專門種植在山邊路旁，以提供來往旅人休憩欣賞，據此更可以反映出梅花在生活中所發揮的作用。

在宋代，梅花具有廣泛的市井基礎，得到民間普遍認識和喜愛，舉凡飲食、服飾、居住和行旅，梅花在大眾現實生活中處處可見，是一種庶民性的物質文化，是一種社會背景，跟文人士大夫詩作中的梅花意象互為因果。

在宋代，不論大型園林或是一般庭園均種植梅花，透過詩作可知梅花仰頭既視、垂手可得，梅花想必進入文人士大夫食、衣、住、行等生活中。梅花對於文人士大夫的飲食，當然不是為了填飽肚腹，而是一種審美趣味的尋索。宋詩中出現以梅花佐酒的敘述，常和實用目的生理上最基本、最淺顯的快感滿足拉開距離，拋卻味覺上的美味可口，是一種審美表現，也是士大夫和市井大眾最明顯的分判。雖然梅花能吃，但以梅花作為飲食的題材，往往並非味覺功用，文人持酒對梅，是為了趣味、氣氛上的滿足。梅花和酒相輔相成作為文人士大夫情感的徵候，所產生的作用和酒十分相似，飲酒觀梅不在於物質實用目的，而是使人忘卻現實，拉遠了實際人生的距離。梅花和酒經常互相伴隨出現在宋人詩作中，它們並不僅僅是物質，而是文人士大夫的情感承載者。除了酒，茶也是文人飲食生活中常見且重要的物質，而雪則是飲茶賞梅不可或缺的背景，梅、雪、茶是最佳組合。再加上僧道和士大夫經常雪中對梅、相對清談，讓飲茶賞梅變得寂靜而高遠。跟酒一樣，梅花在文人士大夫飲茶生活中，所提供的是一種精神象徵，而不在於物質上的滿足。對梅飲酒和對梅烹茶相輔相成，承載著文人士大夫的情感。

簪花在宋人生活中十分尋常，上自王公大臣下至平民百姓，同時不分男女，不分城鄉，所簪的花有牡丹、菊花、芍藥、茉莉等，當然也包含梅花。文人士大夫喜歡將白色的梅花和自己花白的鬢髮兩相呼應，同時以滿插、亂插展現詼諧自適的灑脫，其中也承載不遇的慨歎。女子簪花則是梳妝打扮細瑣過程裡的一環。

梅花也是文人士大夫居住環境中極為常見的物質，傍屋而種，栽於堂前

室外，或作爲閒居生活的寫照，或作爲心靈感嘆的媒介；插瓶安置於堂內室中，在燭光燈火下定視觀看，或透過窗框修飾，想像成畫中之梅。插瓶的梅花取得途徑也十分方便，可經由購買或是摘取。梅花紙帳和梅花一樣，文人透過它紀錄自己的心思懷想，藉由它更可看出梅花在居家運用上的極致發揮。整體來說，就居住空間的部分，梅花存在於室外、室內。就居住功用部分，不論是室外整株梅樹或室內疏枝插瓶，都是文人審美品味的展現。另外，與其說梅花讓文人欣賞觀看，不如說是相陪相伴；況且有梅花幽香以資伴眠，大大提升居家生活品質。

　　宋代交通發達，而梅花易於生長，隨處可見，梅花是文人士大夫兼程趕路的背景和底色，不僅它的具體形象作爲記憶承載者；透過秦觀、黃庭堅行赴貶途中爲洗滌煩惱而討取花光仲仁紙幅墨梅，可以發現到文人士大夫所關注的是繪者加諸於墨梅的胸中丘壑，所看重的是梅堅貞不屈的精神象徵，這種精神象徵很大部分源於梅文化在士人思想中的積累。據此將梅花意象推向一種極端表徵而抽象，無聲無色且無形無味的精神世界，使它成爲高度主觀的寫意符號。

　　宋代園林興盛，林園的大量栽植，加上梅花夾道迎路的特性，梅花是人們遊覽過程中常出現的物象。文人士大夫在林園間舉杯飲酒，折梅、簪花歡然暢快，梅花作爲一種實際的物質存在文人賞梅的娛樂生活中。另一方面，因爲花期的不可掌握，文人更熱中在荒巖野澗費盡心力爲跟梅花不期而遇，他們的動機出自於一種期待感的追索。他們尋梅的喜悅與其說是出自梅花綻放的視覺感官，毋寧看成來自那份無法測度的驚喜。尋梅行動中的期待感和高人想像，讓梅花從物質屬性中抽離。尋梅的難度來自於文人著眼於梅花非物質性的審美特徵。

　　透過本章的條理、耙梳，可以看到梅花在宋代庶民以及文人士大夫追求中的文化意涵和角色作用：文人運用寫詩的方式來建立梅花的審美意象，這些審美意象同時也回饋到物質生活中。從這些詩作中可以捕獲宋人精神世界中的梅花美感特徵，而且這樣的美感不僅僅是一種精神象徵，也不僅僅是一種情感寄託，它同時還落實在宋人的食、衣、住、行和娛樂等物質生活中（梅花相關的物質品項也不是爲了滿足口腹欲望），從而展演出梅花在宋代精神美感和物質生活這二者始終不斷交互作用下，所產生的多元、實質面貌。

第四章　宋代人爲梅花造形的歷程

　　第三章第一節述及的藝花遊賞和消費等娛樂活動帶有精神性，是一種針對物質性梅花而產生的情感的快悅；第二節討論的食、衣、住、行也不是純粹物質感官的滿足，因爲是透過詩作觀察梅花如何被文人士大夫實踐在食、衣、住、行中，所以食、衣、住、行這些實質生活都帶有精神審美的意涵，只是物質性的成分較高，而被歸爲生活的部分，這也是目前研究者較少去討論的。第三章所談的是物質感官和現實生活成分較高的詩作，第四章則是討論詩人透過理性智識的提煉所塑造的抽象美感象徵，這二者類似光譜的兩端，相輔相成。換句話說，以梅花這個實物作爲對象所發生的話語，落實在食、衣、住、行和娛樂中跟宋代人的物質生活關係上的比例較高；梅花這個意象曾被宋人塑造爲崇高象徵作爲道德人格的徵候，倘若沒有經過物質生活的歷程，純粹運用憑空想像的方式，將它作爲創作的題材則流於空泛，而且在這樣缺乏實質體驗的情況下未必能夠達成。因此，在物質和精神不斷的對話下造就宋代梅花豐富多元的形象及其象徵，而像這樣將梅花的面貌作一個較完整的呈現則是本論文的重要課題。雖然無法一一對照詩人究竟是經過何種食、衣、住、行和娛樂的歷程去創造梅花意象，但可以肯定的是如果沒有這種現實生活的基礎，那麼所創造的那些梅花意象是很難想像的。

　　文人士大夫運用寫詩的方式記錄梅花全面而廣泛的入駐他們食、衣、住、行和娛樂等物質生活，並影響他們的審美世界。因爲對於梅花的過於嫻熟，他們開始自覺的運用各種文學技巧形塑梅花的多種樣貌，並從中凸出崇高一格作爲道德精神的自我象徵，終而使得梅花有高標形象可以一枝獨秀。大部分的論者都認爲在宋代梅花完成了文化意義，是道德品格的永恆徵候，便是

針對這一部分說的，而這也是一種形塑和操作的過程。以下就透過對詩作的分析及相關文獻的檢視，一探宋代文人士大夫如何利用梅花相關的生長環境以及周旁植物來爲梅花造形，並試爲解釋當中所代表的社會文化意義。

第一節　透過生長環境烘托

一、低臨粉水浸寒光／梅與水

　　范成大《梅譜》記載江梅生於山澗水濱，〔註1〕可見梅花和水間存在密切的自然生態連繫，基於「相近的聯想」，從六朝開始梅花和水便常同時出現在詩作中。蕭綱〈從頓暨還城詩〉提到：「漢渚水初綠，江南草復黃。日照蒲心暖，風吹梅蘂香」，〔註2〕水面拂動，搖出綠波，梅蘂初放，詩人透過水和梅的動態感，讓春天生機乍現。梅花和水不僅在空間位置上互相貼近，回復生機的時間點也相仿。嚴冬凜冽，水面結冰，梅樹枯枝；當陽和稍降，水面融冰，梅枝破蘂。誠如吳均〈春詠詩〉說的：「春從何處來，拂水復驚梅」。〔註3〕梅和水的連結是從物質屬性上開始的，單純而直觀。到了唐代，詩作中仍常出現梅水相伴的情形。例如王適〈江濱梅〉描寫梅花和水空間上的相近：「忽見寒梅樹，開花漢水濱」；李約〈江南春〉說梅花和水在回復生機的時間點上相仿：「池塘春暖水紋開，堤柳垂絲間野梅」；杜牧〈梅〉形容梅花被溪水映照的景象：「輕盈照溪水，掩斂下瑤臺」；白居易〈春至〉則敘寫梅花漂浮在水面的動態感：「白片落梅浮澗水，黃梢新柳出城牆」。〔註4〕

　　梅花和水的伴生關係到了宋代，除了單純以水作梅花的背景，如文同〈過青泥〉說：「繞過青泥春便好，水邊林下見梅花」；楊萬里〈自彭田鋪至湯田道旁梅花十餘里〉也提到：「一行誰栽十里梅，下臨溪水恰齊開」。〔註5〕但更

〔註1〕范成大：《梅譜》，收錄於《叢書集成新編》（臺北：新文豐，1985年），第44冊，頁120。

〔註2〕丁仲祜編：《全漢三國晉南北朝詩》（臺北：藝文，1983年），頁1125。

〔註3〕丁仲祜編：《全漢三國晉南北朝詩》，頁1378。

〔註4〕王適：〈江濱梅〉，彭定求編：《全唐詩》（北京：中華，2003年），頁1016；李約：〈江南春〉，彭定求編：《全唐詩》，頁3496；杜牧：〈梅〉，彭定求編：《全唐詩》，頁5971；白居易：〈春至〉，彭定求編：《全唐詩》，頁4923。

〔註5〕文同：〈過青泥〉，倪其心、傅璇琮編：《全宋詩》（北京：北京大學，1991年），頁5433；楊萬里：〈自彭田鋪至湯田道旁梅花十餘里〉，倪其心、傅璇琮編：《全宋詩》，頁26303。

多以水光映照梅花，如陳師道〈和和叟梅花〉說：「百卉前頭第一芳，低臨粉水浸寒光」；林憲〈梅花二首・其二〉也述及：「池邊石陂陀，水光上梅梢」。〔註6〕在水的映照下，梅的花色更顯豔麗美好。蘇轍〈次韻王適梅花〉：

> 江梅似欲競新年，照水窺林態愈妍。霜重清香渾欲滴，月明素質自
> 生烟。〔註7〕

水具有冰冷、通透、澄澈和變動不拘的性質，時而波光粼粼，時而蒸氣氤氳，時而平穩如鏡，時而波濤起伏，水將梅花渲染得千姿百態，尤其是枝幹、花色以及香氣。張道洽〈照水梅〉說「照影寒溪水，溪中水也香」，〔註8〕梅花香氣幽忽隱微，早在唐代元稹的〈春月〉便以「暗香」稱它：「風柳結柔援，露梅飄暗香」。〔註9〕水流能帶動並擴散梅香，例如韋驤〈和春陰倦遊〉說：「梅香趁水流」；水同時能夠彰顯梅香，例如張道洽〈訪梅〉說：「隔水香來分外清」。〔註10〕水看似遮斷梅花，讓人和梅花拉開距離，但水面氤氳蒸騰，將梅花香氣包籠在不斷上升且瀰漫的水氣中，香氛反而在水氣搖曳飄送中擴散得更遠。而綿細密布的水氣將兩岸漂染得迷迷濛濛的同時，暈開朵朵梅花的輪廓，再將它們渲在一起，彷彿片雪相連，就如同陳與義〈度嶺一首〉說的：「隔水叢梅疑是雪」。〔註11〕而當陽光映閃於流動的水面，初放的花瓣有些被浮動的光影覆罩而顯得黯沉，有些則在陽光的映照下顯得明亮，於是顏色變得不均勻，就像翁卷〈題東池〉說的「一池寒水綠粼粼，池上初梅白未勻」，〔註12〕水波粼粼讓梅花的顏色處在一種變化的狀態中。愛梅的陸游對於水映梅枝特別關注，他的〈閑步至鞠場值小雪〉提到：「梅花照水爲誰瘦」；〈初春欲散步畏寒而歸〉也說：「一溪水淺梅枝瘦」；〈遊山步二首・其二〉又說：「水邊更覺梅花瘦」。〔註13〕平穩如鏡的水面因風吹拂起了顫動而細碎的水影，將原

〔註6〕陳師道：〈和和叟梅花〉，倪其心、傅璇琮編：《全宋詩》，頁12743；林憲：〈梅花二首・其二〉，倪其心、傅璇琮編：《全宋詩》，頁23095。

〔註7〕倪其心、傅璇琮編：《全宋詩》，頁9963。

〔註8〕倪其心、傅璇琮編：《全宋詩》，頁39255。

〔註9〕彭定求編：《全唐詩》，頁4489。

〔註10〕韋驤：〈和春陰倦遊〉，倪其心、傅璇琮編：《全宋詩》，頁8529；張道洽：〈訪梅〉，倪其心、傅璇琮編：《全宋詩》，頁39256。

〔註11〕倪其心、傅璇琮編：《全宋詩》，頁19559。

〔註12〕倪其心、傅璇琮編：《全宋詩》，頁31426。

〔註13〕陸游：〈閑步至鞠場值小雪〉，倪其心、傅璇琮編：《全宋詩》，頁24688；陸游：〈初春欲散步畏寒而歸〉，倪其心、傅璇琮編：《全宋詩》，頁24971；陸游：〈遊山步二首・其二〉，倪其心、傅璇琮編：《全宋詩》，頁25651。

本就清瘦的梅枝映照得嶙峋露骨。

　　相較實物梅枝，宋人更熱中於捕捉梅枝投射於水面上的虛影。自從林逋開創「疏影橫斜水清淺」，〔註14〕繼而追隨者摩肩接踵。諸如「梅影橫斜耿煙水」、「水邊疏影動還迷」、「枯梅照水橫疏影」等。〔註15〕不僅點染化用者眾，整句抄襲的更是不勝枚舉。論者說林逋「疏影橫斜水清淺」的「疏影」凸出了梅枝的分量，凸出了梅樹枝幹疏秀峭拔的形態特徵。而作為襯托物的「水」，林逋強調了水意象的「清淺」；在水、梅間林逋所寫又重在梅枝水中到「影」，進一步淡化了梅花作為花樹的色彩感，抹去了梅花的粉豔氣。這些因素相互渲發，便確定了梅花清雅疏秀的神采風韻。〔註16〕

　　「水」是一種現成意象，也是習慣意象，是由前人所創造，感染力和表現力很強，並在後人不斷運用的過程中積累它的意蘊。早在先秦「水」便被打上清明、淡泊的記號，莊子尚水：「水之性，不雜則清，莫動則平；鬱閉而不流，亦不能清，天德之象也。故曰：純粹而不雜，靜一而不變，淡而無為，動而以天行，此養神之道也」。〔註17〕在漫長的歷史過程中，尤其唐代以降水意象積累了豐富意蘊，例如皮日休〈李處士郊居〉說：「石衣如髮小溪清，溪上柴門架樹成。園裡水流澆竹響，窗中人靜下棋聲」。〔註18〕水作為居所的背景，用來說明處士超塵脫俗。而原有的水意象又不斷的被添進新的意義或旨趣，例如嚴光典故，方干〈題嚴子陵祠二首・其二〉提及：「蒼翠雲峰開俗眼，泓澄煙水浸塵心。惟將道業為芳餌，釣得高名直到今」。〔註19〕以嚴光隱居垂釣為底色，寧靜而清澈的水便可以滲透、洗滌染滿世俗污垢的心思意念。降及兩宋，水仍舊是士大夫淡雅清高的寫意符號，例如邵雍〈依韻和王安之少卿六老詩仍見率成七首・其四〉說：「水際竹邊閑適處，更無塵事只清涼」；鄒浩〈閒軒〉也說：「事隨塵自遠，心與水長清」，〔註20〕透過和「塵」的對

〔註14〕倪其心、傅璇琮編：《全宋詩》，頁1218。

〔註15〕鄧肅〈和謝吏部鐵字韻三十四首・送成彥尉邵武三首・其一〉：「梅影橫斜耿煙水」，倪其心、傅璇琮編：《全宋詩》，頁19708；王之道〈次韻董令升梅花〉：「水邊疏影動還迷」，倪其心、傅璇琮編：《全宋詩》，頁20224；林希逸〈題臨清堂〉：「枯梅照水橫疏影」，倪其心、傅璇琮編：《全宋詩》，頁37271。

〔註16〕程杰：〈梅與水、月——一個詠梅模式的發展〉，《江蘇社會科學》，第4期（2000年），頁112～118。

〔註17〕郭慶藩：《莊子集釋》（臺北：商周，2018年），頁376。

〔註18〕彭定求編：《全唐詩》，頁7068。

〔註19〕彭定求編：《全唐詩》，頁7505。

〔註20〕邵雍：〈依韻和王安之少卿六老詩仍見率成七首・其四〉，倪其心、傅璇琮編：

舉，凸顯水特質，並打上「清」的德性標準。

　　梅花因著和水的伴生關係，讓水意象投射於上，再加上出自處士林逋手中的「疏影橫斜水清淺」梅水名句，在在打上出塵而隱逸的印記。於是水光映照梅枝或是梅影投射在水面上，原本單純且直觀的物理現象成了「水邊梅柳倍精神」，或是「矮梅窗下清如水」，〔註21〕直接將水的性質複製到梅的身上。梅花被人格化上「清」的標準，張道洽〈梅花七律・其十六〉說：「眾志獨清天不管，自臨野水照精神」，〔註22〕從此水映梅（枝）取得清雅超逸的美感意蘊，成了士大夫德性人格的寫意符號，從而由視覺、嗅覺等感官功能走向精神審美功能。

　　隨著宋人對於這樣的書寫範式越見嫻熟，於是越見刻意以水的清加持梅花、標舉梅花。例如陸游〈漣漪亭賞梅〉述及：

> 判爲梅花倒玉卮，故山幽夢憶疏籬。寫眞妙絕橫窗影，徹骨清寒蘸水枝。苦節雪中逢漢使，高標澤畔見湘纍。詩成怯爲花拈出，萬斛塵襟我自知。〔註23〕

「徹骨清寒蘸水枝」，也是直接賦予梅枝水的特質，清和寒同時深刻的滲透到梅骨、梅髓，跟梅枝融爲一體，因此呼它作「水枝」。梅因爲有了水的澄澈冰清進而連繫到蘇武的雪中苦節和屈原的澤畔高標，而屈原的澤畔高標再將梅連結回水，彷彿環環相扣。基於水的清，梅和屈原品質相似；加上梅生在水邊，屈原自沉於水，於是二者在空間上變得十分相近。跟陸游同時期的鄭剛中〈梅花三絕・其三〉透過水、梅、屈原三者的屬性和品質，將梅和屈原作了明顯而直接的比擬：「水邊寂寞一枝梅，君謂高標好似誰。潔白不甘蕪穢沒，屈原孤立佩蘭時」。〔註24〕屈原在水邊高唱「舉世皆濁我獨清」，漁父反而質疑他何不淈其泥而揚其波。〔註25〕詩人將屈原清潔而寂寞的人格品行投射於梅花，再一次揭示梅花高標清絕的精神審美象徵。而陸游詩末說：「詩成怯爲花拈出，萬斛塵襟我自知」，文人除了以梅比人，以人比梅，同時出現人不如

　　　　《全宋詩》，頁4592；鄔浩：〈閒軒〉，倪其心、傅璇琮編：《全宋詩》，頁13983。
〔註21〕仲并〈官滿趨朝留滯吳門即事書懷十首・其二〉：「水邊梅柳倍精神」，倪其心、傅璇琮編：《全宋詩》，頁21557；艾性夫〈避夢〉：「矮梅窗下清如水」，倪其心、傅璇琮編：《全宋詩》，頁44421。
〔註22〕倪其心、傅璇琮編：《全宋詩》，頁39254。
〔註23〕倪其心、傅璇琮編：《全宋詩》，頁24447。
〔註24〕倪其心、傅璇琮編：《全宋詩》，頁19081。
〔註25〕洪興祖：《楚辭補注》（臺北：頂淵，2005年），頁179～180。

梅的自我喟嘆，例如吳芾〈移梅北隩和黃清表韻〉說：「自慚面目久塵埃，擬對冰姿一笑開」。〔註26〕吳芾和陸游一樣因為滿身塵埃無法跟清潔如水的梅花相襯，透過詩人對梅花又是卑怯又是慚愧的心態，可更進一層的詮釋出宋人在精神世界中對梅花的倚賴。

　　章謙亨〈西湖觀梅三首·其一〉提到：「梅在西湖上，精神別一般。喜供詩客賞，怕與俗人看」。〔註27〕當水清明澄澈的意象疊加在梅花上，再經過林逋名句的加持，「水」被宋人充分運用於區分、辨明梅花個殊性，進而將它拿來作為分判雅俗的指標。梅和水原本是生態中的自然連繫，但當梅水關係成了宋人清雅脫俗的品味徵候後，從此宋人也喜歡在水邊種梅，例如陳韡〈武夷築精舍〉提到：「種菊疎籬慕陶令，栽梅淺水學林逋」，〔註28〕詩人的用意和目的已在詩作中明顯表露；甚至一窩蜂去鑿池貯水、臨水種梅，例如陳元晉〈題曾審言所寓僧舍梅屋·其一〉說的：「作屋延梅更鑿池，是花最與水相宜。橫斜清淺黃昏月，畫出孤山兩句詩」，〔註29〕在在能看出他們行動的刻意性。

二、無雪梅花冷淡休／梅與雪

　　梅花和雪不僅具有自然生態上的連繫，二者在顏色、態貌上也十分相似，程杰〈梅與雪〉一文中有充分說明。〔註30〕梅花綻放於春冬交替，正好是歲末年初天寒降雪頻繁的時刻，因此梅和雪產生「同時」關係，例如南朝何遜〈詠早梅詩〉提到：「兔園標物序，驚時最是梅；銜窗當路發，映雪擬寒開」，〔註31〕最能夠觸動時節物序的是跟雪交映而開的梅花。換句話說，「雪中梅」是表現梅花早開最有效的描寫視角。本論文第一章第二節提到鮑照〈梅花落〉還在強調霜雪對梅花的欺凌，但這樣的視角中唐以後發生了轉變。程杰提出中唐以降，借梅花遭霜欺雪虐以自寓身世的悲慨傷情已讓位給對梅花傲寒品格的讚賞。對梅花來說，霜雪不再是凌虐強暴的阻礙物，反成了助威添思相映相襯的輔助物；雪之於梅已不是相對的因素，而是相宜相媲的關

〔註26〕倪其心、傅璇琮編：《全宋詩》，頁21989。
〔註27〕倪其心、傅璇琮編：《全宋詩》，頁38798。
〔註28〕倪其心、傅璇琮編：《全宋詩》，頁35226。
〔註29〕倪其心、傅璇琮編：《全宋詩》，頁36027。
〔註30〕程杰：〈梅與雪〉，《中國梅花審美文化研究》（成都：巴蜀書社，2008年），頁296～298。
〔註31〕丁仲祜編：《全漢三國晉南北朝詩》，頁1401。

係。〔註32〕唐齊己〈早梅〉述及：「前村深雪裡，昨夜一枝開」，〔註33〕透過「深雪」和「一枝」的參照說明梅花對霜雪的抵抗；而韓偓〈梅花〉說：「風雖強暴翻添思，雪欲侵凌更助香」，〔註34〕已經直接指出梅花將雪的侵凌化爲助力。朱慶餘〈早梅〉則認爲梅花特異於百草千卉：「天然根性異，萬物盡難陪；自古承春早，嚴多鬥雪開」，〔註35〕用「鬥雪」說明梅花具備和環境對立的特殊質性。由此可知，梅花除了跟雪具有「同時」關係以外，還多了「抗衡」關係。

另外，程杰指出早期詠梅、賦梅，重在寫形，於是梅雪間成了「擬似」和「比喻」關係。〔註36〕如南朝江總〈梅花落二首·其二〉提及：「偏疑粉蝶散，乍似雪花開」；唐盧照鄰〈梅花落〉說到：「雪處疑花滿，花邊似雪回」；唐張謂〈早梅〉敘述：「不知近水花先發，疑是經多雪未消」，〔註37〕詩人們利用視覺上的誤認或是混同，概括性的將梅花擬似於雪。閻朝隱〈明月歌〉說：「梅花雪白柳葉黃」；羅鄴〈梅花〉說：「繁如瑞雪壓枝開」，〔註38〕則是分別並明確的運用比喻說明梅花的色、狀跟雪相似。梅和雪兩個異質物體並列比擬，同中必存異，而認同和辨異是認識事物的基本方法。例如南朝陰鏗〈雪裡梅花詩〉辨別梅和雪基本物性上的差異：「從風還共落，照日不俱銷」；蘇子卿〈梅花落〉則從辨異中進一步標誌梅花色白和馨香：「秖言花是雪，不悟有香來」。〔註39〕不論是梅花在雪中綻放的「同時」、「抗衡」關係，還是梅花顏色、態貌跟雪有「擬似」、「比喻」關係，均是在說明梅花的物理性質，而這樣的詠梅方式也是任何詠物題材的初步模式。

在零度以下的環境中，人們身體感到極度不適，植物也無法生長，加上

〔註32〕程杰：〈梅與雪——詠梅範式之一〉，《陰山學刊》，第 13 卷，第 1 期（2000 年 3 月），頁 29～33。

〔註33〕彭定求編：《全唐詩》，頁 9528。

〔註34〕彭定求編：《全唐詩》，頁 7792。

〔註35〕彭定求編：《全唐詩》，頁 5889。

〔註36〕程杰：〈梅與雪〉，《中國梅花審美文化研究》，頁 297。

〔註37〕江總：〈梅花落二首〉，丁仲祜編：《全漢三國晉南北朝詩》，頁 1679；盧照鄰：〈梅花落〉，彭定求編：《全唐詩》，頁 513；張謂：〈早梅〉，彭定求編：《全唐詩》，頁 2022。

〔註38〕閻朝隱：〈明月歌〉，彭定求編：《全唐詩》，頁 771；羅鄴：〈梅花〉，彭定求編：《全唐詩》，頁 7522。

〔註39〕陰鏗：〈雪裡梅花詩〉，丁仲祜編：《全漢三國晉南北朝詩》，頁 1630；蘇子卿：〈梅花落〉，收錄於郭茂倩編：《樂府詩集》（臺北：里仁，1980 年），頁 350。

雨雪、冰凍等自然災害，因此早在先秦「雪」便被作為惡劣環境的代稱，例如〈詩經·北風〉述及：「北風其涼，雨雪其雱。惠而好我，攜手同行。其虛其邪，既亟只且」。〔註40〕此外魏晉應瑒〈侍五官中郎將建章臺集詩〉提到：「遠行蒙霜雪，毛羽日摧頹。常恐傷肌骨，身隕沉黃泥」；唐元稹〈竹部〉也說：「朝朝冰雪行，夜夜豺狼宿」。〔註41〕物理上的霜雪損傷肌骨，阻礙前行，同時也引申為環境艱難，迫害己身。降及宋代，仍然維持著此類書寫，如文天祥〈除夜〉：「末路驚風雨，窮邊飽雪霜」，〔註42〕以雪比喻人生中的險阻艱難。

「雪」從物理性的冷冽進而成了困境和災難的代稱，梅花跟雪搏鬥、抗衡，它的形象於是跟著大為提升。呂本中〈梅花二首·其二〉誇張化風雪的兇惡殘暴，擬人化梅花的衝雪先開：「占得先開不待春，風饕雪虐長精神」，〔註43〕在雪的欺壓凌虐和梅花被擬人化後的人格精神中間，鑲嵌以「長」字，從而構設出一種堅守不移的心志情操。而陸游筆下的梅花在險惡環境中除了如常不變，還多了幾分悠暢自在，甚至直接比美為巢父、許由，進而不跟人間俗世為伍。他的〈雪中尋梅二首·其二〉述及：

> 幽香淡淡影疏疏，雪虐風饕亦自如。正是花中巢許輩，人間富貴不
> 關渠。〔註44〕

另外陸游在〈落梅二首·其一〉中的梅花勝過災禍磨難，將劣勢轉為優勢，越發剛直而令人敬畏，不僅抗衡環境，並且不屈從環境，詩人明白的誇讚梅花氣節高堅至極：「雪虐風饕愈凜然，花中氣節最高堅。過時自合飄零去，恥向東君更乞憐」。〔註45〕胡寅〈和用明梅十三絕·其九〉則有更進一步的形容：「便對雪霜矜節操」，〔註46〕梅花從此不僅不受霜雪宰制，甚至回過頭來向霜雪誇耀自我。陸游在上述〈雪中尋梅二首·其二〉、〈落梅二首·其一〉雖然沒有赤裸裸的明說以梅自比，但自比的意圖卻十分顯明。從跟霜雪的對抗到

〔註40〕鄭玄箋《毛詩》：「北風刺虐也。衛國並為威虐，百姓不親，莫不相攜持而去焉。」收錄於《四部叢刊初編》（臺北：臺灣商務，1965 年），第 1 冊，頁 19。

〔註41〕應瑒：〈侍五官中郎將建章臺集詩〉，丁仲祜編：《全漢三國晉南北朝詩》，頁 275；元稹：〈竹部〉，彭定求編：《全唐詩》，頁 4464。

〔註42〕倪其心、傅璇琮編：《全宋詩》，頁 43062。

〔註43〕倪其心、傅璇琮編：《全宋詩》，頁 18226。

〔註44〕倪其心、傅璇琮編：《全宋詩》，頁 24504。

〔註45〕倪其心、傅璇琮編：《全宋詩》，頁 24808。

〔註46〕倪其心、傅璇琮編：《全宋詩》，頁 20993。

勝利，梅花作為宋人精神審美的象徵，人格意志的投射。唯有強調霜雪的厚、霜雪的深，才能表現梅花耐寒抗寒的堅定性；同樣的，強調環境的艱難才能彰顯君子的高標節度。正如陸游〈梅花絕句二首・其一〉說的：「高標逸韻君知否，正在層冰積雪時」。〔註47〕宋人標舉梅花，就是在抬舉自己；將梅花推得越高，也越能將自己抬得更高。梅跟雪的對立、抗衡進而獲勝，用來作為文人精神象徵和道德標榜，實在太好用了。這種對立關係也在詩人極盡構設的例如「凌」、「侵」、「饕」、「虐」、「矜」、「層冰」、「積雪」等的語境中發揮到極致。除了使用已經泛濫的「雪虐風饕」，其他諸如史安叔〈和惜梅〉：「直恐雪欺渾凍損，那知雪後越精神」；文天祥〈贈梅谷相士〉：「後來廣平腸，冰雪嶄氣骨」；劉黻〈用坡仙梅花十韻・友梅〉：「玉骨冰肌練帨輕，縱教雪壓色逾明。太清不入塵人眼，完得平生淡性情」等，〔註48〕加諸於雪「欺」、「損」、「嶄」、「壓」等負面性辭彙，用以營造梅雪的對立，來凸顯梅花的堅貞品質，此類詩作實在不勝枚舉。

　　當一種操作範式得到廣泛運用後，它終遭揚棄也是無可避免的。菁英階層手上擁有操作話語的權利，其他人只能當追隨者、模仿者，這也是這個階層特殊的地方。然而，唯恐具有區別性的書寫範式屢遭因襲模仿，這些擁有話語權的士大夫不得不去製造另一種遊戲方式，跟其他人作個區別。從此詩人捨棄濃筆重墨，於是梅雪關係不再那麼緊張，梅花也不再那麼用力的跟霜雪拚搏。在王銍詩作中雪的威力大幅減輕，他〈山中梅花盛開戲作〉中的雪跟梅花形成相輔相成的連繫：「前驅飛雪助幽絕，千里隔盡埃與塵」，〔註49〕輕揚飄散的飛雪不再暴虐跋扈，反而成了協助梅花打頭陣的先鋒。楊萬里〈至後十日雪中觀梅〉進一步翻轉視角，將梅和雪的時序、位置互換：

　　　　小樹梅花徹夜開，侵晨雪片趁花回。即非雪片催梅發，卻是梅花喚

　　　　雪來。〔註50〕

雪除了不再作為強勢的那一方，反而如影隨形跟在梅花後面，向梅花妥協。

〔註47〕倪其心、傅璇琮編：《全宋詩》，頁24768。

〔註48〕史安叔：〈和惜梅〉，倪其心、傅璇琮編：《全宋詩》，頁45394；文天祥：〈贈梅谷相士〉，倪其心、傅璇琮編：《全宋詩》，頁42942；劉黻：〈用坡仙梅花十韻・友梅〉，倪其心、傅璇琮編：《全宋詩》，頁40731。

〔註49〕倪其心、傅璇琮編：《全宋詩》，頁21292。

〔註50〕倪其心、傅璇琮編：《全宋詩》，頁26581。

文人利用跟雪的同時和抗衡關係來凸顯梅花的地位，楊萬里卻刻意改變梅雪原有的物性，在他硬是一反前人的說法下，梅花地位於是遠遠超越了霜雪。張道洽〈梅花七律·其十〉也提到：「高標勝韻點人寒，殘雪疏籬是水南」，〔註51〕既然梅花的高標格調已經得到明確的肯定，不再需要運用雪的阻力來顯明，於是將盡的殘雪退居成了梅花的點綴，二者和諧而統一，脈脈流動著寧靜美。繼而徐瑞〈余自入山距出山五十五日竹屋青燈山陰杖屨忘其癡不了事矣隨所賦錄之得二十首·其十二·老梅〉梅花堅忍卓絕的高尚地位穩固根深，並且凌駕於雪：「枯根寄斷崖，槎牙老風雪。疏花如高人，斂袵不敢折」。〔註52〕這首詩作中的梅花已具備高人形象，不再需要藉由雪的阻力，反而以一種從容靜觀的姿態看待風雪。

當然宋人也以雪形容梅花顏色，例如張擴〈再次韻簡子溫〉：「梅花元非世間種，雪裡開花白於雪」。〔註53〕但更多的是用雪來比擬梅花態貌，例如「祇怕梅花學雪飛」，狀梅花飄散如雪姿飛揚；「落梅如雪點風裙」，寫梅花掉落痕跡細小輕柔如雪；「梅花爛熳渾如雪，只恐風多墮玉英」，摹梅花開盡，絢麗卻如雪般散亂；「山坡梅花常恨晚，一夕開盡如雪谷」，則是將山坡整片盛開的梅花比喻成堆積了滿山谷的雪。〔註54〕

「雪」在中國文學中具有特殊且豐富的意蘊，除了象徵艱難險阻，雪潔白的顏色以及晶瑩清純的屬性是自古詩人所歌詠的，尤其是魏晉南北朝詠雪詩中的雪意象光明皎潔，例如鮑照〈詠白雪詩〉說：「白珪誠自白，不如雪光妍，工隨物動氣，能逐勢方圓。無妨玉顏媚，不奪素繪鮮。投心障苦節，隱跡避榮年。蘭焚石既斷，何用恃芳堅」。〔註55〕寫雪的高潔，與世無爭；寫雪的潔身自好，不跟塵世同流合污，用以表達詩人的自我精神品格和道德操守，因此雪有著高尚純潔、光明磊落的君子氣象。

所謂「梅花描摸雪精神」、「帶雪精神清更好」，詩人為梅花打上雪的高尚

〔註51〕倪其心、傅璇琮編：《全宋詩》，頁39253。

〔註52〕倪其心、傅璇琮編：《全宋詩》，頁44657。

〔註53〕倪其心、傅璇琮編：《全宋詩》，頁16060。

〔註54〕孔武仲〈寄范清老〉：「祇怕梅花學雪飛」，倪其心、傅璇琮編：《全宋詩》，頁10305；陳造〈登平山堂〉：「落梅如雪點風裙」，倪其心、傅璇琮編：《全宋詩》，頁28157；曹勛〈雜詩二十七首·其七〉：「梅花爛熳渾如雪，只恐風多墮玉英」，倪其心、傅璇琮編：《全宋詩》，頁21190；陸游〈正月六日作〉：「山坡梅花常恨晚，一夕開盡如雪谷」，倪其心、傅璇琮編：《全宋詩》，頁24931。

〔註55〕丁仲祜編：《全漢三國晉南北朝詩》，頁891。

純潔進而作爲精神人格的標榜。〔註56〕趙蕃〈偶得牡丹之白者賦之〉說：「梅花當冬吐冰雪，古今已復稱高潔」，〔註57〕直接以冰雪借代花蘂，標誌出它的高尙清潔。王之道〈詠梅示魏吉老〉說：「孤芳常恐百花知，桃李紛紛亦強追。照雪精神應自喜」，〔註58〕梅花擁有跟霜雪相映相成的高尙精神，不同俗於百花。王銍〈同賦梅花十二題・其八・竹外〉品評：「枝上淡煙籠白雪，此君高節助淸眞。要知謝女姿容別，林下孤標迥出塵」。〔註59〕白雪將梅花襯托得澄淨純正，好比謝道韞有別於一般凡俗女子。張道洽〈梅花二十首・其六〉述及：「政爾寒陰慘淡時，忽逢孤豔映疏籬。金紫氣味無人識，玉雪襟懷只自知」。〔註60〕梅花擁有如雪般潔白高尙的胸襟懷抱，卻寂寞孤獨、孤芳自賞。陸游最是嫻熟於這種以雪襯梅、以梅自比，他的〈故蜀別苑在成都西南十五六里，梅至多有兩大樹夭矯若龍，相傳謂之梅龍。予初至蜀嘗爲作詩，自此歲常訪之，今復賦一首丁酉十一月也〉說：「精神最遇雪月見，氣力苦戰冰霜開。羈臣放士耿獨立，淑姬靜女知誰媒」。〔註61〕詩人自我投射或隱或顯的存在於以上詩作中，從詩作中屢次出現的「孤芳」、「別」、「孤標」、「無人識」、「獨立」，可以明顯看出像這樣跟大眾的區別以及自我的標榜，不斷被詩人操作著。

當這一種操作模式人人上手且逐漸淪爲俗套以後，觀看的眼光就得不斷翻新、不斷的分判，於是從原本的梅花如雪，以雪正襯梅花，進一步出現像劉克莊〈梅花五首・其四〉這種雪不如梅的書寫方式：

> 至白世間惟玉雪，不如伊處爲無香。〔註62〕

雪潔白無瑕乃世間至極，卻在物性上略輸梅花一籌。換句話說，梅花不僅有雪至白無瑕的特點，同時具有雪所缺乏的馨香特質。張道洽〈梅花二十首・其五〉說：「雪羞潔白常回避」，〔註63〕雪迴避退讓，不敢跟梅花爭比色白。李曾伯〈又和梅韻〉也說：「自是精神凌雪月」，〔註64〕梅花除了物理性質上

〔註56〕朱淑眞〈冬日梅窗書事四首・其二〉：「梅花描摸雪精神」，倪其心、傅璇琮編：《全宋詩》，頁 17969；王之道〈梅花十絕追和張文潛韻・其十〉：「帶雪精神清更好」，倪其心、傅璇琮編：《全宋詩》，頁 20255。
〔註57〕倪其心、傅璇琮編：《全宋詩》，頁 30512。
〔註58〕倪其心、傅璇琮編：《全宋詩》，頁 20224。
〔註59〕倪其心、傅璇琮編：《全宋詩》，頁 21318。
〔註60〕倪其心、傅璇琮編：《全宋詩》，頁 39250。
〔註61〕倪其心、傅璇琮編：《全宋詩》，頁 24443。
〔註62〕倪其心、傅璇琮編：《全宋詩》，頁 36243。
〔註63〕倪其心、傅璇琮編：《全宋詩》，頁 39249。
〔註64〕倪其心、傅璇琮編：《全宋詩》，頁 38753。

勝過霜雪，高尚純潔、光明磊落的精神品質同時凌駕霜雪。詩人將梅花推上極高的位置，不難看出他們自我標舉的意圖。

　　梅花作爲一種有形有體的物質，只要具有感覺器官，不分男女老少、高低貴賤都能夠跟它接觸，賞梅自然是一種普羅大眾能輕易去從事的通俗活動。市井大眾在物質感官上可以欣賞梅花、親近梅花，似乎達到和文人士大夫一樣的水準。基於這種物質觀賞所製造出的緊張感，士大夫階層必須更精進自己的觀看方式，讓一般大眾望塵莫及，才能產生鑑別作用。知識分子極力和廣大的群眾作一個區別，自古以來沒有停止過，老子曾提出「眾」和「獨」的對舉：「眾人熙熙，如享太牢，如春登臺。我獨怕兮，其未兆，如嬰兒之未咳」。〔註65〕透過喜歡熙熙攘攘、興高采烈的大多數人群，以顯出單一的、個人的淡泊寧靜品味，從而說明菁英審美意識和大眾審美意識的差異性。相傳爲宋玉所作〈對楚王問〉的「曲高和寡」說法，將大眾喜好和菁英品味作了一番貼切的詮釋：「楚襄王問於宋玉曰，先王其有遺行與？何士民眾庶不譽之甚也？宋玉對曰，唯，然。有之，願大王寬其罪，使得畢其辭。客有歌於郢中者，其始曰『下里』、『巴人』，國中屬而和者數千人；其爲『陽阿』、『薤露』，國中屬而和者數百人；其爲『陽春』、『白雪』，國中屬而和者不過數十人而已。是其曲彌高，其和彌寡……夫聖人瑰意琦行，超然獨處；夫世俗之民，又安之臣之所爲哉」。據《文選》李周翰注：「『下里』、『巴人』，下曲名也，『陽春』、『白雪』，高曲名也」。〔註66〕「下里」、「巴人」既是下曲，民間鄉里的曲調，但呼應者廣，易於被百姓大眾所接受；「陽春」、「白雪」這種高曲，則曲高和寡，顯示出文藝的普及性和限制性，也分判出身分高下的疏離性。這裡同時說明越是受大眾喜好、越是容易被接受的，就越是缺少個殊性、凸出性，顯得庸凡無奇。〔註67〕

〔註65〕 范應元撰：《老子道德經古本集注》，收錄於《續修四庫全書》（上海：上海古籍，1995年），第954冊，頁420～421。

〔註66〕 蕭統編：《文選》（北京：中華，2012年），頁839。

〔註67〕 王充《論衡・四緯》：「四曰諱舉正月、五月子。以爲正月、五月子殺父與母，不得。已舉之，父母禍死，則信而謂之眞矣……昔齊相田嬰賤妾有子，名之曰文。文以五月生。嬰告其母勿舉也。其母竊舉生之。及長，其母因兄弟而見其子文於嬰。嬰怒曰吾令女去此子，而敢生之，何也？文頓首，因曰君所以不舉五月子者，何故？嬰曰五月子者，長至戶，將不利其父母。文曰人生受命於天乎？將受命於戶邪？嬰嘿然。文曰必受命於天，君何憂焉？如受命於戶，即高其戶，誰能至者？嬰善其言，曰子休矣！其後使文主家待賓客，賓客日進，名聞諸侯。文長過戶而嬰不死。以田文之說言之，以田嬰不死效

　　於是宋代文人士大夫發展出雪中觀梅這種不一樣的觀看方式，成了他們的風雅追求。加上宋人以雪的潔白、晶瑩、冷冽所正襯出梅花素淨、明亮等特質，作為自己高潔、磊落、光明、孤寒的精神象徵。精神世界不可捉摸、抽象迷離，唯有精神追求和物質形式互相配合才能夠製造出具體的區別。換句話說，外在和內在必須相應搭配，精神世界必須落實在現實生活中。所謂「枝頭無雪不堪看」，〔註68〕在皚皚白雪的背景下，梅花所代表的高潔晶瑩才能夠得到最完美的詮釋和襯托，文人的個人品味、格調從而得到最有效的彰顯和展演。文人在雪中觀梅所追求的，更多的是一種雅俗的區別及分判。眾花凡卉怯畏嚴冬，梅花獨不，而這份個殊的物理性質順理成章的成為梅花和凡卉的區別。深雪層冰中唯有梅花能夠綻放，進而和眾多紅花紫卉遠遠的拉開距離；因著這層自然物性上的關係，詩人也合情合理的將自己和普羅大眾拉開距離。曾協〈江梅〉：「高標自有時，正與冰雪宜……不為俗眼窺」，〔註69〕從「高標」和「俗眼」的對立，可明顯看出詩人的意圖。楊萬里〈次秦少游梅韻〉同樣利用百卉對比出雪中梅花的不俗：

> 非渠攪出百卉前，爾許清寒誰敢早。有花無雪花只俗，有雪無梅雪
>
> 何好……梅邊尚有句可搜，更撚衰髯仰清昊。〔註70〕

雪中梅以孤高清獨的精神象徵，得以彰顯文人的高雅品味，並且「梅邊尚有句可搜」，同時輔以專屬於文人階層的作詩行為。在這樣的情境下作詩，最能將文人和世俗大眾區別開來。戴復古〈梅花〉說：「月中分外精神出，雪裡幾多風味長……勾引詩人費品量」；劉克莊〈梅花十絕答石塘二林・其三〉也說：「無梅詩興闌珊了，無雪梅花冷淡休」。〔註71〕梅雪相映才能激起詩人寫詩的熱情，雪中觀梅和寫詩是專屬於文人的高雅活動。方岳〈梅花十絕・其九〉進一步重申：「有梅無雪不精神，有雪無詩俗了人」，〔註72〕梅雪相映所以能

之，世俗所譁，虛妄之言也。夫田嬰、俗父，而田文、雅子也。嬰信忌不實義，文信命不辟諱，雅俗異材，舉措殊操，故嬰名闇而不明，文聲馳而不滅。」收錄於《叢書集成新編》，第20冊，頁790。由「俗父」和「雅子」對照，可看出「俗」是一種從眾行為。

〔註68〕朱淑真：〈山腳有梅一株地差背陰冬深初結蕊作絕句寄之〉，倪其心、傅璇琮編：《全宋詩》，頁17969。

〔註69〕倪其心、傅璇琮編：《全宋詩》，頁23000。

〔註70〕倪其心、傅璇琮編：《全宋詩》，頁26102。

〔註71〕戴復古：〈梅花〉，倪其心、傅璇琮編：《全宋詩》，頁33592；劉克莊：〈梅花十絕答石塘二林・其三〉，倪其心、傅璇琮編：《全宋詩》，頁36364。

〔註72〕倪其心、傅璇琮編：《全宋詩》，頁38317。

夠作為跟通俗群眾分判的符號，關鍵條件在於寫詩，因為雪中觀梅終究是一種靠物質便能夠達成的行為，很容易被模仿，唯有寫詩是市井大眾永遠無法追隨的。這種用霜雪正襯梅花的書寫模式，不論是從抗衡到妥協，還是從擬形到擬神，相關的嬗變發展除了反映梅花這一自然物走向道德人格象徵的搬演過程，也隱示了宋代文人用梅花來區別群我的操作軌跡。

三、故就偏愛月明時／梅與月

　　陽光是植物生長的必要條件，梅花當然也不例外，但梅和日光伴隨出現於詩作較為少見；基於「相似的聯想」，月色皎潔、清冷，而梅花色白冷豔，月色能夠正面襯托梅花，於是梅月相伴成了詩人熱中書寫的題材。唐代文人將月作為賞梅背景，以月光襯托梅花，例如陸龜蒙〈奉和襲美行次野梅次韻〉：「風憐薄媚留香與，月會深情借豔開」；溫庭皓〈梅〉：「曉覺霜添白，寒迷月借開」。〔註73〕太陽的和煦能夠促使花朵綻放，詩人卻偏說梅花憑藉月光而開，此乃非關自然生態的連繫，而是一種主觀感覺的想象，李羣玉〈人日梅花病中作〉：「玉鱗寂寂飛斜月」，〔註74〕梅花攝取月的質素，顯得更加明亮美好，閃著冷光如鱗片般，進而和月爭豔。

　　月光將梅花映襯得光亮潔白，供應人們眼目感官的需求。另外，自古在書寫上即常將明月和佳人連繫在一起，例如南北朝吳邁遠〈陽春歌〉說：「佳人愛華景，流靡園塘側。妍姿豔月映，羅衣飄蟬翼」；〔註75〕唐代李羣玉〈龍安寺佳人阿最歌八首·其一〉更是將佳人容顏比作明月：「團團明月面，冉冉柳枝腰」。〔註76〕梅花在月的烘托下顯得素潔明豔，卻同時因為月的緣故，而將梅花想成如月般柔美恬靜的容顏，例如羅鄴〈早梅〉：「綴雪枝條似有情，凌寒澹注笑妝成。凍香飄處宜春早，素豔開時混月明」；崔道融〈梅〉則將梅花想像成月下多情女子：「溪上寒梅初滿枝，夜來霜月透芳菲。清光寂莫思無盡，應待琴尊與解圍」。〔註77〕如霜般寒冷而潔白的月光好似將梅花滲入浸透，詩人以「清」稱它，但還是被比喻成寂寞幽思的女子。在這裡的月下梅

〔註73〕陸龜蒙：〈奉和襲美行次野梅次韻〉，彭定求編：《全唐詩》，頁7175；溫庭皓：〈梅〉，彭定求編：《全唐詩》，頁6916。

〔註74〕彭定求編：《全唐詩》，頁6604。

〔註75〕丁仲祜編：《全漢三國晉南北朝詩》，頁904。

〔註76〕彭定求編：《全唐詩》，頁6608。

〔註77〕羅鄴：〈早梅〉，彭定求編：《全唐詩》，頁7513；崔道融：〈梅〉，彭定求編：《全唐詩》，頁8207。

花所承載的情意和思緒，沒有脫離閨怨的框架，梅花無異於所有用以比喻年華易逝的春花時卉。精神境界和思考層次尚未拉到一個高度以前，將月下佳人和月下梅花相提並論是很自然的，同時也是出於視覺直觀上的寫形擬似。

自古以來春花秋月總離不開閨怨豔情，月下觀梅也難以跳脫這個範疇；然而林逋「疏影橫斜水清淺，暗香浮動月黃昏」，〔註78〕開啟另一種視角。稍後的胡寅〈和用明梅十三絕‧其七〉進一步述及：

> 要寫橫斜臨水枝，應從淡墨見依稀。畫師未必傳天巧，爭似西廂月
> 影微。〔註79〕

將月下錯落的梅枝比喻成墨畫，幾乎將所有色彩抹除，視境所及只有深黑和淺黑。韓淲〈月林〉說：「秋池浸秋月，梅影搖清流。數枝雖未花，橫斜已幽幽」。〔註80〕詩人定視於月夜中幽暗不明的橫斜梅枝，缺少花藥的梅枝完全不影響詩人審美趣味。可見宋人月下觀梅的視角在於交錯的線條，不在於花形花色，無形中脫離了梅作為美麗花樹的物質感官條件，而這種取景的簡化也是後來墨梅構圖的基本模式。有月亮的時刻自然是指夜晚，白天陽光普照，一片欣欣向榮、精神抖擻；夜晚漆黑籠罩，大地頓時從轉動歸於止息，從熱鬧落到寂靜，淒清感由然而生。梅枝在這個黯淡清淒的夜色中更顯幽暗不明，但卻在單純而寧靜的底色下，刷淡了月色對於梅花朵的照映，更能展現梅特有的高寒寧默，詩人的審美取向於是不再依賴物質感官的刺激。

由感官性層面進入人的理性層面，是一種兼融知覺和理解的知性過程；而這樣的過程需要具備更高度的抽象思維以及文化積累，據此雅俗的分判也就顯而易見了。幽昏的月光將梅枝投射於地，再經過夜色的覆罩，顯得參差錯落。有道是「月明滿地看梅影」，〔註81〕宋人對於這時而隱沒時而顯出的梅影獨具慧眼，以直接題名為「梅影」的詩作為例，丘葵曾作〈梅影〉兩首，分別是：

> 山空年歲晚，老氣寒崢嶸。耿耿霜月夜，相看直到明。〔註82〕

> 冷藥疏疏密密，老枝怪怪奇奇。孤高不得春力，雅淡惟應月知。〔註83〕

〔註78〕倪其心、傅璇琮編：《全宋詩》，頁1218。
〔註79〕倪其心、傅璇琮編：《全宋詩》，頁20993。
〔註80〕倪其心、傅璇琮編：《全宋詩》，頁32410。
〔註81〕陸游：〈冬晚山房書事二首‧其一〉，倪其心、傅璇琮編：《全宋詩》，頁24732。
〔註82〕倪其心、傅璇琮編：《全宋詩》，頁43881。
〔註83〕倪其心、傅璇琮編：《全宋詩》，頁43901。

另外還有郭印〈梅影〉：

> 斜斜曾向溪邊見，淡淡還從月下看。那得世間三昧手，爲君寫出一
> 枝寒。〔註84〕

由上述詩作可知，文人再一次將視角從梅花作爲豔麗花樹中拉開距離，從月
下觀梅發展出梅影「老」、「寒」、「怪」、「奇」、「孤」等美感特徵。「梅影」並
且成了文人的自我投射，例如「少須梅影慰孤芳」、「莫嫌梅影太清寒」。〔註
85〕將「梅影」打上清高孤寒印記的同時，不難看出文人審美取向除了抽離物
質感官層面，走向理性、知性精神審美趣味以外，更再一次的從中區隔出自
身獨特品味。文人月下觀梅的視角從花朵到枝幹進而到虛影，這一連串視覺
取向的更替，同時是物質感官到精神感知的一個跳躍、一個進程。

　　對虛影的關注，說明文人的眼光從梅花、梅樹作爲有形有體的實物世界
中拔出，翻向抽象性的象徵世界，這一點從對墨梅的喜愛可以更明顯的看出。
張嵲〈墨梅四首・其一〉：

> 生憎丹粉累幽姿，故著輕煤寫瘦枝。還似故園江上影，半籠煙月在
> 疏籬。〔註86〕

將畫幅中的墨色和線條比作月色中的梅影。所謂墨梅，就是用水墨的濃淡
變化來代替自然界中梅花的色彩，在畫幅上只剩下黑白交錯，有如梅影投
射於地；畫幅爲地，筆墨爲影。以墨畫梅，梅花濃重的粉豔氣息被刷淡、
刷黯，只留下深黑和淺黑，好似月夜梅影。值得注意的是不論墨梅、夜中
梅還是梅影，均從梅花作爲物質的原有色相大爲抽離，從而跟通俗大眾單
憑感官的視角遠遠拉開距離。據此，除了再一次爲梅花打上高雅脫俗的印
記；更說明當人們所追求的不再是事物外表的豔麗，而是事物內在質樸淳
眞的時候，他們已經具備更高的文化積累和品味陶養。宋代文人畫境地超
逸，不拘於形似，不爲成規所縛，往往追求理想的寄託，注重性情的抒發，
於是神遊物外，筆參造化，可以極盡自由揮灑的雅興。〔註87〕文人畫墨梅，
最具代表性的人當屬花光仲仁。花光以粗線條筆墨表現梅枝的橫斜疏影，
以墨漬花瓣移白爲黑；華鎭〈南嶽僧仲仁墨畫梅花〉形容：「戲弄柔毫移白

〔註84〕倪其心、傅璇琮編：《全宋詩》，頁 18741。
〔註85〕張栻〈南軒木犀〉：「少須梅影慰孤芳」，倪其心、傅璇琮編：《全宋詩》，頁 27917；
　　　　錢時〈雪中觀梅〉：「莫嫌梅影太清寒」，倪其心、傅璇琮編：《全宋詩》，頁 34335。
〔註86〕倪其心、傅璇琮編：《全宋詩》，頁 20546。
〔註87〕張高評：〈唐宋題畫詩及其流韻〉（臺北：萬卷樓，2016 年），頁 136。

黑」，〔註 88〕花光所構設出的黑白線條，遠遠拋開梅花物象。郭熙述及：「學畫竹者，取一支竹，因月夜照其影於素壁之上，則竹之眞形出矣」。〔註 89〕梅花的眞在物象以外，在虛影中。王冕曾指出花光對於梅影的重視：「老僧酷愛梅，唯所居方丈室屋邊亦植樹本。每花發時，輒床據其影，凌晨視之，殊有月夜之思。」〔註 90〕花光月下觀察梅影，爲的是求眞、求意、求神。元湯垕《古今畫鑑》稱：「花光長老，以墨暈作梅，如花影然。別成一家，正所謂寫意者也。」〔註 91〕在影子裡，色彩被掩蓋了，只留下黑白交錯的玄虛幻象。從文人畫墨梅的表現方式，可以看出宋人抹除色彩、關注虛影的賞梅視角。

　　陳與義〈和張規臣水墨梅五絕‧其四〉載有：「意足不求顏色似，前身相馬九方皋」。〔註 92〕相較於上述張嵲「故著輕煤寫瘦枝」的外形敘述，這首詩所關注的是物象以外的物象精神，而墨梅超逸出梅作爲花樹的外在物象形體和色彩，從而離形得眞、取意忘象、虛處傳神。張守〈席大光邀同賦墨梅花‧其四〉提到：「墨白何妨俗眼疑，寫眞妙處足天機。橫斜疏影黃昏月，貌盡西湖處士詩」。〔註 93〕「西湖處士詩」拈出墨梅離形得眞；詩作同時也提出「俗眼」相對於「墨白」的雅俗分判。墨梅的離形得眞，是一種繪者胸中丘壑的投射，同時被當作文人階層跟通俗大眾的區隔。這從姜特立〈李仲永墨梅〉可明顯看出：

　　寫竹如草書，患俗不患清。畫梅如相馬，以骨不以形。

　　墨君曩有文夫子，蟬腹蛇跗具生意。當時一派屬蘇公，雨葉風枝畧

　　相似。花光道人執天機，信手掃出孤山姿。陳玄幻却西子面，此妙

　　俗士那能知。近時賞愛楊補之，補之嫵媚不足奇。李生於梅却有得，

　　高處自與前人敵。倒暈跴花出古心，暝雲暗谷藏春色。我一見之三

〔註88〕倪其心、傅璇琮編：《全宋詩》，頁 12313。

〔註89〕郭熙：《林泉高致》，收錄於《文津閣四庫全書》（北京：商務，2006 年），第814 冊，頁 554。

〔註90〕王冕：《竹齋集》，收錄於壽勤澤點校：《王冕集》（杭州：浙江古籍，2012 年），頁 280。

〔註91〕湯垕：《古今畫鑑》，收錄於《叢書集成新編》（臺北：新文豐，1985 年），第53 冊，頁 192。

〔註92〕倪其心、傅璇琮編：《全宋詩》，頁 19473。《列子》載九方皋相馬：「所觀天機也。得其精而忘其粗，得其内而忘其外。」張湛注：《列子》（上海：上海書店，1986 年），頁 95。

〔註93〕倪其心、傅璇琮編：《全宋詩》，頁 18030。

歎息，意足不暇形模索。君若欲求之點畫，胡不去看江頭千樹白。
〔註94〕

首聯透過互文關係，開宗明義說明風格清雅並能表現梅的內在，是畫梅的兩項最高指導原則。接下來透過一連串的雅俗對比，並在分判的過程中，列舉出高雅和凡俗的具體品評指標。墨梅以花光爲高雅的代表，「筆到花光空幻相」，〔註95〕他所繪製的是文人士大夫的寫意符號，而非實相的梅花。誠如黃庭堅對花光墨梅的評價：「如嫩寒清曉行孤山籬落間，但只欠香耳」。〔註96〕讚嘆花光墨梅隱含處士幽情和亮節；看似單調的墨色中蘊藏如西子面容般豐富多姿的意涵，而這卻是缺少文化底蘊的俗人無法參透的。劉克莊曾比較花光和楊補之兩人畫法、風格的不同：「補之畫梅花尤宜巨軸，花光則不然，直以矮紙稀筆作半枝數朵，而盡畫梅之能事」。〔註97〕花光的墨梅除了顏色單調，畫幅更是窄小，雖然簡約卻極盡畫梅能事。「世人畫梅賦丹粉，山僧畫梅勻水墨」，〔註98〕梅花花色白潔，傳統畫梅勾勒填粉，花光改以淡墨點瓣，這是一種破除色相、倒白爲黑的大膽手法；楊補之以空圈法如實描摹梅花朵色白，並利用線條和墨色的變化呈現出枝幹的挺秀，他的視角在於物質性形體的關注。欣賞楊補之的墨梅，端靠視覺表象，較不需倚賴自身文化和涵養，是一種時下大眾的審美路徑。然而，花光這種「禪家會見此中意」〔註99〕的美感品味就不是單靠感官就可以達成。誠如程杰所說的應連繫花光禪僧的特殊身分來加以理解，把它歸因於佛家不執法相、不拘本位、勘破情識、透脫自在的心性和智慧。〔註100〕簡單來說，花光墨梅所以得到文人士大夫青睞，主要在於他的墨梅融入梅文化積累和繪者胸中丘壑，能引起欣賞者的情感投射。文人士大夫觀看墨梅的視角超逸出梅的形體實相，他們所欣賞、所認同的是自己那有別於世俗大眾的品味和姿態。姜特立從賞愛楊補之墨梅的「近時」口味，對照出李仲永所繪的墨梅出於「古心」、接軌前人。梅的精神氣韻

〔註94〕 倪其心、傅璇琮編：《全宋詩》，頁24106。
〔註95〕 余觀復：〈梅花〉，倪其心、傅璇琮編：《全宋詩》，頁39501。
〔註96〕 王晃：《竹齋集》，收錄於壽勤澤點校：《王晃集》，頁280。
〔註97〕 劉克莊：〈跋花光梅〉，收錄於曾棗庄、劉琳編：《全宋文》（上海：上海辭書，2006年），第329冊，頁406。
〔註98〕 華鎮：〈南嶽僧仲仁墨畫梅花〉，倪其心、傅璇琮編：《全宋詩》，頁12313。
〔註99〕 華鎮：〈南嶽僧仲仁墨畫梅花〉，倪其心、傅璇琮編：《全宋詩》，頁12313。
〔註100〕 程杰：〈論花光仲仁的繪畫成就〉，《京南術藝院學報》，第1期（2005年），頁13～19。

蘊藉在黯淡昏幽的墨色中，不假於對它形體色相的臨摹。並進一步提出那些眼光停留在梅的色彩和形象的俗人，不需要跨界欣賞墨梅，滿林盛開、鮮白美豔的梅花便足以塡滿他們的需求。趙蕃〈梅花六首・其五〉更可以說明文人士大夫這方面的自我意識：

> 畫論形似以爲非，牝牡哪窮神駿姿。莫向眼前尋尺度，要從物外極觀窺。山因雨霧青增黛，水爲風紋綠起漪。以是於梅見佳處，故就偏愛月明時。〔註101〕

一樣的梅月相繫，宋代文人一反前人，自此梅花脫離了花前月下的通俗語境，被拉高到一種具間接性、轉折性的美感；拋棄直觀的視角、透過迂迴的眼光，設定出與眾不同的想像空間。而這種想像必須建立於文人更深的文化根底，有別於一般人的直接感官接觸，也有別於被梅花作爲一般美豔花樹視覺性、感官性的物質條件的限制。而所建構出的審美特徵更容易被自認爲是菁英分子的文人階層所歡迎和效法，進而被當作新的跟一般通俗階層區隔、分判的標準。

　　文人月下觀梅的視角從梅枝到梅影進而轉向墨梅，這是一個文人品味不斷精緻化的過程，繼而發展出的「月窗觀梅」更是細膩。如杜耒〈寒夜〉：「尋常一樣窗前月，纔有梅花便不同」，〔註102〕「月窗觀梅」同時具有更高度的個殊性和區別性。有論者認爲北宋後期以來，梅月相映的境象在流行中不斷得到改進、提煉和發展，逐步形成了一些更爲簡明的組合方式、更有效的取景角度。「月窗觀梅」所寫景象最大不同處在於臨窗所得。因爲窗戶是一個有限的介面，視野相對集中，不像戶外那麼開放，也不那麼蕪亂瑣碎，因而這一取境更爲簡潔。〔註103〕在被劃定的視野中「月窗觀梅」玩出更多趣味性，因著窗框的邊界，設定出了規則性；所設立的邊界，看似是一種視覺的侷限，其實是一種高雅的遊戲形式。〔註104〕張紹文〈醉鄉〉說：「半窗寒月上梅花」；陸游〈庵中夜興〉說：「有情梅影半窗月」。〔註105〕詩人不僅將視線圈定在窗框以內，甚至以「半窗」進一步限縮視野。據此除了用來說明宋代文人對於

〔註101〕倪其心、傅璇琮編：《全宋詩》，頁30917。

〔註102〕倪其心、傅璇琮編：《全宋詩》，頁33637。

〔註103〕程杰：〈梅與水、月——一個詠梅模式的發展〉，《江蘇社會科學》，第4期（2000年），頁112～118。

〔註104〕約翰・赫伊津哈（Johan Huizinga）著，何道寬譯：《遊戲的人：文化中遊戲成分的研究》（廣州：花城，2007年），頁183～196。

〔註105〕張紹文：〈醉鄉〉，倪其心、傅璇琮編：《全宋詩》，頁43980；陸游：〈庵中夜興〉，倪其心、傅璇琮編：《全宋詩》，頁24971。

物象的超越，他們摒棄了視覺官能上的快感追求，轉向理性、知性的探索。在固定的窗框中如何把梅想像得更美、更雅，端賴文人學養和文化底蘊；從而表面上看的是梅，其實觀照的是文人自己。

在被限定的視野中，將窗框外的一切全部排除，如同水墨畫捨棄色彩。當一切干擾褪去後在寧默中寂靜觀照，品嘗淡漠的況味。釋文珦〈贈孤山道士〉說：「窗冷梅花月」，曹勛〈雜詩二十七首·其六〉也說：「梅影搖寒月一窗」，〔註106〕「冷窗」、「寒月」和梅相映，呈現出詩人孤清而幽峭的精神觀照。艾性夫〈詠眠窩〉說：「隨月梅梢瘦入窗」，〔註107〕「梅梢」——梅枝的末端纖小而細弱，再綴以「瘦」字，梅在月窗中佔極小的份量。余觀復〈梅花〉說：「一枝勾引窗前月，冷淡相看太古情」，〔註108〕除了利用框進月窗內僅有一枝的梅，如此極簡而冷淡的構圖，提示出詩人獨特的品味，同時以「太古」直接說明不跟時流爲伍。月窗觀梅和只留下黑白虛影的梅影欣賞，都是北宋中期以來文學藝術中不斷高張的主觀尚意、寫神美學思潮的表現，這樣的表現同時反映出文人士大夫想要跟俗尚區隔的心態。

第二節　藉由周旁植物映襯

一、孤標惟許竹君陪／梅與竹

《禮記·禮器》記載：「其在人也，如竹箭之有筠也；如松柏之有心也。二者居天下之大端矣，故貫四時而不改柯易葉」。〔註109〕《禮記》標榜松竹堅持到底、四時長青，永不改變的枝幹和綠葉。梅跟松竹不僅生物種屬上相去較遠，形象上一花一木差距也大；而且梅花從枯枝到先春綻放，繼而搖落、結實，隨著四時更換它的面目，基本物性上都跟松竹大相逕庭。然而，梅和竹具有一個生理共性：適合生長在溫暖濕潤的地區，因著這樣的客觀條件，梅和竹較早被連繫在一起。〔註110〕竹枝茂密，梅花盛開，呈現一片熱鬧景象。

〔註106〕釋文珦：〈贈孤山道士〉，倪其心、傅璇琮編：《全宋詩》，頁39601；曹勛：〈雜詩二十七首·其六〉，倪其心、傅璇琮編：《全宋詩》，頁21190。

〔註107〕倪其心、傅璇琮編：《全宋詩》，頁44411。

〔註108〕倪其心、傅璇琮編：《全宋詩》，頁39503。

〔註109〕孫希旦撰：《禮記集解》，收錄於《續修四庫全書》（上海：上海古籍，1995年），第104冊，頁11。

〔註110〕程杰：〈歲寒三友考〉，《梅文化論叢》（北京：中華，2007年），頁35。

唐代梅竹並寫的情況漸多，例如韋蟾〈梅〉說：「高樹臨溪豔，低枝隔竹繁」；劉言史〈竹裡梅〉也說：「竹裡梅花相并枝，梅花正發竹枝垂」，〔註111〕寫的都是梅和竹就近而生，交互輝映。降及宋代梅竹相生交映物理性質的書寫依然延續著，例如孔平仲〈再賦・其一〉述及：「竹含輕紫粉，梅發淡紅花」；王之道〈江南道中〉說到：「竹外梅梢合放花」；楊萬里〈寄題更好軒二首・其二〉載有：「梅花白白竹青青」。〔註112〕綠竹青翠郁茂，梅花明豔清秀二者相得益彰。

　　除了在視覺感官上兩相交映出鮮明凸出的色彩效果，宋人同時將竹作爲梅花幽獨閒靜的映襯。這從蘇軾〈和秦太虛梅花〉開始，「竹外一枝斜更好」不斷被點化運用；〔註113〕稍後的葛勝仲〈次韻去非梅花〉形容：「半樹臨溪抵死香，一枝倚竹嫣然笑。寒姿疏影太幽獨……」；劉才邵〈燈下見梅花〉描述：「竹外斜枝太幽獨，溪邊寒影饒高趣」。〔註114〕梅以「一枝」、「斜枝」的姿態，凸出單一而個別的形象，輔以孤清修逸的竹爲底色，梅花更顯幽獨雅逸、脫落凡塵。

　　梅花孤高幽獨的君子形象在林逋時已被建立，而竹象徵君子更是從《詩經》就已開始，《詩經・衛風》：「瞻彼淇奧，綠竹猗猗。有匪君子，如切如磋，如琢如磨」，〔註115〕以正直有節的修竹起興，然後思及君子美德。繼而漢代，東方朔〈嗟伯夷〉：「窮隱處兮窟穴自藏，與其隨佞而得志兮，不若從孤竹於首陽」。〔註116〕將伯夷窮困守節的形象和孤竹加以連繫。降及唐宋竹的君子書寫頻仍，唐代劉禹錫〈庭竹〉說：「露滌鉛粉節，風搖青玉枝。依依似君子，無地不相宜」；皮日休〈公齋四詠・新竹〉說：「願稟君子操，不敢先凋零」。〔註117〕竹被打上高風亮節，不隨環境而改變的人格特徵。白居易〈養竹記〉

〔註111〕韋蟾：〈梅〉，彭定求編：《全唐詩》，頁6558；劉言史：〈竹裡梅〉，彭定求編：《全唐詩》，頁5324。

〔註112〕孔平仲：〈再賦・其一〉，倪其心、傅璇琮編：《全宋詩》，頁10950；王之道：〈江南道中〉，倪其心、傅璇琮編：《全宋詩》，頁20220；楊萬里：〈寄題更好軒二首・其二〉，倪其心、傅璇琮編：《全宋詩》，頁26163。

〔註113〕倪其心、傅璇琮編：《全宋詩》，頁9332。

〔註114〕葛勝仲：〈次韻去非梅花〉，倪其心、傅璇琮編：《全宋詩》，頁15624；劉才邵：〈燈下見梅花〉，倪其心、傅璇琮編：《全宋詩》，頁18843。

〔註115〕鄭玄箋：《毛詩》，收錄於《四部叢刊初編》，第1冊，頁25。

〔註116〕逯欽立輯校：《先秦漢魏晉南北朝詩》（北京：中華，1983年），頁101。

〔註117〕劉禹錫：〈庭竹〉，彭定求編：《全唐詩》，頁4105；皮日休：〈公齋四詠・新竹〉，彭定求編：《全唐詩》，頁7033。

認爲：「竹性直，直以立身；君子見其性則思中立不倚者……竹節貞，貞以立志；君子見其節，則思砥礪名行、夷險一致者」。〔註118〕不僅將修竹比喻成君子，甚至還將它作爲君子的砥礪和警惕，進一步抬高竹的象徵意義。宋代從梅堯臣〈禁中瑞竹同本異莖〉記載：「孤竹二君子，聖人知獨清」；司馬光〈和邵不疑校理蒲州十詩・其十・竹軒〉記載：「誠嘉君子心，匪直林亭玩」；張耒〈感遇二十五首・其十七〉記載：「孤竹兩君子，采薇旁笑之」，可知竹和君子密不可分。〔註119〕在這樣的語境下，「無梅有竹竹無朋，有竹無梅梅獨醒」，〔註120〕梅竹在客觀環境上的相伴相襯，很難不被進一步拿到精神世界中來相提並論。

從王炎〈和楊郎中北廊梅花〉「孤標惟許竹君陪」及白玉蟾〈梅花二首寄呈彭吏部・其一〉「雪中好與誰爲伴，只有竹如君子人」，到張道洽〈梅花二十首・其十二〉「孤高惟有竹爲朋」，〔註121〕此類書寫不斷持續著，梅花的孤標高節只有象徵君子的修竹能夠相匹相配。詩作中雖然提出竹梅互爲友伴，但很明顯詩人是以竹的精神象徵來烘托正襯梅花，竹成爲匹配於梅花的一個客體。即便如曹組〈竹間見梅〉看似平均的讚美：「霜雪俱憐節操奇，碧鮮紅潤兩相宜」，〔註122〕但從詩題可知竹仍舊是梅花拔奇節操的配角和底色。梅原本就被深深烙上人格標記，跟修竹搭配媲美，具有加強作用，讓文人的精神象徵和道德投射得到充分的發揮和演繹。如陸游〈歲暮雜感四首・其三〉，就以竹配梅和以梅自比：

> 歲盡霜雪稠，相望僵萬木。天豈私梅花，獨畀此芬馥。
> 高標我自有，何憾老空谷。人言和羹實，晚或參鼎鍊。
> 哀哉世論卑，汙我塵外躅。誰能涮祓之，寫眞配修竹。〔註123〕

〔註118〕董誥等編：《全唐文》（臺北：華聯，1965年），頁8753。
〔註119〕梅堯臣：〈禁中瑞竹同本異莖〉，倪其心、傅璇琮編：《全宋詩》，頁3020；司馬光：〈和邵不疑校理蒲州十詩・其十・竹軒〉，倪其心、傅璇琮編：《全宋詩》，頁6018；張耒：〈感遇二十五首・其十七〉，倪其心、傅璇琮編：《全宋詩》，頁13325。
〔註120〕楊萬里：〈寄題更好軒二首・其二〉，倪其心、傅璇琮編：《全宋詩》，頁26163。
〔註121〕王炎：〈和楊郎中北廊梅花〉，倪其心、傅璇琮編：《全宋詩》，頁29785；白玉蟾：〈梅花二首寄呈彭吏部・其一〉，倪其心、傅璇琮編：《全宋詩》，頁27546；張道洽：〈梅花二十首・其十二〉，倪其心、傅璇琮編：《全宋詩》，頁39250。
〔註122〕倪其心、傅璇琮編：《全宋詩》，頁19978。
〔註123〕倪其心、傅璇琮編：《全宋詩》，頁25173。

這首詩作於嘉泰元年，當時陸游已經七十七歲，在故鄉山陰領祠錄。沒有實質官職的他，感嘆「和羹」、「調鼎」政治的事充其量不過是一種時下的追逐和輿論，輕視的意思溢於言表。詩人將自己標榜成在萬木百草凍僵死寂中獨守芬馥的梅花，獨得天恩卻自持自守。當中「高標我自有」說明梅花原本就有高潔修逸的樣式和品質，這裡的竹子站在畫龍點睛的正襯位置，是一種背景、一種底色。

梅花的君子象徵經由林逋建立；蘇軾進而標舉孤高幽獨的「梅格」，也就是一種高超逸拔的品德情操；陸游更是屢次在詩作中，對梅花投以自我的靈魂人格。梅花意象已牢牢確立在宋人的精神世界中，將梅花和修竹加以並提相論，基本上是一種錦上添花；但也必須承認此一舉動進一步鞏固梅花地位，成功發揮了預期效果。文人一再的、極盡所能的將梅花人格象徵高高舉起，最直接的受益者就是文人自己。如薛嶼〈為張上翁賦松交〉直白的表明：「之人梅竹操，抱此歲寒心。古道久不作，高風獨在今」。〔註124〕由此可明顯看出宋人梅竹並提的用意和心跡。

《世說新語‧任誕》：「嘗寄居空宅中，便令種竹。或問其故，徽之但嘯詠，指竹曰，何可一日無此君」。〔註125〕此則筆記雖然旨在表現王徽之的隨性放誕，卻同時也說明了自古文人愛竹，並有居處種竹的習慣。宋人繼承這個愛竹、種竹的傳統，如晁補之為李格非作〈有竹堂記〉敘述李格非在屋南整治一地，在此地築堂，並且種植修竹，李格非每日從太學回來，流連其中。〔註126〕趙蕃〈詠筍用昌黎韻〉記錄：「山居何所用，種竹並楹軒。聽雨宵忘痗，搖風日破煩」；韋驤〈題周開祖叢翠軒〉也提及：「所居知所向，種竹接前簷。翠色無時減，清風引日添」。〔註127〕在在說明宋人喜歡在居住處種竹。此一習慣除了能提供翠色清風的感官享受；同時是一種精神滿足和身分區隔，如毛珝〈種竹〉說：「山居無力塵居俗，有客勸予惟種竹」。〔註128〕只要種上幾棵修竹，即便在塵俗的環境中，都能清高了起來。竹從它四時如常、不改柯易

〔註124〕倪其心、傅璇琮編：《全宋詩》，頁39868。

〔註125〕劉義慶著，劉孝標注，余嘉錫箋疏：《世說新語箋疏》（北京：中華，2007年），頁893。

〔註126〕晁補之：〈有竹堂記〉，收錄於曾棗庄、劉琳編：《全宋文》，第127冊，頁15。

〔註127〕趙蕃：〈詠筍用昌黎韻〉，倪其心、傅璇琮編：《全宋詩》，頁30669；韋驤：〈題周開祖叢翠軒〉，倪其心、傅璇琮編：《全宋詩》，頁8485。

〔註128〕倪其心、傅璇琮編：《全宋詩》，頁37479。

葉的物理性質，到修持操守、堅忍秀逸的象徵意義，深受菁英階層的擁護；文人也順理成章的運用它來作爲士大夫階層和市井大眾的分判指標。蘇軾〈於潛僧綠筠軒〉說：

> 可使食無肉，不可使居無竹。無肉令人瘦，無竹令人俗。
>
> 人瘦尚可肥，俗士不可醫。旁人笑此言，似高還似癡。
>
> 若對此君仍大嚼，世間那有揚州鶴。〔註129〕

從「竹」和「肉」、「瘦」和「俗」兩兩參照，十分明顯的區別出精神審美和物質感官兩個不同層次。「尚可肥」和「不可醫」明確指出物質範疇人人都能達到，只有精神審美層次乃是士大夫階層的專屬和限定，一般大眾則瞠乎其後、望塵莫及。詩末「若對此君仍大嚼，世間那有揚州鶴」，更表明出兩個階層的涇渭分明。這首詩爲審美境界和非審美境界確立了標準，爲菁英和大眾作了區別。繼而這首詩也被多人因襲點化，例如楊萬里〈題唐德明秀才玉立齋〉提到：

> 坡云無竹令人俗，我云俗人正累竹……看竹哦詩筆生力，山童怪予遽忘食。〔註130〕

看竹吟詩於是忘了吃飯，不僅重申精神世界和物質世界有別，同時也透露寫詩是文人的專屬遊戲，俗人無法越界。趙蕃〈成父送梅一株〉說：「無竹恐人俗，無梅憂竹孤」，〔註131〕「竹」作爲區別文人和市井、精神和物質、高雅和凡俗的符號，宋人以梅配竹，儘管讓梅花此一崇高絕俗的精神審美特徵更加牢固，然而精神世界不可捉摸，必須藉由實物的展現才能發揮社會作用和意義。《山家清事》就提供文人居住處梅竹並植的作法：「擇故山濱水地，環籬植荊棘，間栽以竹，入竹丈餘。植芙蓉三百六十，入芙蓉餘二丈，環以梅。」〔註132〕說明文人士大夫對於梅竹同栽的刻意，它除了是一種精神審美的表現，也是社會作用的展演。

二、其友松筠乃能識／梅與松

梅和竹均適合生長在溫暖濕潤的地區，因著這樣的客觀條件，這二者較早被連繫在一起，梅和松之間則缺乏這樣的自然物性基礎；梅、松兩物象間

〔註129〕倪其心、傅璇琮編：《全宋詩》，頁9176。

〔註130〕倪其心、傅璇琮編：《全宋詩》，頁26072。

〔註131〕倪其心、傅璇琮編：《全宋詩》，頁30434。

〔註132〕林洪：《山家清事》，收錄於《叢書集成新編》，第87冊，頁271。

的搏合求同、齊觀並美遠不似梅竹間那樣直接簡單。〔註133〕梅跟松所以並列主要是觀念性的，《論語・子罕》論松的性質：

  歲寒，然後知松柏之後凋也。〔註134〕

天寒地凍、風雪交加的歲末，萬木枯槁，松柏卻不改柯易葉，茂翠如常。從中唐以來，詩人開始著眼梅花凌寒綻放，鬥雪開花。例如朱慶餘〈早梅〉強調梅花的早開：

  天然根性異，萬物盡難陪。自古承春早，嚴冬鬥雪開。

  豔寒宜雨露，香冷隔塵埃。堪把依松竹，良塗一處栽。〔註135〕

梅花的「嚴冬鬥雪開」物質特性和松柏的歲寒不凋，在時間條件上有所暗合，於是由此提出了梅花得以跟松竹並提媲美的條件。宋代詠松詩作，也樂於從它特立於千樹萬木，衝雪放翠的性質上著筆。例如李師中〈詠松〉說：「半依嚴岫倚雲端，獨立亭亭耐歲寒」；黃庭堅〈歲寒知松柏〉說：「松柏天生獨，青青貫四時。心藏後凋節，歲有大寒知」。〔註136〕後起的梅花，當人們留心到它冒寒而開的性質，很自然的便把它看成一種對於蒼松的模仿、學習。李覯〈雪中見梅花二首・其一〉提到：

  品物由來貌取難，共言花卉易凋殘。寧知姑射冰肌侶，也學松筠耐

  歲寒。〔註137〕

梅花領先於群芳百卉的特質和形象在宋代被確立後，於是「一花挺出萬木僵，其友松筠乃能識」，〔註138〕在時間條件以及物質特性和松具有相似處的梅花很難不跟蒼松許友結盟。例如林用中〈同遊嶽麓道遇大雪馬上次敬夫韻〉說：「松持歲寒操，梅放冰雪姿」，〔註139〕一聯中兩句其實是在講同一件事，並舉松樹、梅花在歲寒冰雪中的放翠和開花，同提松梅不畏霜雪而含榮、發秀。

〔註133〕程杰：〈歲寒三友考〉，《梅文化論叢》，頁 35；程杰：〈梅花的伴侶、奴婢、朋友及其他〉，《南京師大學報・社會科學版》，第 2 期（2001 年 3 月），頁 141～147。

〔註134〕何晏集解，陸德明音義，邢昺疏：《論語注疏》，收錄於《文津閣四庫全書》，第 190 冊，頁 592。

〔註135〕彭定求編：《全唐詩》，頁 5889。

〔註136〕李師中：〈詠松〉，倪其心、傅璇琮編：《全宋詩》，頁 4870；黃庭堅：〈歲寒知松柏〉，倪其心、傅璇琮編：《全宋詩》，頁 11385。

〔註137〕倪其心、傅璇琮編：《全宋詩》，頁 4330。

〔註138〕鄭清之：〈和趙靜樂梅韻・其二〉，倪其心、傅璇琮編：《全宋詩》，頁 34634。

〔註139〕倪其心、傅璇琮編：《全宋詩》，頁 29576。

　　從《禮記》開始就以松來比喻高尚的人格:「其在人也……如松柏之有心……故貫四時而不改柯易葉」。〔註 140〕《論語注疏》對「歲寒,然後知松柏之後凋也」釋義:「此章喻君子也……喻凡人處治世亦能自修整,與君子同;在濁世,然後知君子之正不苟容也」。〔註 141〕據此可知先秦時代松就是剛正不阿、堅持節操的君子象徵。魏晉南北朝持續著以松喻人的書寫,例如《世說新語·容止》:「山公曰,嵇叔夜之為人也,巖巖若孤松之獨立」。〔註 142〕松乃常綠喬木,霜雪中更見青翠,於是詩中往往和「寒」字並提,如南朝范雲〈詠寒松〉說:「淩風知勁節,負雪見貞心」,〔註 143〕強調松樹耐寒傲雪的本性,並將它擬人化,同時隱約可見詩人精神人格的投射。由松的挺拔聯想到人格的倔強、堅貞,這樣的傳統延續到唐代,如岑參〈感遇〉說:「君不見拂雲百丈青松柯,縱使秋風無奈何。四時常作青黛色,可憐杜花不相識」。〔註 144〕詩作表面寫的是松,而實際上是以松寫人。劉長卿〈醉所上顓史惟則〉也說:「黃鶴翅垂同燕雀,青松心在任風霜……賢達不能同感激,更於何處問蒼蒼」。〔註 145〕詩人直接以青松自喻,表達自己的堅貞不屈。繼而宋代,松依然是君子的象徵、文人的精神投射。例如張方平〈詠松〉說:「受命託厚地,稟氣獨英妙。有心出太虛,無情合至道。君子正容色,烈士全節操。自是萬木王,何辱大夫號」;吳芾〈詠松〉說:「幸不生澗底,傑出蒼蒼崖。歲寒只孤秀,萬木非吾儕」。〔註 146〕宋人同時也在酬唱贈答中讚美對方節操勁直如松,例如王之道〈酬潘縣尉〉說:「羨君節操似松筠,雪裡高標仍絕俗」;司馬光〈送薛水部十丈通判并州〉說:「秀直寒松節,精明利劍鋩」。〔註 147〕這也就是范仲淹〈歲寒堂三題·序〉所提及的:「持松之清,遠恥辱矣。執松之勁,無柔邪矣。稟松之色,義不變矣。揚松之聲,名彰聞矣。有松之心,德可長矣」。〔註 148〕

〔註 140〕 孫希旦撰:《禮記集解》,收錄於《續修四庫全書》,第 104 冊,頁 11。

〔註 141〕 何晏集解,陸德明音義,邢昺疏:《論語注疏》,收錄於《文津閣四庫全書》,第 190 冊,頁 592。

〔註 142〕 劉義慶著,劉孝標注,余嘉錫箋疏:《世說新語箋疏》,頁 716。

〔註 143〕 丁仲祜編:《全漢三國晉南北朝詩》,頁 1295。

〔註 144〕 彭定求編:《全唐詩》,頁 2062。

〔註 145〕 彭定求編:《全唐詩》,頁 1569。

〔註 146〕 張方平:〈詠松〉,倪其心、傅璇琮編:《全宋詩》,頁 3881;吳芾:〈詠松〉,倪其心、傅璇琮編:《全宋詩》,頁 21969。

〔註 147〕 王之道:〈酬潘縣尉〉,倪其心、傅璇琮編:《全宋詩》,頁 20161;司馬光:〈送薛水部十丈通判并州〉,倪其心、傅璇琮編:《全宋詩》,頁 6148。

〔註 148〕 倪其心、傅璇琮編:《全宋詩》,頁 1863。

自先秦以來松便象徵著不畏環境，堅守節操的君子；而梅花的君子形象經過林逋和蘇軾的確立後，跟松間除了勃發生機的時間條件和耐寒抗冬的物質特性彼此暗合、呼應以外，更進一步在精神象徵上同提並舉。王十朋〈夢齡弟生日〉便說到：「貌和冬嶺松俱秀，神與梅花溪共清」，〔註149〕松梅共同具有高潔勁直的人格象徵，進而被詩人用來讚譽受詩的一方；李曾伯〈送清湘蔣尉・其一〉也述及：「歲寒如許松不改，春信未來梅已知」，〔註150〕天寒地凍絲毫感覺不到生命信息的歲末年初，蒼松堅持常青，梅花先知先覺，如同君子亂世中不改操守，如同知識分子在環境中的清醒和自覺。謝枋得〈送張子高歸延平〉同樣以松梅並提來讚揚對方：「梅自知春近，松應耐歲寒」。〔註151〕楊公遠〈借虛谷太博狂吟十詩韻書懷併呈太博・其九〉則將自己年少直到年老對於原則和操守的堅持投射於梅和松：「身世悠悠歲月侵，兒時歷練到如今。梅臞元稟冰霜操，松老猶堅鐵石心」。〔註152〕不論是梅花的清瘦還是蒼松的老邁，所凸顯的都是在條件不利於自身的環境下，對於初衷的持守。中國文學自古便有詠松的傳統，松意象在不斷積累中，孕育了不可動搖的崇高地位；梅花自林逋和蘇軾確立它的君子形象後，繼而利用松這個現成意象和梅花並提同舉，用以讚美他人，同時也是一種自我投射。范仲淹〈歲寒堂三題・其二〉將松稱爲「君子樹」，松儼然成了君子的代名詞。〔註153〕上面所引詩作，多爲贈答酬唱之作，梅花並不是詩人歌詠的主體，然而在酬唱過程中梅花地位也跟著提高。

在梅花的君子形象被確立後，松梅並提雖是錦上添花，但對於梅花的崇高地位還是發揮加分的效果；而這樣的精神審美特徵也落實於現實的物質生活。如蘇軾〈北歸度嶺寄子由〉：

> 青松盈尺間香梅，盡是先生去後栽。〔註154〕

文人士大夫將松梅同植一處，在茂密繁盛的青松叢裡夾種梅花。鄒登龍〈詠懷〉也提到：「洪河相綿纏，嘉宅良可卜。蒼松蔭長蹊，叢梅馥四屋」，〔註155〕

〔註149〕倪其心、傅璇琮編：《全宋詩》，頁22957。
〔註150〕倪其心、傅璇琮編：《全宋詩》，頁38734。
〔註151〕倪其心、傅璇琮編：《全宋詩》，頁41405。
〔註152〕倪其心、傅璇琮編：《全宋詩》，頁42068。
〔註153〕倪其心、傅璇琮編：《全宋詩》，頁1863。
〔註154〕倪其心、傅璇琮編：《全宋詩》，頁9620。
〔註155〕倪其心、傅璇琮編：《全宋詩》，頁35017。

由「蔭長蹊」、「馥四屋」可知松梅被大量栽種,而這樣可說是一種美好的居住環境。高似孫〈王清叔舍人玉寒堂〉更可以見到文人對於松和梅的刻意栽種:「只爲襟懷別,全然少俗埃。山林非細事,天地有奇才。泉石皆經畫,松梅不妄栽」,〔註156〕詩人在所歌詠的「玉寒堂」旁遍植松梅,他的意圖十分明顯,是爲跟塵俗、凡眾作一個區別。由此可見,日常生活中種植松梅、利用松梅的情形在宋代文人士大夫間是很常有的事情。

　　松竹梅「歲寒三友」這個耳熟能詳的說法,不僅常出現於文學書寫中,同時也存在於日常說話中。根據程杰的考察,此一說法正式出現是在南宋,從高宗紹興年間開始「歲寒三友」才成爲詠梅詩詞中常見的命題。另外,在程杰〈歲寒三友考〉一文中說明了竹和梅的連繫較早,松和梅的連繫較晚,可見松、竹、梅三者不是一開始就被放在一起的。據此,本節將梅和竹、梅和松分開來談。〔註157〕

三、天教桃李作輿臺／梅與桃李

　　程杰認爲相較於和松竹的不同屬類並提,把梅花放在和桃、李、杏等同類「果子花」中加以比較考量,是一個較爲直切有效的認識和描寫角度。在現代植物學分類中,梅和桃、李、杏同爲薔薇科李屬,生物習性,尤其是體態形象較爲接近,古人對此也有較明確的認識。有比較才有鑑別,同類間的

〔註156〕倪其心、傅璇琮編:《全宋詩》,頁 32004。

〔註157〕程杰:〈歲寒三友考〉,《梅文化論叢》,頁 35。「三友」的並列主要是觀念性的。中唐以來詩人詠梅開始著眼它凌寒開放、衝雪報春的特性,在跟桃、杏、李諸花比較中凸顯它的精神格調。在這樣的情況下,梅花才能逐步跟松、竹相連繫。最早把梅的物性跟松、竹聯想一起加以讚頌的是中唐詩人朱慶餘的〈早梅詩〉:「天然根性異,萬物盡難陪。自古承春早,嚴冬鬥雪開。豔寒宜雨露,香冷隔塵埃。堪把松竹依,良途一處栽。」這首詩有兩點值得注意:一是讚美梅花,重點已不在以往詩人常言的「承春早」,而是「鬥雪開」,不是爲了稱讚梅花先春開放。二是設想了三者植於一途、相依相伴的形象。這兩點正是後來「歲寒三友」說的基本內容。入宋後,類似的比類譬梅言辭不時出現,如北宋中期李覯〈雪中見梅花〉開始使用「歲寒」字眼:「品物由來貌難取,共言花卉易凋殘」;「寧知姑射冰肌侶,也學松筠耐歲寒」。又如北宋後期葛勝仲〈菁山梅花盛開予獨未之知十一月二十二日周元舉察院餉數枝以詩三首爲謝·其三〉:「松篁傲雪堪爲伴,桃李酣春未敢先」。這些都可以說是「歲寒三友」說的前奏。一直到南宋紹興間「歲寒三友」說才正式出現,並逐步成了詩畫作品流行的命題和立意。程杰:〈梅花的伴侶、奴婢、朋友及其他〉,《南京師大學報·社會科學版》,第 2 期(2001 年 3 月),頁 141～147。

比較更具認識意義。因此，梅和桃杏李間的比較認識是詠梅文學中的一個基本思路。〔註158〕梅花和桃李的比較描寫始見於中唐以來的詠梅詩，例如韋蟾〈梅〉說：「高樹臨溪豔，低枝隔竹繁。何須是桃李，然後欲忘言」；鄭谷〈梅〉說：「素豔照尊桃莫比，孤香粘袖李須饒」。〔註159〕這些詩作著眼於梅花和桃李的花形、香色。除了外在條件的比較，在時序條件上二者也常被拿來並提對比，如元稹〈有酒十章・其六〉就提出桃李接續梅花而開：「……江春例早多早梅。櫻桃桃李相續開」。梅花開於初春，桃李開於仲春，有著時間上的承接、重疊。張謂〈官舍早梅〉也說到：「風光先占得，桃李莫相輕」。除了明顯的強調梅花早於桃李而開，韓偓〈梅花〉「應笑暫時桃李樹，盜天和氣作年芳」，〔註160〕則同時對這種物理性質進一步作了價值評論和人格投射。

「桃李」自古即被視爲美盛而豔麗的，如《詩經・桃夭》說：「桃之夭夭，灼灼其華」。〔註161〕《詩經・何彼襛矣》也提及：「何彼襛矣，華如桃李」。〔註162〕或許是因爲桃李花朵盛開時華豔襛麗，缺少清新脫俗的氣息，到了魏晉南北朝時期的何遜眼中，則成了徒有華美外表而缺少內在品質的徵象。他的〈暮秋答朱記室詩〉就說到：「桃李爾繁華，松柏余本性。故心不存此，高文徒可詠」。〔註163〕迄於唐代，持續著這種反面意象，如李白〈贈韋侍禦黃裳二首・其一〉勸人不要跟桃李一樣：「桃李賣陽豔，路人行且迷。春光掃地盡，碧葉成黃泥。願君學長松，慎勿作桃李」。〔註164〕這樣的思考轉向宋代更爲明顯，如范仲淹〈四民詩・其一・士〉就有這樣的評論：

> 前王詔多士，咸以德爲先。道從仁義廣，名由忠孝全……昔多松柏
> 心，今皆桃李色。〔註165〕

〔註158〕程杰：〈梅花的伴侶、奴婢、朋友及其他〉，《南京師大學報・社會科學版》，第 2 期（2001 年 3 月），頁 141～147。
〔註159〕韋蟾：〈梅〉，彭定求編：《全唐詩》，頁 6558；鄭谷：〈梅〉，彭定求編：《全唐詩》，頁 7760。
〔註160〕元稹：〈有酒十章・其六〉，彭定求編：《全唐詩》，頁 4626；張謂：〈官舍早梅〉，彭定求編：《全唐詩》，頁 2020；韓偓：〈梅花〉，彭定求編：《全唐詩》，頁 7792。
〔註161〕鄭玄箋：《毛詩》，收錄於《四部叢刊初編》，第 1 冊，頁 5。
〔註162〕鄭玄箋：《毛詩》，收錄於《四部叢刊初編》，第 1 冊，頁 10。
〔註163〕吳小如等編著：《漢魏六朝詩鑒賞辭典》（上海：上海辭書，1992 年），頁 1038。
〔註164〕彭定求編：《全唐詩》，頁 1734。
〔註165〕倪其心、傅璇琮編：《全宋詩》，頁 1858。

范仲淹認爲松柏具備內在實質，桃李則徒有美豔色相。爾後王邁〈和京教李景平‧其二〉說：「晚歲松筠留素節，豔春桃李付紅顏」；俞德鄰〈龔聖予號翠巖晚歲更號嚴翁爲賦〉也說：「春風桃李顏，歲寒松柏心」。〔註166〕透過「松柏」之於「歲寒」，「桃李」之於「豔春」的對舉，參照出桃李的隨世逢迎而不能堅守自身；色豔而難登大雅之堂，將「桃李」烙上凡俗的印記。宋末程棨《三柳軒雜識》甚至視桃李爲低微俗賤：「余嘗評花，以爲梅有山林之風，杏有閨門之態，桃如倚門市倡，李如東郭貧女」，〔註167〕梅花和桃李的品質身分判若雲泥。程杰認爲基於這樣的思考桃李便越來越不能跟梅相提並論，入宋以後卑視桃李高抬梅花的情況越來越明顯。〔註168〕

桃李接續梅花而開，因爲二者開花時間的重疊，於是在空間上出現盛開桃李花叢中混雜尚未凋落的數枝梅花的情形。加上桃李意象是負面的，用來反襯梅花便利好用，因此二者常被拿來並提對比。例如李景文〈病後感興寄車玉峰先生二首‧其二〉說：「我愛梅花娟，彼惜桃李顏。相逢不相契，何事勞追攀」，〔註169〕明顯可看出刻意將梅花和桃李擺放在兩個極端。在宋詩中將桃李和梅花同置於一首作品中的詩例不勝枚舉，透過桃李的膚淺凡俗，以彰顯梅花高標品質。

桃李必須等到大地回暖，受到春氣煦潤才能開放，梅花卻在冰天雪地中敏銳先覺那潛藏而未發的陽和暖氣。也就是說，桃李的開花落在梅花後面，宋代詩人更是加強發揮這個現象。王庭珪〈次韻劉英臣早春見過二絕句‧其一〉說：「東風未暇吹桃李，先發寒梅第一花」。〔註170〕藉由「未暇」一詞，說明桃李被冷落，更凸顯梅花的「先發」。張耒〈立春三首‧其二〉敘述了這種情況：

> 風光先著竹間梅，和氣應從九地回。桃李滿園渾未覺，微紅先向寶
> 刀開。〔註171〕

〔註166〕王邁：〈和京教李景平‧其二〉，倪其心、傅璇琮編：《全宋詩》，頁 35770；俞德鄰：〈龔聖予號翠巖晚歲更號嚴翁爲賦〉，倪其心、傅璇琮編：《全宋詩》，頁 42388。

〔註167〕程棨：《三柳軒雜識》，收錄於《五朝小說大觀》（臺北：新興，1985 年），第 3 冊，頁 253。

〔註168〕程杰：〈梅花的伴侶、奴婢、朋友及其他〉，《南京師大學報‧社會科學版》，第 2 期（2001 年 3 月），頁 141～147。

〔註169〕倪其心、傅璇琮編：《全宋詩》，頁 40386。

〔註170〕倪其心、傅璇琮編：《全宋詩》，頁 16843。

〔註171〕倪其心、傅璇琮編：《全宋詩》，頁 13265。

乾坤端倪、天地消息首先降臨於梅花，接著從「和氣應從九地回」的「應」所透露出的不確定性，可知陽和暖氣潛藏而隱微，進而再次強調梅花極敏銳的先知先覺。這份敏銳的特質更因著接下來的「桃李滿園渾未覺」得到完美襯托。張道洽〈見梅〉說：「寒梅衝雪領春回，桃李紛紛趁脚來」，〔註172〕梅花居於引導、領頭地位，桃李則亦步亦趨追隨。劉宰〈和劉聖與顧龍山探梅四首·其一〉說：「東風次第吹桃李，輸與儂家第一春」，〔註173〕也是透過「次第」和「第一」對舉，用桃李的落後以凸顯梅花領先。梅花獨佔先春，桃李遙落於後。王之道〈詠梅示魏吉老〉說：「桃李紛紛亦強追」，〔註174〕桃李即便竭力、勉力相追，也無法和梅花同時，一個「強」字刻意說明桃李無能為力。所謂「桃李未吐梅英空」，〔註175〕一個尚「未吐」一個卻「已空」，刻意誇飾桃李開花在時間上的落後。項安世〈答陳江州和少游梅花韻見寄〉直言桃李衰遲而梅花絕早：「桃李衰遲嗔我早」，〔註176〕「遲」冠以「衰」字，讓原本就遲緩不敏銳的桃李花更顯得力不從心。而「嗔」字則似表現桃李的惱羞成怒，刻意將它貶低。梅花除了先春而開，它的香氣和枝條美也是桃李所無法企及的，甚至即便梅英已空香氣卻如故。因此，許棐〈蠟梅江梅同瓶〉形容道：「只愁花謝香狼籍，桃李如何接後陳」，〔註177〕「如何」說明桃李即便是接續梅花「後陳」都不夠資格。戴復古〈山中見梅寄曾無疑〉則直接表明這種時間上的排序實乃千古不變的現象：「桃李依然在後陳」，〔註178〕一個「依然」，說明桃李永遠擺脫不了落後的宿命，對比出梅花「獨得一點陽和溫」的天然優勢。〔註179〕

唐庚〈劍州道中見桃李盛開而梅花猶有存者〉提到：「桃花能紅李能白，春深無處無顏色。不應尚有數枝梅，可是東君苦留客」。〔註180〕春日最盛，桃紅李白顏色鮮豔而熱鬧，此時竟然出現數枝梅花夾雜，此畫面甚不協調，這

〔註172〕倪其心、傅璇琮編：《全宋詩》，頁 39256。

〔註173〕倪其心、傅璇琮編：《全宋詩》，頁 33359。

〔註174〕倪其心、傅璇琮編：《全宋詩》，頁 20224。

〔註175〕王十朋：〈甘露堂前有杏花一株在脩竹之外殊有風味用昌黎韻〉，倪其心、傅璇琮編：《全宋詩》，頁 22860。

〔註176〕倪其心、傅璇琮編：《全宋詩》，頁 27229。

〔註177〕倪其心、傅璇琮編：《全宋詩》，頁 36845。

〔註178〕倪其心、傅璇琮編：《全宋詩》，頁 33568。

〔註179〕李綱：〈用韻賦梅花三首·其一〉，倪其心、傅璇琮編：《全宋詩》，頁 17548。

〔註180〕倪其心、傅璇琮編：《全宋詩》，頁 15037。

首詩題爲「劍州道中見桃李盛開而梅花猶有存者」,「猶」反映出不應存在卻尙且存在。詩作中的「不應」「尙有」和「苦留」均不在否定梅花的「猶有存者」。釋善珍〈清明游張園桃李盛開獨梅花一株尙未零落〉述及:「不覺春風紅紫鬧,老翁偷入少年場」,〔註 181〕同樣在敍說梅花和桃李不該並存,從詩題中的「零落」冠以「尙未」,說明梅花本應該零落卻未零落,而詩作內容則構設了一個萬紫千紅、春意喧鬧的熱鬧場面,「老翁偷入少年場」一個「偷」字表示著梅花置入其中的突兀感。梅花花小色白清淡低調和濃豔張揚的桃李花並排齊列,製造出明顯反差。張綱有所謂「高標可但凌三冬,一枝傑出妖豔中」,〔註 182〕梅花夾在美麗而輕挑的桃李花中顯得失調。這首詩題爲〈春末桃李盛開竹間有梅一枝嶷然秀發用唐子西韻簡汪彥章〉,因著這種失調反襯出梅花的「嶷然秀發」。宋詩中有不少作品藉由這種梅花和桃李的不相並列,形塑出梅花「清格自羞桃李園」的高雅形象。〔註 183〕

　　桃李在風霜嚴寒中沉寂,被看成是一種退縮;在春光燦爛中一齊綻放,則被解讀成互相爭妍。陳著〈代弟苊詠梅畫十景・其九・飛花〉將桃紅李白花色多樣繽紛看作是仲春時濃妝豔抹,爭相賣弄:「獨占初春早卸芳,肯隨桃李炫儂妝」,〔註 184〕色淡形微的梅花早開獨放,並且趕在桃李爭春前就謝幕離開。方岳〈閒居無與酬答因假庭下三物作・竹答梅〉提到:

　　　　不隨桃李共爭春,猶作疎花向世人。〔註 185〕

張道洽〈詠梅雜詩・其十三〉述及:

　　　　小小茅茨野老家,不隨桃李競春華。欲知格韻眞孤絕,禿盡千林始
　　　　一花。〔註 186〕

鄒浩〈次韻酬德符湖上春色〉陳說:

　　　　幾處梅花傲殘雪,不隨桃李事輕紅。〔註 187〕

方岳、張道洽、鄒浩均在詩作中將桃李的盛開看作是爭春的俗態,並以桃李的「爭」、「競」和「事」反襯梅花的「不隨」。這種桃李爭春的語句屢屢出現於

〔註 181〕倪其心、傅璇琮編:《全宋詩》,頁 37798。
〔註 182〕倪其心、傅璇琮編:《全宋詩》,頁 17884。
〔註 183〕李綱:〈用韻賦梅花三首・其一〉,倪其心、傅璇琮編:《全宋詩》,頁 17548。
〔註 184〕倪其心、傅璇琮編:《全宋詩》,頁 40139。
〔註 185〕倪其心、傅璇琮編:《全宋詩》,頁 38305。
〔註 186〕倪其心、傅璇琮編:《全宋詩》,頁 39257。
〔註 187〕倪其心、傅璇琮編:《全宋詩》,頁 13992。

宋詩中，例如吳淵〈官梅亭〉「肯隨桃李競春芳」、張繼先〈庵居雜詠九首‧其二〉「庵前桃李春爭開，雪裏見花惟有梅」，真所謂「桃李爭春事，梅花笑未休」。〔註188〕宋人有意塑造桃李爭先恐後的形象用以和梅花製造反差。張孝祥〈詠梅次韻二首‧其二〉甚至用「憎」字，以對於這種反差作了強烈批判：「天與孤標不受塵，生憎桃李鬪芳新」，〔註189〕從而凸顯梅花高尚孤絕的格調。

南唐韓熙載有詠梅殘句：「桃李不須誇爛熳，已輸了風吹一半」，〔註190〕「爛熳」冠以具負面性質的「誇」字，「誇」再冠以「不須」，雙重否定桃李的美麗；接下來繼以「已輸」，說明桃李美麗卻是註定的失敗。仲春時桃李剛盛開，梅花卻在初春時已開過，這種因時序造成的以多襯少，剛好讓詩人拿來對比。衛宗武〈和野渡賦雙竹松梅古風〉述及：

> 脩然照水溪一涯，彼美梅者非凡葩。冰姿皎潔抱清獨，漫山桃李徒繁華。〔註191〕

戴復古〈題姚顯叔南嶼書院〉說到：

> 漫山桃李爭春色，輸與寒梅一點酸。〔註192〕

李彌遜〈春日同遊梅花坡分韻賦詩坡字〉載有：

> 孤芳冷蕊正明媚，卻笑桃李空繁多。〔註193〕

衛宗武、戴復古和仲并均以「漫山桃李」強調桃李開花時一大片一大片多而紛繁的景況，凡「物以稀爲貴」〔註194〕衛宗武用「徒繁華」、李彌遜則用「空繁多」說明桃李花眾多卻無足可觀。李彌遜的「孤芳」和「繁多」，戴復古的「一點」和「漫山」，均是透過兩兩對照，以桃李花數量的多，凸顯梅花的孤少而不同凡響。李彌遜譏笑「孤芳冷蕊正明媚，卻笑桃李空繁多」，明顯含輕視的意思。另外，仲并〈官滿趨朝留滯吳門即事書懷十首‧其四〉作了強烈

〔註188〕吳淵：〈官梅亭〉，倪其心、傅璇琮編：《全宋詩》，頁37029；張繼先：〈庵居雜詠九首‧其二〉，倪其心、傅璇琮編：《全宋詩》，頁 13531；戴復古：〈元日二首呈永豐劉叔冶知縣‧其一〉：「桃李爭春事，梅花笑未休」，倪其心、傅璇琮編：《全宋詩》，頁 23475。

〔註189〕倪其心、傅璇琮編：《全宋詩》，頁 27803。

〔註190〕彭定求編：《全唐詩》，頁 1065。

〔註191〕倪其心、傅璇琮編：《全宋詩》，頁 39447。

〔註192〕倪其心、傅璇琮編：《全宋詩》，頁 33590。

〔註193〕倪其心、傅璇琮編：《全宋詩》，頁 19253。

〔註194〕白居易〈小歲日喜談氏外孫女孩滿月〉：「物以稀爲貴，情因老更慈」，彭定求編：《全唐詩》，頁 5184。

的價值判斷：「漫山桃李總非材」，〔註195〕桃李多而無用，一個「總」字，更對桃李資質能力全盤否定。所謂「不作等閒桃李色」、「千山桃李盡庸人」。〔註196〕詩人透過不斷強調桃李等閒、平庸、普通，以彰顯梅花的卓絕超凡。

桃李春暖花開的物理性質向來被看作是對環境的妥協，這種依隨環境浮沉的物性決定了凡俗的命運，讓它美麗的花色也跟著變成世人所貶損的目標，於是成為反襯梅花的可用工具。除了透過時間上的落後、空間上的不協調，以及桃李爭春卻多而無用來塑造梅花高尚脫俗形象。詩人更透過「內在資質」和「徒有其表」的兩相參照，塑造梅花高標形象。張道洽〈池州和同官詠梅花‧其六〉敘述：

> 點俗那能染，孤芳只自知。肯回桃李面，要是雪霜姿。〔註197〕

透過「面」表面和「姿」資質，高下立判的對舉，進而呼應前一聯「點俗那能染，孤芳只自知」，「點俗」以反襯「孤芳」，分判雅俗。又趙蕃〈題廳後梅樹〉說：「但取冰玉姿，不遭桃李污」，〔註198〕同樣是取梅花如玉般的美質，以有別於桃李。這兩首詩分別出現「染」和「污」，再次運用貶低桃李的方式以抬高梅花的形象。還有姜特立〈劉晃之家園六詠‧其一‧梅澗〉說：「羞爭桃李豔，自是棟梁材」，〔註199〕除了說明桃李徒豔，梅花有才，更藉「羞爭」和「自是」讓梅花的內質高得那麼理所當然。卓越如梅花、平庸如桃李，這一上一下、一高一低，於是「天上冰霜清入骨，人間桃李若為容」一天一地的遠遠拉開距離。〔註200〕宋詩中梅花的高標卓越常是立基於桃李的低下平庸，所謂「天教桃李作輿臺」，〔註201〕桃李天生就該為梅花墊底，不論是從時間空間、態貌顏色，還是內在資質，桃李都是梅花最忠實的反襯。尤袤〈梅〉說「桃李真肥婢」，〔註202〕程杰也提到桃李屈膝貶損是梅花品格的薦階，宋人

〔註195〕倪其心、傅璇琮編：《全宋詩》，頁 21558。

〔註196〕張侃〈梅時往來郊外十絕‧其五〉：「不作等閒桃李色」，倪其心、傅璇琮編：《全宋詩》，頁 37156；潘良貴〈梅花‧其二〉：「千山桃李盡庸人」，倪其心、傅璇琮編：《全宋詩》，頁 20296。

〔註197〕倪其心、傅璇琮編：《全宋詩》，頁 39248。

〔註198〕倪其心、傅璇琮編：《全宋詩》，頁 30435。

〔註199〕倪其心、傅璇琮編：《全宋詩》，頁 24174。

〔註200〕楊萬里〈和張功父梅詩十絕句‧其五〉，倪其心、傅璇琮編：《全宋詩》，頁 26389。

〔註201〕蘇軾：〈再和楊公濟梅花十絕‧其二〉，倪其心、傅璇琮編：《全宋詩》，頁 9438。

〔註202〕倪其心、傅璇琮編：《全宋詩》，頁 26856。

頻繁的引入社會人倫關係的比擬：梅花是主，桃李是梅的臣僕、奴婢、皂隸、輿臺的說法不勝枚舉。這種人倫尊卑等級的比擬，進一步強調了梅和桃李等凡花的分別，不只是形象上的不同，更是精神品格上的差異。〔註203〕從唐人特色習性等物理性質的比較辨別，到宋人格調高低的品評分判，除了體現梅花審美認識的不斷深化，有效的標示梅花品格的高超、凸顯梅花的地位，更重要的是當中所展示的文化意義和社會作用。

第三節 小結

「水」是一種現成意象，自古即是士大夫淡雅清高的寫意符號，並被賦予「清」的德性標準。梅花因著跟水的伴生關係，讓水意象投射於上；再加上林逋意象的作用，水光映照梅枝或是梅影投射於水面上，除了成為士大夫德性人格的徵候，同時被運用於區分、辨明梅花個殊性，進而將它拿來作為分判雅俗的指標。

梅花在雪中綻放，跟雪具有「同時」、「抗衡」關係；因著花色、態貌跟雪也具有「擬似」、「比喻」關係。而「雪」作為困境及災難的代稱，是自古即有的現成意象。詩人透過梅花跟雪搏鬥、抗衡，大為提升梅花形象和地位。將梅花推得越高，所能運用的象徵也跟著提高。

當一種操作範式得到廣泛運用後，終遭揚棄也是無可避免的。唯恐具區別性的書寫範式屢遭因襲模仿，士大夫們不得不再次作一個群我鑑別。詩人捨棄濃筆重墨，雪的威力大幅減輕，跟梅花形成相輔相成的連繫，成了協助梅花打頭陣的先鋒，甚至向梅花妥協。文人不僅利用跟雪的同時及抗衡關係以提高梅花地位，甚至刻意改變梅雪原有物性，硬是一反前人的說法，梅花地位於是遠遠超越霜雪。

詩人並利用雪高尚純潔的現成意象，為梅花打上「清」的品質，進而作為精神人格的標榜。然而在觀看眼光不斷翻新、分判下，從原本的梅花如雪、以雪正襯梅花，進一步出現雪不如梅的書寫方式。詩人將梅花推上極高的位置，自我標舉的意圖也跟著顯露。

文人雪中觀梅，同時輔以專屬於該階層的作詩行為，這是一種外在和內

〔註203〕程杰：〈梅花的伴侶、奴婢、朋友及其他〉，《南京師大學報・社會科學版》，第 2 期（2001 年 3 月），頁 141～147。

在的相應搭配，讓精神世界落實在物質生活中，文人品味和格調從而得到有效的展演。這同時是他們區別群我的風雅追求。純粹雪中觀梅終究是端靠物質便能夠達成的行為，很容易被模仿，唯有寫詩是市井大眾永遠無法搆著的。從中可看出文人士大夫階層的刻意和焦慮。

文人將月下錯落的梅枝比喻成只剩下深黑和淺黑的墨畫，可見月下觀梅的視角在於線條，不在於花形花色，脫離了梅作為美麗花樹的物質感官條件。在月下看的是也是梅影，對虛影的關注，說明文人眼光轉向抽象性的象徵世界，這一點從他們對墨梅的喜愛也可明顯看出。不論是墨梅、夜中梅還是梅影，均抽離出梅花作為物質的原有色相，從而和通俗大眾單憑感官的視覺取向拉開距離。拋棄直觀的視角、透過迂迴的眼光，設定出與眾不同的想像空間，而這種想像必須建立於文人更深的文化根底。

文人品味不斷精緻化，繼而發展出更是細膩的「月窗觀梅」。因著窗框的邊界，而設定出的規則性，是一種高雅的遊戲形式。在固定的窗框中如何把梅想像得更美、更雅，端賴文人學養和文化底蘊。梅花以極幽微深細的姿態出現在被限制視野的窗框中，透露出文人審美眼光越偏越奇、越稀有獨特，為用盡方法的一種極致表現。

從林逋、蘇軾到陸游，梅花崇高意象已牢牢確立在宋人的精神世界中，將梅花和四時常青且具有君子象徵的修竹並提相論，基本上是一種錦上添花；但也必須承認此一舉動進一步鞏固梅花地位，成功發揮預期效果。不論是竹的物理性質還是象徵意義，都深受文人士大夫喜愛；同時也順理成章的被拿來作為菁英階層跟市井俗眾的分判指標。「竹」作為區別文人和市井、精神和物質、高雅和凡俗的符號，宋人以梅配竹，正好讓梅花崇高絕俗的精神審美特徵更加牢固。

梅花的君子形象經過林逋和蘇軾的確立後，於是跟具有君子象徵的松，在精神象徵上被同提並舉。松意象在自古以來不斷的積累中，地位崇高不可動搖，利用松這個現成意象正襯梅花，雖然是錦上添花，但對於梅花的崇高地位還是發揮加分的作用。

宋人眼中的桃李意象是負面的，用來反襯梅花便利好用。由於開花時間的重疊，所造成空間上盛開桃李花叢中混雜零星梅枝的不對等畫面，加上梅花花小色白而桃李花濃豔，進而製造出明顯反差。這種空間、色彩上的失調，對應出桃李爭先恐後的俗態，並透過「內在資質」和「徒有其表」的兩相參

照，從不斷貶低桃李來彰顯梅花。宋詩中梅花的高標卓越常是立基於桃李的低下平庸，不論是從時間空間、態貌顏色，還是內在資質，桃李都是梅花最忠實的反襯。

宋人形塑梅花崇高形象的過程，是從物理性質開始的。起自裁奪梅花跟生長環境及周邊植物的物性關係，繼而投以主觀情意而賦予象徵意義，再拿來作為自我投射的徵候及群我鑑別的符號。張戒《歲寒堂詩話》說：「言志乃詩人之本意，詠物特詩人之餘事」，〔註204〕人們根據某物的自然屬性把自我的審美取向和價值觀念附加於上，詠物詩中所吟詠的自然物象常常已經不是自然物本身，而是融注了詩人主觀情意或人格；而且隨著此一物象人文意涵的約定俗成，它的文化象徵意蘊逐漸固定化，進而被詩人回過頭來用以託物言志，甚至自我標舉。不同形象就產生不同的文化意義和社會作用，如在宋人不斷精進塑造下，梅花形象不停的變化，甚至往抽象邁進。從此梅花意象成了士大夫和大眾的鑑別指標，也成了士大夫和士大夫間的進益分判準據。

文人士大夫追求跟林逋一樣的精神境界，但精神是看不到的，唯有運用看得到的生活物質來表現；精神追求和外在的觀物必須互相配合，在不可捉摸的精神境界上得有一個對應物、一個符號。不論再高尚、再抽象的精神追求，最後還是要回到物質、回到現實世界。文人士大夫無論是水邊種梅、雪中觀梅、月窗觀梅、竹梅相配、松梅並種，意圖均十分明顯。除了在文學上建構梅花崇高形象，同時也必須在現實生活中實踐。換句話說，物質生活中的實踐即是樹立實體象徵。精神象徵和自我標榜必須透過真實的空間和實物，才能向世人展演，進而產生有效的文化意義和社會作用。這個精神對應物除了必須是崇高的極致，同時也得不斷翻新變化著。

〔註204〕張戒：《歲寒堂詩話》，收錄於《叢書集成新編》，第78冊，頁707。

第五章　縮結於宋代梅花詩中的梅花形象

　　宋代文人士大夫的出身常來自於庶民階層，他們一方面浸淫在物質生活中，相當了解庶民對於梅花的運用和梅花在市井中的位置和形象；一方面基於對這種現實面的深入了解，加上他們對身分的自覺，當跟世俗大眾的界線漸漸模糊的時候，便引發他們心理上的焦慮，於是積極想擺脫這種物質的、感官的需求，進而從它的反向著手，致力於跟物質感官拉開距離，積極展開對於精神審美的尋索。從第四章可看出，梅花所承載的情感意念不只像第三章那樣是實際物質生活的反映，而是士大夫進階所刻意形塑的崇高形象及其象徵。詩作中所投射的可能是想像，也可能是他們正在實踐的東西。不論如何，當中的敘述比較眞實的生活景況多了大量的刻意性。爲了跟世俗大眾的物質生活作分判，進而將梅花意象推向一種抽象的精神表徵，同時展現出對崇高人格的渴望。但梅花的形象是多元的，崇高形象僅爲梅花被造形歷程中的終點。也就是爲梅花造形的過程中難免要經過一些嘗試，可能是一開始就有意識的爲梅花塑造崇高形象，也可能當中經過一個不自覺的階段。換句話說，從理上來看梅花被塑造成君子形象象徵文人士大夫高標的精神人格，就是爲梅花造形歷程中的終點，已達到最極致。在造形的過程中，可能有人一開始就構設出崇高形象，可能也有人還停留在一般形象（非崇高形象），只是從理上來看崇高形象是最極致了，沒有任何形象能夠超過它；但事實上各種形象是同時存在的，也有可能是前後次序顛倒的。從第四章可知梅花的崇高形象是藉由各種文學技巧和語境的營造所刻意呈現的，也就是說梅花的崇高形象是透過迂迴轉折而產生的。可見這是一個被設定好的目標，但在被塑造

的過程中應當是多種形象並存的。

文人士大夫為了追求崇高的美感意境，於是靠著不斷精進的技巧刻意為梅花造形，在這樣的過程中其實也製造出梅花崇高以外的形象及其象徵。當表現技巧持續提升的同時，梅花詩數量也就跟著大量增加，梅花形象也就越顯豐富。梅花已進入文學作品更細緻的造形情況，本章就透過物理形象及人物形象二個路徑，試為條理、探析梅花在宋詩中縮結的各種形貌樣態。

第一節　物理形象

宋代詠梅名句首推林逋的「疏影橫斜水清淺，暗香浮動月黃昏」，〔註1〕雖然杜甫早在〈舍弟觀赴藍田取妻子到江陵喜寄三首·其二〉就說：「巡檐索共梅花笑，冷蕊疎枝半不禁」，〔註2〕但一般認為是林逋開啟宋人觀梅的新視角；〔註3〕然而「摹寫香與影，計君已厭聞」，〔註4〕大家爭相仿效下，也因此製造出一種刻板印象，以為「疏影」、「暗香」是宋人筆下的梅花全貌。宋代梅花詩數量在歷代稱冠，梅花形象理當不會如此單一而侷限。筆者考察《全宋詩》發現，除了疏影、暗香以外，從枯枝、冷蕊、滿開、殘落到著實，均可入詩。宋伯仁也有《梅花喜神譜》從蓓蕾、小蕊、大蕊、欲開、大開、爛漫、欲謝、就實等過程，形象的繪出一百幅不同姿態、樣貌的梅花，每幅配有題名和五言詩一首。〔註5〕宋人觀看梅花的視角是全面性的，誠如王銍〈梅花·其一〉所提及的：

> 孤高來處自天人，末上常先萬物新。不有大寒風氣勢，難開小朵玉精神。冰溪影鬪斜斜月，粉鏡粧成澹澹春。直伴東風到青子，多情不逐雪成塵。〔註6〕

〔註1〕林逋：〈山園小梅二首·其一〉，倪其心、傅璇琮編：《全宋詩》（北京：北京大學，1991年），頁1218。

〔註2〕彭定求編：《全唐詩》（北京：中華，2003年），頁2541。

〔註3〕程杰提出以「疏」字狀梅，杜甫才是第一人。程杰：〈杜甫與梅花〉，《北京林業大學學報》，S1期（2015年），頁90～93。

〔註4〕陸游：〈宿龍華山中寂然無一人方丈前梅花盛開月下獨觀至中夜〉，倪其心、傅璇琮編：《全宋詩》，頁24449。

〔註5〕宋伯仁：《梅花喜神譜》，收錄於《叢書集成新編》，（臺北：新文豐，1985年），第52冊，頁636～649。

〔註6〕倪其心、傅璇琮編：《全宋詩》，頁21308。

這從梅花看似枯索卻蘊含生命力的頂梢，寫到冷蕊疏花，寫到最燦爛的樣貌，最後結成青子，同時也花落成塵，已能概括描繪梅花物理形象及所處環境，並讚美它的生命品質。但以往研究者的目光常停留在梅花疏影、暗香及早開習性，較少注意到梅花在宋詩中的其他樣貌。本節就從物理角度，透過梅花的外觀和特性，探析它在宋詩中的各種物理性形象，試為鋪展梅花在宋代文人士大夫眼中的概貌，並全面考察他們觀看梅花的方式及態度。

一、愛疏愛淡愛枯枝／枯枝

中國很早就有書寫「枯枝」的傳統，漢代蔡邕〈飲馬長城窟行〉說：「枯桑知天風，海水知天寒」，〔註7〕缺少葉片覆蓋的枝條，裸露在風中，對氣候的感受力格外深刻，這一份凜冽彷彿銘烙於身，幾乎凍透骨髓。寒冷使人清醒，而外在的枯索使內心更加明澈。陶潛〈雜詩十二首・其七〉說：「寒風拂枯條，落葉掩長陌」，〔註8〕「寒」和「枯」並舉，冷寂而蕭條，空虛感油然而生。「寂」和「淨」是一種美感，一切背景退出，才能凸顯枯枝的形態。元稹〈清都夜境〉說：「纖埃悄不起，玉砌寒光清。棲鶴露微影，枯松多怪形。」〔註9〕極安靜、極清明的夜裡，枯松形影顯露怪奇的美感。文人始終嫻熟於枯索的美，如常建〈古興〉也提到：「突兀枯松枝，悠揚女蘿絲」，〔註10〕枯松因為突兀而顯得卓絕不凡，和女蘿對舉益發孤峭挺拔。

冷逸、平淡是宋代文人普遍的審美追求，他們常將欣賞枯枝的審美觀運用在梅花上。張道洽〈梅花二十首・其十九〉就提及宋人的審美取向：

> 愛疏愛淡愛枯枝，已愛梅花更愛奇……
>
> 世上非無好顏色，詩人所賞是風姿。〔註11〕

宋人觀看梅花不在它的花形、花色，而重視它的寂淨、平淡、冷逸、孤峭等內蘊特性。從這樣的視角出發，進而在詩作中多有呈現。例如陳巖〈梅花峰〉說：「僵立枯梢帶雪霜，至今陰極動潛陽。不嫌孤寂無人到，一點春風萬壑香」；曾丰〈梅・其三〉說：「受命於天已背時，形模骨相歲寒姿。馨香事業清風覺，

〔註7〕　丁仲祜編：《全漢三國晉南北朝詩》（臺北：藝文，1983年），頁91。
〔註8〕　丁仲祜編：《全漢三國晉南北朝詩》，頁630。
〔註9〕　彭定求編：《全唐詩》，頁4478。
〔註10〕　彭定求編：《全唐詩》，頁1458。
〔註11〕　倪其心、傅璇琮編：《全宋詩》，頁39252。

枯淡生涯皓月知」。〔註12〕唯一和梅花僵立枯梢相襯的是冰雪寒霜，是皓皓冷月。詩人將梅花早開，看作是「背時」、是承受天命，於是賦予它「驕傲」的人格特質。透過上面所引詩作，用來形容梅花枯枝的「槁」、「僵」、「冷」、「淡」、「孤」，可以發現跟張道洽所提出的審美觀是扣合的。文人士大夫所欣賞的「風姿」是來自於梅枝的冷淡枯索。

這份美感所以受到青睞，除了基於它能作為孤高的象徵，還有那看似冷寂乾槁中所蘊藏的生命力。王炎〈次韻朱晦翁十梅・枯梅〉形容：「虬根蝕土石，老幹飽霜雪」，〔註13〕經過時間累積所聚集而成的能量，蘊藏在梅花蜷曲如鬚髯的根部，並深深嵌入土石中，這就是它頑強生命力的來源。戴復古〈得古梅兩枝〉說：「似枯元不死，因病反成奇」；楊萬里〈次秦少游梅韻〉說：「南枝外槁中不槁」，〔註14〕恰好表明宋代文人士大夫「外枯而中膏，似淡而實美」的思維。〔註15〕燦爛是凋敗前的尾聲，冷寂則是生機的肇始，誠如方蒙仲〈和劉後村梅花百詠・其十七〉所詠：「從知枯淡芬芳遠，自古榮華朽腐多」。〔註16〕宋人的哲思蘊含於空淡寂寞的枯枝中，也因此在描寫枯枝的同時常常連繫著「疏花」，例如馬知節〈枯梅〉說：「斧斤戕不死，半蘚半枯槎。寂寞幽巖下，一枝三四花」；張道洽〈池州和同官詠梅花・其三〉說：「半枯頑鐵石，特地數花生」。〔註17〕枯索中所暗藏斧斤戕伐不死的生命力，透過幾朵蓓蕾展現出來。

二、花三兩點少為奇／冷蘂

看似失去生機的枯枝，實乃生命力的蓄勢待發，例如項安世〈答陳江州和少游梅花韻見寄〉說：「葉似枯疏元不槁」；戴復古〈歲暮書懷寄林玉溪・其一〉也說：「枯梅強作花」；楊公遠〈冬晴〉更說：「庭前問訊枯梅樹，怕有

〔註12〕陳巖：〈梅花峰〉，倪其心、傅璇琮編：《全宋詩》，頁 43301；曾丰：〈梅・其三〉，倪其心、傅璇琮編：《全宋詩》，頁 30278。

〔註13〕倪其心、傅璇琮編：《全宋詩》，頁 29823。

〔註14〕戴復古：〈得古梅兩枝〉，倪其心、傅璇琮編：《全宋詩》，頁 33541；楊萬里：〈次秦少游梅韻〉，倪其心、傅璇琮編：《全宋詩》，頁 26102。

〔註15〕蘇軾：〈評韓柳詩〉，收錄於曾棗庄、劉琳編：《全宋文》（上海：上海辭書，2006 年），第 89 冊，頁 264。

〔註16〕倪其心、傅璇琮編：《全宋詩》，頁 40054。

〔註17〕馬知節：〈枯梅〉，倪其心、傅璇琮編：《全宋詩》，頁 45200；張道洽：〈池州和同官詠梅花・其三〉，倪其心、傅璇琮編：《全宋詩》，頁 39247。

南枝綻玉英」。﹝註18﹞當詩人注視著葉片全數落光的枝幹，欣賞它的空淡孤峭，也同時期待花苞的出現。楊公遠〈梅花五首・其二〉認為能夠搭配枯枝老境美的就是疏淡冷蕊：「樹百千年枯更好，花三兩點少為奇」。﹝註19﹞如本節開頭時所提，最早發現梅花疏蕊著枝的美感並以「冷蕊」指稱的是杜甫，但唐人多喜愛花瓣重疊繁複，色彩濃重豔麗的牡丹，相形下梅花顯得單薄，但也因著這份單薄更顯出與眾不同。後來「冷蕊」被宋人大量使用，他們除了關注一片枯寂中所冒發的生命力，「蕊」的前面冠以「冷」字，益發孤寒，更能呼應枯枝的硬瘦遒勁，例如朱熹〈元範尊兄示及十梅詩，風格清新意寄深遠，吟玩累日欲和不能，昨夕自白鹿玉澗歸偶得數語・枯梅〉說：「樛枝臥龍蛇，冷蕊綴冰雪」。﹝註20﹞

　　詩人運用觸覺詞：「冷」來形容梅花色白，讓原本就冒寒而開的梅花再疊加一重寒意。寒意則能逼顯出堅忍峭絕，加上和「冷」所連繫的意象常是寂淨而孤獨，例如周紫芝〈次韻道卿梅花長句〉中的描寫：「冷蕊依然在空谷，何人重傍少陵籬」，﹝註21﹞「空谷」代表人跡罕至，「何人」意味沒有人。王柟〈觀梅〉則認為能搭配冷蕊的背景也是蕭然空寂的：

> 誰見梅花正發時，江天雪意欲垂垂。疏枝冷蕊春無幾，斷水殘雲意自奇。﹝註22﹞

春天甫始，還不到仲春的花團錦簇，淡淡的、不甚明顯的生機悄悄醞釀著。仍舊寒冷的氣候下，能破寒而開的畢竟是少數，「冷」字很能說明花朵的稀少；因為稀少而顯得珍貴不凡，正所謂「花疏格轉清」。﹝註23﹞當枝條上綴滿花朵，燦爛卻繁雜，熱鬧但喧擾，花朵密密的擠在枝條上，不如三、四朵稀疏綻放，各自展現獨特姿態。仇遠〈窗外梅方開〉用「孤」形容梅花的根：「冷蕊疏堪數，孤根穩不移」，﹝註24﹞稀疏的冷蕊其實也是孤獨單薄的。

　　宋人喜歡談梅花的「枯」、「冷」，以枯為高，以少為奇，在看似蕭索、看

﹝註18﹞項安世：〈答陳江州和少游梅花韻見寄〉，倪其心、傅璇琮編：《全宋詩》，頁27229；戴復古：〈歲暮書懷寄林玉溪・其一〉，倪其心、傅璇琮編：《全宋詩》，頁33507；楊公遠：〈冬晴〉，倪其心、傅璇琮編：《全宋詩》，頁42102。
﹝註19﹞倪其心、傅璇琮編：《全宋詩》，頁42062。
﹝註20﹞倪其心、傅璇琮編：《全宋詩》，頁27603。
﹝註21﹞倪其心、傅璇琮編：《全宋詩》，頁17239。
﹝註22﹞倪其心、傅璇琮編：《全宋詩》，頁30368。
﹝註23﹞張道洽：〈池州和同官詠梅花・其一〉，倪其心、傅璇琮編：《全宋詩》，頁39247。
﹝註24﹞倪其心、傅璇琮編：《全宋詩》，頁44181。

似單薄的表象下，實有更深層的蘊藉。誠如趙蕃〈探梅〉說：「石上生梅老未枯，著花雖少更敷腴」，〔註25〕這跟蘇轍〈子瞻和陶淵明詩集‧引〉所提到：「質而實綺，癯而實腴」的審美觀互相呼應。〔註26〕質樸中寓華美、平淡中顯豐滿就是宋人對美感的追求，這種追求充分表現在觀看梅花上，范成大《梅譜》所提：「貴稀不貴繁，貴枯不貴腴，貴含不貴開」，〔註27〕就是最貼切的註解。另外，就如本論文第四章第一節述及宋人對於梅花的觀看視角總是反映於畫作中，花光仲仁的墨梅可說是當中的代表。華鎮〈南嶽僧仲仁墨畫梅花〉對於花光墨梅這種運密入疏，寓濃於淡的審美路徑有一番詮釋：

> 世人畫梅賦丹粉，山僧畫梅勻水墨，淺籠深染起高低，烟膠翻在瑤華色。寒枝鱗皺節目老，似戰高風聲漸瀝。三苞兩朵筆不煩，全開半含如向日……禪家會見此中意，戲弄柔毫移白黑。〔註28〕

花光不使用丹青鉛粉，單以墨渲染，說明文人畫梅的樸拙取向，以深淺墨色表現寒枝凹凸陰陽感及線條、紋理，甚至是交接而紋理纏結的地方，呈現出枝幹的枯老遒勁，並以簡約筆法點染疏淡的花朵及蕊苞。誠如王惲〈跋楊補之墨梅後〉所評：「花光梅，在前宋爲第一賞之者，至有頭傳來往之語；及補之一出，變苦硬爲秀潤。」〔註29〕花光墨梅的苦硬展現出枯枝的遒健、疏蕊的孤冷。同時由劉克莊〈跋花光梅〉所說：「補之畫梅花尤宜巨軸，花光則不然，直以矮紙稀筆作半枝數朵，而盡畫梅之能事」，〔註30〕可知花光也透過篇幅的短小和筆墨稀淡，來呈現疏殘、空冷、蕭索的美感取向。誠如陳瓘〈花光仁禪師以墨戲見寄以小詩致謝〉所論：「禪心已出包區宇，墨海翻騰作雪梅」，〔註31〕不泥於表象形似的枯枝冷蕊，所展現的是高遠禪機逸趣，正是宋人的審美觀。

　　挺立於嚴冬的枯枝和破寒而開的冷蕊所承載的那份空寂，除了映現出詩人的遁隱高情，同時是人心神清靈明覺的開始。有論者提到通常溫熱容易令

〔註25〕倪其心、傅璇琮編：《全宋詩》，頁30784。

〔註26〕蘇轍：〈子瞻和陶淵明詩集引〉，收錄於曾棗莊、劉琳編：《全宋文》，第95冊，頁244。

〔註27〕范成大：《梅譜》，收錄於《叢書集成新編》，第44冊，頁120。

〔註28〕倪其心、傅璇琮編：《全宋詩》，頁12313。

〔註29〕王惲：《秋澗集》，收錄於《文津閣四庫全書》（北京：商務，2006年），第1205冊，頁293。

〔註30〕劉克莊：〈跋花光梅〉，收錄於曾棗莊、劉琳編：《全宋文》，第329冊，頁406。

〔註31〕倪其心、傅璇琮編：《全宋詩》，頁13473。

人昏沉、煩躁、濁滯；寒涼則讓人清醒、收束、明淨。在寒涼的環境中，人不但需要堅忍不拔的毅力以面對環境的各種挑戰，而且在凜冽中，人則會向內收束縮歛，保有清醒的頭腦和振作精神。寒氣冷風跟身體接觸，造成生理反應，先是肌膚上的洗滌，消除垢濁，而後冷氣透入體內，滌盪五臟六腑。身心的汙垢滌淨後，人自然遠離塵俗。〔註32〕葉嘉瑩也說孤獨寂寞寒冷的感覺能襯托出晶瑩透明純潔的品質。〔註33〕宋人喜歡說梅花高標不俗，枯枝冷藥的形象及其象徵是一個很重要的關鍵因素。

三、今日來看花滿林／滿開

　　宋人喜歡歌詠枯枝上三兩冷藥，但隨著天候轉暖，藥苞漸漸綴滿枝條，甚至密密麻麻的將枝幹全包裹住，也是十分自然的。楊萬里〈正月三日驟暖多稼亭前梅花盛開四首・其二〉提到：「絕愛西湖疏影詩，要知猶是未開時。如今開盡渾無縫，只見花頭不見枝。」〔註34〕由這首詩可知宋人欣賞梅的枯枝蓓蕾，也沒有忽視梅花盛開時的燦爛光華。誠如方岳〈雪後梅邊・其七〉說：「一枝密密一枝疏，一樹亭亭一樹枯。月是毛錐煙是紙，爲予寫作百梅圖。」〔註35〕好個「百梅圖」，說明梅花姿態樣貌的多元性，枯枝、冷藥只是當中一個面向而已。趙蕃〈梅花六首・其六〉吟詠梅枝的瘦和花朵的疏所呈現的局部美：「全樹婆娑夥匪奢，數枝纖瘦少尤佳」，〔註36〕但一方面也指出觀梅的另一個不同視角：「全樹婆娑」。〔註37〕除了欣賞單棵茂盛的梅樹，楊萬里〈正月三日驟暖多稼亭前梅花盛開四首・其三〉提供更寬的視野：「初開猶見蒂和心，今日來看花滿林」，〔註38〕一整座梅林盡收攝於詩人眼底。畢竟枯枝疏藥只是當中一個歷程，隨著時間推移，梅花必然走到滿開甚至是搖落。即便枯枝疏藥所象徵的冷逸孤高是文人士大夫愛不釋手的，但也不可能闔上雙眼，無視於另一種狀態的存在。陳與義〈醉中至西徑梅花下已盛開〉對梅花盛開

〔註32〕侯迺慧：《詩情與幽境——唐代文人的園林生活》（臺北：三民，1991年），頁345。
〔註33〕葉嘉瑩：《唐宋名家詞賞析》（臺北：大安，2007年），頁37。
〔註34〕倪其心、傅璇琮編：《全宋詩》，頁26227。
〔註35〕倪其心、傅璇琮編：《全宋詩》，頁38272。
〔註36〕倪其心、傅璇琮編：《全宋詩》，頁30917。
〔註37〕郭璞注《爾雅》：「如松柏曰茂」，由該句下郭璞注：「枝葉婆娑」，可知「婆娑」解爲茂盛的樣子。收錄於《叢書集成新編》，第37冊，頁590。
〔註38〕倪其心、傅璇琮編：《全宋詩》，頁26227。

有貼切的描寫：

> 梅花亂發雨晴時，褪盡紅綃見玉肌。醉中忘却頭邊雪，橫插繁枝歸竹籬。〔註39〕

由「亂發」可知梅花破蕚急切，甚至到了無條理無秩序的地步；「亂」字極言花開繁多，同時洩露出它的急躁。陸游〈正月六日作〉形容梅花滿開的盛況：「今年立春七日耳，暖景溫風何迫促……山坡梅花常恨晚，一夕開盡如雪谷。」〔註40〕立春才七日，大地就迅速回暖，梅花不可能永遠停留在疏蕚階段，於是一夕間悉盡綻放，開得多、開得密，好似白雪填滿整座山谷。楊萬里〈多稼亭前兩株梅盛開〉的梅花開得滿枝滿蕚：「花頭密密紛無數，蕚蕚枝枝砌成樹」，〔註41〕透過疊字「密密」、「蕚蕚」、「枝枝」急促的節奏，梅花更是開得迫不及待。除了用急促的步調來呈現梅花盛開的視覺畫面，同時詩人也運用嗅覺來側寫。例如蔡襄〈十一月後庭梅花盛開・其二〉說：「日暖香繁已盛開，開時曾遶百千迴」；楊萬里也道及：「國香萬斛量不盡」。〔註42〕花開得過於茂密，香氣濃到似乎產生了形象和容量，而且一層層的疊加，呈現出繁複的態貌。

上面所引陳與義和蔡襄的詩作，當中同時透露出作者在這花團錦簇、目不暇給的盛況中，想要抓住些什麼的心思：「開時曾遶百千迴」、「橫插繁枝歸竹籬」。春光難以把握，即便流連花下或是將花攀折攜回，也無補於花落委地的自然法則，詩人卻仍固執的將花枝插滿頭。王洋〈王亞之元夕招客庭下紅梅兩株相對盛開〉則洩漏自己對於春色的不放手：「君家不種通神錢，只種春色留庭前。庭前春色誰最妍，二女解珮來江邊。」〔註43〕春色如江邊的「二女解珮」無從把握，一個「留」字表達了無限的惋惜。另外，在梅花盛開時要佐以歌舞、美酒，例如王洋〈貴溪尉廳黃梅盛開濃香豐豔非凡品，可及尉坐此速招客因成小詩戲之〉的敘述：「歌酬花意醉酬春，笑口相逢可厭頻」，〔註44〕從詩題和詩作內容知道詩人要把握美景及時行樂，唯恐辜負

〔註39〕倪其心、傅璇琮編：《全宋詩》，頁19525。
〔註40〕倪其心、傅璇琮編：《全宋詩》，頁24930。
〔註41〕倪其心、傅璇琮編：《全宋詩》，頁26228。
〔註42〕蔡襄：〈十一月後庭梅花盛開・其二〉，倪其心、傅璇琮編：《全宋詩》，頁4795；楊萬里：〈多稼亭前兩株梅盛開〉，倪其心、傅璇琮編：《全宋詩》，頁26228。
〔註43〕倪其心、傅璇琮編：《全宋詩》，頁18961。
〔註44〕倪其心、傅璇琮編：《全宋詩》，頁19020。

花朵的濃香豐豔。張舜民〈舟行湘岸見早梅盛開〉也反映出這樣的心態：「急急呼兒覓酒盃」，〔註45〕一個「急」字，透露對於花開花謝的不安。歌詠梅花盛開的詩作中出現「留」、「急」，不難看出詩人對於好景不常的恐懼。呂南公〈和道先從義同過張掾梅花下飲〉述及：「飛飛落梅英，繞座不待折」，〔註46〕越是美好燦爛的事物，消逝得也就越加迅速，在欣喜於梅花盛開的同時，就必須承受它的殞落。

四、玉頰香肌委塵土／搖落

　　梅花的盛開和搖落本來就是同時進行著，方蒙仲〈盛開梅・其二〉直接指出：「十分香色十分清，搖落都從盛處生」，〔註47〕枯枝、疏蕊、滿開、搖落是一個自然歷程。氣候變化無從掌握，一下子回暖得太快，一下子大風襲過，梅花於是跟著滿開、也跟著搖落。陸游〈春初驟暄一夕梅盡開明日大風花落成積戲作〉述及：「殘梅零落不禁吹，眞是無花空折枝」，〔註48〕由詩題可知梅花開得急、落得快，倏忽間滿地堆積，富於視覺衝擊力令人驚心動魄，詩作內容則以「零」和「空」形容梅花消逝的情景和詩人的不捨情懷。楊萬里〈風急落梅〉用急而強的風速側寫梅花不勝摧折：「梅花已是不勝瘦，無賴東風特地粗」，〔註49〕詩題中的「急」形容風快而猛烈，同時暗示著梅花由盛開到殘敗的迅速，這是在時間上和風無法對抗；詩作內容中的「瘦」和「粗」則是梅花在形體上和風的無法對抗。鄧肅〈落梅二首・其一〉形容風吹落梅：「一夕狂風雨萬英」，〔註50〕一夕開花一夕殞落，有種美好事物，還來不及欣賞就已缺敗的壓迫感。梅花在時間、空間上均無法跟風對抗，劉克莊〈落梅・其二〉就描述到詩人對風的敏感：「昨夜尖風幾陣寒，心知尤物久留難。枝疏似被金刀剪，片細疑經玉杵殘。」〔註51〕夜裡，詩人在室內聽到風聲以及風帶來的涼意，就聯想到銳利的刺痛感，因此說成「尖風」，於是忖度梅花的不堪承受，在「剪」和「殘」中滿是詩人的心疼和不捨，零落殘敗的樣子宛如被利刃截斷、遭棒棍擊害；「杵」同時有捅、突刺的意思，讓人不禁爲梅花的

〔註45〕倪其心、傅璇琮編：《全宋詩》，頁 9683。
〔註46〕倪其心、傅璇琮編：《全宋詩》，頁 11804。
〔註47〕倪其心、傅璇琮編：《全宋詩》，頁 40053。
〔註48〕倪其心、傅璇琮編：《全宋詩》，頁 24931。
〔註49〕倪其心、傅璇琮編：《全宋詩》，頁 26235。
〔註50〕倪其心、傅璇琮編：《全宋詩》，頁 19679。
〔註51〕倪其心、傅璇琮編：《全宋詩》，頁 36171。

凋落而產生隱隱的痛感，於是越發詩人的難捨情懷。面對美好的情景人們總是特別想緊緊抓握住，但越是執著於抓住，越是得面對消失的落寞。

　　劉克莊〈落梅·其一〉以誇張的方式，道出落梅的驚人數量：「可堪平砌更堆牆」。〔註52〕不過，詩人筆下的落梅形象即便衰殘且堆積滿地，卻仍然美好。甫離枝幹的花朵質地和色澤尚且維持著，「痛叱山童持帚去，苛留野客坐苔看」，〔註53〕詩人禁止將它掃起，是爲了留住最末了的晶瑩。「忍看卷地隨風去，不忍兒童掃亂零」，〔註54〕只有「卷地隨風去」才能夠保留一些美好的想像空間，倘若是讓不解風情的童僕掃起便是對美感的破壞，反過來如果是像潘牥〈落梅〉所敘述的和泥落地就實在不堪：

> 一夜風吹恐不禁，曉來冷落已殷殷。忍看病鶴和苔啄，空遣饑蜂繞
>
> 竹尋。稚子躊躇看不掃，老夫索莫坐微吟。窗前最是關情處，拾片
>
> 殷勤嗅掌心。〔註55〕

詩人唯恐落梅淪爲「病鶴」、「饑蜂」的食物，在它最後的身影前徘徊悼念，甚至掬起殘英，捧在掌心；「嗅」具象化詩人的懇切和繾綣，以及心中滿滿的傷逝感。縱使張鎡〈千葉黃梅歌呈王夢得張以道〉故作瀟灑：「吾曹恥作兒女愁，何如且插花滿頭。一盞一盞復一盞，坐到落梅無始休。」〔註56〕話說流連於這種感傷情懷是狹隘的，但仍舊無法自拔的陷入當中。郭祥正〈又同賞落梅二首·其二〉說：「誰惜東園玉樹空，且攜樽酒與君同」。〔註57〕梅花已經悉盡落光，終歸虛空，一個「惜」充滿著不捨情緒，以及對時間點滴流逝的敏感。詩人將情懷寄託在酒杯中，酒是很奇妙的東西，如上所述看到梅花

〔註52〕劉克莊〈落梅·其一〉：「一片能教一斷腸，可堪平砌更堆牆。飄如遷客來過嶺，墜似騷人去赴湘。亂點莓苔多莫數，偶黏衣袖久猶香。」倪其心、傅璇琮編：《全宋詩》，頁36170。這首詩最末聯「東風謬掌花權柄，却忌孤高不主張」兩句被言事官李知孝等人指控爲「訕謗當國」，於是劉克莊獲罪並被罷職。劉克莊著，辛更儒校注：《劉克莊集箋校》（北京：中華，2011年），頁7728～7731。劉克莊〈病後訪梅九絕·其一〉自己也說：「夢得因桃數左遷，長源爲柳忤當權。幸然不識桃并柳，却被梅花累十年。」倪其心、傅璇琮編：《全宋詩》，頁36276。梅花詩禍在詩人心中留下很深的陰影，〈跋楊補之墨梅〉他又說：「予少時有落梅詩，爲李定舒亶箋注，幾陷罪罟。後見梅花輒怕，見畫梅花亦怕。」收錄於曾棗庄、劉琳編：《全宋文》，第329冊，頁196。

〔註53〕劉克莊：〈落梅·其二〉，倪其心、傅璇琮編：《全宋詩》，頁36171。

〔註54〕釋居簡：〈落梅〉，倪其心、傅璇琮編：《全宋詩》，頁33086。

〔註55〕倪其心、傅璇琮編：《全宋詩》，頁39206。

〔註56〕倪其心、傅璇琮編：《全宋詩》，頁31543。

〔註57〕倪其心、傅璇琮編：《全宋詩》，頁8961。

盛開時要喝酒助興，而梅花殘落時也要喝酒同哀，其實不論助興還是哀悼，所觀照的對象都是詩人自己。

五、落盡繁花有青子／著實

從上面引述的詩作可知，對於梅花搖落，詩人充滿不捨，也時常表達花落就實的遺憾，例如郭印〈落梅〉說：「唯有江梅都委地，只留青子調殘紅」；周紫芝〈次韻答春卿尋梅〉也說：「怕看落地白雪滿，便恐綴枝青子繁」。〔註58〕梅實青子來自於花朵的凋謝，詩人將對花朵的留戀投射於上，進而讓青子形象變得消極，例如陸游〈園中賞梅二首・其一〉嘆到：「慰眼紅苞初報信，回頭青子又生仁」；劉辰翁〈冬景・聊寄一枝春〉也嘆到：「若待青青子，尋芳計已遲」。〔註59〕青子成了來不及惜取芳踪的代號。但花褪實成，本是自然造化的道理。王炎〈次韻朱晦翁十梅・落梅〉呈現了另一種觀看方式：

幽人自愛花，花落恨岑寂。豈悟化工意，褪花方著實。〔註60〕

枯枝、冷蘂、盛開、搖落，進而著實，盛衰消長乃事物恆常的道理，陶潛〈飲酒二十首・其一〉說：「衰榮無定在，彼此更共之。」〔註61〕在衰中寓榮，榮中有衰，宋人欣賞梅花的枯枝，是基於衰榮相共的認知，與其惋惜、感嘆花落，不如用另一種眼光觀照青青梅實。世人常嘆繁花落盡，但趙蕃的「落盡繁花有青子」，〔註62〕透過「盡」和「有」的對舉，讓「落盡」那種全部完結、全部終止的狀態，突然急轉直上，開闢新境。梅花凋殘並不代表消失，反而以另一種姿態展現生機。李綱〈葉夢授送家園梅花且以絕句十五章見示次其韻・其十二〉述及：「莫訝落英飄萬點，待看青子綴疏枝」，〔註63〕從梅花風姿綽約到落英萬點，最後結成青子，一個「待」字，透露期望和等候；顧逢〈落梅〉也說：「莫歎凋殘去，曾誇爛熳時……看取成青子，何嘗生意衰。」〔註64〕爛漫奪目的花朵和樸質無華的青子，都是生命力的表現。宋人欣賞枯

〔註58〕郭印：〈落梅〉，倪其心、傅璇琮編：《全宋詩》，頁18741；周紫芝：〈次韻答春卿尋梅〉，倪其心、傅璇琮編：《全宋詩》，頁17143。

〔註59〕陸游：〈園中賞梅二首・其一〉，倪其心、傅璇琮編：《全宋詩》，頁24505；劉辰翁：〈冬景・聊寄一枝春〉，倪其心、傅璇琮編：《全宋詩》，頁42492。

〔註60〕倪其心、傅璇琮編：《全宋詩》，頁29823。

〔註61〕丁仲祜編：《全漢三國晉南北朝詩》，頁620。

〔註62〕趙蕃：〈折梅贈答二首・其二〉，倪其心、傅璇琮編：《全宋詩》，頁30798。

〔註63〕倪其心、傅璇琮編：《全宋詩》，頁17774。

〔註64〕倪其心、傅璇琮編：《全宋詩》，頁40012。

枝冷蕊呈現看似空寂乾索卻蓄勢待發的生機，在這裡李綱說「青子綴疏枝」，透過對梅子的觀照，展現出豪華落盡卻生意仍存的意興。周端常〈梅林〉認為：「且道將軍能止渴，正應宰相作和羹」，〔註65〕青青梅實本是生機和希望的展現，再輔以「鹽梅和羹」及「望梅止渴」典故，造就梅子的實用價值。例如張耒〈梅花〉說：「調鼎自期終有實，論花天下更無香」；朱熹〈伏讀秀野劉丈閒居十五詠謹次高韻率易拜呈伏乞痛加繩削是所願望‧其十五〉說：「綠陰青子明年事，眾口驚嗟鼎味新」；高鵬飛〈次王元吉詠梅〉說到：「只應臘結青青子，調鼎功夫看後來」，〔註66〕連結到宰輔權要的協理國事，屬事功的一面，梅花的仕宦象徵十分明顯。宋伯仁《梅花喜神譜‧序》也對此表示肯定：「是花也，藏白收香，黃傅紅綻，可以止三軍渴，可以調金鼎羹。此書之作，豈不能動愛君憂國之士，出欲將、入欲相，垂紳正笏，措天下於泰山之安。今著意於雪後園林才半樹，水邊籬落忽橫枝，止為凍吟之計，何其捨本而就末。」〔註67〕甚至認為梅花的仕宦象徵才是本，過於強調隱逸象徵就是捨本就末。

所謂「整體比個別部分的總和為大」。〔註68〕宋人在詩作中局部描寫枯枝、冷蕊、滿開、搖落和著實，同時也沒有忽略對梅作整體的把握。例如范仲淹〈又和賞梅〉述及：「隴頭欲寄交情遠，林下初逢病眼開。必若和羹有遺味，花王應亦命公台」；又如胡寅〈再和‧其三〉說到：「今年花是去年梅，又對春風一笑開。不似飛霙能頃刻，香中更有和羹才」。〔註69〕范仲淹和胡寅的詩作都以短短四句將梅花從特殊習性、外在姿態，寫到梅的實用價值。而誠如這二首詩作所提到的，調味功能「和羹」往往被過渡到仕宦象徵。劉克莊〈二疊‧其一〉則對這種現象頗有微詞：「且須憐意著芳潔，纔說和羹俗了渠」，〔註70〕認為這樣讓梅花落了俗流。梅花因早開而形成枯枝、冷蕊，所被

〔註65〕倪其心、傅璇琮編：《全宋詩》，頁38800。

〔註66〕張耒：〈梅花〉，倪其心、傅璇琮編：《全宋詩》，頁13216；朱熹：〈伏讀秀野劉丈閒居十五詠謹次高韻率易拜呈伏乞痛加繩削是所願望‧其十五〉，倪其心、傅璇琮編：《全宋詩》，頁27525；高鵬飛：〈次王元吉詠梅〉，倪其心、傅璇琮編：《全宋詩》，頁37054。

〔註67〕宋伯仁：《梅花喜神譜》，收錄於《叢書集成新編》，第52冊，頁636。

〔註68〕姚一葦：《審美三論》（臺北：開明，1993年），頁86。

〔註69〕范仲淹：〈又和賞梅〉，倪其心、傅璇琮編：《全宋詩》，頁1906；胡寅：〈再和‧其三〉，倪其心、傅璇琮編：《全宋詩》，頁20964。

〔註70〕倪其心、傅璇琮編：《全宋詩》，頁36365。

賦予的孤傲冷寂和汲汲營營往往是對立的。張鎡〈玉照堂觀梅二十首‧其七〉也認爲梅花的和羹意象是俗氣的：「從來嫌用和羹字，纔到詩中俗殺人」。〔註71〕但胡仲弓〈梅答〉卻有不同看法：

> 多謝東君爲主張，十分霜雪十分香。開時已辦和羹料，肯作風流時世裝。〔註72〕

胡仲弓在承認調鼎和羹是趨時而世俗的前提下，不可避免的歌詠起這種名利形象。陳淳〈依方宗丞和林簽判賞梅進璧水之韻〉說：「冰玉精神清且凝……好整和羹入帝庭」；陳宓〈遊雲臺寺觀梅〉說：「誰知寂寞臨溪壑，却解和羹薦廟朝」，〔註73〕詩人不僅把梅不媚俗順勢的孤傲品質，直接跟和羹連結在一起，而且有了梅花的歲寒姿態只是外表，和羹才是梅花本質的說法。例如魏了翁〈李參政折贈黃香梅與八詠俱至用韻以謝‧其七〉：「和羹心事歲寒姿」，〔註74〕梅花在迎雪抗寒的同時其實更掛念著調鼎和羹；甚至用來鼓勵仕宦「梅花欲報和羹信，故遣清香到壽樽」，〔註75〕梅花成了傳遞朝廷皇命的使者。

　　宋人喜歡說梅花高標脫俗，枯枝、冷蘂是一個很重要的關鍵因素；但畢竟此二者只佔梅生長歷程中的一部分，而非全部，綴滿枝頭甚至遍布山谷是梅花物理性的自然表現，同時也被塑造出一種熱鬧而繁複的形象。這種盛況伴隨著緊迫，於是燦爛的姿態成了零落的前奏。梅花的枯枝挺拔冷逸、冷蘂迎寒衝雪，一旦走向衰敗委落，則變成了韶光易逝的代名詞，不再是文人士大夫道德人格的徵候。搖落花褪而後著實，梅實官宦象徵，跟枯枝、冷蘂的孤傲冷寂雖然相互對立，卻不影響宋人對於此一象徵的歌詠。據此，不僅發現到梅花因著各階段的不同習性所產生的物理形象，在宋詩中並存不悖；同時了解到宋代文人士大夫觀看梅花的多元視角，更從中窺得他們所投以梅花的情感並不侷限在孤高冷逸。不管是哪一種形象都反映著宋人觀看梅花的方式及態度，同時也是心理狀態的投射。這種投射往往和人格情感連結在一起，進而產生梅花的人物性形象。

〔註71〕倪其心、傅璇琮編：《全宋詩》，頁 31672。
〔註72〕倪其心、傅璇琮編：《全宋詩》，頁 39838。
〔註73〕陳淳：〈依方宗丞和林簽判賞梅進璧水之韻〉，倪其心、傅璇琮編：《全宋詩》，頁 32349；陳宓：〈遊雲臺寺觀梅〉，倪其心、傅璇琮編：《全宋詩》，頁 34059。
〔註74〕倪其心、傅璇琮編：《全宋詩》，頁 34934。
〔註75〕陳棣：〈錢使君知原生辰‧其二〉，倪其心、傅璇琮編：《全宋詩》，頁 22035。

第二節　人物形象

　　美感經驗的產生，須經由人的感覺器官，感覺能力是審美不可或缺的因素。所謂的感覺能力，一般分為視覺、聽覺、嗅覺、味覺和觸覺。〔註76〕詩人和梅花的接觸就是從感覺器官開始的，枯枝、冷蕊、滿開、搖落和著實的物理形象都是透過感覺器官的接收。因為是透過感覺器官，所以比較直接，但當經過詩人心理機能的想像，進而構設出孤峭幽獨、好景不常、名利仕宦等徵象的時候，往往和人格情感連結在一起，於是產生梅花的人物性形象。從物理形象到人物形象中間經過一個轉折，物理形象是前階，人物形象是後階。雖然這是一種前進式的歷程，但物理形象和人物形象則會產生共同的象徵意義。

　　有道是「僵立枯梢帶雪霜，至今陰極動潛陽」，〔註77〕梅花敏感於潛伏在天寒地凍中的陽和氣息，此一自然物性，投射以文人士大夫的思想情感；加上生長於荒山野澗，遠離塵囂，於是梅花有了極度高標的人物形象，例如君子、隱者。這是宋人最津津樂道的，也是後世所傳揚的。但梅花物理樣貌本來就不是單一的，即便同一種物理樣貌，只要投射以不同思考，便會產生不同的形象。例如梅花色白，可以聯想成純全清潔的節士，也可被比喻為冰膚雪肌的仙人，甚至是活色生香的美女。以下就透過梅花生長習性、環境和形貌特徵等，考察它在宋詩中的各種人物性形象，並試以分析、觀察文人士大夫觀看梅花的視角。

一、幾年孤立小溪潯／自強君子

　　「君子」的指涉歷經長期演變。最初，君子是貴族在位者的專稱，該詞意涵從身分地位過渡到道德品質，關鍵在於孔子。〔註78〕後世沿用孔子對「君子」的解釋。到了漢代，班固《白虎通義》則直接標舉君子為「道德之稱」。〔註79〕漢代以降，君子和道德已密不可分，例如唐白居易〈雪中即事寄微之〉說：「潤含玉德懷君子」。〔註80〕降及宋代仍然延續這種思考，強調君子的道德，例如邵雍〈君子吟〉認為：「君子尚德」；〔註81〕另有詩作塑造君子有「德」

〔註76〕姚一葦：《審美三論》，頁1。

〔註77〕陳巖：〈梅花峰·展旗峰西〉，倪其心、傅璇琮編：《全宋詩》，頁34301。

〔註78〕余英時：《中國思想傳統的現代詮釋》（臺北：聯經，1987年），頁146～149。

〔註79〕班固：《白虎通義》，收錄於《文津閣四庫全書》，第852冊，頁7。

〔註80〕彭定求編：《全唐詩》，頁5001。

〔註81〕倪其心、傅璇琮編：《全宋詩》，頁4631。

形象，例如陸佃〈贈王君儀〉說：「乃知君子所爲學，志將憂道不憂貧」；陸游〈冬日讀白集愛其貧堅志士節病長高人情之句作古風十首・其一〉說：「君子亦有慕，不慕要路津。君子亦有恥，不恥賤與貧」；李綱〈霜降木落獨松柏蒼然顏色愈好，因和淵明榮木篇以見意〉說：「君子進德，以道爲門。歲寒時艱，節義彌敦」。〔註82〕不隨波逐流，不思榮利，慕道安貧，不論外在環境如何，依舊堅定恪守自己的品格、行止，是宋代文人士大夫所形塑的君子形象；而梅花在荒山野濱，冒寒凌雪，獨佔春先不跟群芳爭妍的物理習性，能夠暗合於文人士大夫對君子的定義，進而梅花和君子類比的作品常出現於宋詩中。

　　梅花品質頗能取譬於君子的幽沉道彰，如劉敞〈憶梅〉敘述梅花在惡劣環境中依然綻放：

　　　　獨使限荒鄙，委之道路旁。歲晏吐奇秀，芬芬有餘香。

　　　　疾風見松柏，眾穢知蕙芳。譬彼君子質，幽沉道逾彰。〔註83〕

詩人利用「松柏」和「眾穢」的對舉，凸顯梅花品質。陳淳〈丁未十月見梅一點〉則直接明示梅花像是君子：「清清一點玉，枯枝絕鮮鮮。歷歷霜林奇，未省有此妍。雅如哲君子，覺在羣蒙先。」〔註84〕說梅花「如君子」，因爲梅花不畏環境嚴寒，冒出疏蕊，以及它在風雪中清癯嶙峋的線條，均暗合著君子的專屬德性。孔子曾說：「夫昔者君子比德於玉」，〔註85〕「清清一點玉」也就是說梅花冷蕊如玉，讓它更添一重君子美質。詩人將梅花對於陽和氣息的敏銳度，看作君子自強不息，沒有片刻懈怠、苟且，才能洞察天理流機，先覺於羣蒙。戴昺〈移古梅植於貯清之側，已有生意喜而賦之〉直接以君子代稱梅花：「剝盡皮毛眞實在，幾年孤立小溪潯。人來人去誰青眼，花落花開自苦心。不是野夫同臭味，難教君子出山林」。〔註86〕「小溪潯」冠以「孤立」表達空間上的人跡罕至，並且人格化梅花先春而開的物性；「人來人去誰青眼，花落花開自苦心」，則將花落花開的自然習性，比喻成君子不爲外

〔註82〕陸佃：〈贈王君儀〉，倪其心、傅璇琮編：《全宋詩》，頁10646；陸游：〈冬日讀白集愛其貧堅志士節病長高人情之句作古風十首・其一〉，倪其心、傅璇琮編：《全宋詩》，頁25053；李綱：〈霜降木落獨松柏蒼然顏色愈好因和淵明榮木篇以見意〉，倪其心、傅璇琮編：《全宋詩》，頁17710。

〔註83〕倪其心、傅璇琮編：《全宋詩》，頁5679。

〔註84〕倪其心、傅璇琮編：《全宋詩》，頁32332。

〔註85〕孫希旦撰：《禮記集解》，收錄於《續修四庫全書》（上海：上海古籍，1995年），第104冊，頁417。

〔註86〕倪其心、傅璇琮編：《全宋詩》，頁36983。

物所動的傲性。

二、首陽千古伯夷清／隱者伯夷

　　當環境混濁黑暗，以君子自詡的文人士大夫，即便無法在現實中脫離混亂的世道，仍必須在精神上表達自己保全純潔天性、清白本心的願望。而「隱」便是這種清高、不與俗同流的最佳代言。李綱說：「孤潔如親隱君子」，〔註87〕梅花不跟百卉齊開是它的「孤」，純白無瑕的花色是它的「潔」。而這種特質十分類似隱者，進而被賦予隱君子形象。戴復古〈梅〉述及：「孤標粲粲壓群葩，獨占春風管歲華。幾樹參差江上路，數枝裝點野人家。冰池照影何須月，雪岸聞香不見花。絕似林間隱君子，自從幽處作生涯。」〔註88〕梅花所以絕似「隱君子」，是因為生長於「江上路」、「野人家」，「江」和「野」幽潛而遠離喧囂，呼應著「隱」。趙必璩〈吟社遞至詩卷足十四韻以答之為梅水村發也·其三〉說：「紫薇號舍人，紅荔名郎官。梅花隱君子，未可一樣觀」；潘璵〈山圍梅〉說：「分明隱君子，不肯惹紅塵」。〔註89〕趙必璩以「紫薇」、「紅荔」作對舉，潘璵則以「紅塵」為反襯，均直呼梅花作「隱君子」。

　　隱者，早在先周時期就已經出現，例如高吟「我安適歸矣」的伯夷、叔齊。〔註90〕經過千年文化積累，伯夷、叔齊不單只是隱者的名字，儼然成為一種意象，承載士人對於深山老林離群索居的想像和嚮往。梅花的隱者形象，再輔以生長於冰雪環境的習性，所產生的「白」、「冰」、「冷」乾淨澄澈的特質，可稱為「清」。趙蕃〈十二月七日病題四首·其三〉有所謂：「梅花獨清真」，〔註91〕宋人姚寬《西溪叢語》卷上稱呼「梅為清客」。〔註92〕「清」本是品評人物的標準，〔註93〕趙孟僴〈慶侍郎·其一〉說：「世間何物侔清節，照水梅花傲雪霜」，〔註94〕於是梅花又多了「清節」這一重人格徵象。

〔註87〕李綱：〈次季弟韻賦梅花三首·其二〉，倪其心、傅璇琮編：《全宋詩》，頁17663。
〔註88〕倪其心、傅璇琮編：《全宋詩》，頁33557。
〔註89〕趙必璩：〈吟社遞至詩卷足十四韻以答之為梅水村發也·其三〉，倪其心、傅璇琮編：《全宋詩》，頁43940；潘璵：〈山圍梅〉，倪其心、傅璇琮編：《全宋詩》，頁39922。
〔註90〕司馬遷：《史記》（臺北：明倫，1972年），頁2123。
〔註91〕倪其心、傅璇琮編：《全宋詩》，頁30454。
〔註92〕姚寬：《西溪叢語》，收錄於《叢書集成新編》，第11冊，頁384。
〔註93〕劉邵《人物志》：「若夫德行高妙，容止可法，是謂清節之家，延陵、晏嬰是也。」收錄於《叢書集成新編》，第20冊，頁444。
〔註94〕倪其心、傅璇琮編：《全宋詩》，頁31455。

按照潘璵〈山處〉「梅花萬古聖之清」的說法，〔註95〕「聖之清者」就是伯夷，〔註96〕於是梅花又有了伯夷的形象。曾丰〈賦梅‧其一〉說：「萬物叢中要獨行，榮枯不愛與時爭……首陽千古伯夷清」。〔註97〕「萬物」和「獨行」對舉，凸顯梅花特殊的物性，此一物性人格化後符合「清」的標準。「清」代表乾淨純潔，也代表著不被環境影響，潔身自愛的操守，正好符合對伯夷「舉世混濁，清士乃見」的嚮往。〔註98〕黃庚〈題李藍溪梅花吟卷〉有進一步的形容：

> 孤芳不與眾芳同，肯媚東君事冶容。寒苦一生蘇武雪，清高千古伯
>
> 夷風。〔註99〕

「寒苦」綴以「一生」，「清高」綴以「千古」，在「清」的人格特質上添加堅貞不移、亙古不遷的韌性。蒲壽宬〈回謁藍主簿道傍見梅偶成〉說：「瘦骨西山餓伯夷」，〔註100〕將伯夷恥於宗周，隱於首陽山，義不食周粟，采薇維生的堅持投射於梅花上。趙文〈三香圖〉直接說：「梅也似伯夷」，〔註101〕伯夷終至餓死，他矢志不移和堅貞專一的特質將梅花形象抬得很高。

三、正似高人不可招／得道高人

　　除了君子、隱者、伯夷，梅花也常被賦予高人形象。宋代文人士大夫眼中的高人就如同下引詩作說的，必須遠離塵俗，遠離官場，放意於林泉丘壑間：王偁〈寄玉澗〉「山中之樂屬高人，風月無邊取次吟。但使胸中飽丘壑，莫將片點著埃塵」；郭印〈次韻正紀見寄〉「塵土強顏成俗吏，林泉放意屬高人」；葉善夫〈芹溪八詠‧其五〉「高人棲隱向山林，林壑幽清絕俗塵」。〔註102〕高人的特質中最被文人士大夫看重的則是所謂的「堅貞不渝」，不輕踏入世俗紅塵境地。白居易〈酬楊九弘貞長安病中見寄〉曾提到：「貧堅志士節，

〔註95〕倪其心、傅璇琮編：《全宋詩》，頁39925。

〔註96〕《孟子‧萬章下》：「伯夷，聖之清者也。」趙岐注：《孟子》，收錄於《四部叢刊初編》（臺北：臺灣商務，1965年），第3冊，頁81。

〔註97〕倪其心、傅璇琮編：《全宋詩》，頁30271。

〔註98〕司馬遷：《史記》，頁2126。

〔註99〕倪其心、傅璇琮編：《全宋詩》，頁43570。

〔註100〕倪其心、傅璇琮編：《全宋詩》，頁42775。

〔註101〕倪其心、傅璇琮編：《全宋詩》，頁43246。

〔註102〕王偁：〈寄玉澗〉，倪其心、傅璇琮編：《全宋詩》，頁39357；郭印：〈次韻正紀見寄〉，倪其心、傅璇琮編：《全宋詩》，頁18711；葉善夫：〈芹溪八詠‧其五〉，倪其心、傅璇琮編：《全宋詩》，頁45504。

病長高人情」，〔註103〕對此陸游極為稱道，並以此聯為詩題作了十首古風，第五首說：「士豈無一長，所要全大節」；第九首說：「鏡湖有隱者，莫知何許人。出與風月遊，居與猿鳥鄰。似生結繩代，或是葛天民。」〔註104〕堅守節操、接軌上古是陸游對高人的畫像。

梅花和宋人所刻畫的高人品質、形象是相契的。呂宜之〈梅林分韻得詩字〉說：「寒梅如高人，冰雪凜風期」，梅花在冰雪中的樣貌和高人一樣堅定；杜範〈閑行溪西得梅數花喜甚偶成小詩呈諸趙兄〉說：「獨立如高人，凜凜塵世外」，梅花獨立於塵世外和高人一樣令人敬畏；張道洽〈梅花七律·其二十二〉說：「天姿雅澹似高人，萬樹千紅總後塵」，梅花清淡、不濃烈的態勢和高人一樣恬靜寡欲。〔註105〕

梅花和高人間所以不斷被類比在一起，不外乎它不畏寒風冰雪，就像在艱困的環境中不改其度，以及開在荒山野濱，彷彿高人林泉放意，拋棄紅塵俗地。其實這樣的形象和「君子」、「隱君子」、「伯夷」並沒有不同，但徐瑞〈尋梅十首·其三〉透過「高人」將梅花推高到一種無與倫比的地位：

> 山中峭壁孤絕處，瘦樹獨立殊風標。我行矯首坐嘆息，正似高人不
>
> 可招。〔註106〕

詩人先揭示出梅花所處空間及它的特殊性質，再將它比喻為高人。梅花生長在人煙罕至的孤絕處，類似高人索居老林，不接受俗世「招隱」，詩人「矯首」仰望，所流露出的敬畏謙卑，進而將梅花形象高高舉起。徐瑞另外一首〈余自入山距出山五十五日竹屋青燈山陰杖屨忘其癡不了事矣隨所賦錄之得·其十二〉也提到：「枯根寄斷崖，槎牙老風雪。疏花如高人，斂衽不敢折。」〔註107〕「斷崖」和「風雪」所側寫出的梅花形象，不出物理習性範圍，但「斂衽不敢折」和前一首的「矯首嘆息」一樣，對於梅花的指涉，已大大超過它該有的自然形象。陸游〈宿龍華山中寂然無一人方丈前梅花盛開

〔註103〕彭定求編：《全唐詩》，頁4719。

〔註104〕陸游：〈冬日讀白集愛其貧堅志士節病長高人情之句作古風十首〉，倪其心、傅璇琮編：《全宋詩》，頁25053～25054。

〔註105〕呂宜之：〈梅林分韻得詩字〉，倪其心、傅璇琮編：《全宋詩》，頁23372；杜範：〈閑行溪西得梅數花喜甚偶成小詩呈諸趙兄〉，倪其心、傅璇琮編：《全宋詩》，頁35264；張道洽：〈梅花七律·其二十二〉，倪其心、傅璇琮編：《全宋詩》，頁39254。

〔註106〕倪其心、傅璇琮編：《全宋詩》，頁44664。

〔註107〕倪其心、傅璇琮編：《全宋詩》，頁44657。

月下獨觀至中夜〉也說：「梅花如高人」，筆下的梅花甚至完全離開作爲自然物質的屬性：

> 梅花如高人，枯槁道愈尊。君看在空谷，豈比倚市門。
>
> 我來整冠佩，潔齋三沐熏。亦思醉其下，燕媟恐瀆君。
>
> 敬抱綠綺琴，玄酒挹古罇。月明流水間，一洗世濁昏。
>
> 摸寫香與影，計君已厭聞。老我少傑思，尚喜非陳言。〔註108〕

整首詩除了首句「梅花如高人」，再也沒有正面描寫梅花，而是用詩人自己一連串極盡崇敬且景仰的態度和行爲，打造出梅花神聖不可褻瀆的形象。除了「高人」再沒有任何文字語言，能夠描摹梅花它近於「道」的精神品質。先前眾人所認爲隱居孤山的林逋的形象最跟梅花相襯，「疏影橫斜水清淺，暗香浮動月黃昏」，賦予梅花迥異於繁花的鮮明個性，以及志節自守、離世高蹈的象徵，讓宋代詩人爭相標榜及仿效。但在這裡陸游卻認爲對梅花疏影暗香的描寫，流於物質表象，是一種俗語陳言。另外，陸游〈開歲半月湖村梅開無餘偶得五詩以烟溼落梅村爲韻‧其三〉也說：「梅花如高人，妙在一丘壑……林逋語雖工，竟未脫纏縛」，〔註109〕梅花所承載的精神品質超越了任何言語形式的描摹，筆墨只是徒增桎梏，陷梅花於常俗境地。在陸游眼中梅花超越了舉凡君子、隱士、高人等任何有形有體的物質形象。

四、正須仙人冰雪膚／姑射神仙

「仙」在外表形貌上必跟凡人有所區隔。關於仙人外在形貌的具體描述，魏晉以降，已從古代神話中獸形未脫的怪異樣貌，演變成容貌白皙細膩、舉止清新超然的美麗姿態。〔註110〕魏晉仙人形象的塑造和當時品評人物的標準息息相關，同時，在老莊玄學盛行下，《莊子‧逍遙遊》和《列子‧黃帝》姑射山上清新脫俗的仙人成了人們的最終想像：

> 藐姑射之山，有神人居焉；肌膚若冰雪，淖約若處子；不食五穀，吸風飲露；乘雲氣，禦飛龍，而游乎四海之外。〔註111〕
>
> 列姑射山，在海河洲中，山上有神人焉，吸風飲露，不食五穀，心

〔註108〕倪其心、傅璇琮編：《全宋詩》，頁24449。

〔註109〕倪其心、傅璇琮編：《全宋詩》，頁25066。

〔註110〕黃怡眞：《上古至中古神仙形象的轉變》（臺北：國立政治大學宗教研究所碩士論文，2005年），頁86。

〔註111〕郭慶藩：《莊子集釋》（臺北：商周，2018年），頁35。

如淵泉，形如處女。〔註112〕

南北朝以降姑射仙人曾零星出現於詩作中，到了唐代才開始聚焦在他潔白宛若冰雪的肌膚上，如白居易〈同微之贈別郭虛舟鍊師五十韻〉的形容：「不聞姑射上，千歲冰雪肌」。〔註113〕唐末宋初王周〈大石嶺驛梅花〉則將梅花和姑射仙人相提並論：「仙中姑射接瑤姬，成陣清香擁路岐。半出驛牆誰畫得，雪英相倚兩三枝」，〔註114〕從「雪英」可知梅花所以能夠被比成姑射，是因為潔白如雪的花朵。由宋代張耒詩作「疏梅插書瓶，潔白滋媚好。……秀色定可憐，仙姿寧解老」，〔註115〕可知宋人十分喜歡梅花潔白無瑕的顏色，並將它比喻為仙。像這樣擷取梅花色白特徵進而概括以「仙」稱，或直接比喻為「姑射」，在宋詩中幾乎成了習套。例如石延年〈詠梅〉說：「姑射真人冰作體」；王銍〈山中梅花盛開戲作〉說：「化工難迴天地春，下遣第一天仙人……綽約肌膚瑩香玉」；陸游〈攜瘦尊醉梅花下〉說：「正須仙人冰雪膚」，都是將梅的花色比作仙人的冰雪肌膚。〔註116〕這些比喻則都是基於梅潔白的花朵鮮皎，晶瑩如冰、如玉，進而和仙人的肌膚產生連結。

「肌膚」本應泛指全身的肌肉和皮膚，而面部肌膚是眉目口鼻所在，是最外現於人的部分，既已將梅花人物化，因此詩人的目光自然聚焦在皎潔光亮的面容上。於是有所謂「鮮妍皎如鏡裡面」、「姑射仙人冰雪容」，都是在強調臉部面容。〔註117〕色彩學上「白」明度最高，如冰一樣透，如雪一樣白的臉顏，自然光豔動人。陸游〈探梅〉讚嘆：「絕豔豈復施丹鉛」，〔註118〕「丹鉛」只會將梅花容顏沾污，因為梅花不僅白，在宋人眼中甚至不沾染半點人間的塵泥，如同劉才邵〈燈下見梅花〉說的：「素練肌膚無點污」。〔註119〕於

〔註112〕張湛注：《列子》（上海：上海書店，1986 年），頁 14。

〔註113〕彭定求編：《全唐詩》，頁 4970。

〔註114〕倪其心、傅璇琮編：《全宋詩》，頁 1758。

〔註115〕張耒：〈摘梅花數枝插小瓶中輒數日不謝吟玩不足形為小詩〉，倪其心、傅璇琮編：《全宋詩》，頁 13062。

〔註116〕石延年：〈詠梅〉，倪其心、傅璇琮編：《全宋詩》，頁 2007；王銍：〈山中梅花盛開戲作〉，倪其心、傅璇琮編：《全宋詩》，頁 21292；陸游：〈攜瘦尊醉梅花下〉，倪其心、傅璇琮編：《全宋詩》，頁 24561。

〔註117〕歐陽修〈和對雪憶梅花〉：「鮮妍皎如鏡裡面」，倪其心、傅璇琮編：《全宋詩》，頁 3752；朱熹〈梅〉：「姑射仙人冰雪容」，倪其心、傅璇琮編：《全宋詩》，頁 27643。

〔註118〕倪其心、傅璇琮編：《全宋詩》，頁 24801。

〔註119〕倪其心、傅璇琮編：《全宋詩》，頁 18843。

是陸游〈梅花絕句十首・其一〉和楊萬里〈丞相周公招王才臣中秋賞梅花寄
以長句〉都說「洗粧」；陳師道〈梅花七絕・其二〉也說「鄙鉛丹」；還有王
安石〈與微之同賦梅花得香字三首・其二〉提到「不御鉛華」，均將凡人才會
用到的化妝品徹底拋棄。〔註 120〕「白」是梅花符合仙質的顏色，不屬人間，
倘若是沾染上駁雜的色彩，則墮入了塵世間庸脂俗粉的行列。

　　除了臉部，大部分的肌膚都被衣服所包覆住，身上外現於人最大面積就
是服飾。崔鷗〈梅花・其一〉說：「仙子衣裳雲不染，天人顏色玉無瑕」，〔註
121〕一方面讚美梅花有著如同仙子的玉般容顏；一方面讚美梅花有著如同仙子
的雲般衣裳。加上例如張耒〈觀音泉〉：「清徹一源傳萬古，空山長伴白衣仙」；
喻良能〈月窗以所畫觀音見遺爲賦一篇〉：「白衣仙人雲海上，肉眼欲看唯想
像」，〔註 122〕這類觀世音白衣形象的影響，宋人進一步將梅花色白聯想成仙人
身上的白色衣物。如張鎡〈春雪阻觀梅花兩詩嘲之・其一〉說到：「白衣」、
王十朋〈梅花次賈元識韻〉提到：「素袂」，蘇軾〈十一月二十六日松風亭下
梅花盛開・其一〉的「縞衣」更和白淨月光相互輝映：「月下縞衣來扣門」；
俞德鄰〈梅花三首・其三〉也直接說：「縞衣不染人間色」。〔註 123〕色彩學上
「白」是無色彩，舉凡紅、黃、藍等都是色彩，是人間的顏色，俞德鄰再次
強調「白」的仙人屬性。

　　梅花所處的環境也和仙境十分相似。《史記》記載仙人所居，可和上引
《列子・黃帝》所提「海河洲中」的姑射山互相呼應。據《史記》載，渤
海中有三座神山，住著長生不死的仙人，那裡的宮殿由黃金白銀所搭建，
舉凡存在的一切包括飛鳥等悉盡色白，遠遠望去猶如連綿的雲朵，白成一

〔註 120〕陸游：〈梅花絕句十首・其一〉，倪其心、傅璇琮編：《全宋詩》，頁 24478；
　　　　楊萬里：〈丞相周公招王才臣中秋賞梅花寄以長句〉，倪其心、傅璇琮編：《全
　　　　宋詩》，頁 26576；陳師道：〈梅花七絕・其二〉，倪其心、傅璇琮編：《全宋
　　　　詩》，頁 12668；王安石：〈與微之同賦梅花得香字三首・其二〉，倪其心、傅
　　　　璇琮編：《全宋詩》，頁 6630。

〔註 121〕倪其心、傅璇琮編：《全宋詩》，頁 13481。

〔註 122〕張耒：〈觀音泉〉，倪其心、傅璇琮編：《全宋詩》，頁 13270；喻良能：〈月窗
　　　　以所畫觀音見遺爲賦一篇〉，倪其心、傅璇琮編：《全宋詩》，頁 26948。

〔註 123〕張鎡：〈春雪阻觀梅花兩詩嘲之・其一〉，倪其心、傅璇琮編：《全宋詩》，頁
　　　　31671；王十朋：〈梅花次賈元識韻〉，倪其心、傅璇琮編：《全宋詩》，頁 22653；
　　　　蘇軾：〈十一月二十六日松風亭下梅花盛開・其一〉，倪其心、傅璇琮編：《全
　　　　宋詩》，頁 9506；俞德鄰：〈梅花三首・其三〉，倪其心、傅璇琮編：《全宋詩》，
　　　　頁 42451。

片。〔註 124〕仙境就是「白」，白是冷色系，梅花所處冰天雪地一片極白和仙境十分類似。王鉄〈山中梅花盛開戲作〉述及：

> 化工難迴天地春，下遣第一天仙人。前驅飛雪助幽絕，千里隔盡埃與塵。〔註 125〕

當大地盡被透白的雪色覆蓋，雖然是在人間，卻恍若仙境，天地間渾然一色，只有在這個時候，才能將本來存在於人間的塵土灰泥隔絕在外，白雪皚皚營造出幽絕僻靜的境界。同時在這樣所有景物一律退去的環境中，讓人產生飲冰茹雪的想像。張道洽〈梅花二十首‧其一〉說：「懸知骨法清如許，傳得仙人服玉方」，〔註 126〕將梅花向姑射仙人「不食五穀，吸風飲露」的習性靠攏。梅花不僅容貌、衣著，還有所處環境以及習性均跟仙人暗合，被賦予仙人形象也是很自然的。

五、膚雪參差是太眞／凡塵美女

中國歷來有描寫女子體膚白皙的傳統，如《詩經‧碩人》寫衛莊公夫人莊姜「膚如凝脂」；鮑照〈學古〉寫歌伎「凝膚皎若雪……聲媚起朱唇」；白居易〈長恨歌〉寫楊貴妃「中有一人字太眞，雪膚花貌參差是」；杜牧〈宮詞二首‧其一〉寫深鎖後宮的嬪妃「玉膚如醉向春風」；劉克莊〈唐二妃像‧其二〉中的梅、楊二妃「紅膏妒雪膚」。〔註 127〕「凝脂」、「雪」、「玉」等色澤淨白且質地姣好，而美麗的女子也是如此。

梅花被賦予仙人的形象有很大部分原因是基於色白，進而地位大爲提升。陸游〈梅花四首‧其四〉說：「高標不合塵凡有……前身姑射疑君是」，〔註 128〕因著不合塵凡的仙人形象，於是梅花變得特出而崇高。有論者提到因爲人格化擬喻強化了梅花作爲人的精神品格象徵功能，梅花是冰肌雪膚的美人、玉骨霜心的神女。〔註 129〕筆者認爲這同時也讓梅花帶上凡塵女子的形象，如王安石〈次

〔註 124〕司馬遷：《史記》，頁 1370。

〔註 125〕倪其心、傅璇琮編：《全宋詩》，頁 21292。

〔註 126〕倪其心、傅璇琮編：《全宋詩》，頁 39250。

〔註 127〕鄭玄箋：《毛詩》，收錄於《四部叢刊初編》，第 1 冊，頁 25；鮑照〈學古〉，丁仲祜編：《全漢三國晉南北朝詩》，頁 883；白居易：〈長恨歌〉，彭定求編：《全唐詩》，頁 4820；杜牧：〈宮詞二首‧其一〉，彭定求編：《全唐詩》，頁 5997；劉克莊：〈唐二妃像‧其二〉，倪其心、傅璇琮編：《全宋詩》，頁 36394。

〔註 128〕倪其心、傅璇琮編：《全宋詩》，頁 24339。

〔註 129〕程杰：〈梅與雪——詠梅範式之一〉，《陰山學刊》，第 13 卷，第 1 期（2000 年 3 月），頁 29～33。

韻徐仲元詠梅二首・其一〉述及：「膚雪參差是太眞」，〔註130〕直接把梅花色白和楊貴妃體膚連結起來。因爲這樣的聯想，梅花有了女性形象，甚至是楊貴妃形象；加上「春寒賜浴華清池，溫泉水滑洗凝脂」，〔註131〕白居易所塑造楊貴妃「沐浴」形象過於鮮明，太眞出浴圖常出現於宋人詩作。例如姚勉〈題楊妃出浴圖〉形容：「溫泉暖滑留餘香，芙蓉出水紅生光」；〔註132〕王之道〈追和東坡梅花十絕・其三〉甚至逕自將開在水邊的梅花添上貴妃出浴的形象：

> 一池春水綠縈迴，池上梅花暖自開。想見溫泉初出浴，六宮遙指太
> 眞來。〔註133〕

歌詠池邊的梅花，「水」讓詩人聯想到溫泉，想到楊貴妃被賜浴的華清池。楊貴妃肌光勝雪的胴體蕩浸在氤氳裊裊的湯池中，豐腴的肢體拍拂著滑膩水霧，洗不盡的妖嬈。含情不語，嬌柔的軀體更顯得惹人憐愛。美人浴罷，剛剛披上質地輕軟的羅衫，當絲織品碰上美人身體，一下子便透了，沐浴後的肌膚珠輝玉麗，若隱若現。方岳也形容梅花「太眞浴起却紅綃」，〔註134〕紅綃薄如蟬翼，輕輕籠著嬌軀，玉肌羞露，粉胸半掩，令人遐想無限。

　　人們和梅花的接觸從眼目開始，像上述這樣將梅花比作美女，是著眼於事物外在的物理性狀，刻鏤形似、巧言切狀，這應該是很自然的事情。宋代胡仔也說：「凡言花卉，必須附會以婦人女子。」〔註135〕但朱熹〈賦水仙花〉對於當時文人將本屬高尚品質的花卉添上婦人形象，有一番感嘆和批評：「嗟彼世俗人，欲火焚衷腸，徒知慕佳冶，詎識懷貞剛。」〔註136〕朱熹所以認爲這種擬喻有好色的嫌疑，並缺少嚴肅性，其實是有鑑於宋代文人士大夫很能欣賞女子的玉肌雪膚，並且常用充滿感官的方式加以形容。如秦觀〈陳令舉妙奴詩〉說：「西湖水滑多嬌嬈，妙奴十二正芬芳。肌膚皙白髮腳長，含語未發先有香」；郭祥正〈向舜畢秘校席上贈黃州法曹杜孟堅即君懿職方之孫也〉說：「青天無雲日華滿，小妓樓中吹玉管。卷簾不信夜霜寒，熏蘭酎桂肌膚暖」；陸游〈成都行〉說：「青絲金絡白雪駒，日斜馳遣迎名姝。燕脂褪盡見玉膚，

〔註130〕倪其心、傅璇琮編：《全宋詩》，頁 6628。
〔註131〕白居易：〈長恨歌〉，彭定求編：《全唐詩》，頁 4820。
〔註132〕倪其心、傅璇琮編：《全宋詩》，頁 40518。
〔註133〕倪其心、傅璇琮編：《全宋詩》，頁 20254。
〔註134〕方岳：〈梅花〉，倪其心、傅璇琮編：《全宋詩》，頁 38487。
〔註135〕胡仔：《苕溪漁隱叢話》，收錄於《叢書集成新編》，第 78 冊，頁 559。
〔註136〕倪其心、傅璇琮編：《全宋詩》，頁 27562。

綠鬟半脫嬌不梳」。〔註137〕男子對女子身體肌膚的描寫，很難不落入情色遐想。早在魏晉陸機〈日出東南隅行〉就說：「鮮膚一何潤，秀色若可餐」，〔註138〕形容女子滑嫩的肌膚清新甜美；元稹〈會真詩三十韻〉甚至用「膚潤玉肌豐」以膚白如玉形容男女交頸合歡時的美人體態。〔註139〕美麗的女子最重要的特色就是膚白，梅花色白於是和女性美色漸形拉近，甚至直接被呼作王昭君、趙飛燕、楊太真等世間女子名號。例如王灼〈次韻次尹俊卿梅花絕句‧其四〉說：「漢家趙飛燕，偏許雪中看」；陸游〈雪後尋梅偶得絕句十首‧其六〉說：「商略前身是飛燕，玉肌無粟立黃昏」；劉才邵〈次韻趙伯達梅花三絕句‧其一〉說：「昭君生長巫山村，獨負嬌容似玉溫」；胡寅〈和仁仲賞梅〉說：「咄哉趙飛燕，況乃楊太真」。〔註140〕

　　梅花，不論是顏色、習性，還是所處環境均有著乾淨澄澈的特質，跟仙人、仙界十分類似，進而被賦予仙人形象，象徵著高標不凡、與世隔絕；但也因著這份潔白無瑕和歷來的美女肌膚書寫互相暗合，於是梅花多了一個美女形象。王之望有梅花詩五首，從詩題為〈次韻王司戶梅花五絕，不得用古人意及比婦人玉雪並潔白等字〉，可看出詩人的區隔心態。〔註141〕換句話說，當時以婦人玉雪潔白的體膚擬喻梅花實在過於普遍。洪邁《夷堅支志》有一則「梅者惠英自喻」的軼聞，而惠英是當時的一名歌伎。〔註142〕這則筆記，恰好呼應了這種普遍情況。方蒙仲〈和劉後村梅花百詠‧其十〉呼籲：「從前

〔註137〕秦觀：〈陳令舉妙奴詩〉，倪其心、傅璇琮編：《全宋詩》，頁12136；郭祥正：〈向舜畢秘校席上贈黃州法曹杜孟堅即君懿職方之孫也〉，倪其心、傅璇琮編：《全宋詩》，頁8760；陸游：〈成都行〉，倪其心、傅璇琮編：《全宋詩》，頁24333。

〔註138〕丁仲祜編：《全漢三國晉南北朝詩》，頁430。

〔註139〕元稹〈會真詩三十韻〉：「轉面流花雪，登床抱綺叢。鴛鴦交頸舞，翡翠合歡籠。眉黛羞頻聚，朱脣暖更融。氣清蘭蕊馥，膚潤玉肌豐。無力慵移腕，多嬌愛斂躬。汗光珠點點，髮亂綠鬆鬆……」彭定求編：《全唐詩》，頁4644。

〔註140〕王灼：〈次韻次尹俊卿梅花絕句‧其四〉，倪其心、傅璇琮編：《全宋詩》，頁23306；陸游：〈雪後尋梅偶得絕句十首‧其六〉，倪其心、傅璇琮編：《全宋詩》，頁24557；劉才邵：〈次韻趙伯達梅花三絕句‧其一〉，倪其心、傅璇琮編：《全宋詩》，頁18870；胡寅：〈和仁仲賞梅〉，倪其心、傅璇琮編：《全宋詩》，頁20938。

〔註141〕倪其心、傅璇琮編：《全宋詩》，頁21714。

〔註142〕洪邁：《夷堅支志》，收錄於《文津閣四庫全書》，第1051冊，頁349。

誤把瑤姬比，羞了梅花俗了人」，〔註143〕不要再把梅花比作婦人，這樣不僅對梅花不敬，更是讓詩人自己落入俗流。儘管當時文人一再表示「花中兒女紛紛是，唯有梅花是丈夫」的區隔意圖，〔註144〕但是這種秀色可餐的佔有欲，和看似跟它相反的高標卓絕精神象徵，二者在宋詩中仍然並行不悖，共同承載著文人士大夫的思想情感。在多如繁星的梅花詩作中，各種梅花形象互相輝映，梅文化意涵因此多元而豐富。

第三節　小結

　　梅花枯枝的物理形象，具有「槁」、「僵」、「冷」、「淡」、「孤」的美感特徵，進而作爲文人士大夫自命孤高的精神象徵。枯枝同時也被看作生命力的潛藏，老當益壯、窮且益堅的形象，用以表達文人「外枯而中膏，似淡而實美」的審美取向。能夠搭配枯枝老境美的就是疏淡冷蕊。冷蕊的「冷」字除了說明花蕊稀少和珍貴，同時逼顯出一種堅忍峭絕、寂淨孤獨的形象，進而作爲自命卓絕不凡的文人士大夫的理想人格徵候。

　　文人士大夫描寫梅花滿開的詩作其實不少，不論是單棵茂盛的梅樹，還是整座梅林的描寫，梅花開得急、開得密，也開得令人無從掌握。滿開的形象繽紛而繁複，急躁而快速，美麗卻無法把握住。流連花叢、花插滿頭和歌舞美酒都是心中焦慮和傷逝情緒的外顯。

　　青子形象一則消極，承載詩人花落著實的遺憾；一則積極，平添仕宦象徵，用以表達士人對於被朝廷所用的渴望。梅花被賦予的孤傲冷寂和汲汲營營往往是對立的，宋人認爲梅花的和羹意象是俗氣的，但在承認調鼎和羹是趨時而世俗的前提下，他們不可避免的歌詠起這種名利象徵。

　　梅花的物理習性和樣貌，暗合著君子的專屬德性，於是被賦予君子形象。它生長在荒山野巖的物性被人格化後，同時有了離群索居的隱者形象。加上梅花純白的花色以及長於冰雪環境的特性，平添清的特質，令人產生聖之清者、堅貞不渝的聯想，進而梅花隱者形象被具體化成中國最具代表性的隱士伯夷。梅花也常被賦予高人形象。高人除了遠離塵俗，遠離官場，放意於林泉丘壑間；最被文人士大夫看重的則是：不輕易踏入世俗紅塵境地。梅花和

〔註143〕倪其心、傅璇琮編：《全宋詩》，頁 40053。
〔註144〕蘇洞：〈和趙宮管看梅三首·其一〉，倪其心、傅璇琮編：《全宋詩》，頁 33979。

高人間所以類比，不外乎不畏寒風冰雪，在艱困的環境中不改其度，以及它開在荒山野濱，彷彿高人離群索居，拋棄紅塵俗地。

梅花潔白無瑕，仿若冰肌雪膚的姑射仙人；另外它生長於白雪覆蓋的環境，彷彿傳說中一片極白的仙境，加上人們所產生的飲冰茹雪想像，於是向姑射仙人「不食五穀，吸風飲露」的習性靠攏。由此可知，梅花不僅容貌、衣著，還有所處環境和習性均跟仙人暗合，被賦予仙人形象也是很自然的。

中國歷來有描寫女子體膚白皙的傳統，因為花朵色白，梅花很難擺脫女性形象，詩人直接把梅花和楊貴妃體膚連結起來。加上白居易所塑造楊貴妃沐浴的形象過於鮮明，詩人甚至逐將開在水邊的梅花添上貴妃出浴的樣貌。宋代詩人頗能欣賞女子的玉肌雪膚，女子的雪膚很能引人遐想，梅花色白於是跟女性美色漸形拉近，甚至直接被呼作王昭君、趙飛燕、楊太真等世間女子名號。

從梅花的物理特徵出發，當人們著眼於枯枝冷蕊，它的形象遒勁卓絕；著眼於滿開，梅花形象繽紛卻易逝；當搖落時，形象即便衰殘卻仍舊美好；到了梅實的階段，則有了官宦形象。不論哪一種形象，都是詩人思想情感的投射。枯枝的形象遒健、疏蕊的形象孤冷，宋人以枯為高，以少為奇，因此枯枝和冷蕊被指稱為高標。除了用以承載文人士大夫清高孤傲的使命感，同時和凡俗對舉，以顯示菁英和大眾的鑑別以及區隔。不論是菁英還是凡夫俗子對梅花盛開景象總是缺少免疫力，文人士大夫自命高蹈清雅，致力跟俗世區隔，但對於美好事物的留連和感嘆又何嘗不是一種俗態。滿開的形象熱鬧而急躁，搖落的形象衰殘，被士人用來抒發春色的流連和好景不常的焦慮。這是種較為狹隘、平庸的俗情，卻跟所謂的高情同樣被梅花所承載著。枯枝、冷蕊的形象似在天寒地凍中與世隔絕；而梅實的官宦形象則是迎合官場，在世俗的名利和權力中打滾。這兩種形象也同樣被梅花所承載著。

梅花的物理形象反映著宋人觀看梅花的方式和態度，同時也是心理狀態的投射，這種投射往往和人格情感連結在一起，進而產生梅花的人物性形象。文人士大夫人格化梅花的外形、習性和生長環境等物理性質，進而賦予君子、隱者、伯夷，以及仙人等人物形象，用以表達自己高標出塵的人格期許。然而，也因為物理特徵，梅花同時被賦予女性形象。女子玉肌雪膚，進而產生秀色可餐的佔有慾，是一種感覺器官的滿足，跟君子、隱者、伯夷，以及仙人等形象所代表的精神象徵看似相反，卻還是同樣被梅花所承載著，並在宋

詩中並行不悖。

　　不論是物理性質還是人物象徵，有高高在上的疏枝冷蕊，就有滿地堆積的殘花落英；有清高孤立的仙人，就有活色生香的凡女。在多如繁星的梅花詩中，各種梅花形象互相輝映，相反而相成，對峙而統一，梅文化意涵因此多元而豐富。不同形象也就產生不同的文化意義和社會作用，簡單來說就是象徵，但物理形象和人物形象所產生的象徵也有重疊的部分。例如枯枝、冷蕊形象象徵孤峭幽獨以及不平凡；君子、隱者、仙人形象象徵堅貞不渝、潔淨絕俗，整體來看都是一種崇高象徵。換句話說，梅花的形象及其象徵不是單純的一對一關係，二者的對應關係以及舉例待第六章再細為處理。

第六章　相關宋代梅花詩中梅花形象的象徵

　　詩為文學的代表，以意象間接表達情意，而意象的藉助外在事物特性，必然演為比喻和象徵這兩種主要表現形態。前者的形式為「以甲比乙，意義在乙」；後者的形式為「以甲比乙，甲乙都有意義」（還可能衍生出丙丁戊等意義而造成「無盡義」現象）。彼此又因運用所需，各自發展出明喻／隱喻／換喻／借喻／諷喻和個別象徵／集體象徵等技藝。〔註1〕這在中西各自的發展中已經出現系統的差異：西方因為有人／神兩端的對立（人在塵世，而神在天國），而人經由不斷的遙想、化解人神衝突的方案，馴致迭有馳騁想像力而大量展現各種比喻技巧；中國傳統則因為大家同處一個世界，只能內感外應，以為縮結人情或諧和自然，以至弱化了比喻能力而凝鍊於象徵（非大開大闔式的）。〔註2〕本論文所以選定梅花形象的象徵為發微對象，就是緣於有此背景（梅花少有作為比喻用的對象），這從後續的釋繹中當可一目了然。

　　透過第五章的條理可知梅花詩中的梅花形象豐富而多元，不同形象也就產生不同的文化意義和社會作用，而這正是透過象徵手法來完成。依本研究的探析所得，梅花的形象及其象徵二者的對應關係，約有四種情況：第一種是一種形象對應一種象徵；第二種是一種形象對應多種象徵；第三種是多種形象對應一種象徵；第四種是混合型，就是多種形象對應多種象徵。此外，還有模糊型，也就是難以界定和說明的形象及其象徵。在了解各種梅花形象

〔註1〕黃慶萱：《修辭學》（臺北：三民，2005年），頁321～353；周慶華：《文學經理學》（臺北：五南，2016年），頁134～145。
〔註2〕周慶華：《文學經理學》，頁165～170。

及其象徵的前提下，以下就聚焦於兩宋較為重要且梅花詩產量較多的詩人，以及有寫梅花詩卻頗具爭議性的人物，扣緊他們的生平及時代背景，進而討論相關梅花詩中梅花形象所象徵的高情、俗情和閒情，及背後所隱含的社會文化意義。

第一節　高情

一、十分孤靜與伊愁／林逋及其梅花詩

　　北宋初林逋詠梅詩作呈現清新幽獨的氛圍，縱然從文字中看不到刻意以人比附梅花；但對梅花的喜愛，加上他的隱士身分，後世逐將梅花和他高逸人格連繫起來，從而賦予梅花人格象徵。由黃庭堅〈劉邦直送早梅水仙花四首・其四〉所述：「暗香靜色撩詩句，宜在林逋處士家」，〔註3〕可知林逋的詠梅詩深受宋人喜愛。歐陽修《歸田錄》也提到：「處士林逋居於杭州西湖之孤山。逋工筆畫，善為詩。梅花詩云，疏影橫斜水清淺，暗香浮動月黃昏。評一作能詩者謂，前世詠梅者多矣，未有此句也。」〔註4〕林逋開創「疏影橫斜水清淺，暗香浮動月黃昏」詠梅警句，得到熱烈的回應及廣大的追隨，兩宋文人將「暗香」、「疏影」點化入詩的不計其數。「暗香」、「疏影」二詞，同時成了後人填寫梅詞的題名，如姜夔有兩首詠梅詞即題為〈疏影〉、〈暗香〉，〔註5〕此後甚至成為詠梅專有名詞。林逋的隱士身分同時得到極大的尊崇及頌讚。如范仲淹〈寄西湖林處士〉讚美：「蕭索遶家雲，清歌獨隱淪。巢由不願仕，堯舜豈遺人」，〔註6〕對於林逋的隱逸給予高度評價，上比堯舜時代不受讓位的巢父、許由。又如蘇軾在〈書林逋詩後〉更是表現出崇高的敬意和愛慕：

> 吳儂生長湖山曲，呼吸湖光飲山綠。不論世外隱君子，儜兒販婦皆
> 冰玉。先生可是絕俗人，神清骨冷無由俗。我不識君曾夢見，瞳子
> 瞭然光可燭。遺篇妙字處處有，步遶西湖看不足。詩如東野不言寒，
> 書似留臺差少肉。平生高節已難繼，將死微言猶可錄。自言不作封

〔註3〕倪其心、傅璇琮編：《全宋詩》（北京：北京大學，1991年），頁11415。
〔註4〕歐陽修：《歸田錄》，收錄於《叢書集成新編》（臺北：新文豐，1985年），第83冊，頁433。
〔註5〕唐圭璋編：《全宋詞》（臺北：明倫，1970年），頁2181、2182。
〔註6〕倪其心、傅璇琮編：《全宋詩》，頁1886。

禪書，更肯悲吟白頭曲。我笑吳人不好事，好作祠堂傍修竹。不然
配食水仙王，一盞寒泉薦秋菊。〔註7〕

除了稱林逋不食人間煙火，超脫於世，更透過「絕俗」、「無由俗」極盡說明
林逋心神清明，絕不沾染半點塵埃，甚至溢美他光明磊落是自己的夢寐所求；
「平生高節已難繼，將死微言猶可錄」，更大力讚揚林逋生平事蹟及詩作文
章。范仲淹〈寄贈林逋處士〉又說到：「唐虞重逸人，束帛降何頻。風俗因君
厚，文章至老淳」，〔註8〕以「厚」和「醇」評價林逋詩文的風格內容，上承
「唐虞重逸人」句，則可知范仲淹認為文章的醇厚源於他內心的醇厚。

　　林逋詠梅詩所以得到熱烈響應，是基於世人對他處士身分的嚮往和肯
定；倘若缺少了這樣的生平背景，他的詠梅詩很可能落入虛假的口號，失去
作為標竿的地位。生平和詩作交相呼應，具有共伴加成的效果，因此探析林
逋梅花詩中所承載的情感節操須結合他的生平背景。據《宋史‧林逋傳》載：

> 林逋，字君復，杭州錢塘人。少孤，力學，不為章句。性恬淡好古，
> 弗趨榮利，家貧衣食不足，晏如也。初放游江、淮間，久之歸杭州，
> 結廬西湖之孤山，二十年足不及城市。真宗聞其名，賜粟帛，詔長
> 吏歲時勞問。薛映、李及在杭州，每造其廬，清談終日而去。嘗自
> 為墓於其廬側。臨終為詩，有「茂陵他日求遺稿，猶喜曾無《封禪
> 書》」之句。既卒，州為上聞，仁宗嗟悼，賜諡和靖先生，賻粟帛。
> 〔註9〕

透過史傳可知林逋不求富貴，捨棄名利，尤其安於困乏的物質環境，並且悠
然自得。誠如他的《省心錄》提到：「守道義而樂貧賤」、「樂貧賤者薄富貴」。
〔註10〕他也曾屢次賦詩表明自己的態度和信念。例如〈寄太白李山人〉說：「幾
度枕肱人跡外，半窗松雪論天倪」；〈雜興四首‧其二〉說：「惟應數刻清涼夢，
時曲顏肱興未厭」；〈雪三首‧其二〉說：「獨有閉關孤隱者，一軒貧病在顏瓢」。
〔註11〕從這幾首詩可知林逋體現著顏回「飯疏食飲水，曲肱而枕之」、「一簞

〔註7〕　倪其心、傅璇琮編：《全宋詩》，頁9362。
〔註8〕　倪其心、傅璇琮編：《全宋詩》，頁1885。
〔註9〕　脫脫撰：《宋史》（臺北：臺灣中華，1981年），第19冊，頁9。
〔註10〕林逋：《省心錄》，收錄於《叢書集成新編》，第14冊，頁231、232。
〔註11〕林逋：〈寄太白李山人〉，倪其心、傅璇琮編：《全宋詩》，頁1226；林逋：〈雜
　　　　興四首‧其二〉，倪其心、傅璇琮編：《全宋詩》，頁1212；林逋：〈雪三首‧
　　　　其二〉，倪其心、傅璇琮編：《全宋詩》，頁1217。

食、一瓢飲、在陋巷」的貧士生活，〔註 12〕如同《省心錄》自述：「驕富貴者戚戚，安貧賤者休休，所以景公千駟不及顏子之一瓢也」。〔註 13〕然而，林逋的〈曹州寄任獨復〉說：「清朝故實蒲輪在，合爲高賢下帝京」；〈旅館寫懷〉說：「垂成歸不得，危坐對滄浪」；以及〈華陽洞〉說：「金章名重人稱貴，布褐才高道不貧。吟罷洞天風正清，自知凡骨定逢人」，這三首詩加上〈自作壽堂，因書一絕以志之〉提到：「湖上青山對結廬，墳頭秋色亦蕭疏。茂陵他日求遺稿，猶喜曾無封禪書」，〔註 14〕被論者拿來當作林逋看似放游江淮實乃心懷魏闕的證據，進而提出林逋不得其門而入，只好結廬孤山待時而隱；並質疑林逋的隱居心態，詩作字面上表白自己志高品潔，不諂迎聖上，實際上是希翼博得皇帝的最後垂青。〔註 15〕人所以爲人就是擁有複雜的心思意念，一個抱有「經世致用」思想的文人，內心難免存在仕隱矛盾情結。陶潛曾爲「五斗米折腰」，卻不曾減損後世對他高潔逸行的欽羨及崇慕；那麼「二十年足不及城市」的林逋，更具備作爲一名隱士的要件和事實。不需要以他在詩文中所隱曲的心緒，去否定他的處士本性。〔註 16〕林逋在〈深居雜興六首・並序〉說明自己隱居的身心狀態：

> 諸葛孔明、謝安石畜經濟之才，雖結廬南陽，攜妓東山，未嘗不以平一宇內、躋致生民爲意。鄙夫則不然，胸腹空洞，譾然無所存置，但能行樵坐釣，外寄心於小律詩，時或鏖兵景物。衡門情味，則倒睨二君而反有得色。〔註 17〕

自謙鄙陋淺薄，不像孔明、謝安那樣懷有治國平天下的抱負；卻也同時對於此二人的不世功業淡然看待，「行樵坐釣」、「寄心小詩」，恣意放散於大自然，

〔註 12〕何晏集解，陸德明音義，邢昺疏：《論語注疏》，收錄於《文津閣四庫全書》（北京：商務，2006 年），第 190 冊，頁 289。

〔註 13〕林逋：《省心錄》，收錄於《叢書集成新編》，第 14 冊，頁 231。

〔註 14〕林逋：〈曹州寄任獨復〉，倪其心、傅璇琮編：《全宋詩》，頁 1225；林逋：〈旅館寫懷〉，倪其心、傅璇琮編：《全宋詩》，頁 1194；林逋：〈華陽洞〉，倪其心、傅璇琮編：《全宋詩》，頁 1245；林逋：〈自作壽堂，因書一絕以志之〉，倪其心、傅璇琮編：《全宋詩》，頁 1242。

〔註 15〕李秀敏：〈林逋的隱逸：仕進欲求的變形〉，《保定師範專科學校學報》，第 3 期（2006 年），頁 13～14。

〔註 16〕《宋史・本紀第八》載：「六月庚申，賜杭州草澤林逋粟帛。」脫脫撰：《宋史》，第 1 冊，頁 3；《宋史・本紀第九》：「己亥，賜隱士林逋粟帛。」脫脫撰：《宋史》，第 1 冊，頁 4。

〔註 17〕倪其心、傅璇琮編：《全宋詩》，頁 1211。

自得的生活勝於孔明、謝安。由此可知，林逋的閒適曠達截然不同於一般士大夫；他是歸隱意義上的真正閒適，並沒有以出世的行為懷著入世的念頭，而是一種恆定的心態。這種心態是一種對世俗欲望的超越，因而即使身處貧困也能保持不變。

　　據《苕溪漁隱叢話》記載，蘇軾將「疏影橫斜水清淺，暗香浮動月黃昏」一聯和一般詠花詩作了鑑別，認為此「絕非桃李詩」。〔註18〕另據《詩話總龜》記載，蘇軾對友人此聯詠杏、詠桃李皆可的說法十分不滿，反駁說：

　　　　可則可，但恐杏李花不敢承當。〔註19〕

「絕非」和「不敢承當」透露著一種高低尊卑的評價，蘇軾為林逋的詠梅詩標舉出一種不可越分冒替的精神格調。相信作為一名隱者，林逋也必然從自己的立場，以自己的意趣去感受梅花形象，演繹梅花的審美特徵，進而將孤峭幽獨、淡泊寧靜的隱士品性投注於詩作的意象符號中。且看他的〈山園小梅二首·其一〉：

　　　　眾芳搖落獨暄妍，占盡風情向小園。疏影橫斜水清淺，暗香浮動月

　　　　黃昏。霜禽欲下先偷眼，粉蝶如知合斷魂。幸有微吟可相狎，不須

　　　　檀板共金尊。〔註20〕

透過「獨」和「眾」對舉，顯出梅花在嚴冬中冒寒昂然盛開的卓殊性，晶瑩潔白的姿態獨領小園風光，一個「盡」字說明它的獨得天機。這是何等不同凡響的品格性質！然而「疏」和「暗」卻刷淡了梅花本應彰顯於世的美好妍麗，似有意自我隱藏，以避開世人的注目和眼光。林逋的梅花遠離凡塵人世，孤獨幽寂的生長於荒山小園，只跟霜色的冬鳥和白粉蝶為友為伴，「霜」和「粉」才能正襯梅花澄澈潔淨。一到三聯梅花作為主體，詩人的情感透過對梅花的禮讚隱曲體現。尾聯梅花變為客體，詩人的感情由隱至顯，從借物抒懷變為直抒胸臆。「幸有微吟可相狎，不須檀板共金尊」，藉由「幸有」和「不須」對舉，除了刻意摒除檀板、金尊這些和梅花格格不入的俗事俗物；同時也強調唯有低聲吟詩才是親近梅花時應有的雅趣。這也正是詩人隱居生活的幽獨、山林生活的雅興，才能夠將他的理想、情操和趣味水乳交融到他的詠梅詩作中。眾所周知，「疏影橫斜水清淺，暗香浮動月黃昏」是借用南唐江為詩

〔註18〕胡仔：《苕溪漁隱叢話》，收錄於《叢書集成新編》，第78冊，頁452。
〔註19〕阮閱：《詩話總龜》，收錄於《文津閣四庫全書》，第1482冊，頁393。
〔註20〕倪其心、傅璇琮編：《全宋詩》，頁1218。

句：「竹影橫斜水清淺，桂香浮動月黃昏」。〔註21〕竹子缺少妍麗的花朵，但自古即有欣賞修竹枝幹美的傳統；桂花色淡形小，不以花色聞名而是以淡雅的芬芳受到人們的關注和喜愛。林逋將描寫竹和桂的詩句換作以梅花為主體，梅樹枝形的疏散，姿勢的橫斜，從而賦予跟竹相通的美質；輔以潛藏隱微的香氣，不再著眼花色美。從此梅花脫離只能供人玩賞的妍媚可愛花樹外表，進入裡層的審美標準。

　　據《咸淳臨安志》載，林逋祖父林克己，曾為吳越王錢氏的通儒院學士，可以推見，林逋的學問和思想的根源在於儒學。〔註22〕在他的《省心錄》中如：「事親孝者，事君必忠」；「以禮義為交際之道，以廉恥為律己之法，游息於是，朋友見欽而不敢欺，妻子取法而不敢侮。盡思患預防之禮，所以譬之四維，其可廢而不張乎」；「父之教子必以孝，君子責臣必以忠。子不子，臣不臣，安可為之」等等，均體現他的儒家背景。〔註23〕也因此他才反復勉人努力仕進，對於侄兒林宥的及第，感激欣喜情緒由衷流露。〔註24〕儒家有所謂「內聖」和「外王」，「達則兼濟天下，窮則獨善其身」。顏回為孔門德行第一，林逋在《省心錄》對顏回的隱逸極為推崇：

　　　富貴以道得，伊尹是也；貧賤以道守，顏淵是也。俱為聖賢，負鼎

　　　于湯，與簞瓢陋巷，勞逸憂樂，不可同日而語也。〔註25〕

可見林逋走的是顏回的內聖道路。世俗的人往往崇尚外王事功，但並非只有走上仕途，才能實現自己的理想和價值；林逋建立並示範一種精神上獨立自由的生活方式，其實是知識分子更崇高、更根本的社會責任。林逋的幽潛，為「疏影橫斜水清淺，暗香浮動月黃昏」作了最貼切的詮釋及註解。宋末方回將蘇軾對於這一聯絕非桃李詩的褒揚，進一步發揮：「彼杏桃李，影能疏乎？香能暗乎？」〔註26〕梅花的「疏影」、「暗香」不同於夭桃穠李，它冷峭疏瘦的美感得

〔註21〕顧嗣立：《寒廳詩話》，收錄於《叢書集成續編》（臺北：新文豐，1989年），第201冊，頁277。

〔註22〕潛說友：《咸淳臨安志》，收錄於《宋元方志叢刊》（北京：中華，1990年），頁3946。

〔註23〕林逋：《省心錄》，收錄於《叢書集成新編》，第14冊，頁230、232。

〔註24〕林逋〈喜姪宥及第〉：「新榜傳聞事可驚，單平於爾一何榮。玉階已忝登高第，金口仍教改舊名。聞喜宴遊秋色雅，慈恩題記墨行清。嚴扉掩罷無他意，但燕靈蕪感盛明。」倪其心、傅璇琮：《全宋詩》，頁1230。

〔註25〕林逋：《省心錄》，收錄於《叢書集成新編》，第14冊，頁231。

〔註26〕方回：《瀛奎律髓》，收錄於《文津閣四庫全書》，第1370冊，頁201。

力於花期無葉，（桃李花葉並存）加上花形小、顏色淡，更顯枝幹疏挺醒目、枝條暢秀勁拔。林逋喜歡寫梅枝，「雪後園林才半樹，水邊籬落忽橫枝」、「湖水倒窺疏影動，屋簷斜入一枝低」、「宿靄相粘凍雪殘，一枝深映竹叢寒」。〔註27〕梅枝幹橫斜的線型力度感是他精神氣節的有力承載者。據《宋史·林逋傳》載：

> 逋善行書，喜爲詩，其詞澄浹峭特，多奇句。既就稿，隨輒棄之。
> 或謂何不錄以示後世？逋曰，吾方晦跡林壑，且不欲以詩名一時，
> 況後世乎……〔註28〕

林逋不僅將自己的心靈和形體遁跡山林，同時隱匿自己的才學和文章，不自存文稿，不以詩文博名，實在是特立獨行於當時熱中存稿流傳的文人。梅花「暗香」重在一個暗字，昏黃朦朧中的潛馥幽馨，實在有別於其他花卉的濃烈沁郁；梅花的暗香同時成了林逋才華內斂、曖曖含光美質的最佳代言。林逋除了抓住「疏影」、「暗香」兩個最能體現人格美的特徵，同時將梅花放在水和月所構成極爲明靜澄淡的環境中。水和月是自古以來的現成意象，漫長歷史中積累著豐富的意蘊。有論者說疏影橫斜綴以「水」字，強調意象的清淺，一個「影」字，更顯幽虛空靈，跟月相伴的夜，平添幽寂氛圍。清水對疏影，月夜和暗香，除了有效烘托梅花清疏閒雅的神韻，更以水、月表德，進一步促使梅花在品格質性上跟水、月比德齊賢。這種方式實乃得力於林逋隱居生涯和人格意趣的滲透。〔註29〕

　　林逋在孤山離群索居，孤獨寂寞。他賦詩自道：「獨有閉關孤隱者，一軒貧病在顏瓢」。〔註30〕他的孤獨不是情緒上的傷感落寞，而是不跟世俗爲伍。正如他在《省心錄》說：「小人詐而巧，似是而非，故人悅之者眾；君子誠而拙，似迂而直，故人知之者寡」。〔註31〕即便因而不被他人理解，也閒適自得，所以高唱：「閒卷孤懷背塵世，獨營幽事傍雲巖」。〔註32〕他的孤隱生活有梅

〔註27〕 林逋〈梅花·其一〉：「雪後園林纔半樹，水邊籬落忽橫枝」，倪其心、傅璇琮編：《全宋詩》，頁1218；林逋〈梅花·其三〉：「湖水倒窺疏影動，屋簷斜入一枝低」，倪其心、傅璇琮編：《全宋詩》，頁1218；林逋〈梅花二首·其一〉：「宿靄相粘凍雪殘，一枝深映竹叢寒」，倪其心、傅璇琮編：《全宋詩》，頁1243。

〔註28〕 脫脫撰：《宋史》，第19冊，頁9。

〔註29〕 程杰：〈梅與水、月——一個詠梅模式的發展〉，《江蘇社會科學》，第4期（2000年），頁112～118。

〔註30〕 林逋：〈雪三首·其一〉，倪其心、傅璇琮編：《全宋詩》，頁1217。

〔註31〕 林逋：《省心錄》，收錄於《叢書集成新編》，第14冊，頁233。

〔註32〕 林逋：〈深居雜興六首·其五〉，倪其心、傅璇琮編：《全宋詩》，頁1212。

花相伴：「不辭日日旁邊立，長願年年末上看」、「幾回山腳又江頭，繞著孤芳看不休」，〔註33〕由「旁邊立」、「繞著看」、「末上看」說明對梅花的親密及依賴；從空間上的「山腳」、「江頭」，時間上的「日日」、「年年」，也可推知他的愛梅情懷。但這份心意在當時也是孤立的，如〈梅花·其一〉：

> 吟懷長恨負芳時，爲見梅花輒入詩。雪後園林才半樹，水邊籬落忽橫枝。人憐紅豔多應俗，天與清香似有私。堪笑胡雛亦風味，解將聲調角中吹。〔註34〕

找不到也好，不願找也罷，能陪伴林逋共賞梅花的只有「詩」。正如詩人在〈山園小梅·其一〉所說：「幸有微吟可相狎，不須檀板共金尊」，〔註35〕這是詩人肢體上的落單。「雪後園林」和「水邊籬落」則描述環境的冷寂，如同〈又詠小梅〉以「荒鄰」；〈梅花·其二〉以「山腳」、「江頭」；〈梅花二首·其一〉以「竹叢」；〈梅花二首·其二〉以「柴荊」爲背景，〔註36〕所寫梅花除了遠離人寰；同時如上引〈山園小梅〉兩首中的「黃昏」、「日薄」、「霜深」，梅花也總是出現在人群散去的時間裡。再加上「半樹」和「橫枝」呈現出梅花的孤少，誠如〈梅花·其三〉和〈梅花二首·其一〉的「一枝」，以及〈又詠小梅〉的「小梅」和〈梅花二首·其二〉的「孤根」。〔註37〕林逋筆下的梅花常是孤株獨枝，顯得單薄零落。第一、二聯中不論是賞梅情境、梅花所在的時空背景，還是梅花的態貌，所呈現的孤冷寂寞，跟「人憐紅豔多應俗」互爲因果。藉由凡人俗客對豔花紅卉的愛賞，側寫梅花的不被注目，字面上

〔註33〕 林逋〈梅花二首〉：「不辭日日旁邊立，長願年年末上看」，倪其心、傅璇琮編：《全宋詩》，頁 1243；林逋〈梅花·其二〉：「幾回山腳又江頭，繞著孤芳看不休」，倪其心、傅璇琮編：《全宋詩》，頁 1218。

〔註34〕 倪其心、傅璇琮編：《全宋詩》，頁 1218。

〔註35〕 倪其心、傅璇琮編：《全宋詩》，頁 1218。

〔註36〕 林逋〈又詠小梅〉：「荒鄰獨映山初盡」，倪其心、傅璇琮編：《全宋詩》，頁 1218；林逋〈梅花·其二〉：「幾回山腳又江頭」，倪其心、傅璇琮編：《全宋詩》，頁 1218；林逋〈梅花二首·其一〉：「一枝深映竹叢寒」，倪其心、傅璇琮編：《全宋詩》，頁 1243；林逋〈梅花二首·其二〉：「孤根何事在柴荊」，倪其心、傅璇琮編：《全宋詩》，頁 1243。

〔註37〕 林逋〈梅花·其三〉：「湖水倒窺疏影動，屋簷斜入一枝低」，倪其心、傅璇琮編：《全宋詩》，頁 1218；林逋〈梅花二首·其一〉：「一枝深映竹叢寒」，倪其心、傅璇琮編：《全宋詩》，頁 1243；林逋〈又詠小梅〉：「未有新詩到小梅」，倪其心、傅璇琮編：《全宋詩》，頁 1218；林逋〈梅花二首·其二〉：「孤根何事在柴荊」，倪其心、傅璇琮編：《全宋詩》，頁 1243。

是愛梅者知音難尋，事實上則凸顯梅花孤冷傲峭的品性，以及愛梅者的個殊性。「天與清香似有私」就如同「占盡風情向小園」，這份品質不管是梅花還是詩人都是天機獨得，不跟群芳俗眾共有。另外，也同時透露出知識分子的洞察先機，仁者先覺。如〈梅花·其三〉所擬喻：「慚愧黃鸝與蝴蝶，只知春色在桃蹊」，〔註38〕詩人冷眼著世人的昏愚。

在林逋看來，梅花是天酬僧隱的獨特風物，「澄鮮只共鄰僧惜，冷落猶嫌俗客看」，〔註39〕只宜隱士僧人，不入世俗，是他自己孤寂生活的獨特愛好。清醒的、不從俗眾的就注定孤獨，梅花和詩人孤寂相對，他自己在〈梅花·其二〉說道：「一味清新無我愛，十分孤靜與伊愁」，〔註40〕梅花澄潔孤寂，如同詩人孤獨而恆定的持守個人節操，對世俗事物無所追求，體現「富貴不能淫，貧賤不能移，威武不能屈」的人格美。《宋史·林逋傳》載：

　　薛映、李及在杭州，每造其廬，清談終日而去。〔註41〕
杭州知府薛映、李及此等人物來訪，也只是終日清談，足見林逋的定靜平和，達官貴人、文人名士慕名親近，他不像阮籍以青眼、白眼作評斷，〔註42〕而是以本心對待，不卑不亢，維持著孤靜安謐的生活方式。

疏清脫俗，幽潛孤獨是林逋詠梅詩反復敘寫的主題。林逋以一名隱者的心性意趣去觀照梅花，除了將主觀情意浸染於上，同時也將人格意識滲透於上。後世詠梅總離不開林逋所開創的審美特徵；但這些也必須是有著如林逋一樣氣節的人才能感悟得到。對於廣大仕宦出身的主流文人來說，林逋的隱逸並非完全切合實用，但他脫略於苟營人生的態度及精神，士大夫們是深契於心的。林逋這樣的隱士，除了符合宋初的歷史社會背景，同時滿足士大夫的心理需求，由范仲淹、蘇軾、黃庭堅對他的推崇便可說明，或許林逋做到了他們想做而未做到的事情。「誰賦梅花詩，擬繼三百五。昔聞林居士，幽棲賁岩塢」。〔註43〕不論是林逋的詠梅詩，還是他為梅花人格象徵所樹立的先範，甚至是他的隱逸風範，在兩宋均備受推尊。「自有淵明方有菊，若無和靖

〔註38〕倪其心、傅璇琮編：《全宋詩》，頁 1218。
〔註39〕林逋：〈山園小梅二首·其二〉，倪其心、傅璇琮編：《全宋詩》，頁 1218。
〔註40〕倪其心、傅璇琮編：《全宋詩》，頁 1218
〔註41〕脫脫撰：《宋史》，第 19 冊，頁 9。
〔註42〕《晉書》載：「籍又能為青白眼，見禮俗之士，以白眼對之。及嵇喜來吊，籍作白眼，喜不懌而退。喜弟康聞之，乃齎酒挾琴造焉，籍大悅，乃見青眼。」房玄齡等撰：《晉書》（臺北：臺灣中華，1981 年），第 3 冊，頁 2。
〔註43〕陸佃：〈依韻和穀夫新栽梅花〉，倪其心、傅璇琮編：《全宋詩》，頁 10645。

即無梅」，〔註44〕林逋之於梅花，如同陶潛之於菊花；「清風千載梅花共，說著梅花定說君」，〔註45〕在漫漫的歷史長頁中，梅花從此緊緊的跟林逋連結在一起。明人張岱〈補孤山種梅敘〉述及：「蓋聞地有高人，品格與山川並重；亭遺古蹟，梅花與姓氏俱香……高潔韻同秋水，孤清操比寒梅」，〔註46〕這甚至將林逋所創設的梅花意象和他高士逸行畫上等號。

二、昔年梅花曾斷魂／蘇軾及其梅花詩

蘇軾個性真誠坦率，一生仕宦起伏跌宕，對於王安石熙寧變法常直言弊病，引來變法派的發難。宋神宗元豐二年蘇軾移知湖州作〈湖州謝上表〉，臺諫官員認為該文及蘇軾其他一些詩文涉及愚弄朝廷，妄自尊大，並列舉「悛終不悔，其惡已著」、「傲悖之語，日聞中外」、「言偽而辯，行偽而堅」、「怨己不用」等四大可廢罪狀，要求予以嚴懲。蘇軾於當年七月被捕入御史臺獄，年底結案，責授「檢校尚書水部員外郎，充黃州團練副使，本州安置，不得簽署公文」，史稱「烏臺詩案」。〔註47〕烏臺詩案是蘇軾從政以來受到的最嚴重災難，幾近死亡。黃州團練副使是虛職，他的真實身分仍為罪臣。蘇軾來到黃州，不論客觀環境還是主觀心境均處於艱難惶恐中。就物質條件來說，他在〈答秦太虛書〉自述：

> 初到黃，廩入既絕，人口不少，私甚憂之。但痛自節儉，日用不得過百五十。〔註48〕

〈東坡八首·自序〉也說：

> 余至黃州二年，日以困匱。故人馬正卿哀余乏食，為於郡中請故營地數十畝，使得躬耕其中。地既久荒為茨棘瓦礫之場，而歲又大旱，墾闢之勞，筋力殆盡。〔註49〕

生計窘迫，難以養家餬口，他親自參加農耕，卻收穫有限，可見他的生活物資匱乏。再來，就一名待罪臣子來說，他的社會處境可想而知，詩作〈次韻前篇〉提及戰兢的情境：「穿花踏月飲村酒，免使醉歸官長罵」，〔註50〕月夜

〔註44〕辛棄疾：〈浣溪沙〉，唐圭璋編：《全宋詞》，頁 1901。

〔註45〕吳錫疇：〈林和靖墓〉，倪其心、傅璇琮編：《全宋詩》，頁 40400。

〔註46〕張岱：《西湖夢尋》，收錄於《叢書集成續編》，第 223 冊，頁 689。

〔註47〕孔凡禮：《蘇軾年譜》（北京：中華，1998 年），頁 435、446～469。

〔註48〕蘇軾：《蘇東坡全集》（臺北：世界，1964 年），上冊，頁 368。

〔註49〕倪其心、傅璇琮編：《全宋詩》，頁 9309。

〔註50〕倪其心、傅璇琮編：《全宋詩》，頁 9301。

偶出飲酒也不能盡興，似和囚徒無異；〈送沈達赴廣南〉則敘述故交走避的冷況及難以存活的困境：「我謫黃岡四五年，孤舟出沒煙波裏。故人不復通問訊，疾病飢寒疑死矣」。〔註51〕蘇軾身體本不佳，所謂「少年多病怯杯觴」。〔註52〕甫出牢獄即羈旅奔波，健康狀況可以預見，〈答范蜀公四首之一〉說：「春夏間，多患瘡及赤目，杜門謝客」；〈與蔡景繁十四首之二〉說：「某臥病半年，終未清快。近復以風毒攻右目，幾至失明」。〔註53〕受盡折磨，病痛纏身，而跟著孱弱病體相伴的是心靈抑鬱和憂恐，幾臨身心崩潰。烏臺詩案發生後，蘇軾一度以爲自己必死，作二詩跟蘇轍訣別：「夢繞雲山心似鹿，魂驚湯火命如雞」。〔註54〕甫至黃州，寓居佛舍定惠院，即「幽人無事不出門」，並且嘆道：「飲中眞味老更濃，醉裡狂言醒可怕。閉門謝客對妻子，倒冠落佩從嘲罵。」〔註55〕本試圖以酒消解苦痛抑鬱，卻又懼怕醉後禍從口出，只好封閉自我，可見受到極大震撼、打擊後心中陰影深沉。

　　文人素有「因物喻志」的傳統，所謂「嘉會寄詩以親，離群託詩以怨」。〔註56〕深陷精神痛苦和生活艱辛的蘇軾，作詩是他抒發情感的途徑，詩中的意象則是他承載思緒的符號。有論者說蘇軾的詠梅作品大多作於宋神宗元豐三年貶謫黃州以後，他把宦海浮沉，感遇衰榮的複雜體驗帶到詠梅中，是一種強烈的移情寄託。〔註57〕例如元豐三年初他在前往貶謫地的途中，見盛開梅花大半被東風吹入溪水，零落而去，不免將自身際遇投射於上，而作〈梅花二首〉；元豐四年藉由豔如桃杏卻冷若冰霜的紅梅，表達自己不願隨波逐流的意向，有〈紅梅三首〉；而同年的〈和秦太虛梅花〉則是透過冷峭清疏的月下梅，表達自己卓然不群的個性。〔註58〕

〔註51〕倪其心、傅璇琮編：《全宋詩》，頁9348。
〔註52〕蘇軾：〈次韻樂著作送酒〉，倪其心、傅璇琮編：《全宋詩》，頁9303。
〔註53〕蘇軾：〈答范蜀公四首之一〉，《蘇東坡全集》，下冊，頁145；蘇軾：〈與蔡景繁十四首之二〉，《蘇東坡全集》，下冊，頁152。
〔註54〕蘇軾：〈予以事繫御史臺獄，獄吏稍見侵，自度不能堪，死獄中，不得一別子由，故作二詩授獄卒梁成，以遺子由二首·其二〉，倪其心、傅璇琮編：《全宋詩》，頁9293。
〔註55〕蘇軾：〈定惠院寓居月夜偶出〉，倪其心、傅璇琮編：《全宋詩》，頁9300。
〔註56〕鍾嶸：《詩品》，收錄於《文津閣四庫全書》，第1482冊，頁183。
〔註57〕程杰：《中國梅花審美文化研究》（成都：巴蜀書社，2008年），頁63。
〔註58〕蘇軾〈梅花二首〉：「春來幽谷水潺潺，的皪梅花草棘間。一夜東風吹石裂，半隨飛雪度關山。何人把酒慰深幽，開自無聊落更愁。幸有清溪三百曲，不辭相送到黃州。」倪其心、傅璇琮編：《全宋詩》，頁9298；蘇軾：〈和秦太虛

程杰認爲蘇軾在〈紅梅三首〉中提出「梅格」：強調梅花超凡脫俗的格調神韻，同時象徵士大夫高雅品格。〔註59〕蘇軾在詩作所揭示的品性特質，恰好相應於世人對他的評價。王若虛稱蘇軾爲「高人逸才」，〔註60〕具高風亮節的人格韻致和獨立不懼的精神氣節，正如《宋史・蘇軾傳》所論：「至於禍患之來，節義足以固其有守，皆志與氣所爲也」。〔註61〕且看〈紅梅三首〉：

> 怕愁貪睡獨開遲，自恐冰容不入時。故作小紅桃杏色，尚餘孤瘦雪霜姿。寒心未肯隨春態，酒暈無端上玉肌。詩老不知梅格在，更看綠葉與青枝。

梅花〉：「西湖處士骨應槁，只有此詩君壓倒。東坡先生心已灰，爲愛君詩被花惱。多情立馬待黃昏，殘雪消遲月出早。江頭千樹春欲闇，竹外一枝斜更好。孤山山下醉眠處，點綴裙腰紛不掃。萬里春隨逐客來，十年花送佳人老。去年花開我已病，今年對花還草草。不知風雨捲春歸，收拾餘香還畀昊。」倪其心、傅璇琮編：《全宋詩》，頁9332。秦觀在元豐七年作〈和黃法曹憶建溪梅花〉：「海陵參軍不枯槁，醉憶梅花愁絕倒。爲憐一樹傍寒溪，花水多情自相惱。清淚班班知有恨，恨春相逢苦不早。甘心結子待君來，洗雨梳風爲誰好。誰云廣平心似鐵，不惜珠璣與揮掃。月沒參橫畫角哀，暗香銷盡令人老。天分四時不相貸，孤芳轉盼同衰草。要須健步遠移歸，亂插繁華向晴昊。」倪其心、傅璇琮編：《全宋詩》，頁12076。當時在黃州貶所的蘇軾，對此詩心有戚戚，而作〈和秦太虛梅花〉溢美秦觀此詩壓倒林逋「疏影橫斜」詠梅名句。秦觀這首詩在當時的確引起追隨效應，和者甚多。蘇轍〈次韻秦觀梅花〉似是看了蘇軾的和詩而作：「病夫毛骨日凋槁，愁見米鹽惟醉倒。忽傳騷客賦寒梅，感物傷春同懊惱。江邊不識朔風勁，牆頭亦有南枝早。未開素質夜先明，半落清香春更好。鄰家小婦學閒媚，靚妝惟有長眉掃。孤芳已與飛霰競，結子仍先百花老。苦遭橫笛亂飛英，不見遊人醉芳草。可憐物性空自知，羞作繁華助芒昊。」倪其心、傅璇琮編：《全宋詩》，頁999。蘇軾的好友參寥（釋道潛）也作〈次韻少游和子理梅花〉和詩勉勵在黃州的蘇軾：「朔風蕭蕭方振槁，雪壓茅齋欲敧倒。門前誰送一枝梅，問訊山僧少病惱。強將筆力爲摹寫，麗句已輸何遜早。碧桃丹杏空自妍，嚼蕊嗅香無此好。先生携酒傍玉叢，醉裏雄辭驚電掃。東溪不見謫仙人，江路還逢少陵老。我雖不飲爲詩牽，不惜山衣同藉草。要看陶令插花歸，醉臥清風軼軒昊。」倪其心、傅璇琮編：《全宋詩》，頁10736。蘇軾又作〈再和潛師〉相和：「化工未議蘇群槁，先向寒梅一傾倒。江南無雪春瘴生，爲散冰花除熱惱。風清月落無人見，洗妝自趁霜鐘早。惟有飛來雙白鷺，玉羽瓊枝鬭清好。吳山道人心似水，眼淨塵空無可掃。故將妙語寄多情，橫機欲試東坡老。東坡習氣除未盡，時復長篇書小草。且撼長條餐落英，忍飢未擬窮呼昊。」倪其心、傅璇琮編：《全宋詩》，頁9332。「吳山道人心似水，眼淨塵空無可掃」一聯對參寥極盡頌美。

〔註59〕 程杰：《中國梅花審美文化研究》，頁60。
〔註60〕 王若虛：《滹南遺老集》，收錄於《叢書集成新編》，第65冊，頁341。
〔註61〕 脫脫撰：《宋史》，第15冊，頁11。

　　雪裡開花卻是遲，何如獨占上春時。也知造物含深意，故與施朱發
　　妙姿。細雨裛殘千顆淚，輕寒瘦損一分肌。不應便雜妖桃杏，數點
　　微酸已著枝。

　　幽人自恨探春遲，不見檀心未吐時。丹鼎奪胎那是寶，玉人頹頰更
　　多姿。抱叢暗蕊初含子，落盞穠香已透肌。乞與徐熙畫新樣，竹間
　　璀璨出斜枝。〔註62〕

這三首詩的首聯第一句最後一個都是「遲」字，似不斷強調紅梅開花與時不
合，如同詩人自己不能迎合世俗、不能跟隨潮流而遭當權排斥。蘇轍〈亡兄
子瞻端明墓誌銘〉形容蘇軾「數困於世」；〔註63〕宋人劉安世也認為他「亦有
不合處，非隨時上下人也」；〔註64〕宋人筆記也曾對蘇軾作出「一肚皮不入時
宜」的評價。〔註65〕一般以白梅早於群芳而開，作為士大夫不跟俗眾為伍的
象徵；蘇軾卻反其道，紅梅遲開而開於紅桃妖李間，卻不放棄堅守孤峭冷潔，
品性似勝於白梅。一身孤瘦傲骨和一片歲寒冰心是詩人永誌不渝的，但因為
餘悸猶存，詩作難免看似矛盾。表面上責怪自己不合時宜、不見容於世，實
際上仍以「冰容」為傲。有意改變外貌以符合大眾眼光，卻掩飾不了耿介而
自尊的內在質性。「尚餘」說明無心顯露，真氣卻常存於內，難免洩漏天機；
下定決心不攀附世態、不屈服流俗，又恐怕被環境迫害，只好無奈的將自己
面目裝扮成流俗顏色。幸而「酒暈」只是一時變相，很快便會消失。頷聯的
「桃杏色」和「雪霜姿」，頸聯「寒心」和「酒暈」，一正一反拉扯出的矛盾
和糾結，隱含自己正直思想品格卻為現世所不容的痛苦。直到最後警句「詩
老不知梅格在，更看綠葉與青枝」，似乎在遺憾石延年〈紅梅〉「認桃無綠葉，
辨杏有青枝」，〔註66〕只注意外表；實際上詩人已超越表相，「格」才是梅跟
桃李間最根本的區別，是此物獨具、不可奪移的氣質神理。詩人強化梅花超
邁脫俗的神韻，同時說明自己堅定不移的節操。《宋史·蘇軾傳》載：「仁宗
初讀軾、轍制策，退而喜曰，朕今日為子孫得兩宰相矣。神宗尤愛其文，宮

〔註62〕倪其心、傅璇琮編：《全宋詩》，頁9316～9317。
〔註63〕蘇轍：〈亡兄子瞻端明墓誌銘〉，收錄於曾棗庄、劉琳編：《全宋文》（上海：
　　　　上海辭書，2006年），第96冊，頁251。
〔註64〕馬永卿輯，王崇慶解：《元城語錄解》，收錄於《叢書集成新編》，第21冊，
　　　　頁196。
〔註65〕費袞：《梁溪漫志》，收錄於《文津閣四庫全書》，第866冊，頁722。
〔註66〕倪其心、傅璇琮編：《全宋詩》，頁2005。

中讀之，膳進忘食，稱爲天下奇才。」〔註 67〕獨佔鰲頭受到皇帝賞識，蘇軾自己也有說「少加附會，進用可必」，〔註 68〕但無論當政的是王安石還是司馬光他都毫無依附意願。如第二首「雪裡開花卻是遲，何如獨占上春時」，因爲那「一肚皮不合時宜」，他只忠於自己的內心，即便在如第一首詩「怕」、「愁」、「恐」所暗示的政治逆境，卻仍心懷社稷，「不應便雜妖桃杏，數點微酸已著枝」，詩人雖以梅子隱喻自己輔佐君王的志向，但仍舊堅持不跟流俗爲伍。他的〈再和楊公濟梅花十絕·其二〉道及：「天教桃李作輿臺，故遣寒梅第一開」，〔註 69〕梅花跟桃李杏等繁花俗卉本質上的區別，在於一種品位的高下，是上天所賦予，非環境能夠改變轉換。第三首「幽人自恨探春遲，不見檀心未吐時」，即便不合時宜、不迎合當局，但卻一片赤膽檀心蘊藏胸臆。接下來「抱叢暗蕊初含子」，就如他在〈與滕達道書二十四首之十六〉自述：「雖廢棄，未忘爲國家慮也。」〔註 70〕是賦予了強烈的心氣意志，寫出紅梅雖爲俗態而不肯媚世，豔麗其外卻無礙本色的品性氣節。

　　不論環境允許與否，蘇軾憂國憂民的心意堅持而執著。喜聞國家收復失地，有作〈聞洮西捷報〉：「放臣不見天顏喜，但驚草木回春容」，〔註 71〕不因爲自己的放臣身分，而放棄關心民生疾苦。他在〈與朱鄂州書〉中力圖改變當地農民因貧窮而溺嬰的習俗；〔註 72〕〈與李公擇書二首之二〉則表達愛國熱情：「吾儕雖老且窮，而道理貫心肝，忠義塡骨髓，直須談笑於死生之際……遇事有可尊主澤民者，便忘軀爲之，禍福得喪，付與造物。」〔註 73〕他超越死生、超越禍福，不侷限於任何具體現實，所提升到的高度是：「也知造物含深意，故與施朱發妙姿」，表現出樂觀曠達、恣放向上的情懷；「丹鼎奪胎那是寶，玉人頼頰更多姿」，則說明朱砂紅銀不能奪取胎色，澄澈本心自見。蘇軾在思想和實踐上表現出鮮明的超越色彩，初到黃州有〈與章子厚書〉曾道：「黃州僻陋多雨，氣象昏昏也」；〔註 74〕後來卻在〈黃州還回大守畢仲遠啓〉

〔註 67〕脫脫撰：《宋史》，第 15 冊，頁 11。
〔註 68〕蘇軾：〈杭州召還乞郡狀〉，《蘇東坡全集》，下冊，頁 509。
〔註 69〕倪其心、傅璇琮編：《全宋詩》，頁 9438。
〔註 70〕蘇軾：《蘇東坡全集》，下冊，頁 109。
〔註 71〕倪其心、傅璇琮編：《全宋詩》，頁 9312。
〔註 72〕蘇軾：《蘇東坡全集》，上冊，頁 373～374。
〔註 73〕蘇軾：《蘇東坡全集》，下冊，頁 150～151。
〔註 74〕蘇軾：《蘇東坡全集》，下冊，頁 356。

表示：「五年嚴遣，已甘魚鳥之鄉」，〔註75〕甚至在〈次韻答元素〉高唱：「已將地獄等天宮」。〔註76〕他在〈方山子傳〉中，敘述方山子（陳季常）的家「環堵蕭然，而其妻子奴婢皆有自得之意」，「而其家在洛陽，園宅壯麗與公侯等。河北有田，歲得帛千匹，亦足以富樂。皆棄不取，獨來窮山中，此豈無得而然哉。」〔註77〕蘇軾替人作傳，同時為自己樹立人格理想。而最能表現超越襟懷的當屬〈赤壁賦〉，他超越環境、超越現實，窮通貴賤，進而游於物外，跟清風明月合而為一，跟天地萬物同遊。〔註78〕因為堅持本心，所以不合時宜，在惡劣環境中，超越一切現實表相，發展出嶄新生命和自由人格，這是蘇軾的詠梅詩，是他精神思想和自我實踐的承載者。

　　經過五年的黃州謫居，隨著神宗駕崩，高太后執政，蘇軾被調回京師任禮部郎中、中書舍人、翰林學士；但朝中黨同伐異風氣仍盛，他自請外任，出知杭州、潁州等。高太后駕崩後，哲宗親政，主張恢復新法、盡用新黨黨人。紹聖元年蘇軾降充左承議郎、知英州；赴貶所途中，又責授建昌軍司馬，惠州安置。〔註79〕蘇軾曾一語雙關道：

　　　　問汝平生功業，黃州、惠州、儋州。〔註80〕

對於興邦治國來說，這無疑是自嘲的反話；但從另一種層面來看卻是一句自豪的總結。黃州時期主客觀條件均困蹇，蘇軾的文學成就和思想實踐，卻都超拔到一個高度；降及惠州，嶺南獠蠻之邦，瘴癘之地，人文和自然環境均極為惡劣，自古便是重罪逐臣的貶所，客死者不計其數。蘇轍〈祭亡兄端明文〉述及：

　　　　渡嶺涉海，前後七期。瘴氣所蒸，颶風所吹。有來中原，人鮮克還。

　　〔註81〕

〈再祭亡兄端明文〉重申：

　　　　大庾之東，漲海之南。黎蜒雜居，非人所堪。瘴起襲帷，颶來掀簷。

　　　　臥不得寐，食何暇甘。〔註82〕

〔註75〕蘇軾：《蘇東坡全集》，下冊，頁329。
〔註76〕倪其心、傅璇琮編：《全宋詩》，頁9319。
〔註77〕蘇軾：《蘇東坡全集》，上冊，頁404。
〔註78〕蘇軾：《蘇東坡全集》，上冊，頁268。
〔註79〕孔凡禮：《蘇軾年譜》，頁695、702～758、857～903、1136～1185。
〔註80〕蘇軾：〈自題金山畫像〉，倪其心、傅璇琮編：《全宋詩》，頁9624。
〔註81〕蘇轍：〈祭亡兄端明文〉，收錄於曾棗庄、劉琳編：《全宋文》，第96冊，頁300。
〔註82〕蘇轍：〈再祭亡兄端明文〉，收錄於曾棗庄、劉琳編：《全宋文》，第96冊，頁302。

蘇軾寓惠基本生活需求均不得保障，他自己在上給皇帝〈到惠州謝表〉中，寫出誠惶誠恐的心情和貶所惡劣的環境：「……尚荷寬恩，止投荒服……跡其狂妄，久合誅夷……知臣老死無日，不足誅鋤。明降德音，許全餘息……臣敢不服膺嚴訓，托命至仁；洗心自新，沒齒無怨。但以瘴癘之地，魑魅爲鄰，衰疾交攻，無複首丘之望。精誠未泯，空餘結草之忠。」〔註83〕所面對的是政治絕境、生活困頓、身體衰殘，如〈赴英州乞舟行狀〉自道：「自聞命已來，憂悸成疾，兩目昏障，僅分道路。左手不仁，右臂緩弱，六十之年，頭童齒豁，疾病如此，理不久長……加以素來不善治生，祿賜所得，隨手耗盡，道路之費，囊橐已空。」〔註84〕在〈答錢濟明三首之一〉也說：「瘴鄉風土，不問可知，少年或可久居，老者殊畏之」，甚至悲觀的說：「老死無日。」〔註85〕

蘇軾寓惠所面臨的生存危機，前所未有，更甚於黃州百千，但始終如一的是他的廟堂之憂、黎民之念。正所謂「許國心猶在，康時術已虛」，〔註86〕他給廣南東路提點刑獄程正輔的書信提到：「老兄留意浮橋事，公私蒙利，未易遽數……告與一言，某不當僭管。但目見多有覆溺之憂，太守見囑，故不忍默也。」〔註87〕寧冒「不當僭管」罪名，也要心繫百姓「覆溺之憂」，再次說明蘇軾「遇事有可尊主澤民者，便忘軀爲之」。如此將個人得失、死生置之於外，倘若不是有曠達的襟懷和高度的心靈自由，是難以辦到的。蘇軾在〈答陳季常書〉說：「到惠將半年，風土食物不惡，吏民相待甚厚」；〈答徐得之二首之一〉也說：「某到惠已半年，凡百粗遣，既習其水土風氣，絕欲息念之外，浩然無疑，殊覺安健也。」〔註88〕惠州卑濕瘴癘，中原來者水土不服，多客死異鄉；但當現實處境越是惡劣，越是反求己心，絕欲息念，客觀環境便無法遏阻自己浩然寬廣的胸壑。〈與王定國四十一首之四十〉蘇軾說自己「絕棄世故」、「超然物外」。〔註89〕有論者以〈十月二日初到惠州〉詩作內容，認爲蘇軾深受老莊思想影響，善於隨緣委命，「初到惠州」，便覺得「仿佛曾游」，

〔註83〕蘇軾：《蘇東坡全集》，上冊，頁 608。

〔註84〕蘇軾：《蘇東坡全集》，下冊，頁 286～287。

〔註85〕蘇軾：《蘇東坡全集》，下冊，頁 203。

〔註86〕蘇軾：〈望湖亭〉，倪其心、傅璇琮編：《全宋詩》，頁 9500。

〔註87〕孔凡禮點校：〈與程正輔七十一首之二十七〉，《蘇軾文集》（北京：中華，1986年），頁 1599。

〔註88〕蘇軾：〈答陳季常書〉，《蘇東坡全集》，下冊，頁 358；蘇軾：〈答徐得之二首之一〉，《蘇東坡全集》，下冊，頁 204。

〔註89〕孔凡禮點校：《蘇軾文集》，頁 1531。

同時表明自己作好了長期貶謫的準備〔註90〕。寓惠期間和寓黃一樣，蘇軾超越環境、超越自身得失，同時超然於物外的心志更甚於前。例如當他經過那千古以來曾使多少謫人遷客絕望傷悲的大庾嶺，〔註91〕他竟然沒有感傷，反而產生了塵外思致：「今日嶺上行，身世永相忘。仙人拊我頂，結髮受長生。」〔註92〕有論者認為蘇軾在惠州期間呈現出濃厚的仙道觀念。〔註93〕例如〈游羅浮山一首示兒子過〉所敘寫的內容，羅浮山是道教的仙山，位於今廣東省博羅縣西北，自漢朝以來，此山陸續有道士來訪，建立道觀。詩中除了不斷出現「白玉京」、「道華」、「三彭」等仙道意象，同時還說：「東坡之師抱朴老，真契久已交前生」。〔註94〕可見蘇軾在寓惠時期，對《抱朴子》心有戚戚。

　　仙道境界是一種超越的生命境界，不論是物質上的脫俗還是精神上的超越，寓惠期間蘇軾都做到了。紹聖元年所寫這一組著名的自賡自和詠梅詩，可作為最貼切註解。〔註95〕

〔註90〕　曾棗庄：〈心似已灰之木，身如不繫之舟──蘇軾貶官黃州、惠州、儋州的心路歷程和文學成就〉，《樂山師範學院學報》，第29卷，第1期（2014年），頁1～8。蘇軾〈十月二日初到惠州〉：「仿佛曾遊豈夢中，欣然雞犬識新豐。吏民驚怪坐何事，父老相攜迎此翁。蘇武豈知還漢北，管寧自欲老遼東。嶺南戶戶皆春色，會有幽人客寓公。」倪其心、傅璇琮編：《全宋詩》，頁9505。

〔註91〕　大庾嶺本名塞上，又稱東嶠，西漢時有監軍庾姓駐此，故名庾嶺。唐代以來通稱梅嶺，是因為嶺上多梅。它也是歷史上第一個明確記載的梅花產地，被視為梅花的發源地。庾嶺地近嶺南炎瘴氣候，嶺頭又偏陽盛，因此梅花花期特別早。由於地處南緣，臘去春來由此向北梅花漸次開放，因而藝梅賞梅者多認為大庾嶺是天下梅信最先。因著這樣的背景，庾嶺的梅花在中國梅文化發展史上倍受重視，有著豐富的文化內涵，它是貶謫旅途的時空座標和華夷文化的分野。唐至北宋政治中心在黃河流域的長安、洛陽、開封一線，貶謫官員大多向南方邊遠州郡安置。南方地區風土迥異、環境惡劣，經濟文化落後，貶竄嶺南者大都有出生入死、天涯淪落的感慨。大庾嶺作為出入嶺南的主要關口，行役至此都不免深有感觸。而庾嶺梅花又以春色先穎，在這空間的播遷阻隔中又加進了光陰流轉、歲月變遷的刺激。感時傷遠的雙重煎熬形成了唐以來遷客騷人庾嶺詠梅的抒情特色。程杰：〈論庾嶺梅花及其文化意義──中國古代梅花名勝叢考之三〉，《北京林業大學學報‧社會科學版》，第5卷，第2期（2006年），頁46～52。

〔註92〕　蘇軾：〈過大庾嶺〉，倪其心、傅璇琮編：《全宋詩》，頁9502。

〔註93〕　王基倫：〈蘇軾惠州時期的思想變遷與會通〉，《惠州學院學報‧社會科學版》，第35卷，第1期（2015年，2月），頁6～36。

〔註94〕　倪其心、傅璇琮編：《全宋詩》，頁9504。

〔註95〕　〈十一月二十六日松風亭下梅花盛開〉、〈十一月二十六日松風亭下梅花盛開‧其二‧再用前韻〉、〈花落復次前韻〉詩作內容跟託名柳宗元所作《龍城錄》中所記載的趙師雄故事十分接近。詩中「月下縞衣來扣門」、「酒醒夢覺

〈十一月二十六日松風亭下梅花盛開·其一〉：

春風嶺上淮南村，昔年梅花曾斷魂。豈知流落復相見，蠻風蜑雨愁黃昏。長條半落荔支浦，臥樹獨秀桄榔園。豈惟幽光留夜色，直恐冷艷排冬溫。松風亭下荊棘裏，兩株玉蕊明朝暾。海南仙雲嬌墮砌，月下縞衣來扣門。酒醒夢覺起繞樹，妙意有在終無言。先生獨飲勿歎息，幸有落月窺清樽。〔註96〕

〈十一月二十六日松風亭下梅花盛開·其二·再用前韻〉：

羅浮山下梅花村，玉雪為骨冰為魂。紛紛初疑月桂樹，耿耿獨與參橫昏。先生索居江海上，悄如病鶴棲荒園。天香國艷肯相顧，知我

起繞樹」、「耿耿獨與參橫昏」、「綠衣倒掛扶桑暾」都很容易和趙師雄故事文本相連繫。但細味詩意，程杰認為蘇軾並沒有使用趙師雄羅浮夢遇梅仙的故事。理由有三：第一，蘇軾三詩所寫都切合個中處境，自有他創作的當下情形和內在邏輯；第二，詩中不少語詞雖然散見於趙師雄故事文本，但都是出於蘇軾自身的語意邏輯和技巧習慣，通篇並沒有化用和演繹趙師雄羅浮夢仙的痕跡；第三，蘇軾松風亭詩一出，人們激賞他神奇的創造，當時並沒有人提出他化用趙師雄故事。程杰：〈蘇軾與羅浮梅花仙事〉，《南京師大學報·社會科學版》，第2期（2009年），頁127～132。

〔註96〕倪其心、傅璇琮編：《全宋詩》，頁9506。元豐三年蘇軾赴貶所黃州，過麻城縣春風嶺作〈梅花二首〉：「春來幽谷水潺潺，的皪梅花草棘間。一夜東風吹石裂，半隨飛雪度關山。何人把酒慰深幽，開自無聊落更愁。幸有清溪三百曲，不辭相送到黃州。」倪其心、傅璇琮編：《全宋詩》，頁9298。詩人見到野梅不畏環境險惡，盛開於叢生多刺的荊棘雜草中，已經感嘆；再見本為大地帶來生機的「東風」，卻具備吹石而裂的殺傷力，讓堅持綻放的梅花灰飛搖落，更是心折不已。陷落黨爭，甫出牢獄，即赴貶途，身心俱疲的蘇軾，難免「草棘」、「東風」以況政治環境的險惡；再者賦予梅「標格」的他，很明顯以不畏草棘、不畏東風的野梅自比。蘇軾羈旅黃州途中，對於春風嶺的梅花可說銘刻於心，隔年，元豐四年作〈正月二十日往岐亭，郡人潘、古、郭三人送余於女王城東禪莊院〉：「去年今日關山路，細雨梅花正斷魂。」倪其心、傅璇琮編：《全宋詩》，頁9309。關山路遙，零雨其濛模糊了視線，不敵東風而飄搖墜落的梅花和雪雨互為混雜，讓眼前的一切更顯遮蔽；再透過詩人悲傷難解以至斷魂落魄的婆娑淚眼看來，前方真是分不清東南西北了。而迷濛難辨的是踏在腳上的關山路，更是詩人自身渺茫無據的仕宦路途。誠如《碧溪詩話》對蘇軾的評論：「用自己詩為故事。」黃徹《碧溪詩話》，收錄於《叢書集成新編》，第78冊，頁606。一直到十三年後蘇軾對於春風嶺梅花，依然耿耿於懷。紹聖元年，蘇軾赴貶所惠州，在惠州嘉祐寺附近的松風亭見梅花盛開，而感慨：「春風嶺上淮南村，昔年梅花曾斷魂」，第三度提起春風嶺梅花，每提一次則每斷魂一次，在詩人心中縈繞不休的是春風嶺梅花，更是「烏臺詩案」那人生中的第一次貶謫患難。

酒熟詩清溫。蓬萊宮中花鳥使，綠衣倒挂扶桑暾。抱叢窺我方醉臥，
故遣啄木先敲門。麻姑過君急掃灑，鳥能歌舞花能言。酒醒人散山
寂寂，惟有落蕊黏空樽。〔註97〕

〈花落復次前韻〉：

玉妃謫墮煙雨村，先生作詩與招魂。人間草木非我對，奔月偶桂成
幽昏。聞香入戶尋短夢，青子綴枝留小園。披衣連夜喚客飲，雪膚
滿地聊相溫。松明照坐愁不睡，井華入腹清而暾。先生來年六十化，
道眼已入不二門。多情好事餘習氣，惜花未忍都無言。留連一物吾
過矣，笑領百罰空罍樽。〔註98〕

作者不再如寓黃時期〈紅梅三首〉將梅花自比，而是以梅花為客體，透過詩
人跟梅花的互動呈現出自在逍遙的情調。這三首詩充滿超現實世界的形形色
色，除了運用不少仙界神話如「海南」、「蓬萊」、「綠衣」、「扶桑」、「麻姑」、
「玉妃」、「奔月」等意象，製造出「鳥能歌舞花能言」的神秘情境；同時以
如「海南」、「羅浮山」、「荔支」、「桃榔」等嶺南奇幻瑰麗的地理、風物為背
景；加上「蠻風蜑雨」、「煙雨村」等溫度高、濕度大、雨水多的天氣型態，
呈現出氤氳靉靆、仙氣飄飄的意境。嶺南山勢蜿蜒、山水相映的丹霞地貌和
中原土厚水深大異其趣，梅花以「仙雲嬌墮」、「月下縞衣」、「雪骨冰魂」、「天
香國豔」、「玉妃謫墮」等天仙形象出現在月夜幽光、參橫斗闌，一片惝恍淒
清、幽森迷離中，更顯空靈幽獨。從「索居江海」、「病鶴荒園」，說明詩人謫
居生活孤獨冷清，而梅花卻「來扣門」、「先敲門」，願意照應往來，跟詩人相
知，而所以相知是因為同性同質。這裡雖然沒有以梅花自比，卻藉由跟梅花
的互動，側寫出詩人和梅花一樣高潔幽獨。

　　蘇軾曠達豪放，又喜歡飲酒、醉酒，越發顯現他奔放不羈的人格魅力，
這種超然物外的性格跟酒的特質十分相似。酒使人處於極度興奮、自由的狀
態，從而忘卻現實中的煩惱，尋找內在的心靈歸宿。雖然難免「獨飲歎息」、
「酒醒人散」，詩人卻頗得陶潛「汎此忘憂物，遠我遺世情」的清曠簡遠。〔註
99〕蘇軾在惠州曾說：「流轉海外如逃空谷，既無與語者，又書籍無有，惟陶淵

〔註97〕 倪其心、傅璇琮編：《全宋詩》，頁 9506。

〔註98〕 倪其心、傅璇琮編：《全宋詩》，頁 9507。

〔註99〕 陶潛：〈飲酒二十首并序・其七〉，丁仲祜編：《全漢三國晉南北朝詩》（臺北：
藝文，1983 年），頁 621；蘇軾：〈和陶飲酒二十首〉，倪其心、傅璇琮編：《全
宋詩》，頁 9468。

明一集、柳子厚詩文數冊，常置左右，目爲二友。」〔註100〕有論者提到如果
說蘇軾從柳宗元那裡體驗到了生活的悲劇性，那麼他就在陶潛這裡得到了超
越這種悲劇的方法。〔註101〕他的〈和陶歸園田居六首・其二〉：「春江有佳句，
我醉墮渺莽」，〔註102〕有論者解釋：「春江自藏佳句，只是醉中墮入一片混沌
之中，沒能也不必去尋覓。」〔註103〕而如此妙境跟陶潛的「此中有眞意，欲
辯已忘言」異曲同工。〔註104〕正所謂「得意在忘象，得象在忘言」，〔註105〕
蘇軾對於這種超脫境界也充分表現在詠梅詩作中：「酒醒夢覺起繞樹，妙意有
在終無言」，詩人和梅花越過語言文字而心意相通，除了以此烘托詩人自己和
梅花同樣高潔脫俗，同時體現出一種超越曠達的思維。所謂「立象以盡意，
而象可忘也」，〔註106〕「先生來年六十化，道眼已入不二門。多情好事餘習氣，
惜花未忍都無言。留連一物吾過矣，笑領百罰空罍樽」。詩人經歷所有的困逆
境地，已經心境澹泊、隨遇而安、洞察超脫一切，本到達沒有文字、語言，
萬象一空的境界，拒絕「留連一物」，卻因爲梅花的惺惺相惜而破了戒。但詩
人卻沒有因此懊惱，反而自罰飲酒百樽，這就呈現了完全超脫的極致境界，
超脫於現實環境、超脫於語言文字、符號物象，更超越了自己的心思意念，
獲得極度的心靈自由。

　　松風亭對於寓居惠州的蘇軾而言是一個指標，〈記遊松風亭〉體現蘇軾在
逆境中的思想和實踐：「余嘗寓居惠州嘉佑寺，縱步松風亭下。足力疲乏，思
欲就亭止息。望亭宇尚在木末，意謂是如何得到？良久，忽曰此間有什麼歇
不得處？由是如掛勾之魚，忽得解脫。」〔註107〕文中的關鍵，一是「解脫」，
指拋開精神上、物質上所有羈絆；一是「就歇」指隨遇而安，不管在何時何
地，只要「此心安處是吾鄉」。〔註108〕蘇軾初貶黃州，曾道：「平時種種心，

〔註100〕蘇軾：〈答程全父推官六首之三〉，《蘇東坡全集》，下冊，頁217。
〔註101〕趙雅娟：〈論陶淵明對蘇軾貶謫生活之影響〉，《滁州職業技術學院學報》，第
　　　　9卷，第2期（2010年6月），頁43～45、51。
〔註102〕倪其心、傅璇琮編：《全宋詩》，頁9511。
〔註103〕王水照：《蘇軾選集》（臺北：萬卷樓，2014年），頁20。
〔註104〕陶潛：〈飲酒二十首并序・其七〉，丁仲祜編：《全漢三國晉南北朝詩》，頁621。
〔註105〕王弼撰，邢璹註：《周易略例》，收錄於《叢書集成新編》，第14冊，頁701。
〔註106〕王弼撰，邢璹註：《周易略例》，收錄於《叢書集成新編》，第14冊，頁701。
〔註107〕孔凡禮點校：《蘇軾文集》，頁2271。
〔註108〕蘇軾〈定風波・王定國歌兒曰柔奴，姓宇文氏，眉目娟麗、善應對。家世住
　　　　京師，定國南遷歸。余問柔，廣南風土應是不好。柔對曰，此心安處便是吾
　　　　鄉。因爲綴詞云〉：「常羨人間琢玉郎……此心安處是吾鄉」，薛瑞生：《東坡

次第去莫留」，〔註109〕透露出前所未有的不適應；再貶惠州，卻覺得「人間何處不巉岩」，〔註110〕將挫折磨難視爲一種常態。經歷人生大起大落後，蘇軾更加超然而平靜。有論者認爲黃州時期蘇軾詠梅詩多以貞女擬梅花，具有堅毅的品格，跟自己政治立場的堅持密切相關；惠州時期則以仙女擬梅花，具有超逸的品格，跟他政治困境的超越緊密連繫。將梅花擬作仙女的詩作對立感不明顯，比將梅花擬作貞女的詩作境界更爲圓融。這種境界標誌著詩人二元對立思維模式的消解，內在世界和外在世界達到和諧。〔註111〕寓黃時期的〈紅梅三首〉，梅花承載詩人不見容於世俗的憤慨，正所謂「有我之境，以我觀物，故物皆著我之色彩」；〔註112〕寓惠期間以一種超越放達的姿態跟梅花互動，已入「無我之境」，進而「以物觀物，故不知何者爲我，何者爲物」。〔註113〕有我的境地是人存有「我」的意志，無我的境地是人已泯滅「我」的意志，跟物達到泯然合一的狀態。〔註114〕寓惠時期的這組自賡自和詠梅詩，雖然作者難免以梅花烘托自己仙風道骨般的出塵情懷，但同時充分體現出蘇軾超然於物又跟天地萬物同遊的豁達宇宙觀及人生觀。

宋末陳著〈梅山記〉說：「孤山處士詩以收名，亦不過太平隱趣；卓哉玉局翁（蘇軾）登大庾嶺，寄羅浮村，煉成冰魂雪骨，世之人一追想及，毛髮森灑吁止矣。」〔註115〕蘇軾宦海波濤，歷經癉癘魑魅的熬煉，所達到的境界和一生未仕、丘壑閒居的林逋大相逕庭，詠梅詩所呈現出的情感、境界自然不可同日而語。

三、一樹梅前一放翁／陸游及其梅花詩

陸游生於民族危機嚴重的南宋時代，在他出生那年發生史稱的「靖康之難」。父親陸宰極具民族思想，力主抗金收復失地，所交游者多爲主戰派人物。據陸游〈跋傅給事帖〉自述：

詞編年箋證》（西安：三秦，1998 年），頁 488。
〔註109〕蘇軾：〈子由自南都來陳三日而別〉，倪其心、傅璇琮編：《全宋詩》，頁 9296。
〔註110〕蘇軾：〈慈湖夾阻風五首・其五〉，倪其心、傅璇琮編：《全宋詩》，頁 9498。
〔註111〕王天嬌：〈論蘇軾詠梅詩中的「美人」擬象及其象徵意義〉，《中華文化論壇》，第 3 期（2017 年），頁 47～54。
〔註112〕王國維：《人間詞話》（臺北：金楓，1991 年），頁 2。
〔註113〕王國維：《人間詞話》，頁 2。
〔註114〕葉嘉瑩：《王國維及其文學批評》（新竹：清華大學，2011 年），頁 240。
〔註115〕陳著：《本堂集》，收錄於《文津閣四庫全書》，第 1189 冊，頁 238。

紹興初，某甫成童，親見當時士大夫，相與言及國事，或裂眥嚼齒，
或流涕痛哭，人人自期以殺身翊戴王室。〔註116〕

父執輩們談論國事，深深影響年幼的陸游，「兒時祝身願事主，談笑可使中原
清」，〔註117〕他從小便立下北伐誓願。陸游十八歲時，從學曾幾。《宋史》評：
「曾幾積學潔行，風節凜凜，陳嘗膽枕戈之言，以贊親征，亦壯矣哉。」〔註
118〕主戰派的曾幾對陸游愛國思想起了示範作用。縱觀陸游一生，無論少年老
年、得意失意，不論是爲官，還是被貶，永遠把反抗外侵、恢復中原作爲自
己堅定不移的理想。但議和派是主流，所謂「山外青山樓外樓，西湖歌舞幾
時休。暖風薰得遊人醉，直把杭州作汴州。」〔註119〕當時君臣在偏安的小朝
廷過飲鴆止渴的日子，陸游這種「平生萬里心，執戈王前驅；戰死士所有，
恥復守妻孥」，〔註120〕強烈抗敵的想法，顯得相當「不合時宜」。他在三十歲
那年試禮部，鎖廳薦送第一，卻以喜論恢復觸怒秦檜，而遭黜落，一直到秦
檜死後才有機會任官。〈放翁自贊四首・其二〉自己曾道：「名動高皇，語觸
秦檜」。〔註121〕宋高宗紹興三十一年金人大舉南侵，陸游時任大理司直，他「淚
濺龍床請北征」。〔註122〕孝宗隆興二年右丞相張浚北伐失利，陸游也因爲「力
說張浚用兵，免歸」。〔註123〕即便被陷貶官、遭到打擊迫害，卻沒有因此而放
棄理念，在回山陰前拜訪主戰派老友李德遠，並贈詩：「中原亂後儒風替，黨
禁興來士氣孱。復古主盟需老手，勉追慶曆數公間。」〔註124〕緬懷慶曆年間
抗擊西夏入侵的韓琦、范仲淹，說明自己理念未曾改變。四年後即乾道六年，
陸游重獲啓用，赴夔州通判任，開始所謂的「蜀中時期」。蜀中時期指陸游自
乾道六年夔州通判至淳熙五年奉詔東歸，共八年。淳熙八年已累遷江西常平
提舉的陸游遭遇一次重大的政治挫折，據《宋史・陸游傳》記載，他被給事
中趙汝愚所駁，於是歸鄉領祠祿。〔註125〕陸游被罷黜後回到山陰，投閒置散

〔註116〕陸游：〈跋傅給事帖〉，收錄於曾棗庄、劉琳編：《全宋文》，第223冊，頁65。
〔註117〕陸游：〈壬子除夕〉，倪其心、傅璇琮編：《全宋詩》，頁24808。
〔註118〕脫脫撰：《宋史》，第17冊，頁14。
〔註119〕林升：〈題臨安邸〉，倪其心、傅璇琮編：《全宋詩》，頁31452。
〔註120〕陸游：〈夜讀兵書〉，倪其心、傅璇琮編：《全宋詩》，頁24253。
〔註121〕倪其心、傅璇琮編：《全宋詩》，頁25736。
〔註122〕陸游：〈十一月五日夜半偶作〉，倪其心、傅璇琮編：《全宋詩》，頁24888。
〔註123〕脫脫撰：《宋史》，第17冊，頁8。
〔註124〕陸游：〈寄別李德遠〉，倪其心、傅璇琮編：《全宋詩》，頁24271。
〔註125〕脫脫撰：《宋史》，第17冊，頁8。

五年，淳熙十三年，陸游出知嚴州。淳熙十六年又因行爲疏放遭諫議大夫何
澹所劾，再次罷歸，這一年陸游已經六十五歲了。

有論者說陸游一生愛梅、詠梅，以梅自喻。〔註126〕可見他對於梅花意象
極爲嫻熟，像這樣以「詩言志」的士大夫，將理想抱負，以及有志難伸的痛
苦投射於梅花就成了極自然的事情。陸游的梅花詩詞大約有一百六十首，當
中有很大部分描寫梅花堅貞頑強的氣節品質，承載著自己眾醉獨醒、永不妥
協的心志和意念。

乾道八年，主戰人物左丞相虞允文鎮撫四川，籌劃由四川出師北伐，以
圖光復中原。也是抗金名將的四川宣撫使王炎辟陸游爲幕賓，職左丞議郎權
四川宣撫使司幹辦公事兼檢法官。陸游終於獲得來到抗戰前線的機會，報國
有望的他，興奮振起情緒溢於言表，爲王炎作〈靜鎮堂記〉寄予恢復中原的
厚望。〔註127〕他描寫軍旅生活：「我昔從戎清渭側，散關嵯峨下臨賊。鐵衣上
馬蹴堅冰，有時三日不火食。山蓊畬粟雜沙礫，黑黍黃粱如土色。飛霜掠面
寒壓指，一寸赤心惟報國。」〔註128〕以苦爲樂、以苦爲榮，「投筆書生古來有，
從軍樂事世間無」，〔註129〕欣慰自己不僅具備恢復中原的偉大理想，而且付諸
實際行動投身當中。很可惜，陸游的軍旅生活只有短短幾個月，隨著宣撫使
王炎被召還，幕僚散去，陸游回到成都供閒職，除成都府安撫司參議官。他
在乾道八年底甫抵成都作〈梅花〉述及：

> 家是江南友是蘭，水邊月底怯新寒。畫圖省識驚春早，玉笛孤吹怨
> 夜殘。冷淡合教閒處著，清臞難遣俗人看。相逢剩作樽前恨，索笑
> 情懷老漸闌。〔註130〕

詩人以蘭爲友，「蘭茝幽而獨芳」以喻賢人幽隱；〔註131〕加上背景是幽靜虛淡
而具表德意象的水、月，很明顯陸游以梅自比，表達理想落空，滿腔熱情不
被當局接受的落寞情懷。在成都供閒職，徒有報國心志卻苦無用武之地，心
境冷淡幽寂，「清臞難遣俗人看」，通過「清」和「俗」的對舉，感嘆世人俗

〔註126〕張建軍、周延：《踏雪尋梅：中國梅文化探尋》（濟南：齊魯書社，2010年），
　　　　頁31。
〔註127〕陸游：〈靜鎮堂記〉，收錄於曾棗莊、劉琳編：《全宋文》，第223冊，頁92。
〔註128〕陸游：〈江北莊取米到作飯香甚有感〉，倪其心、傅璇琮編：《全宋詩》，頁24635。
〔註129〕陸游：〈獨酌有懷南鄭〉，倪其心、傅璇琮編：《全宋詩》，頁24628。
〔註130〕倪其心、傅璇琮編：《全宋詩》，頁24318。
〔註131〕洪興祖：《楚辭補注》（臺北：頂淵，2005年），頁162。

眾所貪圖的是眼前享樂苟安，主戰抗敵的他無法認同。陸游在夔州任通判時曾尋訪杜甫故居，有作〈東屯高齋記〉：「少陵非區區於仕進者，不勝愛君憂國之心……」〔註132〕對杜甫忠君愛國滿是景仰並以予自況。而杜甫在夔州曾作〈舍弟觀赴藍田取妻子到江陵喜寄三首・其二〉：「巡檐索共梅花笑，冷蕊疏枝半不禁」，〔註133〕陸游的「相逢剩作樽前恨，索笑情懷老漸闌」，「索笑」化用杜甫詩句，以杜甫爲榜樣卻被閒置於成都，漸漸闌單失力的愛國情懷，成了酒杯前的遺憾。通篇詩作雖存有類似屈原的「小人之盛，君子之憂」，但更多的是失望落寞。不久又作著名的〈西郊尋梅〉，強烈表達困於世俗的遺憾及不平：

> 西郊梅花矜絕豔，走馬獨來看不厭。似羞流落蒙市塵，寧墮荒寒傍茅店。翛然自是世外人，過去生中差一念。淺窺常鄙桃李學，獨立不容鶯蝶覘。山礬水仙晚角出，大是春秋吳楚僭。餘花豈無好顏色，病在一俗無由砭。朱欄玉砌渠有命，斷橋流水君何欠。嗟予相與顏同調，身客劍南家在剡。淒涼萬里歸無日，蕭颯二毛衰有漸。尚能作意晚相從，爛醉不辭杯澈灩。〔註134〕

這首詩前十四句爲託物寄興。首聯的「矜」和「絕」說明梅花獨一無二的品質，基於這樣的品質實在難以跟塵生俗物爲伍，於是漂泊在這荒郊野外；似乎在感嘆閒職於成都，並非缺少才能而是自己無法迎合俗流。「翛然自是世外人，過去生中差一念」，也是暗指自己即便懷才不遇也不爲世道所擄。以「桃李」、「鶯蝶」等喻昏愚蒙昧的俗流俗眾，清醒的詩人不容許自己隨波逐流。陸游和蘇軾一樣很喜歡透過「梅花」和「桃李」的對舉，凸顯梅花的絕俗冰清。例如「逢時決非桃李輩，得道自保冰雪顏」，「俗人愛桃李，苦道太疏瘦」。〔註135〕接下來「山礬水仙晚角出，大是春秋吳楚僭」，顯然是針對黃庭堅「山礬是弟梅是兄」，〔註136〕所發出的抗議。即便是山礬水仙，對於梅花而言都是凡花俗豔，加以並列便是一種卑賤向尊貴的僭越。桃、李、山礬、水仙等百

〔註132〕陸游：〈東屯高齋記〉，收錄於曾棗庄、劉琳編：《全宋文》，第223冊，頁90。

〔註133〕彭定求編：《全唐詩》（北京：中華，2003年），頁2541。

〔註134〕倪其心、傅璇琮編：《全宋詩》，頁24320。

〔註135〕陸游〈梅〉：「逢時決非桃李輩，得道自保冰雪顏」，倪其心、傅璇琮編：《全宋詩》，頁25282；陸游〈雪中臥病在告戲作〉：「俗人愛桃李，苦道太疏瘦」，倪其心、傅璇琮編：《全宋詩》，頁24291。

〔註136〕黃庭堅：〈王充道送水仙花五十枝欣然會心爲之作詠〉，倪其心、傅璇琮編：《全宋詩》，頁11415。

花均具備妍麗可看的外表，缺乏的是內在美質，在詩人眼中全都是一無是處的俗物。詩人心心念念當局輸帛議和，靦顏苟安，對於問題的根本和局勢的真相自我蒙蔽，在這裡詩人有意以時局取譬。「朱欄玉砌渠有命，斷橋流水君何欠」，感嘆梅花以玉骨冰清的姿采，卻流落於斷橋荒野；而那些一無是處的俗物卻生於朱欄玉砌的華屋中，此句成了「淒涼萬里歸無日」的理由。接下來結尾六句是詩人的直抒胸臆，「嗟予相與頗同調」引梅花為知己、為同調，發出對坦蕩胸襟的自讚，對不被用於世的自憐，同時更是對污濁現實政治和官場小人的無聲抗議。

　　即便當局抗伐政策舉棋不定，即便被排除於抗金行列以外，即便滿腹牢騷和無奈，陸游仍然意志堅定。乾道九年謁劉備廟而作：「猾賊挾至尊，天命矜在己。豈知高帝業，煌煌漢中起。」〔註137〕陸游報國心志未嘗灰死，奮鬥目標未嘗改變。〈梅花四首・其三〉透露堅定的決心和力挽狂瀾的意志：

> 玄冥行令肅冰霜，牆角疏梅特地芳。屑玉定煩修月戶，堆金難買破
> 天荒。了知一氣環無盡，坐笑千林凍欲僵。力量世間誰得似，挽回
> 歲律放春陽。〔註138〕

首聯一句寫環境、一句寫客體，透過環境對照出梅花的堅忍。《禮記・月令》：「孟冬、仲冬、季冬之月，其帝顓頊，其神玄冥。」〔註139〕冬神掌控下，冰天雪地是應行節令。冬神行令代表一種不可違逆的、巨大的力量，一種鋪天蓋地的勢力；而以「牆角」和「疏」形容梅花，刻意製造出不對等的兩方。透過首聯這一幅傾斜式的畫面，輔以「特」字，表現出梅花的驚人毅力。「屑玉定煩修月戶，堆金難買破天荒」，運用《酉陽雜俎》卷一修月故事和《北夢瑣言》卷四劉蛻破天荒及第的典故，〔註140〕說明梅花的高尚和凸出，同時呼應首聯的「特」。接下來「了知一氣環無盡，坐笑千林凍欲僵」，跟首聯一樣，一句寫環境、一句寫客體。客體換成不耐冰霜的千林，跟首聯相互參照，呈現「一」和「多」、「獨」和「眾」的對比，凸出梅花堅強、高潔的品質。嚴

〔註137〕陸游：〈先主廟次唐貞元中張儼詩韻三首・其一〉，倪其心、傅璇琮編：《全宋詩》，頁 24320。

〔註138〕倪其心、傅璇琮編：《全宋詩》，頁 24339。

〔註139〕孫希旦撰：《禮記集解》，收錄於《續修四庫全書》（上海：上海古籍，1995年），第 103 冊，頁 1022。

〔註140〕段成式：《酉陽雜俎》，收錄於《叢書集成新編》，第 11 冊，頁 123；孫光憲：《北夢瑣言》，收錄於《叢書集成新編》，第 86 冊，頁 252。

寒的冬天，「疏梅」在牆角凌寒綻放，而「千林」僵死，透過這樣的對舉，再次映襯出梅花的品質。在最後一聯詩人認為挽回春天的力量非梅花莫屬，而梅花所以能如此，是基於它驚人的毅力和堅忍的耐力。牆角幾枝疏梅竟擁有世間無比的力量能「挽回歲律放春陽」，而這正是那些為數不多，受盡環境摧殘、排擠，卻仍渴望力挽狂瀾，改變祖國屈辱地位的愛國志士的形象，同時就是詩人自己。

有論者認為淳熙十六年底陸游自禮部被罷官，是他功名意向消長的分水嶺，此後漸趨消減，終至沉潛；他的詩作也頻繁出現以淡然面對失意的情境。〔註141〕對於這次退居，陸游並沒有表現出失落怨恨的情緒，他的心態略帶消極，透過詩作呈現清淨無為的人生境界。〔註142〕歷經三次罷職返鄉，陸游終於有所覺悟，在紹熙二年明確表態「乃決意不復仕宦」。〔註143〕當想法意念經過這樣的轉折後，他的心態變得平和寧靜。還鄉後，基於成就聖賢人格的價值理念，向理想人格邁進，陸游對於這樣的意志和能力，是非常自覺和自豪的，同時毫不掩飾自己的與世不諧，甚至有因此自傲的意向。〔註144〕例如這段期間所作的〈讀書示子遹〉：「生雖後三代，意尚卑兩漢……世衰道術裂，年往朋友散。澤居貧至骨，霜冷衣露骭。猶能樂其樂，肯發窮苦嘆。爾來更可笑，身雜兒炊爨。一飽輒欣然，弦誦等離泮。望古雖天淵，視俗亦冰炭。」〔註145〕陸游的目光總是看向現實世道以外、貴古薄今，因此在政治環境、人際關係到生活條件均極劣勢的景況下，不被左右，依然絃歌誦讀欣然自得。嘉泰二年雖然短暫出山修《孝宗朝實錄》、《光宗朝實錄》，但近八十歲的他已淡視功名、仕途；在修史期間就曾表達強烈的故園思念，如〈跋韓晉公牛〉說：「予居鏡湖北渚，每見村童牧牛于風林煙草之間，便覺身在圖畫中。自奉詔修史，逾年不復見此，寢飯皆無味。今且奏書矣。」〔註146〕嘉泰三年實錄

〔註141〕何映涵：〈陸游晚年人生志趣新探〉，《中國文學研究》，第 36 期（2013 年 7月），頁 75～116。

〔註142〕劉蔚：〈陸游的村居心態及其田園詩風的嬗變〉，《浙江社會科學》，第 11 期（2009 年），頁 100～104、89。

〔註143〕陸游：〈跋陸史君廟籤〉，收錄於曾棗庄、劉琳編：《全宋文》，第 223 冊，頁9。

〔註144〕何映涵：〈陸游晚年人生志趣新探〉，《中國文學研究》，第 36 期（2013 年 7月），頁 75～116。

〔註145〕倪其心、傅璇琮編：《全宋詩》，頁 25400。

〔註146〕陸游：〈跋韓晉公牛〉，收錄於曾棗庄、劉琳編：《全宋文》，第 223 冊，頁 31。

修成後他回到山陰。回到故鄉他有更多敘述歸鄉生活的詩作，且詩境更顯蕭散閒淡。如〈山澤〉述及：

> 我本山澤人，散誕傲簪裳。宦遊五十年，天遣還農桑。
>
> 東阡南陌間，吾亦愛吾鄉。楚祠坐秋社，隋寺觀夜場。
>
> 醉迷采蒼耳，旅飯炊黃粱。自疑太古民，百年樂未央。
>
> 有時閒暇時，頗復誦老莊。亦嘗遊岷峨，略聞度世方。
>
> 氣為東道主，主安客自長。卻後五百年，見我灞城旁。〔註147〕

這首詩所描寫如太古人民的山澤生活，實在跟五十年來載浮載沉的宦遊人生大異其趣，同時也將卜居地和宦遊地作了分判。陸游四十二歲那年因「力說張浚用兵，免歸」，他的〈幽棲・自注〉開始卜居鏡湖：「乾道丙戌，始卜居鏡湖之三山」，〔註148〕鏡湖成了他宦途低谷時療傷的場所，寓有他的歸隱情懷。

　　會稽一帶的山水風景絕勝，東晉人士已深有體認，《世說新語》多有記載。例如：「顧長康從會稽還，人問山川之美。顧云，千巖競秀，萬壑爭流，草木蒙籠其上，若雲興霞蔚。」又如：「王子敬曰，從山陰道上行，山川自相映發，使人應接不暇，若秋冬之際，尤難為懷。」〔註149〕陸游故鄉山陰更是人文薈萃，王羲之的「蘭亭脩禊」、〔註150〕王子猷的「雪夜訪戴」，〔註151〕為山陰打上風流灑脫的印記；加上曾經長年居住在會稽山陰一帶的謝靈運在他的宦海沉浮中，作詩寄情於此，讓山陰的山水達到了一個新的美學高度。陸游卜居的山陰鏡湖，是唐代賀知章這位「四明狂客」紹許告老的地方。〈回鄉偶書二首・其一〉述及：「離別家鄉歲月多，歸來人事半消磨。惟有門前鑑湖水，春

〔註147〕倪其心、傅璇琮編：《全宋詩》，頁 25272。

〔註148〕倪其心、傅璇琮編：《全宋詩》，頁 24905。

〔註149〕劉義慶著，劉孝標注，余嘉錫箋疏：《世說新語箋疏》（北京：中華，2007 年），頁 170、172。

〔註150〕王羲之〈三月三日蘭亭詩・序〉：「永和九年，歲在癸丑，暮春之初，會於會稽山陰之蘭亭，修禊事也。羣賢畢至，少長咸集。此地有崇山峻嶺，茂林修竹；又有清流激湍，映帶左右，引以為流觴曲水，列坐其次。雖無絲竹管絃之盛，一觴一詠，亦足以暢敘幽情。」收錄於葉楚傖主編，《三國晉南北朝文選》（臺北：正中，1991 年），頁 207。

〔註151〕《世說新語》：「王子猷居山陰，夜大雪，眠覺，開室，命酌酒。四望皎然，因起彷徨，詠左思〈招隱詩〉。忽憶戴安道，時戴在剡，即便夜乘小船就之。經宿方至，造門不前而返。人問其故，王曰，吾本乘興而行，興盡而返，何必見戴。」劉義慶著，劉孝標注，余嘉錫箋疏：《世說新語箋疏》，頁 893。

風不減舊時波。」〔註152〕鏡湖是賀知章的心靈歸依。李白曾在夢中:「一夜飛度鏡湖月」;元稹也歌詠:「百里油盆鏡湖水,千峰鈿朵會稽山」。〔註153〕陸游描寫鏡湖的詩作就有一百五十首,如〈舟中詠落景餘清暉輕橈弄溪渚之句,蓋孟浩然耶溪泛舟詩也,因以其句爲韻賦詩十首・其六〉說:「鏡湖三百里,風止鏡面平。持以照吾心,俗塵安得生。散髮鷗鷺間,萬事秋毫輕。誰能拂東絹,寫我孤舟橫。」〔註154〕三百里的湖水恍若一面明鏡,極言清澈。有時他忍不住直接讚歎:「鏡湖一何清」。〔註155〕「清」就是高潔澄淨,它是一種品格,是中國文人追求的至高境界。鏡湖在陸游眼中不染塵俗,自然成了跟俗世宦途的對舉,如〈歲晚懷鏡湖舊隱慨然有作〉說:「公府還家鬢未秋,鏡湖南畔決歸休……俗間毀譽惟堪笑,常隘韓公咎斗牛。」〔註156〕

　　這段期間陸游卜居鏡湖所作的梅花詩,也有明顯的塵外思致。例如〈歲暮雜感四首・其三〉說:「高標我自有,何憾老空谷……哀哉世論卑,汙我塵外躅」,〔註157〕透過對塵世俗論的鄙薄,標舉自己的空谷高躅。〈梅花絕句四首・其一〉同樣以「塵土」和「青鞋」對舉,且「涴」和〈歲暮雜感四首・其三〉所出現的「汙」字一樣,表現出對於俗世的蔑視:「體中頗覺不能佳,急就梅花一散懷。衝雨涉溪君會否,免教塵土涴青鞋。」〔註158〕這首詩同時說明梅花對於陸游,如一帖身心良藥,是自己超拔於卑汙世道的精神標竿。家鄉的鏡湖在塵俗外,於是鏡湖的梅花更是以一種絕世姿采,出現於陸游詩作中。且看〈湖山尋梅二首〉:

> 鏡湖渺渺烟波白,不與人間通地脈。騎龍古仙絕火食,慣住空山嚙冰雪。東皇高之置度外,正似人中巢許輩。萬木僵死我獨存,本來長生非返魂。

> 小雪湖上尋梅時,短帽亂插皆繁枝。路人看者竊相語,此老胸中常有詩。歸來青燈耿窗扉,心鏡忽入造化機。墨池水淺筆鋒燥,笑拂

〔註152〕彭定求編:《全唐詩》,頁1147。

〔註153〕李白:〈夢遊天姥吟留別〉,彭定求編:《全唐詩》,頁 1780;元稹:〈送王十一郎游剡中〉,彭定求編:《全唐詩》,頁4575。

〔註154〕倪其心、傅璇琮編:《全宋詩》,頁24943。

〔註155〕陸游:〈雜感十首以野曠沙岸淨天高秋月明爲韻・其七〉,倪其心、傅璇琮編:《全宋詩》,頁25608。

〔註156〕倪其心、傅璇琮編:《全宋詩》,頁24445。

〔註157〕倪其心、傅璇琮編:《全宋詩》,頁25173。

〔註158〕倪其心、傅璇琮編:《全宋詩》,頁25177。

吳箋作飛草。〔註159〕

第一首詩，首聯描寫鏡湖的清絕蒼茫恍若仙境，跟塵世殊途且對立。頷聯說明存在於這個空間裡的梅花跟環境一樣不沾染一絲人間塵氣。頸聯則描寫梅花獨絕卓犖的品格。尾聯藉由「萬」和「獨」，「死」和「存」兩兩對舉，在萬木僵死中梅花所以獨活，是因為它從來不曾消失，詩人將自己堅定不移、始終如一的意志、信念寄託在梅花的特殊質性中。

　　第二首詩敘述自己不在乎外界眼光的放達行徑。如此任誕風流直可上承魏晉山陰名士王子猷。王子猷為王羲之子，除了膾炙人口的「雪夜訪戴」，他在青溪岸邊要求桓子野為自己吹笛的逸事，更顯從容由性，不被世俗所累。〔註160〕在梅花盛開的時候，陸游無所顧忌，盡情顯示自己的狂顛，一如他曾經「醉插烏巾舞道傍」，〔註161〕詩人在湖邊將梅花繁枝插滿頭，即便引來路人側目竊語，也絲毫不以為意，這種「不合世間情理」的舉動可謂是狂者行徑。〔註162〕此刻他只覺得自己詩興頓生，胸中的詩句有如萬泉噴發。歸家後將青燈點亮窗前，醞釀歌吟，索筆作飛草揮灑。〈湖山尋梅二首‧其二〉的「心鏡忽入造化機」和「墨池水淺筆鋒燥，笑拂吳箋作飛草」，表現出任性逍遙、隨緣放曠，成就一種獨與天地精神相往來的自由。或許是對時局的失望，或許是徹底淡薄功名，陸游徜徉在這個自古人文薈萃、遍布風流遺跡的山陰鏡湖，離世異俗、慷慨疏狂的高志情懷油然而生，進而投射於他所鍾愛、所熟悉的梅花，也是極自然的。

　　方回總評陸游梅花詩：「疏影暗香，一經此老後，人難措手矣。」〔註163〕誠如論者所說陸游是繼林逋、蘇軾以後，梅花審美認識的一個重要代表，陸游以他堅強意志、不屈的精神對梅花作深入演繹和抉發。〔註164〕「何方可化身千億，一樹梅前一放翁」，〔註165〕陸游化身千億長在梅前，跟梅相連相印，人梅合一。在對梅花的依戀、愛護中，理所當然的流露自己的性格情操。這是化用柳宗元的詩句：「海畔尖山似劍鋩，秋來處處割愁腸。若為化得身千億，

〔註159〕倪其心、傅璇琮編：《全宋詩》，頁25643。
〔註160〕劉義慶著，劉孝標注，余嘉錫箋疏：《世說新語箋疏》，頁894。
〔註161〕陸游：〈梅花六首‧其二〉，倪其心、傅璇琮編：《全宋詩》，頁25008。
〔註162〕廖蔚卿：《漢魏六朝文學論集》，（臺北：大安，1997年），頁162。
〔註163〕方回：《瀛奎律髓》，收錄於《文津閣四庫全書》，第1370冊，頁209。
〔註164〕程杰：《梅文化論叢》（北京：中華，2007年），頁79。
〔註165〕倪其心、傅璇琮編：《全宋詩》，頁25185。

散上峰頭望故鄉。」〔註166〕但跟柳宗元不同調的是，陸游將自己思想情感寄託於梅花，並展演成優美高雅的意境，誠如陳衍所說：「柳州之化身何其苦；此老之化身何其樂。」〔註167〕陸游一生以國家興亡為己任，即便屢次被罷也不曾動搖。他在山陰的人生最後旅程，所寫的詩歌似乎刻意呈現跟世道時局分殊對舉，並淡視一切的意境；但「死去元知萬事空，但悲不見九州同。王師北定中原日，家祭無忘告乃翁」，〔註168〕走到人生終點，再沒有什麼事物值得在意的，唯一放不下的只有黍離喟嘆，而梅花的自然物性此時才足夠象徵他一生堅定的價值觀和理想。清人姚瑩的〈論詩絕句六十首・其三十三〉說：「鐵馬樓船風雪裡，中原北望氣如虹。平生壯志無人識，卻向梅花覓放翁。」〔註169〕不論是五十年進退無據的浮沉宦遊，還是人生最後的鏡湖散居，陸游都能透過梅花來抒情言志，梅花是他一生的內心寫照。

第二節　俗情

　　宋代梅花觀賞文化蓬勃盛行。由於經濟文化高度發展，加上帝國版圖侷促，十分倚重梅花主產區的淮、嶺以南；到了南宋北方半壁盡失，更加助長梅花在整個社會文化中的份量。興盛的園林和藝花風氣同時加深、加廣梅花在宋代社會文化中的位置。宋代園林興盛不論是皇家林苑、公卿士大夫的莊園，都是種植觀賞花卉的絕佳場所；一般士人在舍前屋後、院角籬邊三三兩兩的梅花栽植也十分普遍；山區、平地、都市、鄉村遍布梅花踪跡；到了南宋它更是江南地區最常見的花卉景物，贏得最廣泛的群眾基礎。以梅花對土性、地力要求不高，栽培技術低、繁殖力強的條件來說，在花卉觀賞風氣興盛的基礎下，於是異軍突起。南宋甚至出現梅花專類園的經營，例如范成大的「石湖」，張鎡的「玉照堂」。輔以歲時常見的賞花賣花都市風習，梅花園藝栽培得到長足發展，舉凡野生移植、嫁接繁殖、異地引種，甚至催花技術均十分常見。范成大《梅譜》所譜載繁多且不斷增加的梅花品種，〔註170〕便

〔註166〕柳宗元：〈與浩初上人同看山寄京華親故〉，彭定求編：《全唐詩》，頁 3932。
〔註167〕陳衍評點：《宋詩精華錄》（成都：巴蜀書社，1992 年），頁 563。
〔註168〕陸游：〈示兒〉，倪其心、傅璇琮編：《全宋詩》，頁 25722。
〔註169〕孔凡禮、齊治平編：《陸游資料彙編》（北京：中華，2004 年），頁 343。
〔註170〕梅花品種，有江梅、早梅（又一種）、官城、消梅、古梅（苔梅、古梅）、重葉、綠（又一種）萼、百葉湘梅、紅梅、鴛鴦、杏梅、蠟梅（狗蠅、磬口、

是宋人賞梅愛梅的集中體現。人們同時喜歡以盆景、瓶插作爲居室妝點，由《梅品》和《山家清供》、《山家清事》等可知梅花在繁榮都市氣息的洋溢下、喧囂消費娛樂的瀰漫中，衍生許多豐富而多采的時尚生活，甚至是娛樂方式。

　　文人和梅花的情緣密切且普遍，藝梅賞梅時尚生活和藝術創作均十分興盛，梅花超凡出塵的格調和高潔幽獨的神韻在宋代已被公認無疑。姚寬《西溪叢語》稱呼「梅爲清客」，〔註171〕可見早在北宋梅已完成高尚潔雅的文化定位。文人士大夫以梅花寄託個人超然卓犖的人格情操，固然有牢不可破的基礎；但在社會發展的境況中，及消費物質生活的大背景下，關於一般常情俗態的書寫也同時進行著。二者看似相反卻是相成，並非背道而馳，實爲光譜的二端，少了一端都不是梅花文化的全相。藉由梅花訴說疏影橫斜的蕭散幽獨和雪霜孤姿的矜豔絕俗，託喻著傲視千林、力挽歲律的使命，以及嚙冰飲雪甚至霜虐風饕的考驗。梅花象徵舉凡特殊的、卓越的、激進的人格情操和身世際遇。吉川幸次郎有所謂「推移的悲哀」，包括對於不幸時間的持續、時間推移中由幸福轉到不幸福，以及向終極不幸即死亡推移的悲哀。〔註172〕葉嘉瑩曾說：人間一切最美好的生命零落消亡、無可挽回是一種宇宙整體的悲哀，每一個人都在人世無常的哀婉中。〔註173〕梅花並不推卻類似這種一般的、不甚高深卻普遍存在於人世間的事態心懷，如傷春悲秋、聚散離合、去國懷鄉等。〔註174〕

　　檀香三種）共十二種，其中早梅、綠萼、蠟梅均有另品，而古梅則屬梅的特殊形態，並非梅的品種，早梅的另一種也可能是花期不一，並非新品種，因而合計實有品種爲十四。范成大：《梅譜》，收錄於《叢書集成新編》，第44冊，頁120。

〔註171〕姚寬：《西溪叢語》，收錄於《叢書集成新編》，第11冊，頁384。

〔註172〕吉川幸次郎著，鄭清茂譯：〈推移的悲哀——古詩十九首的主題‧上〉，《中外文學》，第6卷，第4期（1977年9月），頁24～54；吉川幸次郎著，鄭清茂譯：〈推移的悲哀——古詩十九首的主題‧下〉，《中外文學》，第6卷，第5期（1977年10月），頁113～131。

〔註173〕葉嘉瑩：《唐宋名家詞賞析》（臺北：大安，2007年），頁160。

〔註174〕程杰對於兩宋詠梅盛況有詳細的整理：第一，宋代詠梅詩詞數量是宋以前詠梅總數的50倍。第二，頻繁的賞梅詩會和文人酬唱，十詠、百詠組詩的創作，甚至出現詠梅集句詩集，另外還有詩人詠梅的專嗜和日課，以及梅花專題文獻的編纂，這些都是宋代詠梅繁榮的跡象。第三，宋人對梅花品種有更多的認識，對梅花形象的觀察和把握更加深入，加上梅花景觀豐富且普及，「催梅」、「探梅」、「賞梅」、「泛梅」、「簪梅」、「評梅」……等梅花相關的文化活動也不斷開展，促使詠梅題材的泛衍變得十分多元。程杰：〈宋代詠梅文學的盛況及其原因與意義‧上〉，《陰山學刊》，第15卷，第1期（2002年1月），頁29～33。

一、感物傷春同懊惱／怨春傷逝

　　蘇轍〈次韻秦觀梅花〉說：「忽傳騷客賦寒梅，感物傷春同懊惱……孤芳已與飛霰競，結子仍先百花老。苦遭橫笛亂飛英，不見遊人醉芳草」；李之儀〈有送梅花者而彥行適在君俞來〉說：「來時點滴縱彷彿，今日爛漫將飛揚。春事不知尚多少，客懷空自成悲傷。」〔註175〕這種藉由花開花落以興的怨春傷逝，早在魏晉南北朝梅花被作為一種春花已跟文人發生此類情感上的互照；降及賦予梅花品格以象徵士大夫人格精神的北宋，甚至在已確立梅花為道德追求典型和圖騰的南宋，都未曾消失或是停止。例如趙蕃〈久不作詩詩思甚涸春物日盛漫興三章用常德裹心筆書本不工重復加弱似亦與詩相稱云·其一〉嘆：「威嚴退冰霜，清潤歸梅柳。少時騁青春，老至傷白首。」〔註176〕

　　看見梅花凋零很容易引起歲月變化、容顏衰老的感歎，加上「壽陽梅妝」的典故，梅花成了女子紅顏易老的投射，這種哀愁在文學史上十分典型且常見的是閨怨詩作。梅花承載閨怨從南北朝開始，降及唐朝，直到兩宋都未曾消失。周彥質〈宮詞·其九十二〉述及美麗姿容足以和梅花並比：「感古梅妝範樣殊，折梅特地試妝梳。薄施紅粉臨鸞鑑，却是梅花迥不如。」〔註177〕對梅花零落的不捨，於是化成嬌顏難再的嘆息。劉子翬〈聞笛〉描寫閨婦獨守空房嘆息華年如梅：「戍兵臨絕漠，閨婦起寒宵。一弄梅飛雪，華年鬢亦凋。」〔註178〕徒有美好容顏，但戍兵於絕漠的良人卻不及愛賞，眼看就要飛灰搖落了。女為悅己者容，良人不在身邊梳妝打扮便缺少對象來欣賞自己。朱淑真〈睡起二首·其二〉提到：

　　　　懶對粧臺指黛眉，任他雙鬟向煙垂。侍兒全不知人意，猶把梅花插

　　　　一枝。〔註179〕

朱淑真從女性自身立場發話，對於這種美麗卻無人愛賞的哀怨表現得尤為貼切，她的〈冬日離詠〉說：「霜瓦曉寒欺酒力，月欄夜冷動詩腸。厭厭對景無情緒，謾把梅花取次粧。」〔註180〕詩人用梅花裝扮自己、用梅花承載怨

〔註175〕蘇轍：〈次韻秦觀梅花〉，倪其心、傅璇琮編：《全宋詩》，頁999；李之儀：〈有
　　　　送梅花者而彥行適在君俞來〉，倪其心、傅璇琮編：《全宋詩》，頁11270。
〔註176〕倪其心、傅璇琮編：《全宋詩》，頁30445。
〔註177〕倪其心、傅璇琮編：《全宋詩》，頁11301
〔註178〕倪其心、傅璇琮編：《全宋詩》，頁21407。
〔註179〕倪其心、傅璇琮編：《全宋詩》，頁17975。
〔註180〕倪其心、傅璇琮編：《全宋詩》，頁17989。

情；同時用梅花表現出己身的自尊及自重，儘管無人欣賞，仍要打扮，是基於自己本身的獨特和美好；而梅花則寄寓著無人愛賞的寂寞和自珍自賞的堅持。

二、攀翻剩欲寄情親／聚散離合

梅花早開因此在宋人心目中高於群芳，周紫芝〈弔梅二首・其二〉說：「傷心不見玉扶疏，丹杏縹桃亦甚都。只恐此君零落後，餘芳要自不如渠。」〔註181〕梅花地位極為特殊，對於它零落喟嘆，自然也就更加深刻。方蒙仲〈早梅〉述及：

尚居闌菊殿，豈占杏桃先。梅自傷遲暮，人猶作早看。〔註182〕

方蒙仲一反宋人對早梅天機先得、陽和獨佔的歌詠；感嘆起梅花有多早開就有多早落，早開似乎是為了早落，因著這份先於杏桃而開的獨特性，就更加惋惜它的早落。梅花原本就是一種美麗而易逝的意象，能代表一切美好卻短暫的世態人情；加上在時人觀感中，梅花有特殊的文化意義和社會作用。人的情感多元而複雜，並非只有高隱幽情，宋人將普遍性的傷歲感別情緒投射於自己最情有獨鍾的梅花，是既嫻熟且自然的，而當情感投射於上的同時也產生一種展演效果。司馬光〈和史誠之謝送張明叔梅臺三種梅花〉提到：

正爛漫時遊不足，忽離披去樂難常。慇懃手折遙相贈，不欲花前獨舉觴。〔註183〕

藉由梅花離披以抒發短暫相聚的遺憾和對朋友的思念。王安石〈次韻徐仲元詠梅二首・其二〉也是作如此表達：「搖落會應傷歲晚，攀翻剩欲寄情親。終無驛使傳消息，寂寞知誰笑與顰。」〔註184〕透過梅花搖落，而發出年歲飛逝卻跟朋友不得相聚的感嘆。韓淲〈梅・其五〉則將梅花想像成傳遞思念的媒介：

色薄半開都有態，香濃初謝轉傷情。水邊却恨無多子，山嘴尤憐太瘦生。驛使折來春信早，單于吹罷角聲清。〔註185〕

既然相聚無期，只好將思念託付給梅花，或是期盼對方稍來信息。梅花不僅

〔註181〕倪其心、傅璇琮編：《全宋詩》，頁17382。
〔註182〕倪其心、傅璇琮編：《全宋詩》，頁40051。
〔註183〕倪其心、傅璇琮編：《全宋詩》，頁6193。
〔註184〕倪其心、傅璇琮編：《全宋詩》，頁6628。
〔註185〕倪其心、傅璇琮編：《全宋詩》，頁32618。

是美麗情態、美麗事物的象徵，因為梅花不畏嚴寒的特質，同時傳達對友人心意和思念的永不改變：「羣芳凍死未招魂，誰使梅花獨占春。願折繁華憑驛使，為傳幽思惱詩人。」〔註186〕梅花獨存於萬木僵死中，特立於羣芳，折取梅花所傳達的思念和情意自然遠遠勝過其他植物。

「折花逢驛使，寄與隴頭人。江南無所有，聊贈一枝春。」〔註187〕以梅花寄託對友人的思念，雖然從南北朝降及宋代始終如一，但在唐代折梅寄遠沒有宋代那麼流行，所寄出去的也未必是真正的梅花。杜甫〈和裴迪登蜀州東亭送客逢早梅相憶見寄〉透露驚時的感慨以及對朋友的想念，但「幸不折來傷歲暮」說明詩人沒有真的折梅或收到友人寄梅，而只是一種設想。柳宗元〈早梅〉述及：「欲為萬里贈，杳杳山水隔。寒英坐銷落，何用慰遠客」，詩人欲寄梅而未能，也只是表達一種願望。〔註188〕折梅寄相思在宋代則流行開來，陸游《老學庵筆記》就說：「國初人尚文選⋯⋯草必稱王孫，梅必稱驛使」，〔註189〕同時給朋友寄上的也以梅花實物為主。例如孫覿〈謝公惠梅花〉就是收到友人寄贈梅花，作詩表示謝意：「多謝風流濠上掾，凌晨分我一枝春」；韓駒〈謝人寄梅花瑞香花二首・其一〉也是收到友人寄來的梅花，心中感到寬慰：「殷勤江南客，折花良慰予」。〔註190〕有論者提出宋代伴隨著梅樹的普遍種植和宋人對梅沁入骨髓的熱愛，折梅贈寄十分流行，加上梅花在宋人眼中的崇高形象，這種凸顯道德情操的文化特質，滲透到和梅相關的方方面面，宋人寄梅還重視梅的比德功能，折梅寄遠不只表達濃濃的相思情意，還傳達了對友人忠貞品質的肯定。〔註191〕

梅、柳等既然成為人們所習常的思念承載物，在分離送別的場景，將依依不捨的情意及綿長的祝福灌注於上，也是極為尋常的。折柳送別是中國古

〔註186〕李綱：〈次季弟韻賦梅花三・其三〉，倪其心、傅璇琮編：《全宋詩》，頁 17663。

〔註187〕李昉等編《太平御覽》載南朝盛弘之《荊州記》：「陸凱與范曄相善，自江南寄梅花一枝，詣長安與曄，并贈花。詩曰折花逢驛使，寄與隴頭人。江南無所有，聊贈一枝春。」收錄於《文津閣四庫全書》，第 903 冊，頁 501～502。

〔註188〕杜甫：〈和裴迪登蜀州東亭送客逢早梅相憶見寄〉，彭定求編：《全唐詩》，頁 2437；柳宗元：〈早梅〉，彭定求編：《全唐詩》，頁 3952。

〔註189〕陸游：《老學庵筆記》，收錄於《叢書集成新編》，第 84 冊，頁 145。

〔註190〕孫覿：〈謝公惠梅花〉，倪其心、傅璇琮編：《全宋詩》，頁 17019；韓駒：〈謝人寄梅花瑞香花二首・其一〉，倪其心、傅璇琮編：《全宋詩》，頁 16584。

〔註191〕李開林：〈宋詩「寄梅」的文化意蘊及現實思考〉，《中北大學學報・社會科學版》，第 32 卷，第 1 期（2016 年），頁 82～85。

代傳統的送別形式，例如白居易〈青門柳〉敘述：「爲近都門多送別，長條折盡減春風」。〔註192〕每至旅人遠離，送者往往折柳以表達惜別情傷，胡仲弓〈送丁仲圭歸合沙〉說：「去秋曾作送行詩，又見貞人話別離。楊柳柔條未堪折，梅花聊贈歲寒枝。」〔註193〕梅花和柳條一樣同爲贈別物品，何夢桂〈送入都僉事〉甚至說：「臨別折梅嫌太俗」，〔註194〕可見折梅贈別在宋代十分普遍。例如王十朋〈送茹生履〉說：「賢關春信無多日，手折梅花贈子行」；李石〈送牟堯文〉說：「一杯少味仍相送，折得梅花帶笑看」；戴昺〈送陳竹屋提幹東歸〉說：「折梅相送齊山路，愁絕江東日暮雲」。〔註195〕所謂「歲窮送別溪頭路，手把梅花思黯然」，〔註196〕梅花美麗而易逝的意象，比常青的柳條更能爲離別場面平添黯然落寞的氛圍，同時增加浪漫哀怨的色彩。例如釋永頤〈惜梅贈別〉形容：「蘆管含愁苦怨春，況兼風雨送行頻。數株零落寒雲畔，難揀香枝寄遠人。」〔註197〕落梅落雨交織成凄美迷濛的送別場景，花枝零落飄散著，細細的從中揀取一枝，足見送者對將遠行友人的用心，並從對落梅的疼惜情緒以表達對友人的珍重心意。

　　梅花易逝而柳條常綠，讓折梅贈別的場面添加浪漫和感傷，但有論者認爲相較於折柳，宋人賦予折梅送行新的內涵，不僅有臨別的依戀，更增添勉勵和期盼。〔註198〕王十朋〈擬賦江南寄梅花詩〉說折梅「情深殊折柳」，是因爲「雪裡開纔一」，〔註199〕於是人們將梅花冒寒而開的特性灌注進對行者的祝福。范成大〈送趙從善少卿將漕淮東〉說：「古來將相多頭黑，此去功名尙鬢青。披草兩年南北巷，折梅明日短長亭。」〔註200〕長亭短亭自古是送別意象，長亭折柳更是唐人慣用的，但范成大卻以折梅代替，取梅花堅忍的特性期許友人即便到了年老頭髮仍青黑如少，除了以折梅傳達對行者的祝福，更包含

〔註192〕彭定求編：《全唐詩》，頁 4946。

〔註193〕倪其心、傅璇琮編：《全宋詩》，頁 39839。

〔註194〕倪其心、傅璇琮編：《全宋詩》，頁 42185。

〔註195〕王十朋：〈送茹生履〉，倪其心、傅璇琮編：《全宋詩》，頁 22610；李石：〈送牟堯文〉，倪其心、傅璇琮編：《全宋詩》，頁 22296；戴昺：〈送陳竹屋提幹東歸〉，倪其心、傅璇琮編：《全宋詩》，頁 36988。

〔註196〕王十朋：〈送謝任之・其三〉，倪其心、傅璇琮編：《全宋詩》，頁 22767。

〔註197〕倪其心、傅璇琮編：《全宋詩》，頁 35992。

〔註198〕李開林：〈宋詩「折梅」行爲的文化意蘊〉，《江南大學學報・人文社會科學版》，第 14 卷，第 6 期（2015 年），頁 86～89。

〔註199〕倪其心、傅璇琮編：《全宋詩》，頁 22932。

〔註200〕倪其心、傅璇琮編：《全宋詩》，頁 26049。

了勉勵和鼓舞。

　　梅花美好卻易逝，詩人用以抒發年命短暫和聚散無常；但事實上跟它相比，人世間的一切沒有能夠比得上它的。林花謝了有再開的時候，唯有人情事態毫無挽回的餘地，在時間推移中所消逝的美好人情一去不返。最擅長以梅花自比甚至和梅花融為一體的陸游，在他的〈十二月二日夜夢遊沈氏園亭二首〉中也可以看到將這種人世間的聚散投射於梅花：

　　　路近城南已怕行，沈家園裏更傷情。香穿客袖梅花在，綠蘸寺橋春
　　　水生。城南小陌又逢春，只見梅花不見人。玉骨久成泉下土，墨痕
　　　猶鎖壁間塵。〔註201〕

梅花年年綻放吐芳是永恆常存的不變，人不僅無法每年都如梅花開放般鮮豔芬芳，更是隨著一年一年走向消亡。陸游透過「香穿客袖梅花在」和「玉骨久成泉下土」，對比出宇宙中美好事物的無窮無盡和人生的無奈無常，而每一個人卻都活在這種對比的哀婉中。

三、遙想吾廬亦如此／去國懷鄉

　　梅花作為這種美好而珍重的意象不僅是送者對行者的情感投射，反過來也是行者思鄉的寄寓者。「東閣官梅動詩興，還如何遜在揚州。此時對雪遙相憶，送客逢春可自由。幸不折來傷歲暮，若為看去亂鄉愁。江邊一樹垂垂發，朝夕催人自白頭。」〔註202〕杜甫由睹梅、寄梅、詠梅以表達對友人的深切想念，同時傳達深深的思鄉情懷。王維則有身處異地，無法歸鄉親見梅花綻放的遺憾：「君自故鄉來，應知故鄉事。來日綺窗前，寒梅着花未。」〔註203〕宋代梅花相當普遍，幾乎每家每戶都在庭院栽植，使得梅花和家鄉、親人緊密連繫起來。李覯〈登越山〉：「臘後梅花破碎香，望中情地轉淒涼。遊山只道尋高處，高處何曾見故鄉。」〔註204〕因梅花綻放而生思鄉情緒，就算登高也無法釋懷和消解，只能透過詩作抒發淒涼。王十朋〈途中見早梅〉則是以梅花連繫了旅地和家鄉，見到路旁梅花而觸物思鄉，想起家裡的梅花：「山行初逢建子月，始見寒梅第一枝。遙想吾廬亦如此，誰能千里贈相思。梅花發

〔註201〕倪其心、傅璇琮編：《全宋詩》，頁25424。
〔註202〕杜甫：〈和裴迪登蜀州東亭送客逢早梅相憶見寄〉，彭定求編：《全唐詩》，頁2437。
〔註203〕王維：〈雜詩三首‧其二〉，彭定求編：《全唐詩》，頁1304。
〔註204〕倪其心、傅璇琮編：《全宋詩》，頁4339。

後思家切，竹間水際出橫枝。暗香疎影和新月，自是離情禁不得，觸物那堪此時節……」〔註205〕

梅花「千里贈相思」超越空間上的限制，雖安慰了羈旅在外的遊子，卻同時也提醒著不得歸鄉的遺憾。喻良能〈至日見梅〉述及：「漸老身仍健，多愁鬢易華。異鄉逢至節，細雨見梅花。酒薄那能醉，詩成敢自誇。何時故園裏，徙倚看橫斜。」〔註206〕雖然異鄉的梅花始終比不上家鄉的，但梅花在宋人心目中有著特殊且至高的地位，而故鄉的一切對於遊子來說是至善美好的，於是自然而然的將二者連繫在一起。方岳〈道中即事・其八〉說：「梅花便作鄉人看，飛落酒杯相勸酬」，梅花除了承載思鄉情懷，甚至幻化成家鄉的親友，成為異鄉遊子的慰藉。〔註207〕

四、春入西湖到處花／春遊陪襯

雖有道「君看今日樹頭花，不是去年枝上朵」，〔註208〕即便如此，年年綻放吐芳的梅花仍舊是宇宙間美好事物的永恆存在，「年年雪裡破春顏」、「年年已與梅花約」，梅花年年開花，甚至「都城巧力真堪羨，競買梅花八月時」，〔註209〕透過人工栽培四時綻春。梅花作為宋士大夫人格至高無上的精神表徵，但在普遍的栽植、藝花的風氣和廣大群眾的玩賞裡，它同時也作為一種

〔註205〕倪其心、傅璇琮編：《全宋詩》，頁22635。

〔註206〕倪其心、傅璇琮編：《全宋詩》，頁26958。

〔註207〕方岳〈道中即事・其八〉，倪其心、傅璇琮編：《全宋詩》，頁38280。梅花去國懷鄉的象徵，在南宋更寄託了中原淪陷、南北分裂的哀思，以及對南北統一，收復河山的渴望。李開林：〈宋詩「寄梅」的文化意蘊及現實思考〉，《中北大學學報・社會科學版》，第32卷，第1期（2016年），頁82～85。陽枋〈避地雲山全父弟詩寄梅花〉述及：「便欲支節到嚴底，不須折贈隴頭春」。「隴頭春」指的是陸凱寄梅給遠在長安的范曄，但卻說不須寄梅給北方的友人，不是因為不見梅花也不是因為沒有思念，而是北地已無親友可寄。倪其心、傅璇琮編：《全宋詩》，頁36124。趙善應〈寧師西閣〉說得更為明白：「飄泊南來幾歲寒，追談往事漫心酸。雲烟暮隔中原望，歸折梅花忍淚看。」不僅感嘆個人的不幸遭遇，更用「中原望」這個現成意象，表達了對宋室衰微的無奈和哀戚。倪其心、傅璇琮編：《全宋詩》，頁23702。

〔註208〕王國維：〈玉樓春〉，《靜庵詩詞稿》（臺北：藝文，1974年），頁58。

〔註209〕葉茵〈生日對梅口占〉：「年年雪裡破春顏」，倪其心、傅璇琮編：《全宋詩》，頁38243；強至〈何太宰生日二首・其二〉：「年年已與梅花約」，倪其心、傅璇琮編：《全宋詩》，頁7030；方蒙仲〈和劉後村梅花百詠・其二十二〉：「都城巧力真堪羨，競買梅花八月時」，倪其心、傅璇琮編：《全宋詩》，頁40054。

玩物存在宋人時尚娛樂生活中。「香梅爛漫見紅梅，白白朱朱取次開。料得故園春色滿，有人花下正徘徊」。〔註210〕梅花爛漫接來而開，在這首詩裡人們顯然擺脫傷春的怨情，很單純的接受梅花所展現的蓬勃生命力。「春入西湖到處花，裙腰芳草抱山斜。盈盈解佩臨煙浦，脈脈當壚傍酒家」，〔註211〕也是一派輕鬆，但知梅花帶來活潑和愉悅，不見一絲傷春情緒。「鬆鬆麗日約餘寒，春向梅邊柳上添」；「秀色暗添梅富裕，綠梢明報竹平安」，〔註212〕生機勃勃的梅花，給人們帶來希望，讓人們對春天充滿期盼。「春光欲動意猶遲，未許游人浪見伊。只有梅花藏不得，隔籬穿竹出橫枝」。〔註213〕每到春天梅花迫不及待吐露芬芳，為人們的春遊活動帶來熱鬧及歡樂。邵雍〈同諸友城南張園賞梅〉說：「梅臺賞罷意何如，歸插梅花登小車。陌上行人應見笑，風情不薄是堯夫。」〔註214〕插在頭上的梅花是遊園興致的點綴。楊萬里〈初三日游翠園〉述及盛開的梅花是遊園煎茶樂趣的配角：「……老夫掉頭心獨喜，翠園梅花招我嬉……玉林亭子絕幽絕，江梅千樹吹香雪。茂松軒裏清更清，松風一鼎煎茶聲」；〔註215〕王十朋〈臘日與守約同舍賞梅西湖〉所載梅花則成了朋友間舉杯交際的助興物：「西湖處士安在哉，湖山如舊梅花開……旅中茲游殊不惡，況有佳友銜清杯。手折林間一枝雪，頭上帶得新春回。」〔註216〕透過以上詩作可知梅花作為一種具體而感官的物質存在於宋人娛樂生活中，暫時擺脫沉重的精神人格象徵，也不須承載感時傷歲的哀愁，遊園踏青是主要目的，梅花則很本色的展現生命活力，作為熱鬧春遊的陪襯物。論者也認為即使宋元以後梅花被推尊為崇高的人格象徵，這種陽和開新、春色柔麗的視境仍為人們所樂於探攬歌詠，它生機鮮妍、清淺淡柔的獨特景象是梅花審美中一個最基本的方面。〔註217〕

〔註210〕徐介軒：〈梅花〉，倪其心、傅璇琮編：《全宋詩》，頁 45249。

〔註211〕蘇軾：〈再和楊公濟梅花十絕·其五〉，倪其心、傅璇琮編：《全宋詩》，頁 9438。

〔註212〕朱淑真〈春日雜書十首·其三〉：「鬆鬆麗日約餘寒，春向梅邊柳上添」，倪其心、傅璇琮編：《全宋詩》，頁 17954；朱淑真〈雪晴〉：「秀色暗添梅富裕，綠梢明報竹平安」，倪其心、傅璇琮編：《全宋詩》，頁 17970。

〔註213〕楊萬里：〈庚戌正月三日約同舍游西湖十首·其二〉，倪其心、傅璇琮編：《全宋詩》，頁 26452。

〔註214〕倪其心、傅璇琮編：《全宋詩》，頁 4585。

〔註215〕倪其心、傅璇琮編：《全宋詩》，頁 26228。

〔註216〕倪其心、傅璇琮編：《全宋詩》，頁 22666。

〔註217〕程杰：〈梅花的伴侶、奴婢、朋友及其他〉，《南京師大學報·社會科學版》，第 2 期（2001 年 3 月），頁 141～147。

第三節 閒情

一、玉潔珠光喜日烘／貴胄及其梅花詩

　　梅花是春遊活動的陪襯，是宋人娛樂生活的底色，也是士大夫富貴閒情的點綴。擁有顯赫出身的張鎡，是宋代南渡名將張俊的曾孫，官歷大理司直、直秘閣、婺州通判、司農少卿等。張鎡是貴胄後代，家資豐厚，在晚年被貶至象州以前均過著豪縱奢侈的生活，「園池、聲伎、服玩之麗甲天下」。〔註218〕《四庫全書》中的《南湖集》提要評張鎡：

　　　　其席祖父富貴之餘，湖山歌舞，極意奢華，亦未免過於豪縱。〔註219〕

周密《齊東野語》卷二十記載張鎡舉行牡丹花會，命十姬輪番奏歌侑觴，全都穿著豔盛服裝，簪戴雜飾花彩，且每輪一番必變換服色、妝飾，「燭光香霧，歌吹雜作，客皆恍然如遊仙也」。〔註220〕張鎡投入大量資金財力，以十幾年的時間營造了一座豪華精美的園林：「桂隱林泉」。園中亭臺、樓閣、軒堂、庵莊、橋池等多達百餘處，玉照堂、攬月橋、餐霞軒、杏花莊等大小建築各具風味；所植花木也極為豐富，有梅、桂、菊、桃、柳、海棠、山茶、葡萄等，一年四季花果飄香，美不勝收。他寫了一篇〈賞心樂事〉，按日曆排列十二個月的遊賞次序，如玉照堂賞梅、天街觀燈、諸館賞燈、叢奎閣賞山茶、湖山尋梅等，不一而足。〔註221〕戴表元〈牡丹醵席詩序〉記載：

　　　　渡江兵休久，名家文人漸漸修還承平館閣故事，而循王孫張功父使
　　　　君以好客聞天下。當是時，遇佳風日，花時月夕，功父必開玉照堂
　　　　置酒樂客。其客廬陵楊廷秀、山陰陸務觀、浮梁姜堯章之徒以十數，
　　　　至輒歡飲浩歌，窮晝夜忘去。明日，醉中唱酬詩或樂府詞累累傳都
　　　　下，都下人門抄戶誦，以為盛事。〔註222〕

張鎡每逢佳日、花開盛時，就舉行賞花、詩酒宴會，當時文壇名家如楊萬里、陸游、姜夔等，均是座上常客，所謂「連年勾引客來看，傳得梅聲滿世間」。〔註223〕「玉照堂」極負盛名，「自是客有遊桂隱者，必求觀焉」。〔註224〕當朝

〔註218〕周密：《齊東野語》，收錄於《叢書集成新編》，第84冊，頁570。
〔註219〕紀昀等編：《文津閣四庫全書》，第1168冊，頁603。
〔註220〕周密：《齊東野語》，收錄於《叢書集成新編》，第84冊，頁570。
〔註221〕周密：《武林舊事》，收錄於《叢書集成新編》，第96冊，頁685～686。
〔註222〕戴表元：《剡源集》，收錄於《叢書集成新編》，第65冊，頁473。
〔註223〕張鎡：〈冒雨往玉照堂觀梅戲成長篇〉，倪其心、傅璇琮編：《全宋詩》，頁31543。
〔註224〕張鎡：《梅品》，收錄於《叢書集成新編》，第47冊，頁531。

宰相周必大甚至引張鎡「一棹徑穿花十里，滿城無此好風光」的詩句，〔註225〕稱讚玉照堂的梅花。「玉照堂」是當時士大夫賞梅的重要據點。

　　據張鎡《梅品》可知，「玉照堂」梅花茂密而繁盛：「增取西湖北山別圃江梅，合三百餘本」，「築堂數間以臨之。又夾以兩室，東植千葉緗梅，西植紅梅，各一二十章」。〔註226〕他的詩作也形容：「栽花十畝猶嫌少，與我多生定是親」；「鶺鴒呼人曉夢回，霽光催賞百株梅」。〔註227〕張鎡賞梅的視角有別於林逋的「疏影橫斜」、蘇軾的「雪霜孤姿」，是以繁株茂蘂為審美取向。「花時居宿其中，環潔輝映，夜如對月，因名曰玉照」。〔註228〕百餘株梅花叢聚環繞、極盡皎潔明亮，在夜中足以跟月光輝映，晶瑩如玉，就如他在詩作裡所說：「今夕懸知月未圓，照梅已自不勝妍」。〔註229〕白天則是「玉潔珠光喜日烘」，〔註230〕繁茂的梅花在太陽的照映下，反射光潔耀眼如珠玉般的色彩，真是「月中日下光迷影」。〔註231〕張鎡置身在滿滿的、一整片的，盛開而繁多的梅花海中。他的〈玉照堂梅花飄落如雪〉形容：

> 陣陣翻空回旋飛，綴巾沾袖却橫吹。東風秘授看花訣，不在開時在
>
> 落時。〔註232〕

說明花朵甚密盛多，才有辦法製造出如雪紛飛的態貌。由這首詩同時發現張鎡賞梅角度的翻新翻奇，時人普遍從「疏枝冷蘂」發掘、讚嘆梅花在萬木僵死中所蘊藏的生命力；張鎡卻刻意和時人審美視角拉開距離，反其道而欣賞落梅。這首詩並沒有深刻的涵義，就是把梅花當作賞玩的物品，而「玉照堂」梅花數量可觀則是張鎡物力、財力的顯示。

　　張鎡的梅花詩就如「玉照堂」，表現像玉一樣的溫潤、珠一樣的亮圓，沒有激言烈響，且不需要憂傷挫折的刺激。他的梅花詩中，找不到像蘇軾、陸

〔註225〕張鎡：《梅品》，收錄於《叢書集成新編》，第 47 冊，頁 531。

〔註226〕張鎡：《梅品》，收錄於《叢書集成新編》，第 47 冊，頁 531。

〔註227〕張鎡〈玉照堂觀梅二首‧其一〉：「栽花十畝猶嫌少，與我多生定是親」，倪其心、傅璇琮編：《全宋詩》，頁 31604；張鎡〈玉照堂觀梅二十首‧其十三〉：「鶺鴒呼人曉夢回，霽光催賞百株梅」，倪其心、傅璇琮編：《全宋詩》，頁31672。

〔註228〕張鎡：《梅品》，收錄於《叢書集成新編》，第 47 冊，頁 531。

〔註229〕張鎡：〈玉照堂觀梅二十首‧其十六〉，倪其心、傅璇琮編：《全宋詩》，頁 31672。

〔註230〕張鎡：〈玉照堂觀梅二首‧其二〉，倪其心、傅璇琮編：《全宋詩》，頁 31604。

〔註231〕張鎡：〈冒雨往玉照堂觀梅戲成長篇〉，倪其心、傅璇琮編：《全宋詩》，頁 31543。

〔註232〕倪其心、傅璇琮編：《全宋詩》，頁 31671。

游那樣「孤操凜然」、「矜豔絕俗」的託喻和自比，也沒有「一樹梅花一放翁」跟梅花融爲一體。梅花是像張鎡這般富貴閒適人等的生活配置，是客觀而具體的生活物質。「羣芳非是乏新奇，或在繁時或嫩時。唯有南枝香共色，從初到底絕瑕疵」。〔註233〕張鎡著眼花色、數量、香氣等梅花作爲物質的屬性。劉戭說：「說著色香猶近俗，丹心祗許伯夷知」，〔註234〕這種觀看視角在劉戭眼中可說是俗人。另外，梅花開花的時間操之在天，時人總是「心期已悮梅花笑」，〔註235〕順應梅花的自然天性，如同「支公好鶴」。〔註236〕張鎡卻拍掌催花：「風前撫掌催花發，驚起羣飛五色兒」，〔註237〕看是一種賞梅雅興，隨興而不受任何拘束，從中卻也透露著他看待梅花的方式。張鎡的梅花不僅數量繁多，而且栽植在堂閣軒楹間，品種也極珍貴，不是一般常見的野梅、江梅。張鎡梅花詩充滿富貴氣度，但並非金玉錦繡的詞藻堆積，而是在高雅風流的調境中展演著達官貴胄的品味和情趣。置身於「玉照堂」，沒有像牡丹花會那般窮奢極欲，而是用「霽光」、「輕舟」、「小橋」、「樓臺」、「幽園」、「蓮塘」、「清芬」、「油榭」、「欄干」、「小扇」、「清夢」、「綸巾」等低調的景物，以組合出那份雍容閒雅、優游不迫的韻味。張鎡以叢聚盛開梅花和月照日光相映爲好尚，「花豔並秀，非天時清美不宜」，〔註238〕這是需要天氣配合的。「及至花開風日好」，「一片彩雲溪上暖」，〔註239〕在溫潤日照下進行賞梅活動，將梅花的冷色作了暖調處理，自然比在風雪中多了幾分從容適意，就如同「正煖休嫌夜雨來，恐花乘煖一齊開」。〔註240〕他沒有劉克莊「昨夜尖風幾陣寒，心知尤物久留難」的擔憂，〔註241〕反而期待著花藥齊放的燦爛。他在陽光明麗

〔註233〕張鎡：〈玉照堂觀梅二十首‧其五〉，倪其心、傅璇琮編：《全宋詩》，頁31672。
〔註234〕劉戭：〈梅花〉，倪其心、傅璇琮編：《全宋詩》，頁40724。
〔註235〕朱熹：〈七日發嶽麓道中尋梅不獲至十日遇雪作此〉，倪其心、傅璇琮編：《全宋詩》，頁27549。
〔註236〕《世說新語》載：「支公好鶴。住剡東峁山。有人遺其雙鶴，少時翅長欲飛。支意惜之，乃鎩其翮。鶴軒翥不復能飛，乃反顧翅垂頭，視之如有懊喪意。林曰，既有凌霄之姿，何肯爲人作耳目近玩。養令翮成，置使飛去。」劉義慶著，劉孝標注，余嘉錫箋疏：《世說新語箋疏》，頁161。
〔註237〕張鎡：〈玉照堂觀梅二十首‧其八〉，倪其心、傅璇琮編：《全宋詩》，頁31672。
〔註238〕張鎡：《梅品》，收錄於《叢書集成新編》，第47冊，頁531。
〔註239〕張鎡〈走筆和曾無逸掌故約觀玉照堂梅詩六首‧其一〉：「及至花開風日好」，倪其心、傅璇琮編：《全宋詩》，頁31670；張鎡〈玉照堂觀梅二十首‧其七〉：「一片彩雲溪上暖」，倪其心、傅璇琮編：《全宋詩》，頁31672。
〔註240〕張鎡：〈玉照堂觀梅二十首‧其十二〉，倪其心、傅璇琮編：《全宋詩》，頁31672。
〔註241〕劉克莊：〈落梅‧其二〉，倪其心、傅璇琮編：《全宋詩》，頁36171。

中的林園，從事各種高雅活動，「喜客能揮白玉琴，此花端解古時音」;「已是被香侵到骨，不須呼酒但烹茶」。〔註 242〕作詩、撫琴、烹茶等清新、野逸，符合《梅品》「掃雪煎茶」、「膝上橫琴」他所自認為的脫俗雅致的品評標準和心理需求。〔註 243〕沒有豪華的擺設、沒有奢侈的饗宴，低調而放達的描寫，在在透露著他的富貴閒適：

> 縱橫遙襯碧雲端，林下鋪氈坐臥看。不但歸家因桂好，為梅亦合早
>
> 休官。〔註 244〕

只需一張氈墊便能展演富貴氣象，詩人或坐或臥閒散自在，毫無時間壓力，欣賞著交錯縱橫的梅枝，花朵和雲朵遙相輝映。張鎡並不需要為梅而休官，「桂隱林泉」位在杭州城北艮山門內的南湖，是座落於城外近郊的莊園，經濟交通便利，跟政治中心距離不遠，卻能讓自己從繁忙塵世中短暫脫離，又不需到深山老林完全出世。而這樣的精緻生活恐怕只有張鎡這種富貴閒人才能享有。

　　張鎡喜歡用淡雅清麗的筆調描寫他的梅間雅事，呈現出一種偏安的治平心態也跟他的身分相符。他一改文人士大夫們懷才不遇、孤標自賞的憤慨情緒，寧靜閒適的、從容不迫的品梅、賞梅。賞梅不只是休閒生活而已，同時是他用來標舉自己高雅品味的裝置，區隔自己不同於大眾的一項配備。他道是:「句妙莫疑難屬和，真成白雪對陽春」，〔註 245〕刻意的曲高和寡用以分類少數菁英分子的品味格調和社會地位。「更取梅花瓶內插，放教清夢月橫江」，〔註 246〕折梅瓶插像張鎡這樣的士大夫自己來做就是雅，是高級的審美，而「酒食店內插瓶」則是對梅花的一種屈辱。〔註 247〕換句話說，市井大眾的仿效就成了庸俗，是一種低級且破壞梅花尊貴地位的舉動。有論者指出，依據宋人梅花審美的嚴格理念，梅花為隱者貧士的花，跟山塍村居、竹籬茅舍最為相宜;但張鎡是貴冑公子，生活極度豪奢，他的生活和作風跟梅花應是最不「宜稱」的，「玉照堂」梅花也應是最典型的「種富家園內」，這在張

〔註 242〕張鎡〈玉照堂觀梅二十首‧其十七〉:「喜客能揮白玉琴，此花端解古時音」，倪其心、傅璇琮編:《全宋詩》，頁 31672；張鎡〈詠千葉緗梅‧其四〉:「已是被香侵到骨，不須呼酒但烹茶」，倪其心、傅璇琮編:《全宋詩》，頁 31673。

〔註 243〕張鎡:《梅品》，收錄於《叢書集成新編》，第 47 冊，頁 531。

〔註 244〕張鎡:〈玉照堂觀梅二十首‧其四〉，倪其心、傅璇琮編:《全宋詩》，頁 31672。

〔註 245〕張鎡:〈敬和東宮早梅二首‧其二〉，倪其心、傅璇琮編:《全宋詩》，頁 31636。

〔註 246〕張鎡:〈玉照堂觀梅二十首‧其十〉，倪其心、傅璇琮編:《全宋詩》，頁 31672。

〔註 247〕張鎡:《梅品》，收錄於《叢書集成新編》，第 47 冊，頁 531。

鎡的《梅品》中被列為一種對梅花的「屈辱」。〔註248〕從《梅品》對照張鎡本人可看出一種言語和行事間的矛盾，例如「花憎嫉」條下有「作詩用調羹驛使事」，〔註249〕他自己詩作也曾道：「從來嫌用和羹字，纔到詩中俗殺人」。〔註250〕而張鎡本人就是一個不折不扣「和羹調鼎」貴冑高官，作梅花詩卻說討厭出現此類字眼，不僅互相矛盾，真可說是言行不一。另外，《梅品》表示：「頃者太保周益公秉鈞，予嘗造東閣」，才敘述「玉照堂」裡周必大等當朝高官名人冠蓋雲集，接著卻又指出梅花「標韻孤特，若三閭、首陽二子，寧橋山澤，終不肯頹首屏氣，受世俗濡拂」。〔註251〕既然梅花是高標節烈人士，不屑低頭屈就，那麼他自己「開玉照堂置酒樂客……至輒歡飲浩歌，窮晝夜忘去」，〔註252〕將梅花當作酬賓樂客的配備，對梅花還真是一種汙辱。再者，在張鎡的標準裡「賞花命猥妓」是對梅花的屈辱；〔註253〕而他自己的牡丹花會則是以豔服濃妝的歌姬、舞姬輪番奏歌侑觴，極盡聲色享樂。當然張鎡對不同花種予以不同賞玩方式的作法，是為了凸顯梅花清高地位，對於梅花這種高尚的物類，就要配以「列燭夜賞」的風雅舉動，才能相宜相稱。〔註254〕但究竟何者是高雅的活動，何者是低級粗俗的活動，當中的標準和發話權就是掌握在像張鎡這樣的士大夫手中；雅俗是由他來定義，透過這種形式上不斷的展演，進而揭示出一套標準，並且以文化活動來實踐。而這樣急切的劃清界線，一方面說明雅俗之情看似矛盾，實乃相反相成，另一方面也反映當時梅花愛好的普遍性。

　　張鎡所撰《梅品》透過花宜稱、花憎嫉和花榮寵、花屈辱兩兩對舉，正反兩方面條列，指示尊賞梅花正確的方式及方法，說明自己如何去賞梅、愛梅；進而批評不同階層人的愛梅行為，並防範各種庸俗的傾向。與其說是用以維護梅花高雅地位，不如說是用物質來表達社會區隔，透過這種作態，正可展示與眾不同的風格、品味。梅花極易取得，同時也是消費商品，賞梅不再是文人士大夫的權利，這使得他們在身分上面臨危機，於是在品味上動腦

〔註248〕程杰：《中國梅花審美文化研究》，頁257。
〔註249〕張鎡：《梅品》，收錄於《叢書集成新編》，第47冊，頁531。
〔註250〕張鎡：〈玉照堂觀梅二十首・其七〉，倪其心、傅璇琮編：《全宋詩》，頁31672。
〔註251〕張鎡：《梅品》，收錄於《叢書集成新編》，第47冊，頁531。
〔註252〕戴表元：《剡源集》，收錄於《叢書集成新編》，第65冊，頁473。
〔註253〕張鎡：《梅品》，收錄於《叢書集成新編》，第47冊，頁531。
〔註254〕張鎡：《梅品》，收錄於《叢書集成新編》，第47冊，頁531。

筋。例如張鎡撰《梅品》將賞梅花的品味標準化、理論化；范成大撰《梅譜》，將梅花的地位精神化、人格化。極盡所能將梅花特殊化，就好比明朝人在家具上的銘刻，賦予書房家具文化上的神聖性。

從張鎡詩作所演示的梅間雅趣和所撰寫的《梅品》，可知他有效運用梅花以塑造文人士大夫高級審美趣味和標準的同時，也發現梅花對於張鎡來說，除了標榜品味的功能以外，其實跟其他花卉並沒有太大的差別。在「桂隱林泉」這座大別業中，亭臺、樓閣、軒堂、庵莊、橋池等多達百餘處，「玉照堂」只是其中一座；別業中所種植的花木不勝枚舉，有梅、桂、菊、桃、柳、海棠、山茶、葡萄等，而梅花也只是其中一小部分。由此可見「玉照堂」充其量是張鎡「桂隱林泉」眾多庭園之一，梅花也是他的別業中的百花之一而已，是張鎡奢華遊憩空間的一項擺設，在這樣的別業大背景下梅花是被淡化處理的。「藉使無梅桃杏在，但能來賞莫嫌遲」，〔註255〕梅花是「玉照堂」的招牌，但梅花倘若凋謝，賞桃、賞杏均能得到同樣的效果，可見在張鎡眼中，梅花、桃花、杏花均並列為美麗春景。他還道出：「隔竹紅梅酷似桃」，〔註256〕梅、桃不僅是可以並列的，甚至由形色來看分別不大，這和蘇軾「故作小紅桃杏色，尚餘孤瘦雪霜姿」的想法可說天差地遠；更是王安石眼中的俗人：「頗怪梅花不肯開，豈知有意待春來……望塵俗眼那知此，只買夭桃艷杏栽。」〔註257〕張鎡對梅花的喜愛是他風雅一面的表現，他的梅花詩作就如同他自己所說的：「亦有數篇花下句，苦無風味怕人知」，〔註258〕看似是自謙語調，但卻是個事實。他的梅花詩是富貴閒情的延伸，沒有深刻的思想、內涵，缺少個人身世、生平、品德、遭遇狀況的反射。但梅花本來就存在精神層面的審美特徵和物質生活層面的實用功能，這也是梅花在宋代所存有的多元面向和形象，高格只是其中一種。張鎡賞梅，反映出梅花在兩宋多元而豐富的文化意涵及其象徵，並非比德、高標、隱逸能夠概括的，以下的范成大也是一例。

〔註255〕張鎡：〈走筆和曾無逸掌故約觀玉照堂梅詩六首・其五〉，倪其心、傅璇琮編：《全宋詩》，頁31670。
〔註256〕張鎡：〈書蒼寒堂壁二首・其一〉，倪其心、傅璇琮編：《全宋詩》，頁31668。
〔註257〕王安石：〈詠梅〉，倪其心、傅璇琮編：《全宋詩》，頁6781。
〔註258〕張鎡：〈走筆和曾無逸掌故約觀玉照堂梅詩六首・其四〉，倪其心、傅璇琮編：《全宋詩》，頁31670。

二、不道梅花也怕寒／能臣及其梅花詩

范成大一生除了幾次短暫落職回鄉、自請祠祿歸里，一直到人生最後十年告老還鄉前，他大部分在中央、地方、邊鎮任居要職，包括出使金國。〔註259〕他晚年居石湖，自號「石湖居士」，終其一生並沒有懷才不遇，是個官成身退的居士。〔註260〕范成大居石湖後，大量種植梅花，「玉雪坡既有梅數百本，比年又於舍南買王氏僦舍七十楹，盡拆除之，治爲范村，以其地三分之一與梅」，〔註261〕並且爲梅作譜錄，以釐清類別、分門品種。愛梅情懷可見一班：

> 梅，以韻勝，以格高，故以橫斜疏瘦與老枝怪奇者爲貴；歲抽嫩枝
> 直上，或三、四尺，如酴醾、薔薇輩者，吳下謂之氣條，此直宜取
> 實規利，無所謂韻與格矣。〔註262〕

他的〈古梅二首·其一〉也說：「孤標元不鬭芳菲，雨瘦風敧老更奇。壓倒嫩條千萬蕊，只消疏影兩三枝。」〔註263〕標榜古梅蒼勁疏瘦、峭拔老健的美感，並以細潤秀弱的嫩枝氣條作爲對比，以凸顯梅「韻」、「格」，將梅人格化。

范成大很喜歡梅花於是爲梅作譜錄，但最喜歡梅花的應陸游莫屬，他卻只有作《天彭牡丹譜》，未嘗作梅譜，從中反映出兩人對梅花的觀看視角。范成大和陸游均曾作詩表達梅花和牡丹在自己心中的地位。范成大〈再賦簡養正〉說道：

> 南北梅枝嚛雪寒，玉梨皺雨淚闌干。一年春色摧殘盡，更覓姚黃魏
> 紫看。〔註264〕

陸游〈梅花絕句十首·其二〉則說：

> 曾與詩翁定花品，一丘一壑過姚黃。〔註265〕

由上述詩句可知，在范成大眼中，梅花和牡丹一樣就是眾多花卉之一。范成大並沒有陸游「飽知桃李俗到骨」，或是蘇軾「天教桃李作輿臺」，刻意將梅花以外的百卉貶得很低，他甚至說「落梅穠李趁時新，枯木崖邊一任春」、「探

〔註259〕脫脫撰：《宋史》，第17冊，頁11～12。
〔註260〕于北山：《范成大年譜》（上海：上海古籍，1987年），頁276。
〔註261〕范成大：《梅譜》，收錄於《叢書集成新編》，第44冊，頁120。
〔註262〕范成大：《梅譜》，收錄於《叢書集成新編》，第44冊，頁120。
〔註263〕倪其心、傅璇琮編：《全宋詩》，頁25970。
〔註264〕倪其心、傅璇琮編：《全宋詩》，頁26042。
〔註265〕倪其心、傅璇琮編：《全宋詩》，頁24478。

梅公子款柴門，枝北枝南總未春。忽見小桃紅似錦，却疑儂是武陵人」，〔註266〕認爲梅花和牡丹、桃李沒有太大差別，都是春景的一種。梅花對於陸游、蘇軾來說是一種精神象徵；范成大雖然在《梅譜》中將梅花人格化，但翻閱他的詠梅詩作，卻看不出詩人的精神寄託，比較多的則是透過梅花展現適意和沉穩。范成大的梅花詩，幾乎找不到牢騷感慨、抑鬱悲憤。例如〈北城梅爲雪所厄〉述及：

> 凍蕊粘枝瘦欲乾，新年猶未有春看。雪花祇欲欺紅紫，不道梅花也
> 怕寒。〔註267〕

時人在「疏枝冷蕊」尋找梅花冰天雪地中所含藏的生命力，並認定它必拒寒衝雪、破蕊綻開，這種期盼心態常是自我情感意念的投射。但范成大對於梅花和紅花紫卉一樣沒有冒寒早開，並沒有失望，只淡淡表示「梅花也怕寒」。自然界中的花卉草木迎暖畏寒是常態，梅花並非喜歡寒冷，只是對於初降的陽和具有較敏銳的感受力。這份特質被文人大書特書以後，梅花似乎只能毫無畏懼的抗霜抵雪，從此模糊了它作爲自然花木的物性。范成大一反時論，就自己眼前所見實景實象，客觀而現實的道出梅花的物質天性，並沒有被制約於時人所構設的梅花意象中。沒有讚嘆梅花不畏霜雪，也沒有憐惜梅花被霜雪所侵；對於梅花，沒有孤芳自賞、懷才不遇的投射。范成大的觀梅視角所呈現出的是物理取向。他的〈雪寒探梅〉說：

> 酸風如箭莫憑闌，凍合橫枝雪未乾。吳下得春元自晚，那堪天與十
> 分寒。〔註268〕

對於雪凍橫枝，詩人語氣緩和而尋常，藉由「自」和「元」說明梅花未開原是一種很基本的自然狀態，不須頂著刺骨寒風憑欄企盼。

除了梅花不耐寒的描寫，范成大還有一種立異於當時的觀梅視角：賞殘梅。他賞殘梅和張鎡的賞落梅並不相同，張鎡觀賞的是梅花花瓣綴巾沾袖如雪紛飛的動態感；范成大看的是枝上的殘花以及地上的落瓣。他〈唐懿仲諸公見過小飲凌寒殘梅之下二絕・其一〉形容：

〔註266〕范成大〈元夕四首・其四〉：「落梅穠李趁時新，枯木崖邊一任春」，倪其心、
　　　　傅璇琮編：《全宋詩》，頁25986；范成大〈四時田園雜興六十首・其五十九〉：
　　　　「探梅公子款柴門，枝北枝南總未春。忽見小桃紅似錦，却疑儂是武陵人。」
　　　　倪其心、傅璇琮編：《全宋詩》，頁26008。
〔註267〕倪其心、傅璇琮編：《全宋詩》，頁25949。
〔註268〕倪其心、傅璇琮編：《全宋詩》，頁25969。

> 春風動是隔年期，更對殘花把一卮。少待和煙和月看，依稀猶似未
> 開時。問人何處是花蹊，香玉勻鋪不見泥。莫怪山翁行步澀，更無
> 空處著枯藜。〔註269〕

面對殘花，在這裡詩人一改常人所投以的傷春遲暮，反其道對殘花飲酒，連滿地落瓣都可以別有一番樂趣。范成大對於天寒凍藥沒有過多的想像和期望，看見殘花落瓣也毫無傷逝情緒。梅花對於范成大來說不是情感承載物，也不是精神寄託或象徵，就純粹是物，也沒有所謂的「物色之動，心亦搖焉」。不管是梅未開還是梅已落均一視同仁，沒有過多的自我投射和聯想，他對於梅花盛開也是一樣：「家住丹楓白葦林，橫枝一笑萬黃金。玉溪園裡逢千樹，還盡春風未足心」。〔註270〕描寫梅花盛開沒有時人「一夕開盡如雪谷」，「國香萬斛量不盡，雪嶺諸峰互相映」大讚大嘆；也沒有「飛飛落梅英，繞座不待折」，一邊歌詠梅花盛開，一邊恐懼好景不常。〔註271〕而他的〈合江亭隔江望瑤林莊梅盛開過江訪之馬上哦此〉說：「何處春能早，疏籬限激湍。竹間煙雪迥，馬上晚香寒。喚渡聊相覓，巡簷得細看。極知微雨意，未許日烘殘。」〔註272〕細細淡淡的筆調，倘若不是題目，很難看出是歌詠盛開梅的作品。

第四節　梅花意象的氾濫餘絮

一、印記詩人獨自來／刻意經營的賞梅範式

有道是「纔有梅花便不同，一年清致雪霜中」。〔註273〕梅花和雪霜相宜相稱，取材雪霜冰清特質，梅為「清客」的雅號不脛而走；加上被賦予「雪霜孤姿」、「高標逸韻」等精神象徵，只要親近梅花人們立刻跟著清新脫俗了

〔註269〕倪其心、傅璇琮編：《全宋詩》，頁26054。
〔註270〕范成大：〈桐川郡圃梅極盛皆圍抱高木浙中無有〉，倪其心、傅璇琮編：《全宋詩》，頁25786。
〔註271〕陸游〈正月六日作〉：「一夕開盡如雪谷」，倪其心、傅璇琮編：《全宋詩》，頁24931；楊萬里〈多稼亭前兩株梅盛開〉：「國香萬斛量不盡，雪嶺諸峰互相映」，倪其心、傅璇琮編：《全宋詩》，頁26228；呂南公〈和道先從義同過張掾梅花下飲〉：「飛飛落梅英，繞座不待折」，倪其心、傅璇琮編：《全宋詩》，頁11804。
〔註272〕倪其心、傅璇琮編：《全宋詩》，頁25912。
〔註273〕張道洽：〈梅花二十首・其十六〉，倪其心、傅璇琮編：《全宋詩》，頁39251。

起來。「方愧無由洗俗塵，喜逢竹外一枝春」，〔註274〕梅花成了洗滌俗世塵垢的良計妙方。但梅花也是一種市場上很普遍的消費商品，甚至提供「酒食店內插瓶」，可見不僅十分大眾化，而且審美趣味被低級化、下層化，眞可謂「無問智賢愚不肖」莫不愛梅。梅花在這樣被普及而泛濫俗看的環境下，或恐難以繼續維持著士大夫用以標舉自我的專屬位置。

要如何保住梅花雪霜孤清的地位，以鑑別菁英格調和大眾口味，這就引起了像張鎡這樣士大夫階級的關注。但倘若不是因著自身際遇的修持和淬鍊去豐厚梅花的精神文化底蘊，一味從物質生活上去作區隔，這種徒具形式的作法，只是引來更多的模仿。例如張鎡認爲「爲銅瓶，爲紙帳」，才能跟梅花相宜稱，「列燭夜賞」是「花榮寵」，〔註275〕這些一般市井大眾如法炮製起來並無難度。楊萬里〈走筆和張功父玉照堂十絕句·其三〉評論：

> 騃女癡兒總愛梅，道人衲子亦爭栽。何如雪後瓊瑤跡，印記詩人獨
> 自來。〔註276〕

楊萬里將大眾愛梅、賞梅視爲愚蠢笨拙，而能夠追隨梅花雪霜踪跡的只有作詩，也就是配得起梅花的必須是詩人。在這裡除了說明士大夫凌駕於俗眾之上的那種理所當然，且那份不容分說的心理優越感，更明確提供一個十分貼切合用的鑑別工具：寫詩。文字權力是文人士大夫所獨佔的，他們除了可以利用文字定義何者爲「雅」，何者爲「俗」；更能夠利用文字展示他們對梅花的雅俗區別，讓賞梅成了自己才識性情的擴展和延伸，用以分判他們的菁英品味，在《全宋詩》數以千計的梅花詩中，各自展演殊卓。

這些菁英階層更以詩歌酬唱搭配遊園、賞梅、飲酒的群體活動。文人集會本來就和詩歌關係密切，藉由詩歌這個文人的共通語言，於是也就在遊園賞梅活動中順理成章的標誌出該階級、群體的個殊性。例如宋高宗紹興年間官拜中書舍人的士大夫胡寅，有一組十首的梅花詩，詩題說明是赴梅花宴集，並在席間跟友人唱和而作：「冬至前半月赴季父梅花之集與韓蒲向憲唐幹諸人唱和十首」，〔註277〕詩中提到「夜分然燭照高枝」，恰恰呼應《梅品》的「列

〔註274〕楊公遠：〈寄梅〉，倪其心、傅璇琮編：《全宋詩》，頁42103。

〔註275〕張鎡：《梅品》，收錄於《叢書集成新編》，第47冊，頁531。

〔註276〕倪其心、傅璇琮編：《全宋詩》，頁26355。

〔註277〕胡寅〈冬至前半月赴季父梅花之集與韓蒲向憲唐幹諸人唱和十首〉：「今年共嘆物華遄，春信孤根獨早知。未到書雲十五日，已看綴雪兩三枝。寒香宛是臨風好，冷艷還於照水宜。莫待江頭千樹暗，只今攜酒正當時。天寒袖薄竹

燭夜賞」，剛好呈現出菁英階層所認可的賞梅形式。這十首詩中例如「綴雪兩三枝」、「寒香冷豔」、「冰姿」、「照水」、「疏蕊半開」等，精細、微妙、空靈、疏淡的意象扣合著宋代文人士大夫獨特的審美品味。而能夠從這種角度欣賞梅花的首先必須是詩人，當中取決於欣賞者胸中丘壑，而不是單憑形式外觀的視覺效果。例如詩中標舉梅花「為與騷人托契深」。文人集會唱和是用以標誌菁英階層的一種有效形式，在這樣的形式中繼續以壟斷性的文字、共同的語言，進行菁英審美意識和大眾審美意識的區辨。例如這十首詩中屢次出現「眾」和「獨」的對舉：「一蕚居然映萬林」、「冠冕眾芳歸獨步，固應桃李不同時」；同時以「欲歌白雪詞難和」，標明此階層的品味和標準是百姓大眾無法親近和構著的，刻意顯示出賞梅文化的限制性。另外，即便《梅品》列出「作詩用調羹驛使事」是賞梅的忌諱，但像胡寅這樣的士大夫很難不以「中有甘酸鼎味宜」，來顯示自己位居朝廷的優越感，以及所屬群體的尊貴性。

　　此外，有許多梅花詩詩題常出現「賞梅」、「分韻」，例如馮時行〈梅林分韻得梅字〉、張栻〈與弟姪飲梅花下分韻得香字〉、丘葵〈賞梅分韻得殊字〉、張紹文〈雲溪叔父賜飲大梅花下以疏影橫斜暗香浮動分韻得動字〉。〔註 278〕

光侵，溪轉橋橫草閣深。妃子定應來月窟，寧馨誰說是瑤林。顏開玉色春光滿，香動冰姿冷不禁。漫道江南好詩句，只誇紅蠟與黃金。南人慣識賞來遲，北客相逢勝舊知。何必粉圖爭畫樣，更勞錫滲亂粘枝。天饒絕品千花外，人換新妝一笑宜。佳句定非橫笛比，溫存疏蕊半開時。不管霜威日夜侵，肯教飛蝶到深深。六花漫爾呈三白，一蕚居然映萬林。軟玉香冰空自惱，芳心愁思遣誰禁。市橋江路風流別，枉費千鑒買笑金。追陪強韻思猶遲，寄語疏林恐未知。酒半尋香攀近蕊，夜分然燭照高枝。莫愁花浪翻天遠，且看鮫鮹剪玉宜。冠冕眾芳歸獨步，固應桃李不同時。冰圍風戰雪交侵，方是春工屬意深。綠蕚已開栽樂谷，一枝那得寄蓊林。依然照水如相媚，粲者巡簷也未禁。香白檀心誰解賦，賴公戞玉更摐金。好花不恨好詩遲，國色須蒙國士知。漫比玉容歌璧月，空將鷺羽鬭瓊枝。旁無綽約天仙對，中有甘酸鼎味宜。聞說北枝開亦徧，一尊相屬定何時。愛花從使二毛侵，嘆賞孤高與靚深。調護臘前珠結蕊，盪搖年後玉成林。莫教三弄飄飄落，剩把千篇得得禁。姑射肌膚最溫潤，夜眠無用辟寒金。的皪凝情開自遲，風亭微馥許君知。直須藉草傾松葉，絕勝登樓唱竹枝。韓壽香囊難取似，何郎粉面且隨宜。豈知萬顆垂黃實，擢秀前村夜雪時。不辭開後苦寒侵，為與騷人托契深。可但風光回歲律，更分華色淡儒林。欲歌白雪詞難和，試挽幽香力尚禁。等是美名無玷染，臘梅何事色如金。」倪其心、傅璇琮編：《全宋詩》，頁 20980～20981。

〔註278〕馮時行：〈梅林分韻得梅字〉，倪其心、傅璇琮編：《全宋詩》，頁 21657；張栻：〈與弟姪飲梅花下分韻得香字〉，倪其心、傅璇琮編：《全宋詩》，頁 27904；丘葵：〈賞梅分韻得殊字〉，倪其心、傅璇琮編：《全宋詩》，頁 43899；張紹

這種藉由「分韻」而唱和的活動，是宋代文人集會不可或缺的交遊行爲，自然成了搬演菁英品味的最佳場域。《成都文類》載：

> 紹興庚辰十二月既望，縉雲馮時行從諸朋舊凡十有五人，携酒具出西梅林。林本王建梅苑，樹老其大，可庇一畝，中間風雨剝裂仆地，上屈盤如龍，孫枝叢生直上，尤怪古者。凡三四酒行，以「舊時愛酒陶彭澤今作梅花樹下僧」爲韻分題賦詩。客既占韻立者、倚樹行者、環繞仰者、承籋頻者，拾英吟態不一皆可圖畫……十五人者成都楊仲約、施子一、呂周輔、義父、智父、澤父、宇文德濟、呂黙夫、杜少訥、房仕成、楊舜舉、綿竹李無變、潼川于伯永、正法寶印老、縉雲馮當可。〔註279〕

宋高宗紹興年間時任成都府路提點刑獄的官宦馮時行和十五位朋舊，攜酒具遊王建梅苑。一邊酒行，一邊以「舊時愛酒陶彭澤今作梅花樹下僧」爲韻，分題賦詩。當中例如以父蔭補將仕郎，授成都靈泉尉的李流謙得「時」字，以父蔭補承務郎的宇文師獻得「酒」字，而主辦人馮時行則得「梅」字。〔註280〕分韻，分題賦詩是一種在既定限制下的創作，對於文人有一定程度的考驗性，也增添不少競爭、比較，或是展現才華的意味。誠如參與者之一楊大光詩作說：「酒闌興末已，分韻看揮毫。籍湜俱可人，冥搜爭過褒」，〔註281〕這些參與者均是「西州名俊」。有的既佔韻立、有的倚樹而行、有的環繞仰望、有的承籋頻看。從構思、吟哦、遣字和修改過程中耗費時多可看出這些人悠閒逍遙。將歲月放縱在遊園賦詩，這可不是一般庸庸碌碌的市井百姓能夠作到的。同時透過這些「拾英吟態」有意識的展演「皆可圖畫」的個人神采及風流，也就理所當然的避開「酒食店內插瓶」、「賞花命猥妓」、「蟠結作屏」等《梅品》所說的賞花禁忌，以維持文人士大夫的菁英調性。與會賓客不忘以「鹽梅和羹」褒賚主人馮時行，例如「得備和羹用，寧不出伊皋」、「……佳實共鼎鬻。正味悅天下」、「請看枝頭春，中有和羹實」；而馮時行卻透露歸

文：〈雲溪叔父賜飲大梅花下以疏影橫斜暗香浮動分韻得動字〉，倪其心、傅璇琮編：《全宋詩》，頁 43979。

〔註279〕扈仲榮、程遇孫等編：《成都文類》，收錄於《文津閣四庫全書》，第 1358 冊，頁 397～398。

〔註280〕扈仲榮、程遇孫等編：《成都文類》，收錄於《文津閣四庫全書》，第 1358 冊，頁 398～401。

〔註281〕楊大光：〈梅林分韻得陶字〉，倪其心、傅璇琮編：《全宋詩》，頁 21661。

隱意向：「我欲結茅買芋煨，與梅周旋送衰頽」。〔註282〕主客間一來一往，道出專屬於士大夫階層的心態情結：一則以「仕」為使命是士人的社會責任；一則以隱逸精神涵養自己的品味格調。

　　這場盛會所欣賞、歌詠的對象是一處近兩百年歲月的老梅，「樹老其大可庇一畝，中間風雨剝裂仆地上，屈盤如龍，孫枝叢生，直上尤怪古者」。此為五代十國前蜀國君王建所種。〔註283〕這群人的賞梅視角很自然的扣合著范成大《梅譜》所標誌出的「梅，以韻勝，以格高，故以橫斜疏瘦與老枝怪奇」。〔註284〕除了從具體的物質外形作審美區隔，更提出高級趣味的標準：「格」和「韻」，而這個標準則來自士大夫們的集體意識形態。此乃有特殊地位的社會群體對自身價值的敏感體認，也表現了他們作為文化菁英的強烈使命感和優越感。梅花是長壽樹種，越老越顯蒼勁挺秀，樹皮縱裂翹剝、樹瘤密布，苔蘚地衣寄生，具有飽經滄桑又威武不屈的陽剛美。詩人常以「骨」、「龍」來形容，如與會者詩：「庭柯臥蒼龍，閱世如聃彭……朔風破檀蕊」、「梅龍雖多此其魁，睡龍屈盤肘承胲。風皴雨散封蒼苔，孫枝迸出誰胚胎」、「壽幹虬蛟馳」。〔註285〕這種審美取向以梅枝幹為關注焦點，利用梅枝蟠屈嶙峋，苔蘚沉積斑駁，一副風骨凜然的樣貌，加上根老枝疏，花遲且稀，更具古淡蕭散韻致；跟「歲抽嫩枝直上，或三、四尺，如酴醾、薔薇輩者」的新梅，〔註286〕成了古和今、老和嫩、勁和柔、枯和腴、淡和濃的對立和超

〔註282〕楊大光〈梅林分韻得陶字〉：「得備和羹用，寧不出伊臯」，倪其心、傅璇琮編：《全宋詩》，頁21661；楊凱〈梅林分韻得今字〉：「……佳實共鼎驚。正味悦天下」，倪其心、傅璇琮編：《全宋詩》，頁21659；釋寶印〈梅林分韻得澤字〉：「請看枝頭春，中有和羹實」，倪其心、傅璇琮編：《全宋詩》，頁22523；馮時行〈梅林分韻得梅字〉：「我欲結茅買芋煨，與梅周旋送衰頽」，倪其心、傅璇琮編：《全宋詩》，頁21658。

〔註283〕曹學佺《蜀中廣記》載：「偽蜀王建梅苑，有一老梅其大，可庇一畝，屈盤如龍……宋馮時行默林分韻詩即此梅也。」收錄於《文津閣四庫全書》，第593冊，頁37。

〔註284〕范成大：《梅譜》，收錄於《叢書集成新編》，第44冊，頁120。

〔註285〕于格〈梅林分韻得彭字〉：「庭柯臥蒼龍，閱世如聃彭……朔風破檀蕊」，倪其心、傅璇琮編：《全宋詩》，頁21659；馮時行〈梅林分韻得梅字〉：「梅龍雖多此其魁，睡龍屈盤肘承胲。風皴雨散封蒼苔，孫枝迸出誰胚胎」，倪其心、傅璇琮編：《全宋詩》，頁21657；李流謙〈從馮黎州飲梅林以山谷舊時愛酒陶彭澤今日梅花樹下僧分韻賦詩得時字〉：「壽幹虬蛟馳」，倪其心、傅璇琮編：《全宋詩》，頁23863。

〔註286〕范成大：《梅譜》，收錄於《叢書集成新編》，第44冊，頁120。

越，充分體現士大夫高雅脫俗、歷練入骨、簡淡老成的精神理想。〔註 287〕除了推演出士大夫的品味，所塑造出的風骨意象，同時扣合著此一階層的自我認知。

「發興訪梅花，主盟得詩伯」，〔註 288〕這樣的文人集會，充分運用寫詩這項獨門利器，遠遠的跟世俗大眾拉開距離，完美敷演出「英遊曠千載，盛事新梅林」的菁英賞梅範式，於是逕自主張梅花「喜供詩客賞，怕與俗人看」、「君其非詩人，不能識梅花」，〔註 289〕展現著掌握話語權的驕傲。但也因為寫詩利器的方便好用，「有梅無雪不精神，有雪無詩俗了人」、「覺道近來全俗了，略無一語及梅花」，〔註 290〕似乎只要把梅花跟詩連接在一起，便一下子便變得高雅脫俗了起來；「吏事紛俗語，新詩固難成。朝來見梅花，詩興還自生」，〔註 291〕只要詩跟梅花連接上了，便能被濯於任何世俗泥潦。在北宋中後期詠梅文學蓬勃發展的基礎上，南宋梅花詩數量高漲，根據程杰的整理，首先是以整十、整百組詩方式「十百之詠」的泛濫，例如蘇軾有〈次韻楊公濟奉議梅花十首〉、〈再和楊公濟梅花十絕〉，爾後「十詠」成了慣用的詠梅方式，到了南宋盛行「梅花百詠」；其次，個人詠梅創作專題十分興盛，例如宋伯仁《梅花喜神譜》；再次，則是詠梅總集的編纂，例如黃大輿《梅苑》。〔註 292〕在這一窩蜂的詠梅熱潮中，可說是「無問智賢愚不肖」莫不詠梅，包括南宋晚期著名權相賈似道。賈似道曾有：「梅花見處多留句」，〔註 293〕對此方岳贊「圓妥優游」。〔註 294〕賈似道是這波以梅入詩熱潮的參與者，不僅自己創作，同時接受士人以梅花詩獻媚。為了群我鑑別，被大量使用的結果是適得其反，梅花意象變得俗濫不堪。

〔註 287〕程杰：《梅文化論叢》，頁 79。

〔註 288〕釋寶印：〈梅林分韻得澤字〉，倪其心、傅璇琮編：《全宋詩》，頁 22523。

〔註 289〕章謙亨〈西湖觀梅三首・其一〉：「喜供詩客賞，怕與俗人看」，倪其心、傅璇琮編：《全宋詩》，頁 38798；方岳〈山居十六詠・其六・雪林〉：「君其非詩人，不能識梅花」，倪其心、傅璇琮編：《全宋詩》，頁 38263。

〔註 290〕方岳〈梅花十絕・其九〉：「有梅無雪不精神，有雪無詩俗了人」，倪其心、傅璇琮編：《全宋詩》，頁 38317；王琮〈旅興〉：「覺道近來全俗了，略無一語及梅花」，倪其心、傅璇琮編：《全宋詩》，頁 38135。

〔註 291〕韓元吉：〈對梅〉，倪其心、傅璇琮編：《全宋詩》，頁 23619。

〔註 292〕程杰：《中國梅花審美文化研究》，頁 93～95。

〔註 293〕賈似道：〈句・其五〉，倪其心、傅璇琮編：《全宋詩》，頁 39989。

〔註 294〕方岳：《深雪偶談》，（北京：中華，1985 年），頁 4。

二、梅花見處多留句／權臣降臣及其梅花詩

　　南宋末年時人對於集大權於一身的賈似道評價兩極，褒貶均有。宋理宗開慶元年，蒙古軍大舉南下，形勢危急，賈似道臨危受命，被任命為右丞相，駐軍漢陽領導軍民抵抗，是為「鄂州之戰」。鄂州之戰勝利後賈似道權傾朝野，劉克莊讚美他：

> 第此七八月以來，吾相泝巴峽、屯漢鄂、援江南，以不貨之身跋履險阻，大小百戰，卻輿馬、摜甲胄，與士卒同飯臥起，汔能立大勳勞，以複命天子，以歸面太夫人，惟忠惟孝一念基之也。〔註295〕

劉克莊筆下的賈似道完全是一個為國盡忠的將軍形象。繼而德祐元年「丁家洲之戰」，太皇太后謝道清急令賈似道督師抗元，但當時宋軍歷經多次戰役失敗，士氣低落，因而在此場戰役中一觸即潰，賈似道也在戰場上遁逃。宋度宗咸淳年間士人汪宗臣有〈嘲賈似道〉一首：

> 賈秋壑，魏公爵，台州鬼，揚州鶴。氣盈色驕逞才略，欺天罔人無愧怍。帷幄不能籌，金湯弗能作。費盡世間鐵，鑄此一大錯。
>
> 關子形模貫字同，生兒德祐紀元中。甚慚嬰杵心莽卓，十可斬書真諤諤。鑼聲三下東江頭，鐵鞭一揮南海角。假賈偽魏至於斯，鳴呼似道道奚若。宋亡感激忠義多，遺臭如君梟獍惡。〔註296〕

作者在詩中認為賈似道毫無才略，不能運籌帷幄，並將他比作王莽、董卓，當遺臭萬年，是宋亡的禍首。《宋史・奸臣傳》對賈似道的一生，幾乎給予全盤否定的評價。〔註297〕不論如何，從對於賈似道的褒揚和貶損中，可以明白他權之高、位之重，像這樣的人物還是跟著風潮寫了幾首梅花詩：

〈梅花〉三首：

> 朔風吹雨正塵埃，忽見江梅驛使來。憶著家山石橋畔，一枝冷落為誰開。
>
> 山北山南雪半消，村村店店酒旗招。春風過處人行少，一樹疏花傍小橋。
>
> 塵外冰姿世外心，宜晴宜雨更宜陰。收回疏影月初墜，約住寒香雪

〔註295〕劉克莊著，辛更儒校注：《劉克莊集箋校》（北京：中華，2011年），頁5313。
〔註296〕倪其心、傅璇琮編：《全宋詩》，頁43267。
〔註297〕脫脫撰：《宋史》，第20冊，頁7～11。

正深。〔註298〕

這三首詩，所使用的背景「朔風」、「雨」、「塵埃」、「雪消」、「月」、「雪深」等全是過去詩人用以借代、象徵環境挫折艱難的意象，在賈似道這樣的權臣用來難免扞格不入；同時這些用語全爲習套，毫無創新。詩作中用以形容梅花的也是如此，包括「一枝」、「疏花」、「塵外」、「冰姿」、「疏影」、「寒香」等。這些從林逋、蘇軾到陸游所建立高標幽獨、冷潔澄清的象徵，到了南宋中後期被過度且頻繁的使用，翻閱《全宋詩》可知泛濫的程度，當中大部分是像這樣未經鎔鑄、活剝生吞。無論是賈似道的身世背景、生活遭遇，均距離這些意象所承載的事態情感太過遙遠。「冰」清高純潔，加上梅花拒寒而開，宋人很喜歡以「冰」形容梅花的姿態和內在，最經典當屬蘇軾「自恐冰容不入時……尙餘孤瘦雪霜姿」。宋人同時刻意忽視庭園裡唾手可得的梅花，費心去關注生長在荒巖野壑的梅花，是爲了擷取梅花高人偃蹇意象，尤其是陸游如「哀哉世論卑，汙我塵外躅」。屢次被遠貶的蘇軾和一再被罷官的陸游，用「冰容」、「塵外」形容梅花，同時自我鼓勵。但像賈似道這樣的仕宦歷程，所謂的「塵外冰姿世外心」，就令人感到不知所云了。

賈似道作爲一名文臣，除了治理國家外，自然對文學藝術有著相當濃厚的興趣。據周密《齊東野語》載：「每歲八月八日生辰，四方善頌者以數千計，悉俾翹館勝者以第甲乙，一時傳頌爲之紙貴。」〔註299〕在賈似道的宅園裡，經常進行著文人酬唱活動。宋末元初文人方回，也寫過〈梅花百詠〉向這位當朝權相獻媚。據周密《癸辛雜識》載：

回爲庶官時，嘗賦〈梅花百詠〉以諛賈相，遂得朝除。〔註300〕

這樣的事情，除了再次說明當時士大夫以梅花入詩寫作的泛濫，也看出梅花詩在當時是無法抗拒的文化形式，同時更發現到文人對梅花的另一種利用方式。降及賈似道失勢，方回爲自保，竟然反過來上疏賈似道十條「幸、詐、貪、淫、褊、驕、吝、專、謬、忍」可斬罪狀，於是有士人鄙薄方回：「百詩已被梅花笑，十斬空餘諫草存」。〔註301〕一個人缺乏磨礱砥礪的身世經驗，無法相應於梅花所被賦予的高標象徵也就罷了，像張鎡、范成大的梅花詩尚且還能展現士大夫的閒雅氣度；而方回這樣的降元士人，不僅自身節操缺陷，

〔註298〕倪其心、傅璇琮編：《全宋詩》，頁39985。

〔註299〕周密：《齊東野語》，收錄於《叢書集成新編》，第84冊，頁542。

〔註300〕周密：《癸辛雜識》，收錄於《叢書集成新編》，第84冊，頁488。

〔註301〕周密：《癸辛雜識》，收錄於《叢書集成新編》，第84冊，頁488。

竟然利用這種方式消費梅花、消費「詩」這個中國數千年來知識分子賴以「言志」的寄寓者，方回對梅花的汙辱恐怕不是張鎡在《梅品》裡所謂「花憎嫉」、「花屈辱」所能解釋的。宋理宗嘉熙年間進士朱南杰道：「梅花從此厭人詩」。〔註302〕雖然不是針對此事，但梅花形象演變至此，恐怕是林逋、蘇軾、陸游等難以想像的。周密在《癸辛雜識》表達對於方回的唾棄：

> 回倡言死封疆之說甚壯。及北軍至，忽不知其所在，人皆以爲必踐初言死矣。遍尋訪之不獲，乃迎降於三十里外，韡帽氈裘，跨馬而還，有自得之色。郡人無不唾之。〔註303〕

方回一邊冠冕堂皇大言不慚一邊換上仇敵裝束，迫不及待輸誠且得意洋洋，絲毫沒有覺得不妥。方回向賈似道獻媚求官，待賈似道失勢後立刻撇清關係，最後叛宋降元，屢次見風轉舵，言行不一，毫無道義羞恥。像這樣的人所留下來的梅花詩，以及他在律詩選集《瀛奎律髓》對於所收錄梅花詩的品評，不免令人感到好奇。

　　方回說：「絕好梅花大欠詩」，〔註304〕可見他十分嫻熟於以梅花入詩，這樣的身世狀態和北宋以來梅花被賦予的人格象徵可說是冰炭不洽，但他梅花詩中卻頻頻出現林逋意象。例如〈送林學正愛梅二首〉：

> 早與梅花歃血盟，歲寒同社保幽貞。八詩共識林和靖，一賦誰知宋廣平。邂逅老夫傳此本，殷勤今日送君行。開元宰相和羹事，鐵石心腸待晚成。
>
> 平生自號愛梅人，家住江南野水濱。屋角暫辭千樹雪，馬頭猶帶一枝春。馨香事業終須在，酸苦工夫盍少伸。莫學君家舊處士，西湖空老太平身。〔註305〕

詩中表達送別時對友人的勉勵，但滿紙堆積典故，了無新意。短短的一百一十二個字「林逋」就出現了兩次。第一次是藉林逋以稱讚友人的詩才，第二次則是以林逋終身不仕爲反例，期勉友人仕途順利。又如〈上饒周君夢至梅花洞吟曰我家本住梅花洞一陣風來一陣香爲賦長句〉說：

> 帝敕王家專管竹，子猷高風誰可續。西州問生文與可，後來特判簹

〔註302〕朱南杰：〈題吳梅庵和靖索句圖〉，倪其心、傅璇琮編：《全宋詩》，頁39399。

〔註303〕周密：《癸辛雜識》，收錄於《叢書集成新編》，第84冊，頁287。

〔註304〕方回：〈辛卯元日三首・其一〉，倪其心、傅璇琮編：《全宋詩》，頁41699。

〔註305〕倪其心、傅璇琮編：《全宋詩》，頁41802。

> 簣谷。帝敕陶家專管菊，千載淵明一影獨。分司旁出可無人，醉插
> 齊山容杜牧。梅花天下第一花，天下好詩翰林家。孤山山下清淺水，
> 疏影年年橫復斜。水中漉影出此句，美玉鑿石金淘沙。至今和靖一
> 丘壑，敢有代者需齊瓜……世間善賦梅花者，定皆梅洞諸仙靈。梅
> 洞梅洞果何在，七十萬里天常青。〔註306〕

再如〈題東平張智卿梅軒嘗以墨梅一幅自隨〉說：

> 大庾嶺頭江南北，生平走遍梅花國。天下梅花詩最難，和靖居士占
> 第一。七十四翁詩萬篇，一句梅花吟不得。譬如江夏黃鶴樓，既有
> 崔顥無李白……借梅爲題求詩人，中原名士詩滿軸。和靖簡齋亦不
> 無，顧慚才盡難續貂……〔註307〕

兩首詩一樣都是堆砌典故，〈上饒周君夢至梅花洞吟曰我家本住梅花洞一陣風
來一陣香爲賦長句〉，以王子猷愛竹和陶淵明愛菊烘托林逋愛梅；〈題東平張
智卿梅軒嘗以墨梅一幅自隨〉，則以林逋詠梅句之於李白、崔顥「黃鶴樓」，
說明他梅花詩句的無可取代。兩首詩均在強調林逋詠梅詩的地位，屢次出現的
林逋意象均是取材於林逋對詠梅詩寫作的貢獻。由此可看出方回對於林逋意象
注重形式的偏好，不再取向於北宋中期以來人們所熟悉、沿用的品格意涵。

三、未必梅花盡得知／梅花題材的僵化與窄化

　　林逋意象在宋代梅花詩裡可說是被用濫了。稍早像張九成〈十二月二十
四夜賦梅花〉說：「……頗怪此花嵐瘴裏，獨抱高潔何娟娟。苦如靈均佩蘭
芷……固安冷落甘蠻蜑，不務輕舉巢神仙。他年若許中原去，攜汝同住西湖
邊。更尋和靖廟何許，相與澹泊春風前」；張煒〈書和靖故居〉說：「童鶴饑
癯古屋低，孤山猶憶數聯詩。先生更有清高處，未必梅花盡得知」，〔註308〕
尚且關注於林逋處士身分和品格。而這樣的視角，到了南宋後期發生轉變。
例如宋理宗年間的陳藻〈和林君作起叔梅詩韻〉述及：

> 林逋沒後幾星霜，苦要吟梅弄爝光。
> 兩處湖光看共色，一家詩句噢同香。〔註309〕

〔註306〕倪其心、傅璇琮編：《全宋詩》，頁41740。
〔註307〕倪其心、傅璇琮編：《全宋詩》，頁41827。
〔註308〕張九成：〈十二月二十四夜賦梅花〉，倪其心、傅璇琮編：《全宋詩》，頁19993；
　　　　張煒：〈書和靖故居〉，倪其心、傅璇琮編：《全宋詩》，頁20334。
〔註309〕倪其心、傅璇琮編：《全宋詩》，頁31339。

此時期的文人著眼於林逋所留下的詩藝。到了黃庚、楊公遠等這些宋末元初的文人更是如此。黃庚〈題梅花詩卷後〉說：「月香水影句清奇，除却逋仙更有誰。吟骨春風吹不落，此翁已後絕無詩」；黃庚〈和李藍溪梅花韻・其二〉又說：「覓句逋仙琢肺肝，聲名千古冠吟壇。一詩香盡西湖水，白雪陽春和者難」；楊公遠〈賦梅〉也說：「雪月雲煙件件宜，騷人墨客費尋思。怕渠因得逋仙句，不要人言半字詩」。〔註310〕黃庚表示林逋詠梅詩句千古絕唱，高格脫俗後人難繼；楊公遠則認為只有林逋詠梅詩句能跟梅花相宜相稱。此二人的梅花詩，對林逋意象的取向跟同時期的方回聲氣相投。南宋末期對於林逋意象的認同方式，從精神人格過渡到詩藝技巧，這種拋棄內涵轉向對形式的靠攏，其實也表現在梅花詩的寫作立意、取材以及對梅花詩的評論上。

　　張道洽「平生梅花詩三百餘首」。〔註311〕《瀛奎律髓》卷二十梅花類收錄張道洽梅花詩三十六首，其中五律十六首，七律二十首。根據《瀛奎律髓》詩人入選的篇數，張道洽入選的不但比唐代岑參三十一首、李商隱二十四首還多；同時勝過宋代黃庭堅的三十五首、楊萬里的三十一首、尤袤的三十一首。由此說明在方回的心目中張道洽是一位重要的詩人，而且是在梅花詩上有重要成就。方回對張道洽的梅花詩有極高的評價：

> 夫詩莫貴於格高，不以格高為貴，而專尚風韻，則必以熟為貴，熟也者非腐爛陳故之熟，取之左右逢其原是也。此二十首梅詩他人有竭氣盡力而不能為之者，公談笑而道，之如天生成自然有此對偶，自然有此聲調者，至清潔而無埃，至和平而不怨，放翁、後村亦當斂衽也。〔註312〕

方回甚至認為張道洽詩藝成就勝過陸游和劉克莊，這顯然是溢美之詞。張道洽也確實有一些藝術成就較高的詩作。如〈池州和同官詠梅花・其九〉的描寫：「有月色逾淡，無風香自生。霜崖和樹瘦，冰壑養花清。政爾疏還冷，忽然斜又橫。千林成獨韻，難弟又難兄。」〔註313〕查慎行品評：「三、四生造，

〔註310〕黃庚：〈題梅花詩卷後〉，倪其心、傅璇琮編：《全宋詩》，頁43603；黃庚：〈和李藍溪梅花韻・其二〉，倪其心、傅璇琮編：《全宋詩》，頁43609；楊公遠：〈賦梅〉，倪其心、傅璇琮編：《全宋詩》，頁42103。
〔註311〕厲鶚撰：《宋詩紀事》（臺北：鼎文，1971年），頁3155。
〔註312〕方回：《瀛奎律髓》，收錄於《文津閣四庫全書》，第1370冊，頁230。
〔註313〕倪其心、傅璇琮編：《全宋詩》，頁39247。

有風骨。」〔註314〕但整體看來，張道洽不論是在文學史上或是梅花詩上均沒有明顯成就。《瀛奎律髓》所收錄張道洽七律梅花詩一共二十首，並以組詩方式呈現。紀昀批評：

> 二十首語多重複，絕少新意。此題最難，絕唱只和靖兩、三聯耳。
> 〔註315〕

張道洽這組梅花詩語言大多經過鍛鍊鎔鑄，不像賈似道的生吞活剝，但終究不出林逋、蘇軾以降文人襲以沿用的梅花意象。首先是描寫梅花疏淡姿態，「已枯半樹風煙古，纔放一花天地香」、「數花疏疏靜處芳」、「凍花無多樹更孤」、「何如籬落兩三枝」、「三點兩點淡尤好，十枝五枝疏更佳」、「愛疏愛淡愛枯枝」。其次是利用水月、雪霜、松竹烘托、正襯梅花外在特徵及物性，「一溪霜月照清癯」、「終身只友竹君子，雅志絕羞松大夫」、「雪滿山坳月滿塘」、「玉雪襟懷只自知」、「鐵心不受雪霜驚」、「孤高惟有竹為朋」、「雪天枝上三更月」、「和霜和月為精神」、「難浣鮳鮳玉雪身」、「箇箇枝頭帶月魂」、「到腰深雪庭前白，心事寒松擬共論」、「一年清致雪霜中」、「絕知南雪羞相並」、「疏疏籬落娟娟月」、「崚嶒鶴骨霜中立，偃蹇龍身雪裏來」、「幾年冷樹雪封骨」、「竹嶼烟深尋得巧，茅簷月淡立成癡」。再來則是透過獨和眾的對舉，說明梅花的特殊個性：「清介終持孤竹操，繁華不夢百花場」、「孤芳嫌殺渾羣芳」、「千林凍損積陰凝，一點春從底處生」。同時也跟大家一樣將梅花人格化成不隨俗獻媚的個性：「不肯面隨春冷暖，只將影共月行藏」、「韻士不隨今世態，仙姝猶作古時粧」、「欲嫁東風恥自媒」。在二十首數量不算少的詩作中，卻不停繞著「枯枝疏花」、「霜雪水月」、「松竹」等，這些既有的、一百多年來始終被大多數文人使用著的說法。〔註316〕難怪被紀昀嫌棄：「二十首總不免俗。梅詩宜以淡遠求之，一味矯激不自知，其愈俗矣。」〔註317〕

有論者說從時間和空間來看，張道洽在宋詩發展過程中，可說是取得時勢利處。張道洽生於宋寧宗開禧元年，理宗端平二年及進士第，卒於度宗咸淳四年。他中進士前後，是南宋王朝多災多難的時期，蒙古勢力一直威脅著，直到滅亡。所謂「國家不幸詩家幸」，張道洽應當有機會寫出很優秀的作品。

〔註314〕方回選評，李慶甲集評校點：《瀛奎律髓彙評》（上海：上海古籍，1986 年），頁 776。
〔註315〕方回選評，李慶甲集評校點：《瀛奎律髓彙評》，頁 851。
〔註316〕張道洽：〈梅花二十首〉，倪其心、傅璇琮編：《全宋詩》，頁 39249～39252。
〔註317〕方回選評，李慶甲集評校點：《瀛奎律髓彙評》，頁 851。

從空間上，張道洽出生於衢州開化，距離杭州也不遠，杭州是當時的政治文化中心。他在廣州、池州、襄陽等地任官，應該很能夠感受到宋、元對抗的局勢。從個人經歷來說，張道洽也不算仕途暢達。三十一歲登進士第後，歷任廣州司理參軍、池州僉判、襄陽推官等，都是小官，具有較多接觸現實的機會。〔註318〕但張道洽這二十首梅花詩，較多單純詠物、缺少比興寄託、沒有人生感慨，不像陸游梅花詩滿紙躊躇，很容易向詩人身世際遇去扣合，取得讀者共鳴。方回卻大力褒揚讚美，剛好從中看出當時對梅花詩的審美取向偏於形式。另外，據《全宋詩》所收錄張道洽現存的九十六首梅花詩來看，大多以連章、疊韻組成，除了〈梅花二十首〉，還有〈池州和同官詠梅花二十首〉、〈梅花七律二十四首〉等。由此除了可見南宋後期的詠梅熱潮和流行的程度，同時也發現到當時對於結構、取材的偏好。這二十首連章、疊韻組詩是當時流行取向的體現。這二十首梅花詩，當中五首的開頭第一句分別是「才有梅花便自奇」、「才有梅花便自清」、「才有梅花便不塵」、「才有梅花便不村」、「才有梅花便不同」，意思、結構均雷同，只是稍作字詞替換。紀昀譏笑：「語既重複，才又淺薄，強作連章，疊韻之難題，可謂不度德，不量力矣。」〔註319〕這種連章、疊韻組詩，創作難度很大，倘若是才力不夠，很容易像張道洽這樣流於徒具形式，利用前人詩意，以自己語言硬搭，卻不出前人的概念，無法創設驚人的情致。然而，由於南宋後期的詠梅題材偏好，跟當時對於形式的審美取向，張道洽作為專業詠梅詩人，自然受到像方回這樣的時人推崇，由此正好說明當時的梅花詩審美選擇及偏好；同時也看到梅花題材在南宋末期的僵化和窄化，精神象徵和內容底蘊既然已經無法超越林逋、蘇軾等所建立的梅花意象，詩人只能用連綿而龐大的形式，以及鎔鑄後看似清空的語言來取得表現。但不論如何，精神內容和語言形式也因此讓梅花和梅花詩在兩宋有更多面向、更多層次的呈現，進而讓梅花審美文化更加多元化。

　　梅花詩流於形式化，它精神象徵的功能同時被樂此不疲的運用著。劉辰翁〈梅軒記〉紀錄了當時以梅為字號並用來比德的熱潮：

　　　　古貴梅，未有以其華者，至近世，華特貴而實乃少見用，此古今之
　　　　異也。然其盛也亦不過吟詠者之口耳，未有以德也。數年來，梅之

〔註318〕郭春林：〈從張道洽的詠梅詩看「瀛奎律髓」的評選缺陷〉，《古典文學知識》，第3期（2009年），頁59～65。
〔註319〕方回選評，李慶甲集評校點：《瀛奎律髓彙評》，頁779。

德遍天下，子嘗經年不見梅，而或坡或谷或溪或屋者，其人無日而
不相過也，往往字不見德，而號稱著焉。某梅也，即其人可知也。
如安成彭梅軒與予遊，每見之如見梅焉，是其德也，其軒求吾記，
嗟乎子也為梅役未已也。〔註320〕

隨著梅花審美地位不斷提升，從南宋中期逐步形成一股以嗜梅、愛梅競相標
榜，引為字號用以表德的風氣。據劉辰翁的描述，眼前見不到梅，周旁卻充
滿以梅為字號的人和不需親見梅只需見以梅為字號的人。可知當時已經發現
到梅花高度的抽象化，完全脫離原本的物質形式。另外，劉辰翁也提到，他
昨日才為一位自號梅軒的人賦詩，今日又為他作記，顯得相當不耐煩。〔註321〕
這就說明了梅花的形象及其象徵到了南宋後期變得泛濫、空洞且流於形式。

第五節　小結

　　林逋生平和背景，跟他的梅花詩中所展現的情感節操兩相呼應。《宋史》
記載林逋不求富貴，捨棄名利；他的《省心錄》以及詩作曾屢次表明自己安
貧的態度和信念。林逋詠梅名句中的「疏影」、「暗香」，刷淡梅花的妍麗，以
體現自己心靈和形體的幽潛。林逋在孤山離群索居，筆下不論是賞梅情境、
梅花所在的時空背景，還是態貌，同樣呈現孤冷寂寞；凸顯了梅花冷落傲峭
的品性和愛梅者的個殊性。林逋以一名隱者的心性去觀照梅花，不論是他的
詠梅詩，還是他為梅花人格象徵所樹立的先範，甚至是他的隱逸風範，在兩
宋均備受推尊。

　　蘇軾遭受嚴重災難（烏臺詩案）後來到黃州，不論客觀環境還是主觀心
境均艱難惶恐。蘇軾的詠梅作品大多作於此時，是一種強烈的移情寄託。他
在〈紅梅三首〉中提出「梅格」，強調梅花超凡脫俗的格調，同時象徵士大夫
高雅品格。在詩作所揭示的品性特質，恰好相應於《宋史》以及時人對他的
評價；不斷強調紅梅開花與時不合，如詩人自己不能迎合世俗。「格」是梅和
桃李間最根本的區別，是一種品位的高下。詩人強化梅花的「格」，同時說明
自己堅定不移的節操。降及寓惠，蘇軾所面臨的生存危機，更甚於黃州；但

〔註320〕劉辰翁：《劉須溪先生記鈔》，收錄於《四庫全書存目叢書》（臺南：莊嚴，1996
　　　　年），集部，第 20 冊，頁 418～419。
〔註321〕據程杰的整理、統計《全宋詩》、《宋詩紀事》、《宋詩紀事補遺》三書作者中
　　　　以梅自號的就超過四十位。程杰：《中國梅花審美文化研究》，頁 90～92。

始終如一是他的廟堂之憂。當現實處境越是惡劣，他越是反求己心。寓惠期間超然於物外的心志更甚於前，透過〈十一月二十六日松風亭下梅花盛開・其一〉、〈十一月二十六日松風亭下梅花盛開・其二・再用前韻〉、〈花落復次前韻〉三首自賡自和詠梅詩，超現實的人梅互動呈現自在逍遙、超越所有的境地。

　　陸游一生北伐誓願堅定，卻宦途沉浮，他的報國心志無用武之地。〈西郊尋梅〉透過梅花表達自己難以跟俗世為伍。在最後一次自禮部被罷官後，陸游終於長期卜居鏡湖。鏡湖的梅花以一種絕世姿采出現於陸游詩作。他將梅花繁枝插滿頭，即便引來路人側目，也絲毫不以為意。梅花詩作呈現出他的任性逍遙、隨緣放曠。陸游徜徉故鄉山陰鏡湖，離世異俗，將自己的慷慨疏狂，投射於梅花。陸游到人生的終點，唯一放不下的只有北伐誓願。梅花的自然物性，能夠象徵他一生堅定的價值觀和理想。不論是五十年進退無據的浮沉宦遊，還是人生最後的鏡湖散居，陸游都能透過梅花來抒情言志。

　　梅花超凡出塵的格調和高潔的神韻在宋代已被公認無疑，文人士大夫以梅花寄託高尚的人格情操，有牢不可破的基礎；但在當時社會情境中，梅花意象十分普遍，自然也寄寓著一般常情俗態。梅花象徵特殊卓越的人格情操和身世際遇，同時承載一般的、不甚高深卻普遍存在於人世間的事態心懷。

　　藉由梅花開花落以興的怨春傷逝，在兩宋都未曾消失或是停止。宋人心目中梅花高於群芳，加上時人觀感中它的文化意義和社會作用十分特殊，對於零落的喟嘆自然也就更加深刻。宋人將普遍性的傷歲感別投射於自己最情有獨鍾的梅花，是既嫻熟且自然的；而當情感投射於上的同時，也產生一種展演效果。折取梅花以寄相思在宋代十分盛行，梅花特立於群芳，折取梅花所傳達的思念和情意，自然遠勝其他植物。折梅贈別在宋代十分普遍，梅花在宋人眼中地位特殊，折梅贈別足見送者對行者的用心，反過來也是行者思鄉的承載者。宋代梅花相當普遍，幾乎每家每戶都在庭院栽植，使得梅花和家鄉、親人緊密連繫起來，梅花就是思鄉的徵候。

　　在普遍的賞梅風氣下，梅花同時作為一種具體而感官的物質存在於宋人娛樂生活中，暫時脫離崇高人格象徵和感時傷歲的投射，單純作為熱鬧春遊的陪襯物，點綴人們的春遊活動和士大夫們的富貴閒情。南宋士大夫的賞梅重要據點「玉照堂」，是貴冑張鎡豪華園林中的一處，當中的梅花不僅數量繁多，品種也極珍貴，是張鎡物力財力的顯示。據張鎡所做《梅品》和他的詩

作可知他的賞梅視角取向於整片、盛開、繁多的梅花海。他著眼花色、數量、香氣等梅花作爲物質的屬性；梅花是像他這般富貴閒適人等的生活配置，是感官而具體的生活物質。張鎡的梅花詩就如「玉照堂」充滿富貴氣度，呼應他達官貴胄的品味。賞梅是他的休閒生活，也是他用來標舉自己高雅品味的裝置；這樣的配置爲士大夫所專屬，市井大眾的仿效就成了庸俗。梅花對於張鎡來說，在標榜品味的功能外，其實跟其他花卉並沒有太大的差別，同時也只是他別業中的百花之一，是奢華遊憩空間的一項擺設。范成大的一生大部分時間均擔任要職，沒有懷才不遇。在范成大眼中，梅花是眾多花卉之一，他沒有刻意將梅花以外的百卉貶得很低。雖然在《梅譜》將梅花人格化，但翻閱他的詠梅詩作，卻看不出詩人的人格寄託，也幾乎找不到牢騷感慨，比較多的是透過梅花展現適意和沉穩。范成大就自己眼前所見的實景實象，客觀而現實的道出梅花的物質天性，沒有被制約於時人所構設的梅花意象中；沒有讚嘆梅花不畏霜雪，也沒有憐惜梅花被霜雪所侵害；面對殘花，沒有傷春情緒，對於天寒凍蘂也沒有過多的想像和期望。梅花對於范成大來說就純粹是物。

宋代梅花文化十分普及，要如何才能維持梅花意象的特殊地位，以便區隔菁英格調和大眾口味，就引起士大夫階級的關注。「寫詩」則是十分貼切合用的區隔工具。這些菁英階層賞梅寫詩同時搭配游園酬唱的群體活動，在活動中順理成章的標誌出該階級、群體的地位，並進而群我鑑別。另外，群體集會常搭配的分韻唱和，不論是從考驗文人程度來說，還是從創作過程中耗時之多來說，都不是一般庸庸碌碌的市井百姓能作到的。這種文人間的交遊行爲，自然成了菁英品味的搬演。但也因爲寫詩利器方便好用，似乎只要把梅花和詩連接上了，便能一下子變得高雅脫俗。一窩蜂的詠梅熱潮下，文人士大夫的區隔工具最後變成了濫用，可說是「無問智賢愚不肖」莫不詠梅，包括南宋晚期著名權相賈似道。賈似道是這波以梅入詩熱潮的參與者，不僅自己創作，同時接受士人以梅花詩獻媚。賈似道梅花詩中有許多林逋以來的現成意象，但無論是身世背景、生活遭遇，都跟梅花意象扞格不入，同時他的詩作用語全爲習套，毫無創新。

文人士大夫梅花詩寫作泛濫至極，甚至用來求官獻媚。宋末元初的方回寫過〈梅花百詠〉獻給賈似道；降及賈似道失勢，方回爲自保，竟然反過來上疏賈似道罪狀十條。方回這樣的降元士人，不僅自身節操缺陷，用這種方

式消費梅花，恐怕是林逋、蘇軾、陸游等難以想像的。像這樣的人所留下的梅花詩，就是滿紙堆積典故。在方回梅花詩中屢次出現的林逋意象，自然不能作爲他人格品行的承載者，更何況林逋意象在宋代可說被用濫了。稍早的梅花詩大多關注於林逋處士身分和品格，到了南宋後期則著眼於林逋所留下的詩藝。南宋末期對於林逋意象的認同方式，從精神人格過渡到詩藝技巧，這種拋棄內涵轉向對形式的靠攏，其實也表現在梅花詩的寫作立意取材，以及對梅花詩的評論上。張道洽是方回心目中的重要詩人，方回對他的梅花詩評價極高，但張道洽的梅花組詩不論是意象經營，還是寫作技巧均不出前人；在二十首數量不算少的詩作中，不停繞著既有的、一百多年來不斷被使用的說法，毫無創新。張道洽的梅花詩，較多單純詠物，缺少比興寄託、沒有人生感慨。梅花題材在南宋末期僵化、窄化，精神象徵和內容底蘊已無法超越林逋、蘇軾等所建立的梅花意象，詩人只能用連綿而龐大的形式，以及鎔鑄後看似清空的語言來取得表現。但梅花並沒有隨著梅花詩的淪落而減少象徵功能，南宋中期以後文人以嗜梅愛梅競相標榜、並一窩蜂引爲字號用以表德。梅花被高度抽象化，但卻也淪爲空洞的精神象徵。

　　透過文學作品的內部及身世背景探析林逋、蘇軾和陸游的梅花詩，發現到所塑造的梅花意象和詩人身世背景互相扣合，是高蹈精神和行徑的託寓及象徵。這是一種託物言志、精神審美的尋索，所謂「文詞蹈騷雅」，〔註322〕是一種文雅、高級的審美取向。經過理性的運思，梅花不再只是一種物象，而是涵容詩人的人格和精神。但梅花文化意義，即便在林逋、蘇軾手上完成了高尚人格的精神象徵，卻並不是梅花文化的全貌，因此不能排除另一種類型的美感想像。首先是一般的、普通的世態人情，即便此類梅花詩作者是文人，但表達的卻是大眾傾向的情感和精神世界。其次，因著在使用上普遍化、流行化，甚至泛濫化，梅花意象成了「現成意象」，不停的被運用著，難免成了習慣的樣式和俗套，硬生生的套用在缺少作者人格底蘊的詩作上。將賈似道、方回的生平連結到他詩作中的梅花意象，可以發現意象符號看似高雅實爲空洞，梅花在他們眼中只是一股潮流，沒有個人格調，沒有寄興託寓。一窩蜂的跟隨行徑往往俗不可耐，誠如《滄浪詩話‧詩法》所提的沿襲剽竊，生吞活剝的「俗句」，以及看似風雲雅逸，實乃連類而及，毫無新意的「俗字」。加上南宋中後期梅花詩作精神意涵對林逋、蘇軾等前輩無法超越，就如嚴羽

〔註322〕張耒：〈呂尉醉中索詩爲別〉，倪其心、傅璇琮編：《全宋詩》，頁13322。

所說的「俗意」，毫無超逸姿釆。再次，文人士大夫為了群我鑑別而經營的例如集會酬唱等賞梅範式，在嚴羽的標準中是為「俗體」。〔註323〕但即便是毫無意味、腴詞靡靡的應酬詩，卻仍舊是梅花文化的一部分。是以梅花所代表的精神世界具有雅俗分別、層次分別。據此可知，在宋代梅花所對應、承載的精神美感游移於高情、俗情和閒情，多元而非單一。

另外，透過張鎡和范成大的梅花詩及鑑賞文本，發現到他們觀梅的物質取向，對於梅花較少託物寄興。依照宋人「文詞踵騷雅」的標準，文詞少了風騷寄興，便和「雅」拉開距離，再從宋人所作的分判，例如「白雪雅調高，俗耳聽不宜」，〔註324〕雅的另一面是「俗」。但所謂的俗並非下層、低級、粗俗的指涉。對於透過理性智識塑造的精神審美來說，它的對應面則向物質目的生理快感和滿足靠攏。所謂快感就是由感覺到情緒的心理過程，快感中容易摻雜人的意欲，例如張鎡「拍掌催花」便是視覺、嗅覺等感官的佔有和滿足。黃庭堅〈跋東坡樂府〉：「語意高妙，似非吃煙火食人語，非胸中有萬卷書，下筆無一點塵俗氣」，〔註325〕士大夫眼中的「高妙」、「不俗」是和物質取向「吃食煙火」拉開距離的，據此這種以張鎡和范成大為例的觀梅取向，在宋代可說是一種梅花崇高形象及其象徵的另外一面，但卻是宋代梅花文化的全貌之一。

透過第五章可知宋代梅花詩中梅花的形象十分多元，透過第六章詩人對梅花的情感投射以及他們身世際遇，可知梅花詩中所象徵的事態心懷十分豐富，絕對不是一個崇高所能概括的。以下就利用表格作一整理和總覽：

表 6-5-1　梅花的形象及其象徵

物理形象	形象	象徵
	枯枝	孤高、堅忍、生命力潛藏
	冷蕊	堅忍峭絕、寂靜孤獨、不平凡
	滿開	對時間的傷逝及焦慮、及時行樂、好景不常
	搖落	對時間的傷逝
	梅實	好景難再、生機展現、被朝廷延用的渴望

〔註323〕嚴羽：《滄浪詩話》，收錄於《叢書集成新編》，第79冊，頁32。
〔註324〕李洸：〈題清芬閣二首·其一〉，倪其心、傅璇琮編：《全宋詩》，頁45469。
〔註325〕黃庭堅：《跋東坡樂府》，收錄於曾棗庄、劉琳編：《全宋文》，第106冊，頁181。

人物形象	君子	堅守品格
	隱者	遠離官場、堅貞不渝、潔身自愛
	高人	恬靜寡欲、離世高蹈、志節自守
	仙人	潔淨絕俗、與世隔絕
	美女	情色

表 6-5-2　梅花形象及其象徵二者的對應關係

一種形象對應一種象徵	一種形象對應多種象徵	多種形象對應一種象徵	多種形象對應多種象徵
君子形象對應堅守品格	枯枝形象對應孤高堅忍和生命力潛藏	枯枝形象對應堅忍，冷蕊形象對應堅忍峭絕，隱者形象對應堅貞不渝，高人形象對應志節自守。以上四種形象所對應的都有堅忍、不隨環境改變志向的意涵，所以是多種形象對應一種象徵。	枯枝形象對應孤高堅忍、生命力潛藏，冷蕊形象對應堅忍峭絕、寂靜孤獨、不平凡，滿開形象對應時間的傷逝及焦慮、及時行樂、好景不常，搖落形象對應時間的傷逝，梅實形象對應好景難再、生機展現、被朝廷延用的渴望，君子形象對應堅守品格，隱者形象對應遠離官場、堅貞不渝、潔身自愛，高人形象對應恬靜寡欲、離世高蹈、志節自守，仙人形象對應潔淨絕俗、與世隔絕，美女形象對應情色。以上十種形象綜合對應了孤獨、堅忍、不平凡、希望、傷逝、行樂、對美好事物的留戀、被朝廷延用的渴望、隱逸、寡欲、乾淨清潔、情色等十二種象徵，所以是多種形象對應多種象徵。
搖落形象對應時間的傷逝	冷蕊形象對應堅忍峭絕、寂靜孤獨和不平凡	枯枝形象對應孤高，冷蕊形象對應寂靜孤獨。以上二種形象都是表達孤獨的意涵，所以是多種形象對應一種象徵。	
美女形象對應情色	滿開形象對應年歲的傷逝及焦慮、及時行樂、好景不常	滿開形象對應好景不常，梅實形象對應好景難再。以上二種形象都是表達對美好事物的留戀和不捨，所以是多種形象對應一種象徵。	
	梅實形象對應好景難再、生機展現、被朝廷延用的渴望	滿開形象對應年歲的傷逝及焦慮，搖落形象對應時間的傷逝。以上二種形象都是表達對年命的哀嘆，所以是多種形象對應一種象徵。	

隱者形象對應遠離官場、堅貞不渝、潔身自愛	枯枝形象對應生命力潛藏，梅實形象對應生機展現。以上二種形象都是象徵希望，所以是多種形象對應一種象徵。	
高人形象對應恬靜寡欲、離世高蹈、志節自守	隱者形象對應遠離官場，高人形象對應離世高蹈，仙人形象對應與世隔絕。以上三種形象都是象徵隱逸，所以是多種形象對應一種象徵。	
仙人形象對應潔淨絕俗、與世隔絕	隱者形象對應潔身自愛，仙人形象對應潔淨絕俗。以上二種形象都是象徵乾淨清潔，所以是多種形象對應一種象徵。	

表 6-5-3　一種形象對應一種象徵

形象及象徵	情感意向		
君子形象象徵堅守品格	林逋不求富貴，捨棄名利	蘇軾在貶謫困境中堅定不移	陸游恢復中原意向堅定，即便屢次被罷也不曾動搖
美女形象象徵情色	本章所討論的詩人及詩作較無涉及到，但由第五章可知此種類型的確存在宋代梅花詩中		

表 6-5-4　一種形象對應多種象徵

形象及象徵	情感意向					
枯枝形象象徵孤高堅忍和生命力潛藏	林逋安於困乏物質環境，在孤山離群索居	蘇軾在貶謫困境中堅定不移，在貶所時親舊走避	陸游恢復中原的堅定意向，即便屢次被罷也不曾動搖。被罷官後在山陰鏡湖卜居			

冷藥形象象徵堅忍峭絕、寂靜孤獨和不平凡	林逋捨棄名利,安於困乏物質環境,在孤山離群索居	蘇軾在貶謫困境中堅定不移,在貶所時親舊走避	陸游恢復中原的堅定意向,即便屢次被罷也不曾動搖。被罷官後在山陰鏡湖卜居				
滿開形象象徵年歲的傷逝、及時行樂、好景不常	容顏衰老的感歎,女子紅顏易老的投射,徒有美好容顏,良人卻不及愛賞	對朋友的思念	和朋友短暫相聚	送者對行者的不捨,行者對美好家鄉的留戀	歲月變化	很單純的接受梅花所展現的蓬勃生命力,春遊興致的點綴	張鎡著眼花色、數量、香氣,並期待著花藥齊放的燦爛
梅實形象象徵好景難再、被延用的渴望	蘇軾以梅實擬喻自己輔佐君王的志向	陸游以梅實和羹擬喻自己懷才不遇	張鎡表示作詩談梅實和羹就落入俗流	遊園集會唱和以梅實調鼎來顯示優越感			
隱者形象象徵遠離官場、堅貞不渝、潔身自愛	林逋隱士身分,不沾染塵埃,捨棄名利,安於困乏物質環境	蘇軾即便被貶也不屈服世態流俗	陸游即便懷才不遇也不爲世道所擯,清淨無爲的人生境界				
高人形象象徵恬靜寡欲、離世高蹈、志節自守	林逋隱士身分,不沾染塵埃,不求富貴,捨棄名利,安於困乏物質環境	蘇軾即便被貶也不迎合世俗	陸游即便懷才不遇也不爲世道所擯				
仙人形象象徵潔淨絕俗、與世隔絕	林逋隱士身分,不沾染塵埃,捨棄名利	蘇軾不迎合世俗,超越環境、超越現實,游於物外	陸游不爲世道所擯,居山陰鏡湖任性逍遙、離世異俗				

表 6-5-5　多種形象對應一種象徵

形象及象徵	情感意向			
枯枝形象、冷蕊形象，隱者形象均是堅忍象徵	林逋不求富貴，捨棄名利，安於困乏物質環境	蘇軾在貶謫困境中堅定不移	陸游恢復中原意向堅定，即便屢次被罷也不曾動搖	
枯枝形象、冷蕊形象均是孤獨的象徵	林逋隱居孤山離群索居，孤獨寂寞	蘇軾在貶所時親舊走避	陸游在山陰鏡湖卜居	
滿開形象、梅實形象均是留戀和不捨於美好事物的象徵	容顏衰老的感歎，女子紅顏易老的投射，徒有美好容顏，良人卻不及愛賞	對朋友的思念	短暫相聚的遺憾	送者對行者的不捨，行者對美好家鄉的留戀
滿開形象、搖落形象均是傷逝象徵	看見梅花凋零很容易引起歲月變化的感嘆			
隱者形象、高人形象均是隱逸象徵	林逋隱士身分			
隱者形象、仙人形象均是潔淨象徵	林逋不沾染官場塵埃	蘇軾不迎合世俗、不屈服世態、流俗	陸游即便懷才不遇也不為世道所擯，清淨無為的人生境界	

表 6-5-6　多種形象對應多種象徵

形象及象徵	情感意向
枯枝形象對應孤高堅忍、生命力潛藏，冷蕊形象對應堅忍峭絕、寂靜孤獨、不平凡，滿開形象對應時間的傷逝及焦慮、及時行樂、好景不常，搖落形象對應時間的傷逝，梅實形象對應好景難再、生機展現、被朝廷延用的渴望，君子形象對應堅守品格，隱者形象對應遠離官場、堅貞不渝、潔身自愛，高人形象對應恬靜寡欲、離世高蹈、志節自守，仙人形象對應潔淨絕俗、與世隔絕，美女形象對應情色。以上十種形象綜合對應了孤獨、堅忍、不平凡、希望、傷逝、行樂、對美好事物的留戀、被朝廷延用的渴望、隱逸、寡欲、乾淨清潔、情色等十二種象徵，所以是多種形象對應多種象徵。	梅花綜合象徵林逋、陸游和蘇軾高風亮節，不迎合世俗，孤獨而恆定的持守個人節操，即便環境艱難，卻超越環境堅持自我理想。這些文人士大夫不論仕途順利與否，不免將自己輔佐朝廷的意向投射在梅實上，因此梅花也象徵被朝廷延用的渴望。梅花展現蓬勃生命力是遊興的點綴，甚至是賞玩的物品，是物力、財力的顯示。但是看見梅花凋零很容易聯想到歲月變化，梅花美麗卻一下子零落就像徒有美好容顏，但良人不及愛賞、像跟朋友美好卻短暫的相聚、像送者對行者的不捨及行者對美好家鄉的留戀，因此梅花也象徵對美好事物的留戀和不捨。

透過上面的表格可以明確看出梅花的形象及其象徵跟詩人、詩作情感意向間的連繫關係，但仍舊有一些詩人及詩作是無法用上面的表格說明清楚的。例如第二節述及的范成大，他沒有讚嘆梅花不畏霜雪，也沒有憐惜梅花被霜雪所侵，對於天寒凍蘂沒有過多的想像和期望，看見殘花落瓣也毫無傷逝情緒，在范成大詩作中梅花是客觀的物質，表現詩人的適意和沉穩，這是上面的表格無法包括到的；又如第三節提到的賈似道、方回和張道洽詩作中常出現梅花高標堅忍的現成意象，但考察他們的生平背景卻缺少相應的身世際遇，也看不出明顯的情感投射，比較像是附庸風雅和追隨流行，這也是上面的表格無法概括到的。就如本章開頭的陳述：象徵的形式為「以甲比乙，甲乙都有意義」，還可能衍生出丙丁戊等意義而造成「無盡義」現象。象徵會受到當時的情況和文化背景所轉移，筆者從相關跡象作研判，同時容許其他不同的理解和判斷，因為象徵意義原本就存在多重性。

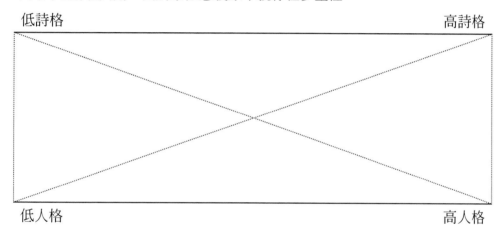

低詩格　　　　　　　　　　　　　　　　　　　　　高詩格

低人格　　　　　　　　　　　　　　　　　　　　　高人格

圖 6-5-1　詩格與人格的對應關係圖

中國傳統氣化觀型文化的終極信仰「道」是一種自然氣化的過程，在觀念上重人倫、崇自然，而有的情志思維在試著縮結人情和諧和自然，跟西方預設人神兩端對立的創造觀型文化目的在於馳騁想像力有所不同。中國是盡可能的「感物應事」，從人有的內感外應的需求去找著「文學出路」，因此相關的藝術就會約束在一個「為情造文」的高度自制的有限的美感範疇裡。〔註326〕宋代文人士大夫「寫實」（模象）的表現方式，雖然不像西方「造象」的表現迭有馳騁想像力而大量展現各種比喻技巧，但所構設出梅花的形象及其

〔註326〕周慶華：《語文教學方法》（臺北：里仁，2007 年），頁 175～294。

象徵已卻又是多元而複雜。

　　透過上面光譜儀可知詩格和人格的對應關係基本有四種（除了所連成的四條虛線外，中間還有模糊地帶，連起來可能有無數種，暫時不討論）。這四種基本的對應關係分別是第一種高詩格對應高人格，第二種高詩格對應低人格，第三種高人格對應低詩格以及第四種低詩格對應低人格。至於要對詩人和人格作評價，端看所採取的立場。當採取美感的立場以詩格為準，高詩格評價最高；當採取道德的立場則以人格為準，高人格評價最高；倘若同時兼具美感和道德就是以高人格對應高詩格為尚；當人格評價不高，但他的梅花詩卻有可看處，站在美感的立場則肯定他的詩作，倘若是站在道德的立場則貶斥他的人格。當評價這四種基本的對應關係所採取的立場是兼具美感和道德，就是以高詩格對應高人格為首，低詩格對應低人格為末，高詩格對應低人格以及低詩格對應高人格此二者居中。

　　過去研究只處理高詩格對應高人格的部分，但從上面的光譜儀可知詩格和人格的對應關係起碼四種。換句話說，宋代梅花詩中梅花的形象及其象徵所涉及的面向極為複雜，而本研究則呈現了過去研究所沒有呈現出來的整個社會文化的面貌。第四節所述及的賈似道明顯被排除在高詩格對應高人格外，但他卻也在使用這套當時社會既有的梅花崇高象徵，在缺少相應身世際遇下他顯然無法投射以高人格，但他卻可以利用梅花詩來追求「高情」。除了文人士大夫，一般市井大眾也想要利用梅花的崇高象徵，於是有了類似「酒食店內插瓶」的舉動，但很明顯的這種利用的心態本身就是一種俗情。因為梅花有崇高象徵，這一窩蜂的追隨、模仿就是想要把自己也拉高到這個層次，意圖搬演自己的高雅品味，甚至是虛偽的高尚人格，這是一種利用梅花的心態。當大家都在用梅花崇高象徵表達高尚精神人格的時候，當中不乏人格缺陷的人也在利用，從這些利用也可以看出當時梅花意象受到的重視。

　　透過本章所討論的詩人以及詩作，並輔以光譜儀所呈現的對應關係，可以看出宋代人利用梅花的心態。梅花詩的寫作是一種現象，是一種文化行為，它涉及了心理層面的部分，過去研究沒有看到高詩格對應高人格以外的其他面向，也沒有看到利用梅花崇高象徵背後的心理操作。

　　此外，有關高情、俗情、閒情等區分，不是形式類型，所以無法依照形式類型統一標準作區分，只依它的相異性作說明，所以各部分表面上看起來會有區分標準不一的現象。

第七章 結 論

第一節 要點的回顧

　　梅花詩不論是質還是量，在兩宋均產生極大的變化。《全宋詩》中詠梅的
就有 4700 多首，這些梅花詩不再是感傷的寄託，而是有了道德意義的徵候。
梅花的高標形象及其象徵從此也成了一種研究趨向。從先秦到兩宋梅意象隨
著社會文化的積累不停的變動著，在不斷改變所承載旨意的同時，它原本的
意義並不會消失，而是新的意義不時疊加，進而讓梅意象更多元豐富。宋代
梅花詩數量龐大，加上都市及經濟十分發達，在遊賞、交易等活動中，梅花
是最常見的花種之一，梅花形象及其象徵應該是多樣性的，未必僅侷限在道
德面向，然而目前大家對於宋代梅花詩缺少全面性的探析。這就引起了筆者
的研究動機。

　　本研究以北京大學古文獻研究所出版《全宋詩》中的梅花詩為材料，運
用文化學方法、意象理論、美學方法、語境分析以及傳記研究法作為研究方
法，綜合處理新訂的論題《文學史上的一個切片——宋代梅花詩中梅花的形
象及其象徵》。試為探討梅花如何分布於宋代士人兼及庶民的食、衣、住、行
和娛樂中，而士人更是透過寫詩的方式記錄了梅花全面而廣泛的入駐他們的
物質生活。因為對於梅花的過於嫻熟，士人開始自覺的運用各種文學技巧形
塑梅花的崇高樣貌，作為道德精神的自我象徵，也使得梅花的高標形象一枝
獨秀。但從整體上來看，宋代梅花詩中所出現的梅花形象十分多元，而各種
形象也都象徵著詩人的情感，這是一種文人在不自覺間所製造出的梅花其他
意象。人類的情感多樣且複雜，無法絕對區分，如同梅花的生長歷程從枯枝、

冷藥、滿開、搖落到著實，它的多元形象象徵高情、俗情和閒情，以表達詩人的生命際遇。這是本研究根據《全宋詩》中的詠梅作品輔以詩人的生平背景所歸納的結果，並由此觀察宋代士大夫的心態和他們的社會生活，也就是文學和社會的互動，則是本研究的結論，也是研究本身所欲達成的目的。宋代梅花詩中梅花的形象及其象徵在過去都被片面看待，如今當知梅花在兩宋具有崇高和凡俗兩類形象及其象徵。儘管梅花被庸俗化，但也不致於低下到不識梅花為何物的程度。由於是表現在詩作中，所以縱使平庸也依舊是一種精神象徵、是一種審美興味。可見梅花的中介性不可或缺，它是一種意象符號，可隨著創作者心思意念的投射改變它所承載的意義。這連結到研究者的目的，則是想要藉此發現回饋給其他研究者、創作者和教學者。

從古代類書、詠梅著作和筆記可知宋代對梅花以及梅花詩的重視，而現今的中文專書則是對梅花崇高象徵過於強調，不僅忽略了梅花多元的形象及其象徵，對於士人刻意塑造梅花崇高象徵的背後心理、心態和社會脈動也沒有深入剖析。現代海峽兩岸學位論文以及現代中文期刊論文的走向和專書是一致的，太過強調梅花的崇高象徵，即便有提到梅花的其他形象和象徵，也是太過集中討論詩人內在精神的寄託，詩人和詩作中所反映的社會取向及需求，大部分研究缺少著墨。透過相關文獻的回顧和檢討，了解到現有研究的不足和偏向，所以筆者重起論題、別為部署章節，重新深入處理、討論，以另一種路徑去理解詩人、詩作以及當時的社會。

過去的研究太過強調詩歌中「物」的象徵意義，以及詩人的精神寄託，忽略了精神象徵和物質生活的不可分割性，忽略了「物」在現實生活中的角色作用。本論文旨在研究宋代梅花詩中的梅花形象及其象徵，從梅花多元的形象中一併探析宋代梅花詩和社會文化的關係，因此有關梅花的文化意涵，不宜片面探討精神層次的部分，而有必要兼落實在食、衣、住、行和娛樂等整體生活中。第三章透過對詩作的條理、耙梳，發現到梅花和宋代人的生活有密不可分的關係。從宋代人的藝花遊賞和消費可以看出，梅花在遊賞消費和娛樂消費中的作用，在民間普遍被認識和喜愛，舉凡飲食、服飾、居住和行旅，梅花在大眾現實生活中處處可見，是一種庶民性的物質文化，是一種社會背景，跟文人士大夫詩作中的梅花意象互為因果。梅花對於文人士大夫的生活不單純是為了物質感官的滿足，更多的是情意的投射，受到理性和智識的塑造，是美感趣味的尋索。這種高度的審美表現，也是士大夫跟市井大

眾最明顯的分判。梅花在文人士大夫飲酒烹茶的日常生活中，所提供的是一種精神象徵，而不在於物質上的滿足。對梅飲酒和對梅烹茶相輔相成，寄寓著文人士大夫的情感。文人士大夫喜歡將白色的梅花和自己花白的鬢髮兩相呼應，同時以滿插、亂插展現詼諧自適的灑脫，其中也承載不遇的慨歎。梅花也是文人士大夫居住環境中極為常見的物質，不論是栽於室外，是插瓶安置於室內，還是透過窗框修飾，梅花都是文人審美品味的展現，也是情感的寄寓者。文人也透過梅花紙帳紀錄自己的心思懷想。宋代交通發達，而梅花易於生長，隨處可見，是文人士大夫兼程趕路的背景，梅花的具體形象以及畫幅墨梅都是文人士大夫記憶和情感的承載者。宋代園林興盛，文人士大夫在林園間舉杯飲酒，折梅、簪花歡然暢快，梅花作為一種實際的物質存在文人賞梅的娛樂生活中。另一方面，因為花期的不可掌握，他們更熱中在荒巖野澗費盡心力為跟梅花不期而遇，在尋梅行動中滿足了自己的期待感和高人想像。

　　透過第三章的條理、耙梳，可以看到梅花在宋代庶民以及文人士大夫追求中的文化意涵和角色作用：文人運用寫詩的方式來建立梅花的審美意象，這些審美意象同時也回饋到物質生活中。從這些詩作中捕獲宋人精神世界中的梅花美感特徵，而且這樣的美感不僅僅是一種精神象徵，也不僅僅是一種情感寄託，它同時還落實在宋人的食、衣、住、行和娛樂等物質生活中，從而展演出梅花在宋代精神美感和物質生活這二者始終不斷交互作用下，所產生的多元、實質面貌。

　　宋人的藝花遊賞和消費等娛樂活動帶有精神性，是一種針對物性梅花而產生的情感的快悅；而他們的食、衣、住、行也不是純粹物質感官的滿足，因為是透過詩作觀察梅花如何被文人士大夫實踐在食、衣、住、行中，所以食、衣、住、行這些實質生活都帶有精神審美的意涵，只是物質性的成分較高，而被歸為生活的部分。梅花這個意象同時被宋人塑造為崇高象徵作為道德人格的徵候，但倘若沒有經過物質生活的歷程，純粹運用憑空想像的方式，將它作為創作的題材則流於空泛。文人士大夫運用寫詩的方式記錄梅花全面而廣泛的入駐他們食、衣、住、行和娛樂等物質生活，並影響他們的審美世界。因為對於梅花的過於嫻熟，他們開始自覺的運用各種文學技巧形塑梅花的多種樣貌，並從中凸出崇高一格作為道德精神的自我象徵，終而使得梅花有高標形象可以一枝獨秀。大部分的論者都認為在宋代梅花完成了文化意

義，是道德品格的永恆徵候，便是針對這一部分說的，而這也是一種形塑和操作的過程。第四章透過對詩作的分析及相關文獻的檢視探析宋代文人士大夫爲梅花造形的歷程，並解釋當中所代表的社會文化意義。

「水」是一種現成意象被賦予「清」的德性標準。梅花因著跟水的伴生關係，讓水意象投射於上；再加上林逋意象的作用，水光映照梅枝或是梅影投射於水面上，成爲士大夫德性人格的徵候。梅花在雪中綻放，而「雪」作爲災難的代稱，是自古即有的現成意象。詩人不僅透過梅花跟雪搏鬥、抗衡，大爲提升梅花形象和地位，甚至刻意改變梅雪原有物性，雪成了協助梅花打頭陣的先鋒，甚至向梅花妥協，進而讓梅花地位遠遠超越霜雪。詩人並利用雪高尚純潔的現成意象，爲梅花打上「清」的品質，以作爲精神人格的標榜，甚至出現雪不如梅的書寫方式，將梅花推上極高的位置。文人也藉由月下觀梅來拉高梅花的地位，月下觀梅的視角在於線條、在於虛影，據此梅花脫離了作爲美麗花樹的物質感官條件，從中說明文人眼光轉向抽象性的象徵世界，這一點也表現在對墨梅的喜愛上。這樣的視角在在抽離了梅花作爲物質的原有色相，跟通俗大眾單憑感官的視覺取向拉開距離，進而也將梅花型塑得更爲高雅。繼而又發展出更是細膩的「月窗觀梅」，在固定的窗框中運用個人學養和文化底蘊把梅想像得更美、更雅。梅花以極幽微深細的姿態出現在文人的視角中，透露出文人審美眼光越偏越奇，爲用盡方法的一種極致表現，而這也是一種爲梅花造形的操作方式和歷程。梅花和竹在自然生態上有伴生關係，人們樂於將梅花和具有君子象徵的修竹並提相論，但其實從林逋、蘇軾到陸游，梅花崇高意象在宋人的精神世界中已確立，用修竹來正襯梅花基本上是一種錦上添花；但也必須承認此一舉動進一步鞏固梅花地位。「竹」作爲區別文人和市井、精神和物質、高雅和凡俗的符號，宋人以梅配竹，正好讓梅花崇高絕俗的精神審美特徵更加牢固。梅花和松雖然缺少自然生態上的直接關係，但梅花的君子形象在精神象徵上可以跟松同提並舉。松意象在自古以來不斷的積累中，地位崇高不可動搖，利用松這個現成意象正襯梅花，雖然也是錦上添花，但對於梅花的崇高地位還是發揮加分的作用。宋人眼中的桃李意象是負面的，用來反襯梅花便利好用。利用時間的重疊以及空間、色彩上的失調，對應出桃李爭先恐後的俗態，並透過「內在資質」和「徒有其表」的兩相參照，從不斷貶低桃李來彰顯梅花。

宋人形塑梅花崇高形象的過程，是從物理性質開始的。起自裁奪梅花跟

生長環境及周邊植物的物性關係，繼而投以主觀情意賦予象徵意義，再拿來作為自我投射的徵候及群我鑑別的符號。當人們根據某物的自然屬性把自我的審美取向和價值觀念附加於上，詠物詩中所吟詠的自然物象常常已經不是自然物本身，而是融注了詩人主觀情意或人格；而且隨著此一物象人文意涵的約定俗成，它的文化象徵意蘊逐漸固定化，進而被詩人回過頭來用以託物言志，甚至自我標舉。不同形象就產生不同的文化意義和社會作用，如在宋人不斷精進塑造下，梅花形象不停的變化，甚至往抽象邁進。從此梅花意象成了士大夫和大眾的鑑別指標，也成了士大夫和士大夫間的進益分判準據。文人士大夫追求跟林逋一樣的精神境界，但精神是看不到的，唯有運用看得到的生活物質來表現；精神追求和外在的觀物必須互相配合，在不可捉摸的精神境界上得有一個對應物、一個符號。不論再高尚、再抽象的精神追求，最後還是要回到物質、回到現實世界。文人士大夫無論是水邊種梅、雪中觀梅、月窗觀梅、竹梅相配、松梅並種，意圖均十分明顯。除了在文學上建構梅花崇高形象，同時也必須在現實生活中實踐。換句話說，物質生活中的實踐即是樹立實體象徵。精神象徵和自我標榜必須透過真實的空間和實物，才能向世人展演，進而產生有效的文化意義和社會作用。這個精神對應物除了必須是崇高的極致，同時也得不斷翻新變化著。

　　宋代文人士大夫的出身常來自於庶民階層，他們一方面浸淫在物質生活中，非常了解庶民對於梅花的運用和梅花在市井中的位置和形象；一方面基於對這種現實面的過度了解，加上他們對身分的自覺，當跟世俗大眾的界線漸漸模糊的時候，便引發他們心理上的焦慮，於是積極想擺脫這種物質的、感官的需求，進而從它的反向著手，積極展開對於精神審美的尋索。從第四章可看出，梅花所承載的情感意念不像第三章那樣是實際物質生活的反映，而是士大夫所刻意形塑的崇高形象及其象徵。詩作中所投射的可能是想像，也可能是他們正在實踐的東西。不論如何當中的敘述對於真實的生活景況多了大量的刻意性。為了跟世俗大眾的物質生活作分判，進而將梅花意象推向一種極端抽象的精神表徵，同時展現出對崇高人格的渴望。但梅花的形象是多元的，崇高形象是梅花被造形歷程中的終點，為梅花造形的過程中必須經過一些嘗試，可能是一開始就有意識的為梅花塑造崇高形象，也可能當中經過一個不自覺的階段。雖然從理上來說崇高形象是最極致了，沒有任何形象能夠超過它，但事實上各種形象是同時存在的，也有可能是前後次序顛倒的。

從第四章可知梅花的崇高形象是藉由各種文學技巧和語境的營造所刻意塑造的，可見這是一個被設定好的目標，但在被塑造的過程中應當是多種形象並存的。文人士大夫爲了追求崇高的美感意境，於是靠著不斷精進的技巧刻意爲梅花造形，在這樣的過程中其實也製造出梅花崇高以外的形象及其象徵。當表現技巧持續提升的同時，梅花詩數量也就跟著大量增加，梅花形象也就越顯豐富。第五章透過物理形象及人物形象二個路徑，縮結於宋代梅花詩中的梅花形象，呈現更細緻的造形情況。梅花的枯枝具有「槁」、「僵」、「冷」、「淡」、「孤」的美感特徵，進而作爲文人士大夫自命孤高的精神象徵。枯枝同時也被看作生命力的潛藏，老當益壯的形象用以表達文人「外枯而中膏，似淡而實美」的審美取向。冷蕊的「冷」字除了說明花蕊稀少和珍貴，同時逼顯出一種堅忍峭絕，寂淨孤獨的形象，進而作爲自命不凡的文人士大夫的理想人格徵候。梅花滿開的形象繽紛而繁複，急躁而快速。文人報以流連花叢、花插滿頭和歌舞美酒，而這些都是心中焦慮和傷逝情緒的外顯。青子形象一則消極，承載詩人花落著實的遺憾；一則積極，平添仕宦象徵，用以表達士人被朝廷延用的渴望。宋人雖然認爲梅花的和羹意象是俗氣的，但也不可避免的歌詠起這種名利象徵。由枯枝、冷蕊、滿開、搖落和著實的書寫，可知詩人和梅花的接觸是從感覺器官開始的。畢竟是透過感覺器官，所以比較直接，但當經過詩人心理機能的想像，進而構設出孤峭幽獨、好景不常、名利仕宦等象徵的時候，往往和人格情感連結在一起，於是產生梅花的人物性形象。梅花的物理習性和樣貌，暗合著君子的專屬德性，進而被賦予君子形象。它生長在荒山野嚴的物性被人格化後，於是有了離群索居的隱者形象，同時也被具體化成中國最具代表性的隱士伯夷。梅花也常被賦予高人形象，高人最被文人士大夫看重的是：不輕易踏入世俗紅塵境地。二者所以能類比立基於梅花開在荒山野濱，彷彿高人離群索居，拋棄紅塵俗地。梅花潔白無瑕，仿若冰肌雪膚的姑射仙人；另外它生長於白雪覆蓋的環境，彷彿傳說中一片極白的仙境，加上人們所產生的飲冰茹雪想像，於是向姑射仙人靠攏。中國歷來有描寫女子體膚白皙的傳統，因爲花朵色白，梅花很難擺脫女性形象。宋代詩人頗能欣賞女子的玉肌雪膚，梅花色白於是和女性美色漸形拉近，甚至直接被呼作王昭君、趙飛燕、楊太眞等世間女子名號。透過以上多元而豐富的物理形象和人物形象，可以看出梅花的各種形象及其象徵看似相反，卻在宋詩中並行不悖。

　　物理形象和人物形象所產生的象徵也有重疊的部分，例如枯枝、冷蕊形象
象徵孤峭幽獨以及不平凡；君子、隱者、仙人形象象徵堅貞不渝、潔淨絕俗，
整體來看都是一種崇高象徵。換句話說，梅花的形象及其象徵不是單純的一對
一關係。象徵的形式為「以甲比乙，甲乙都有意義」（還可能衍生出丙丁戊等意
義而造成「無盡義」現象）。梅花的形象及其象徵二者的對應關係約有四種情況：
第一種是一種形象對應一種象徵；第二種是一種形象對應多種象徵；第三種是
多種形象對應一種象徵；第四種是混合型，就是多種形象對應多種象徵。此外，
還有模糊型，也就是難以界定和說明的形象及其象徵。在了解各種梅花形象及
其象徵的前提下，第六章聚焦於兩宋較為重要、並且梅花詩產量較多的詩人，
以及有寫梅花詩卻頗具爭議性的人物，扣緊他們的生平及時代背景，進一步討
論宋代梅花詩中的高情、俗情和閒情，及背後所隱含的社會文化意義。高情的
部分首先是林逋，《宋史》記載林逋不求富貴，捨棄名利，他的《省心錄》以及
詩作曾屢次表明自己安貧的態度和信念。不論是他的詠梅詩，還是他為梅花人
格象徵所樹立的先範，甚至是他的隱逸風範，在兩宋均備受推尊。蘇軾遭受嚴
重災難（烏臺詩案）後來到黃州，他的詠梅作品大多作於此時，是一種強烈的
移情寄託。在詩作所揭示的品性特質，恰好相應於《宋史》以及時人對他的評
價。他的詠梅詩強化梅花的「格」，同時說明自己堅定不移的節操。降及寓惠他
透過詠梅詩呈現出自在逍遙的趣向，體現出一種超脫的境界。陸游一生北伐誓
願堅定，卻宦途沉浮，梅花的自然物性能夠象徵他一生堅定的價值觀和理想。
他透過梅花表達自己難以跟俗世為伍的意向。陸游晚年長期卜居鏡湖，他也透
過梅花詩呈現出任性放曠的面向。如果高情是光譜的一端，那另一端就是俗情，
也就是一般的、不甚高深卻普遍存在於人世間的事態心懷。藉由梅花開花落以
興的怨春傷逝，在兩宋都未曾消失或是停止。宋人心目中梅花高於群芳，加上
時人觀感中，它的文化意義和社會作用十分特殊，對於零落的喟嘆，自然也就
更加深刻。宋人將普遍性的傷歲感別投射於自己最情有獨鍾的梅花，是既嫻熟
且自然的。折取梅花以寄相思在宋代十分盛行，梅花特立於群芳，折取梅花所
傳達的思念和情意，自然遠勝其他植物。梅花在宋人眼中地位特殊，折梅贈別
足見送者對行者的用心，反過來也是行者思鄉的承載者。梅花也和家鄉、親人
意象連繫緊密，成為思鄉的徵候。人類的情感意念多樣且複雜，無法絕對區分
或切割，有一高一低、二種情感間反差極大的，也有游移在高低間的。介於高
情和俗情光譜兩端的情感筆者稱作閒情。梅花同時作為一種具體而感官的物質

存在宋人娛樂生活中，暫時脫離崇高人格象徵，和感時傷歲的投射，單純作爲熱鬧春遊的陪襯物。貴冑張鎡的「玉照堂」梅花不僅數量繁多，品種也極珍貴，是他物力財力的顯示。據張鎡所做《梅品》和他的詩作可知他的賞梅著眼於花色、數量、香氣等梅花作爲物質的屬性；梅花是他富貴生活的配置，也是用來標舉自己高雅品味的裝置。在范成大眼中，梅花是眾多花卉的一種，他沒有刻意將梅花以外的百卉貶得很低，也沒有以梅花作爲牢騷感慨的寄託，比較多的是透過梅花展現適意和沉穩。范成大就自己眼前所見的實景實像，客觀而現實的道出梅花的物質天性，沒有被制約於時人所構設的梅花意象中，梅花對於范成大來說就純粹是物。文人士大夫喜歡賞梅寫詩並搭配遊園酬唱的群體活動，這種文人間的交遊行爲，是菁英品味的搬演。但也造成一窩蜂去賞梅、詠梅，包括南宋晚期著名權相賈似道就是這波熱潮的參與者，不僅自己創作，同時接受士人以梅花詩獻媚。賈似道梅花詩中有許多林逋以來的現成意象，但無論是身世背景、生活遭遇，都跟梅花意象扞格不入。文人士大夫梅花詩寫作泛濫至極，甚至用來求官獻媚。例如宋末元初的方回寫過〈梅花百詠〉獻給賈似道，像他這樣的降元士人所留下的梅花詩，就是滿紙堆積典故。在方回梅花詩中屢次出現的林逋意象，自然不能作爲他人格品行的寄寓者，更何況林逋意象在宋代可說被用濫了。稍早的梅花詩大多關注於林逋處士身分和品格，到了南宋後期則著眼於林逋所留下的詩藝。拋棄精神內涵轉向形式是南宋末期對於林逋意象的運用，這也表現在梅花詩的寫作立意取材，以及對梅花詩的評論上。方回對南宋末年張道洽的梅花詩評價極高，但張道洽的梅花組詩不論是意象經營，還是寫作技巧均不出前人，毫無創新。張道洽的梅花詩，較多單純詠物，缺少比興寄託。梅花題材在南宋末期僵化、窄化，精神象徵和內容底蘊已無法超越林逋、蘇軾等所建立的梅花意象，詩人只能用連綿而龐大的形式，以及鎔鑄後看似清空的語言來取得表現。但梅花並沒有隨著梅花詩的淪落而減少象徵功能，南宋中期以後文人以嗜梅、愛梅競相標榜、並一窩蜂引爲字號用以表德。梅花被高度抽象化，但卻也淪爲空洞的精神象徵，這是梅花意象的氾濫餘緒。

透過文學作品的內部及身世背景探析林逋、蘇軾和陸游的梅花詩，發現到所塑造的梅花意象和詩人身世背景互相扣合，是高蹈精神和行徑的託寓及象徵。這是一種託物言志，精神審美的尋索，是一種文雅、高級的審美取向。但梅花的文化意義，即便在林逋、蘇軾手上完成了高尚人格的精神象徵，但這並不是梅花文化的全貌，因此不能排除另一種類型的美感想像。首先是一

般的、普通的世態人情,即便此類梅花詩作者是文人,但表達的卻是大眾傾向的情感和精神世界。其次,因著在使用上普遍化、流行化,甚至泛濫化,梅花意象成了「現成意象」,不停的被運用著,難免成了習慣的樣式和俗套,硬生生的套用在缺少作者人格底蘊的詩作上。一窩蜂的跟隨行為往往俗不可耐,加上南宋中後期梅花詩作精神意涵對林逋、蘇軾等前輩無法超越,很容易落入空洞化。再次,文人士大夫刻意經營的例如集會酬唱等賞梅範式,大量的寫作下,梅花詩成了一種普遍的題材和形式。但即便是這些毫無意味、腴詞靡靡的應酬詩,卻仍舊是梅花文化的一部分。是以梅花所代表的精神世界具有雅俗分別、層次分別。據此可知,在宋代梅花所對應、承載的精神美感游移於高情、俗情和閒情,多元而非單一。

另外,透過張鎡和范成大的梅花詩及鑑賞文本,發現到他們觀梅的物質取向,對於梅花較少託物寄興。文詞少了風騷寄興,便跟「雅」拉開距離,再從宋人所作的分判,雅的另一面就是「俗」。但所謂的俗並非下層、低級、粗俗的指涉。相對於透過理性智識塑造的精神審美來說,它的對應面則向物質目的生理快感和滿足靠攏。例如張鎡「拍掌催花」就是視覺、嗅覺等感官的佔有和滿足。這就是梅花崇高形象及其象徵的另外一面,也是宋代梅花的全貌之一。

透過第五章可知宋代梅花詩中梅花的形象及其象徵十分多元,透過第六章詩人對梅花的情感投射以及他們身世際遇,可知梅花詩中所象徵的事態心懷十分豐富,絕對不是一個崇高所能概括的。象徵的形式為「以甲比乙,甲乙都有意義」,還可能衍生出丙丁戊等意義而造成「無盡義」現象。宋代梅花詩中梅花的形象綜合象徵文人士大夫的高風亮節和被朝廷延用的渴望,象徵展現蓬勃的生命力和好景不常,同時被作為士大夫財力物力的顯示,更被用來區分身分,成為群我鑑別的符號。因為梅花的崇高象徵在宋代有牢不可破的基礎,文人士大夫和一般市井大眾利用梅花的崇高象徵,意圖把自己也拉高到這個層次,呈現自己的高雅品味,甚至是虛偽的高尚人格,這是一種利用梅花的心態,從這些利用也可以看出當時梅花意象受到的重視。過去研究只處理梅花崇高象徵的部分,透過本研究可知宋代梅花詩中梅花的形象及其象徵所涉及的面向極為複雜,而本研究則呈現了過去研究所沒有呈現出來的整個社會文化的面貌。梅花詩的寫作是一種現象,是一種文化行為,在這個表象的背後,本研究發掘了它更深層的心理基礎。整體研究成果略如下圖所示:

宋代梅花詩中梅花的形象及其象徵研究成果

緒論	文獻回顧與檢討	梅花與宋代人的生活	宋代人爲梅花造形的歷程	縮結於宋代梅花詩中的梅花形象	相關宋代梅花詩中梅花形象的象徵	結論
研究動機 研究目的與研究方法 研究範圍及其限制	古代類書及詠梅著作與筆記 現代中文專書 現代海峽兩岸學位論文 現代中文期刊論文 小結	藝花遊賞與消費 塵甑炊香勝旃旎／遊賞娛樂 不辭多擲袖中金／消費娛樂 梅花與文人士大夫的生活 金樽翠杓未免俗／食 鬢邊插得梅花滿／衣 古瓶斜插數枝春／住 道上梅花無數株／行 小結	透過生長環境烘托 低臨粉水浸寒光／梅與水 無雪梅花冷淡休／梅與雪 故就偏愛月明時／梅與月 藉由周旁植物映襯 孤標惟許竹君陪／梅與竹 其友松筠乃能識／梅與松 天教桃李作輿臺／梅與桃李 小結	物理形象 愛疏愛淡愛枯枝／枯枝 花三兩點少爲奇／冷蕊 今日來看花滿林／滿開 玉頰香肌委塵土／搖落 落盡繁花有青子／著實 人物形象 幾年孤立小溪潯／自強君子 正似高人不可招／得道高人 正須仙人冰雪膚／姑射之仙 膚雪參差是太眞／凡塵之女 小結	高情 十分孤靜與伊愁／林逋及其梅花詩 昔年梅花曾斷魂／蘇軾及其梅花詩 一樹梅前一放翁／陸游及其梅花詩 俗情 感物傷春同懊惱／怨春傷逝 攀翻剩欲寄情親／聚散離合 遙想吾盧亦如此／去國懷鄉 春入西湖到處花／春遊陪襯閒情 玉潔珠光喜日烘／貴冑及其梅花詩 不道梅花也怕寒／能臣及其梅花詩 梅花意象的氾濫餘絮 印記詩人獨自來／刻意經營的賞梅範式 梅花見處多留句／權臣降臣及其梅花詩 未必梅花盡得知／梅花題材的僵化與窄化 小結	要點的回顧 未來研究的展望

圖 7-1-1　宋代梅花詩中梅花的形象及其象徵研究成果圖

第二節　未來研究的展望

在中國文學史的長頁中，就朝代的演進來說，從先秦、漢代，到魏晉南北，降及隋、唐，繼而宋、元，最後是明、清和民國；就文類來說，中國文學有各種不同的形式，例如詩、賦、詞、曲、散文、小說、戲劇……等體裁多元。在這麼浩瀚且豐富的中國文學作品中可資研究的材料相當可觀。本研究範圍限定在宋代的梅花詩，不論從時代、體裁還是題材來說確實還有再進一步發揮的空間。例如就宋代來說，詞、散文、話本等當中梅花的形象及其象徵，肯定還有可以討論、處理的點；再如宋代以前和宋代以後的梅花詩本論文也僅作背景引述，沒有深入探究，又如其他跟梅花有直接、間接關係的題材例如相似的植物，儘管它們互涉的意涵可能十分豐富，本論文也沒有進一步處理，但這些都提供了筆者日後的研究方向，期待將來以專文深論。另外，對於梅花詩的細部闡釋，例如當中的典故、人名、地名……等，這些更全面、更細緻的掌握，有待日後另作專文深入闡釋。

本研究所徵引、參考的資料：古代文獻的部分有類書、詠梅著作和筆記，現代文獻的部分則包括中文專書、海峽兩岸學位論文和中文期刊論文。文獻回顧和檢討只處理了中文的部分，沒有一併檢討可能存在的相關外文文獻，是基於筆者外文能力不足。日本的宋遼金元相關研究一直是東洋顯學，另外後起的韓國也在宋代方面有不少著墨。這些都提供了筆者日後的研究取徑，期待異日有機會作一探討。

從事本研究的目的可分成研究本身的目的和研究者的目的。研究本身的目的所要處理的課題就是本論文第一章到第七章所示的一切。研究者的目的則是研究本身的目的達成後研究者所希望發揮的效用，目的是回饋給其他研究者、創作者和教學者。就回饋給其他研究者的部分以第二章文獻回顧和檢討為準的。就回饋給創作者的部分，從本研究成果可知，梅花的形象及其象徵豐富而多元，再加上象徵的形式原本就有可能衍生無盡義，透過本研究的成果，創作者所能選擇的形象和象徵可以更加多樣、所能投射的意念和情感可以更加多元，創作的過程中更加游刃有餘。就回饋給教學者的部分，也就是教師和學生的教與學，除了能讓教學者將梅花形象及其象徵的豐富性帶入文學作品的賞析中；另外，觀看意象符號的視角不必再侷限於傳統的詩人內在精神寄託，透過本研究成果可知，梅花形象的運用十分多元，可以被作為財力、物力的顯示，也可以被用來區分身分，成為群我鑑別的符號。藉此潛

移默化教學者、學習者的心態，擴大教學者、學習者的心胸及視野。至於將要如何回饋給創作者和教學者尚須結合課程及傳播環境的規劃，以提供被參考的途徑。這部分期待將來以專文深論。

徵引文獻

一、古代文獻部分

1. 丁仲祜編：《全漢三國晉南北朝詩》，臺北：藝文，1983 年。

2. 孔凡禮點校：《蘇軾文集》，北京：中華，1986 年。

3. 孔安國傳：《尚書》，收錄於《四部叢刊初編》，臺北：臺灣商務，1965 年。

4. 方回：《瀛奎律髓》，收錄於《文津閣四庫全書》，北京：商務，2006 年。

5. 方回選評，李慶甲集評校點：《瀛奎律髓彙評》，上海：上海古籍，1986 年。

6. 方岳：《深雪偶談》，北京：中華，1985 年。

7. 王充：《論衡·四緯》，收錄於《叢書集成新編》，臺北：新文豐，1985 年。

8. 王冕：《竹齋集》，收錄於壽勤澤點校：《王冕集》，杭州：浙江古籍，2012 年。

9. 王惲：《秋澗集》，收錄於《文津閣四庫全書》，北京：商務，2006 年。

10. 王弼撰，邢璹註：《周易略例》，收錄於《叢書集成新編》，臺北：新文豐，1985 年。

11. 王鞏：《聞見近錄》，收錄於《叢書集成新編》，臺北：新文豐，1985 年。

12. 王觀：《揚州芍藥譜》，收錄於《叢書集成新編》，臺北：新文豐，1985 年。

13. 王水照：《蘇軾選集》，臺北：萬卷樓，2014 年。

14. 王安石：《臨川集》，收錄於《文津閣四庫全書》，北京：商務，2006 年。

15. 王若虛：《滹南遺老集》，收錄於《叢書集成新編》，臺北：新文豐，1985 年。

16. 王國維：《人間詞話》，臺北：金楓，1991 年。

17. 王國維：《靜庵詩詞稿》，臺北：藝文，1974 年。

18. 王象晉：《二如亭群芳譜》，收錄於《故宮珍本叢刊》，海口：海南，2001 年。

19. 王闢之：《澠水燕談錄》，收錄於《叢書集成新編》，臺北：新文豐，1985 年。

20. 文震亨：《長物志》，收錄於《文津閣四庫全書》，北京：商務，2006 年。

21. 司馬光：《傳家集》，收錄於《文津閣四庫全書》，北京：商務，2006 年。

22. 司馬遷：《史記》，臺北：明倫，1972 年。

23. 白居易：《白孔六帖》，收錄於《文津閣四庫全書》，北京：商務，2006 年。

24. 朱彧：《萍洲可談》，收錄於《叢書集成新編》，臺北：新文豐，1985 年。

25. 朱熹：《四書章句集注》，收錄於《國學基本叢書》，臺北：臺灣商務，1968 年。

26. 朱翼中：《北山酒經》，收錄於《文津閣四庫全書》，北京：商務，2006 年。

27. 江永：《儀禮釋宮增注》，收錄於《文津閣四庫全書》，北京：商務，2006 年。

28. 西湖老人：《西湖老人繁勝錄》，收錄於《續修四庫全書》，上海：上海古籍，1995 年。

29. 何晏集解，陸德明音義，邢昺疏：《論語注疏》，收錄於《文津閣四庫全書》，北京：商務，2006 年。

30. 何景明：《大復集》，收錄於《文津閣四庫全書》，北京：商務，2006 年。

31. 吳喬：《圍爐詩話》，收錄於《叢書集成新編》，臺北：新文豐，1985 年。

32. 吳自牧：《夢梁錄》，收錄於《叢書集成新編》，臺北：新文豐，1985 年。

33. 宋伯仁：《梅花喜神譜》，收錄於《叢書集成新編》，臺北：新文豐，1985 年。

34. 李昉等編：《太平御覽》，收錄於《文津閣四庫全書》，北京：商務，2006 年。

35. 李昉等編：《文苑英華》，收錄於《文津閣四庫全書》，北京：商務，2006 年。

36. 李覯：《旴江集》，收錄於《文津閣四庫全書》，北京：商務，2006 年。

37. 李東陽：《懷麓堂詩話》，收錄於《文津閣四庫全書》，北京：商務，2006 年。

38. 李夢陽：《空同集》，收錄於《文津閣四庫全書》，北京：商務，2006 年。

39. 汪灝等編：《御定佩文齋廣群芳譜》，收錄於《文津閣四庫全書》，北京：商務，2006年。

40. 沈括：《本朝茶法》，收錄於《中國古代茶道秘本五十種國家圖書館古籍文獻叢刊》，北京：全國圖書館文獻縮微複製中心，2003年。

41. 阮閱：《詩話總龜》，收錄於《文津閣四庫全書》，北京：商務，2006年。

42. 吳聿：《觀林詩話》，北京：中華，1985年。

43. 周密：《癸辛雜識》，收錄於《叢書集成新編》，臺北：新文豐，1985年。

44. 周密：《齊東野語》，收錄於《叢書集成新編》，臺北：新文豐，1985年。

45. 周輝：《清波雜志》，收錄於《叢書集成新編》，臺北：新文豐，1985年。

46. 周必大：《二老堂詩話》，收錄於《叢書集成新編》，臺北：新文豐，1985年。

47. 孟元老：《東京夢華錄》，收錄於《叢書集成新編》，臺北：新文豐，1985年。

48. 房玄齡等：《晉書》，臺北：臺灣中華，1981年。

49. 林洪：《山家清事》，收錄於《叢書集成新編》，臺北：新文豐，1985年。

50. 林洪：《山家清供》，收錄於《叢書集成新編》，臺北：新文豐，1985年。

51. 林逋：《省心錄》，收錄於《叢書集成新編》，臺北：新文豐，1989年。

52. 邵伯溫：《邵氏聞見錄》，收錄於《叢書集成新編》，臺北：新文豐，1985年。

53. 金盈之：《新編醉翁談錄》，收錄於《叢書集成續編》，臺北：新文豐，1989年。

54. 姚寬：《西溪叢語》，收錄於《叢書集成新編》，臺北：新文豐，1985年。

55. 段成式：《酉陽雜俎》，收錄於《叢書集成新編》，臺北：新文豐，1985年。

56. 洪邁：《夷堅支志》，收錄於《文津閣四庫全書》，北京：商務，2006年。

57. 洪邁：《夷堅志》，收錄於《叢書集成新編》，臺北：新文豐，1985年。

58. 洪興祖：《楚辭補注》，臺北：頂淵，2005年。

59. 耐得翁：《都城記勝》，收錄於《文津閣四庫全書》，北京：商務，2006年。

60. 胡仔：《苕溪漁隱叢話》，收錄於《叢書集成新編》，臺北：新文豐，1985年。

61. 胡應麟：《詩藪》，收錄於《續修四庫全書》，上海：上海古籍，1995年。

62. 范成大：《梅譜》，收錄於《叢書集成新編》，臺北：新文豐，1985年。

63. 范成大撰，沈欽韓注：《范石湖詩集注》，上海：上海古籍，2002年。

64. 范應元撰：《老子道德經古本集注》，收錄於《續修四庫全書》，上海：上海古籍，1995 年。

65. 倪其心、傅璇琮編：《全宋詩》，北京：北京大學，1991 年。

66. 唐庚：《鬥茶記》，收錄於《中國古代茶道秘本五十種國家圖書館古籍文獻叢刊》，北京：全國圖書館文獻縮微複製中心，2003 年。

67. 唐圭璋編：《全宋詞》，臺北：明倫，1970 年。

68. 孫奕：《履齋示兒編》，收錄於《叢書集成新編》，臺北：新文豐，1985 年。

69. 孫光憲：《北夢瑣言》，收錄於《叢書集成新編》，臺北：新文豐，1985 年。

70. 孫希旦撰：《禮記集解》，收錄於《續修四庫全書》，上海：上海古籍，1995 年。

71. 徐堅等編：《初學記》，收錄於《文津閣四庫全書》，北京：商務，2006 年。

72. 徐鍇傳釋：《說文解字繫傳》，收錄於《叢書集成新編》，臺北：新文豐，1985 年。

73. 班固：《白虎通義》，收錄於《文津閣四庫全書》，北京：商務，2006 年。

74. 馬永卿輯，王崇慶解：《元城語錄解》，收錄於《叢書集成新編》，臺北：新文豐，1985 年。

75. 張岱：《西湖夢尋》，收錄於《叢書集成續編》，臺北：新文豐，1989 年。

76. 張戒：《歲寒堂詩話》，收錄於《叢書集成新編》，臺北：新文豐，1985 年。

77. 張湛注：《列子》，上海：上海書店，1986 年。

78. 張鎡：《梅品》，收錄於《叢書集成新編》，臺北：新文豐，1985 年。

79. 張世南：《游宦紀聞》，收錄於《叢書集成新編》，臺北：新文豐，1985 年。

80. 張玉書：《御定佩文齋詠物詩選》，收錄於《景印文淵閣四庫全書》，臺北：臺灣商務，1983 年。

81. 張邦基：《墨莊漫錄》，收錄於《叢書集成新編》，臺北：新文豐，1985 年。

82. 張端義：《貴耳集》，收錄於《叢書集成新編》，臺北：新文豐，1985 年。2006 年。

83. 扈仲榮、程遇孫等編：《成都文類》，收錄於《文津閣四庫全書》，北京：商務，2006 年。

84. 曹學佺：《蜀中廣記》，收錄於《文津閣四庫全書》，北京：商務，2006 年。

85. 脫脫撰：《宋史》，臺北：臺灣中華，1981 年。

86. 許慎撰，段玉裁注：《說文解字注》，臺北：洪葉，1999 年。

87. 郭熙：《林泉高致》，收錄於《文津閣四庫全書》，北京：商務，2006 年。

88. 郭璞注：《爾雅》，收錄於《叢書集成新編》，臺北：新文豐，1985 年。

89. 郭茂倩編：《樂府詩集》，臺北：里仁，1980 年。

90. 郭慶藩：《莊子集釋》，臺北：商周，2018 年。

91. 郭豫亨：《梅花字字香》，收錄於《叢書集成新編》，臺北：新文豐，1985 年。

92. 陳衍評點：《宋詩精華錄》，成都：巴蜀書社，1992 年。

93. 陳著：《本堂集》，收錄於《文津閣四庫全書》，北京：商務，2006 年。

94. 陳景沂：《全芳備祖集》，收錄於《文津閣四庫全書》，北京：商務，2006 年。

95. 陸游：《老學庵筆記》，收錄於《叢書集成新編》，臺北：新文豐，1985 年。

96. 陸游：《南唐書》，收錄於《叢書集成新編》，臺北：新文豐，1985 年。

97. 陸游撰，錢仲聯校：《劍南詩稿校注》，上海：上海古籍，2005 年。

98. 逯欽立輯校：《先秦漢魏晉南北朝詩》，北京：中華，1983 年。

99. 彭乘：《續墨客揮犀》，收錄於《叢書集成續編》，臺北：新文豐，1989 年。

100. 彭定求編：《全唐詩》，北京：中華，2003 年。

101. 黃徹《䂬溪詩話》，收錄於《叢書集成新編》，臺北：新文豐，1985 年。

102. 曾棗庄、劉琳編：《全宋文》，上海：上海辭書，2006 年。

103. 湯垕：《古今畫鑑》，收錄於《叢書集成新編》，臺北：新文豐，1985 年。

104. 程榮：《三柳軒雜識》，收錄於《五朝小說大觀》，臺北：新興，1985 年。

105. 費袞：《梁溪漫志》，收錄於《文津閣四庫全書》，北京：商務，2006 年。

106. 黃大輿：《梅苑》，收錄於《叢書集成續編》，臺北：新文豐，1989 年。

107. 楊萬里撰，辛更儒校：《楊萬里集箋校》，北京：中華，2007 年。

108. 葉清臣：《述煮茶小品》，收錄於《中國古代茶道秘本五十種國家圖書館古籍文獻叢刊》，北京：全國圖書館文獻縮微複製中心，2003 年。

109. 葉楚傖編，《三國晉南北朝文選》，臺北：正中，1991 年。

110. 董誥等編：《全唐文》，臺北：華聯，1965 年。

111. 趙岐注：《孟子》，收錄於《四部叢刊初編》，臺北：臺灣商務，1965 年。

112. 厲鶚撰：《宋詩紀事》，臺北：鼎文，1971 年。

113. 劉向：《說苑》，收錄於《叢書集成新編》，臺北：新文豐，1985 年。

114. 劉邵：《人物志》，收錄於《叢書集成新編》，臺北：新文豐，1985 年。

115. 劉勰：《文心雕龍》，收錄於《叢書集成新編》，臺北：新文豐，1985 年。

116. 劉克莊著，辛更儒校注：《劉克莊集箋校》，北京：中華，2011 年。

117. 劉辰翁：《劉須溪先生記鈔》，《四庫全書存目叢書》，臺南：莊嚴，1996 年。

118. 劉義慶著，劉孝標注，余嘉錫箋疏：《世說新語箋疏》，北京：中華，2007 年。

119. 撰人不詳：《南窗紀談》，收錄於《叢書集成新編》，臺北：新文豐，1985 年。

120. 撰人不詳：《宣和遺事》，收錄於《叢書集成新編》，臺北：新文豐，1985 年。

121. 歐陽修：《洛陽牡丹記》，收錄於《叢書集成新編》，臺北：新文豐，1985 年。

122. 歐陽修：《歸田錄》，收錄於《叢書集成新編》，臺北：新文豐，1985 年。

123. 歐陽詢等編：《藝文類聚》，收錄於《文津閣四庫全書》，北京：商務，2006 年。

124. 潛說友：《咸淳臨安志》，收錄於《宋元方志叢刊》，北京：中華，1990 年。

125. 蔡絛：《西清詩話》，收錄於《風月堂詩話》，臺北：廣文，1973 年。

126. 鄭玄箋：《毛詩》，收錄於《四部叢刊初編》，臺北：臺灣商務，1965 年。

127. 蕭統編：《文選》，北京：中華，2012 年。

128. 戴表元：《剡源集》，收錄於《叢書集成新編》，臺北：新文豐，1985 年。

129. 鍾嶸：《詩品》，收錄於《文津閣四庫全書》，北京：商務，2006 年。

130. 韓愈撰，馬其昶校注，馮茂源編次：《韓昌黎文集校注》，臺北：頂淵，2005 年。

131. 羅大經：《鶴林玉露》，收錄於《叢書集成新編》，臺北：新文豐，1985 年。

132. 嚴羽：《滄浪詩話》，收錄於《叢書集成新編》，臺北：新文豐，1985 年。

133. 竇苹：《酒譜》，收錄於《文津閣四庫全書》，北京：商務，2006 年。

134. 蘇軾：《蘇東坡全集》，臺北：世界，1964 年。

135. 蘇軾撰，孔凡禮校：《蘇軾詩集》，北京：中華，1982 年。

136. 釋普濟：《四祖大鑒禪師旁出法嗣》，收錄於《五燈會元》，臺北：文津，1986 年。

137. 顧鎮：《虞東學詩》，收錄於《文津閣四庫全書》，北京：商務，2006年。

138. 顧嗣立：《寒廳詩話》，收錄於《叢書集成續編》，臺北：新文豐，1989年。

二、現代中文專書部分

1. 于北山：《范成大年譜》，上海：上海古籍，1987年。

2. 孔凡禮、齊治平編：《陸游資料彙編》，北京：中華，2004年。

3. 孔凡禮：《蘇軾年譜》，北京：中華，1998年。

4. 王萬象：《中西詩學的對話——北美華裔學者中國古典詩研究》，臺北：里仁，2009年。

5. 白壽彝：《中國交通史》，長沙：嶽麓書社，2011年。

6. 吉川幸次郎著，鄭清茂譯：《宋詩概說》，臺北：聯經，2012年。

7. 朱光潛：《文藝心理學》，臺北：頂淵，2008年。

8. 朱雅琪：《六朝詠物詩的興盛發展》，臺北：中國文化大學，2012年。

9. 巫仁恕：《品味與奢華——晚明的消費社會與士大夫》，臺北：聯經，2007年。

10. 余英時：《中國思想傳統的現代詮釋》，臺北：聯經，1987年。

11. 吳戰壘：《中國詩學》，臺北：五南，1993年。

12. 杜維運：《史學方法論》，臺北：杜維運，2008年。

13. 沈冬梅：《宋代茶文化》，新北：學海，1999年。

14. 邱添生：《唐宋變革期的政經與社會》，臺北：文津，1999年。

15. 吳小如等編著：《漢魏六朝詩鑒賞辭典》，上海：上海辭書，1992年。

16. 周明強：《現代漢語實用語境學》，杭州：浙江大學，2005年。

17. 周慶華：《語文研究法》，臺北：洪葉，2004年。

18. 周慶華：《語用符號學》，臺北：唐山，2006年。

19. 周慶華：《語文教學方法》，臺北：里仁，2007年。

20. 周慶華：《文學經理學》，臺北：五南，2016年。

21. 周慶華：《走上學術這條不歸路》，新北：生智，2016年。

22. 林淑貞：《中國詠物詩「託物言志」析論》，臺北：萬卷樓，2002年。

23. 侯迺慧：《宋代園林及其生活文化》，臺北：三民，2010年。

24. 侯迺慧：《詩情與幽境——唐代文人的園林生活》，臺北：三民，1991年。

25. 姚一葦：《美的範疇論》，臺北：開明，1997年。

26. 姚一葦：《審美三論》，臺北：開明，1993年。

27. 姚瀛艇：《宋代文化史》，臺北：雲龍，1995年。

28. 柯律格（Craig Clunas）著，高昕丹、陳恒譯：《長物：早期現代中國的物質文化與社會狀況》，北京：三聯，2015 年。

29. 柯慶明：《文學美綜論》，臺北：大安，2000 年。

30. 約翰・史都瑞（John Storey)著，李根芳、周素鳳譯：《文化理論與通俗文化導論》，臺北：巨流，2003 年。

31. 約翰・赫伊津哈（Johan Huizinga）著，何道寬譯：《遊戲的人：文化中遊戲成分的研究》，廣州：花城，2007 年。

32. 袁行霈：《中國詩歌藝術研究》，臺北：五南，1989 年。

33. 張聰：《行萬里路：宋代的旅行與文化》，杭州：浙江大學，2015 年。

34. 張建軍、周延：《踏雪尋梅：中國梅文化探尋》，濟南：齊魯書社，2010 年。

35. 張高評：《唐宋題畫詩及其流韻》，臺北：萬卷樓，2016 年。

36. 張錦鵬：《宋代商品供給研究》，昆明：雲南大學，2003 年。

37. 曹順天、李天道：《雅論與雅俗之辨》，南昌：百花洲文藝，2005 年。

38. 許總：《宋詩——以新變再造輝煌》，桂林：廣西師範大學，1999 年。

39. 陶晉生：《北宋士族：家族・婚姻・生活》，臺北：中央研究院歷史語言研究所，2001 年。

40. 陳慶輝：《中國詩學》，臺北：文史哲，1994 年。

41. 傅樂成：《漢唐史論集》，臺北：聯經，1977 年。

42. 程杰：《中國梅花審美文化研究》，成都：巴蜀書社，2008 年。

43. 程杰：《梅文化論叢》，北京：中華，2007 年。

44. 黃慶萱：《修辭學》，臺北：三民，2005 年。

45. 愛德華・泰勒（Edward Burnett Tylor）著，連樹聲譯：《原始文化》，上海：上海文藝，1992 年。

46. 葉嘉瑩：《王國維及其文學批評》，新竹：清華大學，2011 年。

47. 葉嘉瑩：《唐宋名家詞賞析》，臺北：大安，2007 年。

48. 廖蔚卿：《漢魏六朝文學論集》，臺北：大安，1997 年。

49. 劉大杰：《中國文學史》，臺北：華正，2010 年。

50. 劉若愚：《中國詩學》，臺北：幼獅，1977 年。

51. 歐純純：《陸游與楊萬里詠梅詩較析》，臺南：漢風，2006 年。

52. 蔡英俊主編：《意象的流變》，臺北：聯經，1997 年。

53. 鄭永曉：《黃庭堅年譜新編》，北京：社會科學文獻，1997 年。

54. 蕭翠霞：《南宋四大家詠花詩研究》，臺北：文津，1994 年。

55. 薛瑞生：《東坡詞編年箋證》，西安：三秦，1998 年。

56. 羅洛・梅（Rollo May）著，朱侃如譯：《焦慮的意義》，臺北：立緒，2010 年。

57. 顧隨：《駝庵詩話》，天津：天津人民，2007 年。

三、現代海峽兩岸學位論文部分

1. 于志鵬：《宋前詠物詩發展史》，濟南：山東大學中國古代文學博士論文，2005 年。

2. 王厚傑：《陸游詩中花之研究》，高雄：國立中山大學中國文學系碩士論文，2006 年。

3. 吳月嫦：《陸游詩歌「花」意象研究》，臺北：國立臺灣師範大學國文學系在職進修碩士班碩士論文，2014 年。

4. 吳家茜：《高啟梅花詩探微——兼論歷代梅花詩之發展》，高雄：國立中山大學中國文學系碩士論文，2004 年。

5. 吳雅婷：《移動的風貌：宋代旅行活動的社會文化內涵》，臺北：國立臺灣大學歷史學系博士論文，2006 年。

6. 李之君：《花神的饗宴——李商隱詠花詩探析》，臺北：臺北市立教育大學中國語文學系碩士論文，2008 年。

7. 李英華：《黃庭堅詠物詩研究》，高雄：國立高雄師範大學國文學系碩士論文，2002 年。

8. 李珮慈：《采菊：「菊」的原始意象與文學象徵——以屈賦陶詩為主》，花蓮：國立東華大學中國語文學系碩士論文，2010 年。

9. 李燕新：《王荊公詩探究》，高雄：國立高雄師範大學中國文學研究所碩士論文，1978 年。

10. 凃美婷：《唐代牡丹文化與牡丹詩研究》，臺中：私立東海大學中國文學系碩士論文，2009 年。

11. 柳品貝：《范成大詠花詩研究》，臺北：私立銘傳大學應用中國文學系碩士論文，2008 年。

12. 紅霞：《唐詩菊意象論略》，呼和浩特：內蒙古師範大學中國古代文學碩士論文，2015 年。

13. 胡先枝：《唐代牡丹詩研究》，武漢：湖北大學中國古代文學碩士論文，2015 年。

14. 胡惠君：《王冕詠梅詩研究》，臺北：私立輔仁大學中國文學系碩士論文，2014 年。

15. 徐文助：《淮海詩注附詞校注・上》，臺北：國立臺灣師範大學國文學系碩士論文，1967 年。

16. 殷三：《梅堯臣詠物詩研究》，合肥：安徽大學中國古代文學碩士論文，2006 年。

17. 張學波：《孟浩然詩校注》，臺北：國立臺灣師範大學國文學系碩士論文，1968 年。

18. 陳弘治：《李長吉歌詩校釋‧上》，臺北：國立臺灣師範大學國文學系碩士論文，1967 年。

19. 陳怡玲：《白居易花木詩研究》，嘉義：國立中正大學中國文學系碩士論文，2007 年。

20. 陳威伯：《花卉在中國傳統詩歌中之意涵及其演變》，臺北：私立中國文化大學中國文學系博士論文，2012 年。

21. 陳貞俐：《蘇軾詠花詩研究》，高雄：國立高雄師範大學國文學系碩士論文，2002 年。

22. 陳淑芬：《唐詩菊花意象研究》，臺北：私立淡江大學中國文學系碩士在職專班論文，2014 年。

23. 陳聖萌：《唐人詠花詩研究》，臺北：國立政治大學中國文學系碩士論文，1982 年。

24. 陳麗娜：《李白詠物詩研究》，臺北：私立東吳大學中國文學系碩士論文，1987 年。

25. 曾淑巖：《李商隱詠物詩研究》，高雄：國立中山大學中國文學系碩士論文，1998 年。

26. 馮女珍：《唐人詠牡丹詩之審美意識研究》，臺北：私立中國文化大學中國文學系碩士論文，2008 年。

27. 黃丹妹：《漢魏六朝詠花詩研究》，北京：首都師範大學中國古代文學碩士論文，2011 年。

28. 黃怡真：《上古至中古神仙形象的轉變》，臺北：國立政治大學宗教研究所碩士論文，2005 年。

29. 黃偉龍：《齊梁詠物詩研究》，桂林：廣西師範大學中國古代文學碩士論文，2002 年。

30. 楊帆：《中韓古典詩歌中的梅意象比較研究》，濟南：山東大學亞非語言文學碩士論文，2016 年。

31. 廖雅婷：《宋代梅花詞研究》，嘉義：國立中正大學中國文學系碩士論文，2003 年。

32. 劉國蓉：《晚唐詠物詩論》，西安：陝西師範大學中國古代文學碩士論文，2004 年。

33. 歐純純：《陸游與楊萬里詠梅詩比較研究》，嘉義：國立中正大學中國文學系博士論文，2003 年。

34. 蔡幸吟：《唐詩中牡丹、菊花、蓮花之意象探討》，新竹：私立玄奘大學中國語文學系碩士論文，2008 年。

35. 盧先志：《唐詠物詩研究》，臺北：私立東吳大學中國文學系碩士論文，1986 年。

36. 蕭翠霞：《南宋四大家詠花詩研究》，臺南：國立成功大學歷史語言研究所碩士論文，1993 年。

37. 謝新香：《元祐文人的詠物詩研究》，廣州：暨南大學中國古代文學碩士論文，2007 年。

38. 簡恩定：《杜甫詠物詩研究》，臺中：私立東海大學中國文學系碩士論文，1983 年。

四、現代中文期刊論文部分

1. 王博：〈試析陳與義梅花詩的審美心態〉，《科技信息‧學術研究》，第 6 期（2007 年），頁 132～133。

2. 王天嬌：〈論蘇軾詠梅詩中的「美人」擬象及其象徵意義〉，《中華文化論壇》，第 3 期（2017 年），頁 47～54。

3. 王文進：〈南朝山水詩中「游覽」與「行旅」的區分——以「文選」為主的觀察〉，《東華人文學報》，第 1 期（1999 年 7 月），頁 103～113。

4. 王文進：〈謝靈運詩中「遊覽」和「行旅」的區分〉，收錄於《第二屆魏晉南北朝文學與思想學術研討會論文集》（臺北：文津，1993 年），頁 1～21。

5. 王基倫：〈蘇軾惠州時期的思想變遷與會通〉，《惠州學院學報‧社會科學版》，第 35 卷，第 1 期（2015 年 2 月），頁 6～36。

6. 王樹范：〈關於白居易「草」的主題〉，《四平師院學報‧哲學社會科學版》，第 2 期（1981 年），頁 43～45。

7. 白秀珍：〈梅花詩的發展及張道洽的梅花詩創作〉，《武漢工程職業技術學院學報》，第 27 卷，第 2 期（2015 年 6 月），頁 69～72。

8. 吉川幸次郎、鄭清茂：〈推移的悲哀——古詩十九首的主題‧上〉，《中外文學》，第 6 卷，第 4 期（1977 年 9 月），頁 24～54。

9. 吉川幸次郎、鄭清茂：〈推移的悲哀——古詩十九首的主題‧下〉，《中外文學》，第 6 卷，第 5 期（1977 年 10 月），頁 113～131。

10. 朱海萍：〈北宋梅堯臣的詠梅詩探析〉，《河池學院學報》，第 29 卷，第 3 期（2009 年 6 月），頁 36～40。

11. 何映涵：〈陸游晚年人生志趣新探〉，《中國文學研究》，第 36 期（2013 年 7 月），頁 75～116。

12. 何鳳奇：〈讀李賀的馬詩二十三首——兼談詠物詩的寄托〉，《齊齊哈爾師

範學院學報・哲學社會科學版》，第 Z1 期（1980 年），頁 83～88。

13. 呂皓渝：〈朱淑眞梅花詩探析──兼論梅花詩發展略述〉，《人文與社會學報》，第 3 卷，第 1 期（2012 年 12 月），頁 63～89。

14. 李秀敏：〈林逋的隱逸：仕進欲求的變形〉，《保定師範專科學校學報》，第 3 期（2006 年），頁 13～14。

15. 李開林：〈宋詩「寄梅」的文化意蘊及現實思考〉，《中北大學學報・社會科學版》，第 32 卷，第 1 期（2016 年），頁 82～85。

16. 李開林：〈宋詩「折梅」行爲的文化意蘊〉，《江南大學學報・人文社會科學版》，第 14 卷，第 6 期（2015 年），頁 86～89。

17. 汪中講：〈從「落花詩」談李商隱淒迷的身世〉，《華文世界》，第 6 期（1976 年 4 月），頁 84～87。

18. 周靜：〈論楊萬里的梅花情結〉，《贛南師範學院學報》，第 4 期（2007 年），頁 68～71。

19. 周雲龍：〈中國古代詠物詩移情現象探討〉，《錦州師院學報・哲學社會科學版》，第 2 期（1987 年），頁 96～101。

20. 孟暉：〈梅花紙帳〉，《繽紛家居》，第 2 期（2008 年）頁 40～41。

21. 武二炳：〈「一樹梅花一放翁」──論陸游的梅花詩〉，《包頭師專學報》，第 1 期（1987 年），頁 41～47。

22. 金啓華：〈杜甫的花鳥詩闡微〉，《徐州師範學院學報・哲學社會科學版》，第 4 期（1979 年），頁 13～21。

23. 洪順隆：〈六朝詠物詩研究〉，《大陸雜誌》，第 56 卷，第 3/4 期（1978 年 4 月），頁 62～80。

24. 馬美娟：〈詩歌「詠物寄託」之探討〉，《南臺科技大學學報》，第 26 期（2002 年 3 月），頁 97～116。

25. 張君如：〈冬賞梅花春海棠──談南宋四大家的詠花詩〉，《育達學報》，第 12 期（1998 年 12 月），頁 10～16。

26. 張高評：〈墨梅畫禪與比德寫意：南北宋之際詩、畫、禪之融通〉，《中正漢學研究》，第 1 期（2012 年），頁 135～174。

27. 張清發：〈論李義山詠植物詩的題材運用與情感意蘊〉，《語文學報》，第 10 期（2003 年 12 月），頁 219～240。

28. 許竹宜、鄭定國：〈梅花吐蕊綻幽香──南宋詩人方岳詠梅詩之探析〉，《漢學研究集刊》，第 16 期（2013 年 6 月），頁 65～88。

29. 郭春林：〈從張道洽的詠梅詩看「瀛奎律髓」的評選缺陷〉，《古典文學知識》，第 3 期（2009 年），頁 59～65。

30. 陳昌明：〈遊於物：論六朝詠物詩之「觀象」特質〉，《中外文學》，第 15

卷，第 5 期（1986 年 10 月），頁 139～160。

31. 陳貽焮：〈談李商隱的詠史詩和詠物詩〉，《文學評論》，第 6 期（1962 年），頁 97～109。

32. 麻守中：〈試論古代詠物詩〉，《吉林大學社會科學學報》，第 5 期（1983 年），頁 73～79、11。

33. 彭遠利：〈論黃庭堅的詠梅詩〉，《遵義師範學院學報》，第 14 卷，第 5 期（2012 年 10 月），頁 50～53。

34. 曾棗庄：〈心似已灰之木，身如不繫之舟——蘇軾貶官黃州、惠州、儋州的心路歷程和文學成就〉，《樂山師範學院學報》，第 29 卷，第 1 期（2014 年），頁 1～8。

35. 程杰：〈宋代詠梅文學的盛況及其原因與意義・上〉，《陰山學刊》，第 15 卷，第 1 期（2002 年 1 月），頁 29～33。

36. 程杰：〈宋代詠梅文學的盛況及其原因與意義・下〉，《陰山學刊》，第 15 卷，第 2 期（2002 年 2 月），頁 14～18。

37. 程杰：〈杜甫與梅花〉，《北京林業大學學報》，S1 期（2015 年），頁 90～93。

38. 程杰：〈林逋詠梅在梅花審美認識史上的意義〉，《學術研究》，第 7 期（2001 年），頁 105～109。

39. 程杰：〈從魏晉到兩宋——文學對梅花美的抉發與演繹〉，《淮陰師範學院學報・哲學社會科學版》，第 6 期（2001 年），頁 753～762、781。

40. 程杰：〈梅花的伴侶、奴婢、朋友及其他〉，《南京師大學報・社會科學版》，第 2 期（2001 年 3 月），頁 141～147。

41. 程杰：〈梅花意象及其象徵意義的發生〉，《南京師大學報・社會科學版》，第 4 期（1998 年），頁 112～118。

42. 程杰：〈梅與水、月——一個詠梅模式的發展〉，《江蘇社會科學》，第 4 期（2000 年），頁 112～118。

43. 程杰：〈梅與雪——詠梅範式之一〉，《陰山學刊》，第 13 卷，第 1 期（2000 年 3 月），頁 29～33。

44. 程杰：〈滁州醉翁亭歐公手植梅花考〉，《滁州學院學報》，第 14 卷，第 1 期（2012 年 2 月），頁 1～4、23。

45. 程杰：〈論花光仲仁的繪畫成就〉，《京南術藝院學報》，第 1 期（2005 年），頁 13～19。

46. 程杰：〈論庾嶺梅花及其文化意義——中國古代梅花名勝叢考之三〉，《北京林業大學學報・社會科學版》，第 5 卷，第 2 期（2006 年），頁 46～52。

47. 程杰：〈蘇軾與羅浮梅花仙事〉，《南京師大學報・社會科學版》，第 2 期（2009 年），頁 127～132。

48. 舒紅霞：〈李清照朱淑眞的梅花妝情結〉，《運城高等專科學校學報》，第 18 卷，第 5 期（2000 年 10 月），頁 80～81。

49. 舒曼麗：〈姜夔「次韻史部梅花八詠」析論〉，《中州學報》，第 21 期（2005 年 6 月），頁 161～171。

50. 黃永武：〈散文——詩人眼中的梅蘭竹菊〉，《幼獅文藝》，第 46 卷，第 1 期（1977 年 7 月），頁 129～138。

51. 黃永武：〈詠物詩的評價標準〉，《古典文學》，第 1 期（1979 年 12 月），頁 159～178。

52. 黃盛雄：〈李義山詠物詩中的柳〉，《臺中師專學報》，第 14 期（1985 年 8 月），頁 113～125。

53. 黃智蘋：〈林逋的人品及詩品〉，《嶺東學報》，第 24 期（2008 年 12 月），頁 87～112。

54. 楊慶華、尹仲文：〈詠物詩芻議〉，《河北大學學報·哲學社會科學版》，第 2 期（1984 年），頁 73～79、86。

55. 趙桂芬、周明儀：〈試析白居易詠花詩中的情與志〉，《臺南科技大學通識教育學刊》，第 10 期（2011 年 1 月），頁 1～21。

56. 趙雅娟：〈論陶淵明對蘇軾貶謫生活之影響〉，《滁州職業技術學院學報》，第 9 卷，第 2 期（2010 年 6 月），頁 43～45、51。

57. 劉蔚：〈陸游的村居心態及其田園詩風的嬗變〉，《浙江社會科學》，第 11 期（2009 年），頁 100～104、89。

58. 劉昭明、彭文良：〈論蘇軾黃州紅梅詩詞的書寫策略〉，《文與哲》，第 20 期（2012 年 6 月），頁 205～238。

59. 劉漢初：〈姜夔詞的情性與風度——從「卜算子」梅花八詠說起〉，《國文學誌》，第 12 期（2006 年 6 月），頁 193～220。

60. 劉繼才：〈略論中國古代詠物詩〉，《遼寧師大學報》，第 3 期（1984 年），頁 74～79。

61. 歐純純：〈林和靖詠梅詩對後世相關詩題創作的影響〉，《東海大學文學院學報》，第 44 期（2003 年 7 月），頁 90～107。

62. 盧崇善：〈讀陸放翁詠梅花詩〉，《建設雜誌》，第 12 卷，第 2 期（1963 年 7 月），頁 37、43。

63. 謝新香：〈論蘇軾詠梅詩對梅花審美意蘊的提升〉，《社會科學論壇》，第 11 期（2006 年），頁 143～146。

64. 簡恩定：〈試論杜甫詠物詩中的興〉，《東海文藝季刊》，第 7 期（1983 年 3 月），頁 25～36。

65. 顏崑陽：〈淺談宋詞中三個梅花意象——美人姿態、隱者風標、貞士情操〉，《明道文藝》，第 64 期（1981 年 7 月），頁 90～97。

66. 顏智英：〈論東坡詠物詞意象之開拓——以詠梅、詠荔枝爲例〉，《師大學報》，第 56 卷，第 2 期（2011 年 9 月），頁 67～94。